大唐悬疑录4

大明宫密码

唐隐 著

人民文学出版社

图书在版编目（CIP）数据

大唐悬疑录.4,大明宫密码/唐隐著.——北京：人民文学出版社,2021

ISBN 978-7-02-013045-0

Ⅰ.①大… Ⅱ.①唐… Ⅲ.①长篇小说—中国—当代 Ⅳ.①I247.5

中国版本图书馆 CIP 数据核字 (2019) 第 137783 号

责任编辑　朱卫净　张玉贞

出版发行　人民文学出版社
社　　址　北京市朝内大街 166 号
邮政编码　100705
网　　址　http://www.rw-cn.com

印　　刷　山东德州新华印务有限责任公司
经　　销　全国新华书店等

开　　本　890 毫米 ×1240 毫米　1/32
印　　张　11.25
字　　数　282 千字
版　　次　2021 年 1 月北京第 1 版
印　　次　2021 年 1 月第 1 次印刷

书　　号　978-7-02-013045-0
定　　价　52.00 元

如有印装质量问题，请与本社图书销售中心调换。电话：010-65233595

关于《推背图》的历史事实

历史上著名的谶纬预言书《推背图》,巧妙地将易学、诗词、谜语三者结合,堪称谶纬文化与古典文学结合的典范之作。

史料上关于《推背图》的记载始终不断。其中南宋岳珂的随笔《桯史》中,更是记载了一段宋太祖赵匡胤查禁《推背图》的往事。一千多年来,有关《推背图》的原著者、原著成书时间一直众说纷纭、扑朔迷离。但可以肯定的是,现存的《推背图》是由历朝历代文人不断增衍创造的,是一部民间集体编撰的作品。

不过,据《新唐书》记载,作为《推背图》传说中的作者,唐代的袁天罡、李淳风二人,确实曾合著过一部预测时代更替的书籍,名为《太白会运逆兆通代记图》,很可能正是《推背图》的原型。

《大明宫密码》人物表

裴玄静：女神探，女道士。大唐宰相裴度的侄女，一直在为了真相而苦苦追寻。

崔淼：行事诡秘的江湖郎中，医术精湛，与皇家之间存在某种渊源，眼下生死不明。

李纯：唐宪宗，唐朝第十一位皇帝。在位期间成功削藩，巩固了中央集权，实现"元和中兴"。

李贺（长吉）：英年早逝的著名诗人，字长吉，有"诗鬼"之称。少年时曾与裴玄静订下亲事，却终究没能等到裴玄静来的那一天。

禾娘：裴度家仆王义的女儿，女刺客聂隐娘的徒弟，始终暗恋着崔淼。为了帮裴玄静、崔淼二人引开追兵，却被抓回长安，备受折磨后，求得了永恒的安宁。

李弥：诗人李贺的弟弟，表面痴痴傻傻，心里却始终住着禾娘。

段成式：唐代著名小说家，宰相武元衡的外孙，博闻强记，所著《酉阳杂俎》意义深远，一度影响了《西游记》和《聊斋志异》的创作。

聂隐娘：魏博藩镇大将聂锋之女，身怀绝技的女刺客。

韩湘：唐代文学家韩愈的侄孙，传说中的八仙之一，世人多称其为"韩湘子"。

杜秋娘：唐代歌妓，尤以一首《金缕衣》流传后世，其中"好花堪折直须折，莫待花落空折枝"为千古名句。离开大明宫后，六十多岁时遇大诗人杜牧，杜牧曾写诗感叹。

吐突承璀：神策军中尉，是唐宪宗最宠信的宦官，心机颇重。

郭念云：唐宪宗的贵妃，大将郭子仪的孙女。因家世显赫而遭到唐宪宗的忌惮。

李忠言：唐宪宗之父唐顺宗最信任的内侍，顺宗死后成为其丰陵的守陵人。

陈弘志：唐宪宗的贴身内侍，李忠言的心腹。

汉阳公主：唐宪宗李纯的胞妹，后嫁给郭念云的弟弟郭钊。

柳泌： 唐代方士，因自称能炼出不死之药而被唐宪宗看中。

李怡： 唐宪宗李纯的第十三子，段成式的好友，表面上痴痴傻傻，因母亲郑琼娥出身低微而备受欺辱。

目录

楔　子 / I

第一章　佛骨难 / 1

第二章　鬼推背 / 84

第三章　水如天 / 146

第四章　龙涎香 / 212

第五章　蘋花梦 / 275

尾　声 / 343

楔 子

"扑哧",随着烛花一爆的声音,周围突然变亮了。

段成式的眼睛迅速适应了光线的变化。他发现,自己正置身于一间阔大的房舍中。哦,不对,此处梁架高耸,斗拱宏伟,绝非普通房舍的规制,应称之为殿堂更合适吧?

殿堂深广,光凭面前这支蜡烛的微光,根本望不到边。重重幔帐自顶悬下,堂中遍布阴影,空旷阴森。

仅有一人端坐在烛光对面。

半旧灰布袍,黑幞头下露出的发角已经斑白了,颔下的胡须倒还浓黑。额头上皱纹密布,两只眼睛里却精光熠熠,让人猜不透年纪。见段成式盯着自己,他微微点了点头:"在下姓辛,名公平。"

"在下段成式。幸会。"段成式问,"是你给我讲故事吗?"

"正是。"

段成式犹豫了一下,终究没憋住:"这是……哪儿?"

辛公平但笑不答。

段成式有些发窘。人家事先说好不暴露身份地点,自己当然不应该打听。可是这间殿堂气魄宏伟,里面却又空空如也,非庙非观,没有任何可供联想的装饰或布置，实在叫人匪夷所思。根据约定，段成式是被布套蒙头，乘马车而来的，所以完全不知如今身在何处。但此刻周围非凡的静谧，又纯然不像在俗世尘间。

再说这位辛公平，既然大费周章隐匿身份，却一见面就报上姓名，岂不怪哉？

段成式转念一想，多半是化名吧。也罢，不计较那么多了，听故事要紧，便拱手道："听说，你有一个难得的故事可以讲给我听？"

"那是我亲身经历的一件恐怖至极的事情。段郎准备好了吗？"辛公平的语气肃杀中带着轻蔑，料定段成式会被吓倒似的。

越恐怖越好！段成式心想，否则怎对得起我受的这般委屈？遂挺直身躯道："请说吧。"

"此事，还要从我与成士廉共赴长安说起。"

"成士廉是谁？"

"他是在下的一位同乡兼好友。当时，我二人各自担任的县尉之职都到了期，朝廷要重新任命我们。于是我与成士廉相约，一同由洛阳去往长安。"

"二位曾任哪两个县的县尉？是什么时候任期到了？"

辛公平注视着段成式："段郎再这样追问喋喋，我就很难往下说了。"

段成式面红耳赤。

辛公平讥讽地说："我看还是先约法三章吧。在我讲故事的过程中，段郎只能听，不能问任何问题。段郎若答应，我便说，否则……"

"我答应。"

为了收集全天下的奇闻怪事，段成式可谓无所不用其极。直觉告诉他，今天自己将会听到一个骇人听闻的故事，其诡谲可怕的程度必将远超以往。他紧张地握起拳头。

辛公平开始叙述了——

那天日暮时分，天上突然浓云密布，下起大雨来。四野昏暗如夜，像有什么不好的事情要发生。我和成士廉疾疾赶到洛阳西面的榆林店避雨。

客栈里只剩下一张干净的床榻，但已有一位绿衣客人在上面休息。客栈老板势利，见我们身着官衣乘马车，便想驱赶那位绿衣客人，为我们让出床榻。我阻止了老板，请绿衣客人仍在榻上休息。夜深，我与成士廉饮酒，邀绿衣客人一起。他欣然前来，介绍自己名叫王臻。大家一见如故，相谈甚欢。因王臻也要去长安，便约好三人结伴。

次日上路后，我们却发现王臻有些古怪。他从不在白天与我们同行，但又总在夜宿时突然出现。他能准确地预言出我们前行时遇到的人和事，连将会吃到的食物都讲得分毫不差。

如此三番两次，我实在好奇，便趁在阌乡借宿的机会，询问王臻究竟有何神通。

他的回答让我和成士廉大吃一惊！

王臻说，其实他是来自阴间的迎驾者。迎驾，当指迎接皇帝。来自阴间的迎驾者，岂不就是来索皇帝性命的？

我不相信，天子上仙，怎么可能仅由王臻一个人来迎驾？

王臻却说："不止我一人，还有五百骑兵和一位大将军。我只是大将军的随从。"

我还是不信，那么多人都在哪里？

王臻微笑着回答："前后左右都是，只是二位看不见罢了。"

随着他的话音，周围暮色四合的旷野上，突然刮起一阵瘆人的阴风。黑暗中，朦朦胧胧地浮现出成群的马匹，排着整齐的队列，一眼望不到头。马上的骑士身披战甲，面孔被头盔遮得严严实实。最令人骇异的是，所有马匹的四蹄都不踏在地上，从地面升起的浓雾将它们托在半空间。

下一刻，整支骑兵队就又消失在夜色中。

我和成士廉吓得连话都说不出来了。

华阴既过，长安在望。是夜，我们共宿灞水馆驿。

王臻说："大将军和我的使命是迎接皇帝上仙，实为人间难得一见的诡谲大事。我愿请辛县尉随同一观。"又指成士廉命薄，不宜观看上仙，让他先去长安开化坊投宿。

根本不容我们思量，一切便这么定下来。

翌日，成士廉自去投宿。夜幕降临时，我如约来到灞桥之西的槐树下。还未站定，便觉一阵阴风袭面，眨眼间，已有一队人马出现在面前，正是那支我已经见过的阴兵。一匹马跑在最前头，马上的骑士微微抬起头盔，我认出了王臻的脸。身披重甲的他威风凛凛，和客栈中落魄的绿衣客判若两人。

王臻带我去拜见大将军。大将军相貌威武，暗夜之中，身上的黑色甲胄仍然幽光锃锃，让人不敢直视。大将军嘱咐王臻照顾好我，遂下令入城。

就这样，我随着这队奇异的人马由通化门进入长安城。明明在宵禁，但当我们的队伍抵达时，本来紧闭的城门、坊门竟然一扇接一扇地打开。穿街过巷，沿途见不到一个行人，却有黑衣吏者在路边迎候，全都匍匐于地，看不见面孔。

我恍然意识到，鬼兵过境之处，活人尽退，阴阳界的大门随之开启。此刻我所见的长安城，已然是一座阴间的长安城了。而那些在路边迎候的黑衣人，全都是鬼魂。

当我们到达天门街时，突然闪出一名紫衣吏，拦在队前，对大将军说："人马太众。为掩人耳目，应分兵去往皇宫。"

于是大将军命兵分五路，待到大明宫外时，队伍又停下来。大将军烦闷道："时限就要到了。可是皇帝身边设有道场，万神相护，不能奉迎上仙，这可如何是好！"

王臻道："可在宫中举办一场夜宴，具备荤腥，令众神昏昏。我们便可以动手了！"

大将军微笑点头。一切布置妥当，大将军身上的黑甲放出金光——迎驾开始了!

队伍经丹凤门,直入大明宫中。侧行至光范门,穿宣政殿,再往东一拐,从崇明门进入内廷。和此前一样,路上畅通无阻,沿途的守门兵将和内侍个个呆若木鸡。殿宇和宫道的周围,零零落落地跪伏着面目模糊的鬼魂。

终于来到皇帝举行夜宴的殿堂。大将军命人将此地团团包围,随即带五十名阴兵持械入殿。

我也一起跟了进去。但见满堂烛火泛着绿光,殿中丝竹并起,歌舞甚欢。然而乐工舞伎各个面无表情,只像偶人一般动作着。对于闯入殿内的甲兵,他们也视而不见。我发现他们虽都是活人,却神思恍惚,好似堕入噩梦之中。

高高的御座上,端坐着皇帝。唯独他将目光投过来,还若有所思地点了点头,唇边泛起一抹不胜凄凉的笑容。我惊得差点儿叫出声:不好,皇帝看见我们了!

就在这时,又有一人入殿来。他穿着绿衫皂裤,外披七彩斗篷,头顶竖着狰狞的兽首皮冠。最可怕的是,此人的脸上没有五官,只有一张煞白的面皮。在他的双手间,还捧着一把匕首。匕首的形状很奇特,前后一样宽,就如同一把特殊的直尺。

他来到大将军面前,用阉人般不男不女的声音宣道:"时辰到了!"

大将军皱起眉头,摆了摆手。那人便一步步登上御阶,跪在皇帝面前,高举起匕首。

顷刻间歌乐齐喑。皇帝凝视着匕首,突然站起来像要躲闪。不料匕首向上放出一道寒光,皇帝的身子猛地晃了晃,左右连忙将他扶入西阁,许久都没有出来。

大将军说:"时辰不可违!何不即刻迎圣上上仙?"

西阁内有人在问:"给圣上洗完身子了吗?洗完就上路吧!"随后传出沐浴之声。

五更天时，皇帝终于被人扶出西阁，坐上碧玉的车舆。我看见他的面色惨白，身形轻飘如纸，心中禁不住一阵酸楚。

　　大将军傲慢地对皇帝说："着甲之人，不便下拜。"又道，"人间艰苦，天子辛劳万机，且深居宫廷，色欲纷扰，您那颗清洁纯真的心还在吗？"

　　皇帝漠然回答："心非金石，诱惑之前，孰能不乱？但现已舍弃一切，释然了。"

　　大将军发出嘲讽的笑声，遂引玉舆出殿。自内廷及诸宫门，宫人们好像才从梦中惊醒过来，呜咽痛哭着，伸手去拉扯玉舆，又擦拭着从玉舆上不停淌下的鲜血，不忍其离去。

　　过了宣政殿，队伍如疾风惊雷，飒然向东而去。

　　直至出了望仙门，大将军命王臻送我离队。王臻将我引到了一户宅院前，便如一道烟般消散了。

　　此时我已仿若痴人，许久才想起去叩门。成士廉果然从门内迎出来，急于打听上仙的情形，而我却连一个字都不敢对他提起……

　　良久，段成式才从极度惊恐中幡然醒转，大叫起来："你胡说！"

　　"我胡说？"

　　"你说皇帝死了？！"

　　辛公平平静地回答："正是。"

　　"那不是胡说吗？圣上驾崩，我们怎么都不知道？"

　　"为什么要让你们知道？"

　　"你！"段成式气极，"你还说这一切都是亲眼所见？简直，简直……咳！我鬼迷了心窍才来听你的这套胡言乱语！而且还是诅咒君主，活该千刀万剐的鬼话！"

　　"所以你不信？"辛公平慢条斯理地反问。

　　"当然不信！"

　　"那段郎的脸色怎么变得如此苍白？"

段成式大口喘着粗气，他想反驳，却找不到合适的语言，嗓子眼仿佛被内心翻涌的怀疑和恐惧堵住了。

辛公平冷笑："不管你信还是不信，我所说的，句句属实。"

"绝不可能！"段成式终于想出了驳斥的理由，"你说皇帝死了，可我爹每天都上朝，日日在延英殿中与他召对的又是谁？你说啊！"

"说不定是鬼呢？"辛公平仍然不紧不慢地道，"我只知道皇帝死了，而且是被残忍地杀害的。我亲眼所见，他的血就洒在大明宫的御阶上，洒了一地，怎么擦都擦不干净……"

段成式实在听不下去了，断喝道："好！要让我相信你，除非你能说出事发的确切日子！"

辛公平阴惨惨地笑起来："日子么，我记不清咯……好像是很久以前的事了？也可能就发生在昨天？"

"疯子！"段成式一跃而起，朝殿门冲过去。

从辛公平口中问不出实情来，唯一的办法就是自己找出真相！段成式不知道自己在此地待了多久，外面是白天还是黑夜，他必须亲眼看一看周围的环境，才能判断自己究竟被引到了什么地方。

段成式用尽全力才推开厚重的大门，却没有预想中的阳光扑面而来。

兜头罩上来的是黑布套。段成式的双手也被扼得死死的。他又踢又叫，头套中的空气却越来越稀薄……

段成式不能呼吸了。

第一章
佛骨难

1

大唐元和十四年的正月,因为一个消息,帝都长安陷入了癫狂。

百姓们奔走相告——皇帝要迎佛骨了!

据传在去年的腊月里,功德使上书皇帝言:"凤翔法门寺塔有佛骨舍利,每三十年一开。开则岁丰人安。来年应开,请迎之。"皇帝欣然应允,下诏将于元和十四年的正月十二日,奉迎佛骨至京师。

这将是大唐立国以来的第六次迎佛骨。

长安以西扶风县内的法门寺中,存有一枚佛祖释迦牟尼的真身指骨舍利。贞观五年,大唐太宗皇帝第一次迎奉舍利,但只是开启法门寺塔基,在当地举行仪式,并未迎佛骨入长安城。第二次是在高宗显庆四年,佛骨被迎至长安供养,后送往东都洛阳,历时四年才送还法门寺,仪式规模宏大。第三次迎佛骨则是在长安四年,女皇武则天命高僧法藏等人在除夕日将佛骨迎至长安崇福寺,次年正月十一日又迎入神都洛阳,盛况空前。同年,武则天退位,随后驾崩。佛骨因而滞留洛阳,直到景龙二年时,才由中宗皇帝下令送归法门寺,并钦定法门寺舍利塔为"护国真身宝塔"。

安史之乱后,肃宗和德宗皇帝分别举行了第四次和第五次奉迎佛骨。因为大唐已经由盛而衰，藩镇割据，民生艰困，所以这两次迎佛骨的规模都比较小，时间短，皇家所赐的财物也不多。

上了点儿年纪的长安人都还记得贞元六年时，德宗皇帝那次多少有些寒酸的迎佛骨。不知不觉，三十年一晃就过去了，又轮到德宗皇帝的长孙，英明神武的当今圣上来奉迎佛骨了。

今非昔比。如今的大唐就如涅槃的凤凰一般，在皇帝苦心孤诣的努力下，终于展现出中兴的气象。此时迎佛骨，不正象征着佛祖在护佑大唐浴火重生吗？这必将是一场前所未有的浩大盛事！

往年从除夕到上元节的半个月里，人们都在家中辞旧迎新，进出京城的旅人要比平时少许多。今年却是另一番景象。为了争睹三十年一遇的迎佛骨，来自各地的僧侣和信徒，乃至各国使节均蜂拥进入长安城。

元和十四年正月十一日。就在迎佛骨的前一天，一场暴雪从天而降。

长安以东三十里，秦岭深处的蓝关道上，漫天飞雪片刻便将崇山峻岭染成了一片银白。积雪很快没过马蹄，又被车轮碾出深深的印记。人们拼命鞭策着马匹前行，他们都是从洛阳等地前往长安观迎佛骨的，必须赶在今天日落前进入长安城。

偏偏一辆马车横在狭窄的山道口，堵住去路。

马车本就破旧，还拴着一匹瘦骨嶙峋的老马。车轮因雪打滑，陷入了道旁的沟中。驭者一个劲儿抽打老马，无奈这可怜的畜生心有余而力不足，怎么也动弹不得。

人们围拢过来，发现这辆车和大家的方向都相反，是离开长安往东去的。顿时吵嚷声四起——

"这种时候出什么京城啊，也不好好在家过完年再走！"

"就是，还带那么多行李，又不肯花钱雇一驾好车。这不是耽误大家的工夫嘛！"

驭者急了，反驳道："你们讲不讲理啊，大路朝天人人走得，凭什么单说我们！"

"我们都是为了赶去京城迎佛骨的，独你这辆车反向而行，阻了大伙儿的路，坏了众人的福气，我们当然要骂！"

车帘一掀，一位青衣老者自车内探出头来，肃容道："礼佛须先向善。佛祖教诲不妄言、不恶口，你们如此口出恶言，即使礼拜了佛骨，又能有何福报呢？"

霜雪刮在老者清癯的面孔上，他的话音不高，形容也十分憔悴，却自有一番凌厉的风骨。众人心中悲愤，一时竟也回不出话来。

正在相持，从山道东面跑来一匹快马，转眼到了车前。马上的郎君高喊："叔公！"

韩愈一愣，便见侄孙韩湘翻身下马，疾步上前向自己行礼。韩湘的头上身上落满了雪花，头发眉毛都成了白色。

"你怎么来了？"韩愈又惊又喜。

"叔公，事情我都听说了！"韩湘一开口就呼出大团热气，"我特地从终南山赶来，想送叔公一程。只是不知叔公何时上路，所以紧赶慢赶的，不料竟在蓝关这里遇上了！实在太巧了！"他左右四顾，"您怎么……就这一辆车？"

"我知道今天会有大雪，故而让其他人在灞桥驿歇宿，待雪停后再出发。"

"那您自己……"

韩愈重重地叹了口气："皇命不可违，我须尽速赶往潮州赴任。"

还说什么赴任！韩湘心中感慨。

早传得沸沸扬扬了：叔公因为上了一份《谏佛骨表》，立阻皇帝奉迎佛骨，触怒天颜，被圣上贬谪到潮州去任刺史。潮州乃岭南蛮荒之地，叔公此行的艰难坎坷可想而知。

才刚上路又遇大雪，难道真是天道不公吗？

两人没说几句话，围观众人等得不耐烦，又纷纷叫嚷起来。韩湘不欲与他们啰唆，便掣起袖子去推车，想给那匹老马帮个忙。怎奈车载太重,他费了吃奶的劲儿,车轮仍然在沟中卡得死死的。

"叔公,您装的什么这么重啊?"

"都是书……"

韩湘正欲哭无泪,从旁边伸过来几双大手:"让我们来。"

回头一看,原来是几个剃光头的胡人,都穿着黄色的僧袍,一望便知是赶去长安观迎佛骨的胡僧。

胡僧们身强力壮,几下便将马车推出了沟渠。

韩湘连忙道谢,胡僧们还过礼便继续上路了。堵了半天的人们也忙忙碌碌地赶上去,刚才还挤成一团的蓝关山道上,转眼就只剩下韩愈这一辆马车了。

韩湘遥望众人的背影,感叹:"人心不古啊。没想到最后还是几个胡僧出手相助。"

韩愈说:"你也快走吧,再晚就来不及进长安城了。"

"我又不想去看什么佛骨。"韩湘笑道,"我还是送叔公出了秦岭再说。"

"不行!你必须立即去长安!"

韩湘诧异地看着叔公阴云密布的面孔。

韩愈沉声道:"我在《谏佛骨表》中写,'事佛求福,乃更得祸',又曰,'事佛渐谨,年代尤促'。圣上认为我是在咒他死,因而龙颜大怒,几乎要杀了我。他却不知,我所说的句句发自真心。我并非要诅咒圣上,而是在为他担心啊!那佛骨是什么?那是'枯朽之骨,凶秽之馀',怎么可能不带来灾祸呢!韩湘,现在我命你速去京城,仍住在我的宅邸中,密切关注迎佛骨之事,若发现任何异况,就立刻设法与裴相公联络,为圣上拔除祸端!"

"这……"韩湘怎么也没料到,送叔公还送出这么一档子任务来。自从元和十二年被韩愈逐出府后,他已经整整两年未曾踏入长安城了。裴玄静和崔淼等人的遭遇令韩湘对世道人心失望透顶,只想从此远离尘寰,遁入深山修道。他打从心底不愿再沾手任何是非,但这会儿要拒绝吧，叔公满脸的忧国忧民之色又让他挺为难。

见韩湘还在犹豫，韩愈抖抖索索地从袖囊中摸出一支笔来，道："方才你们推车之时，我于腹中草就一诗。今天你特意来送我，我便以此诗相赠吧。"

他示意韩湘将袍服下襟举平，在上面一挥而就："一封朝奏九重天，夕贬潮州路八千。欲为圣朝除弊事，肯将衰朽惜残年。云横秦岭家何在，雪拥蓝关马不前。知汝远来应有意，好收吾骨瘴江边。"

韩愈每写完一个字，便有雪花落在上面，晕出泪迹一般的淡淡墨痕。

韩湘情不自禁地叫了一声："叔公！"

再看韩愈，已然老泪纵横。韩湘的心头一热，双膝跪倒在雪地上，朗声道："请叔公放心，湘即刻入京，全按叔公的嘱咐办。"

直到韩湘的背影消失在大雪中，韩愈仍伫立在山道上，久久凝望着长安的方向，口中念念有词："愿天佑大唐，圣上，您千万千万要保重啊！"

蓝关道上飞雪呼啸，将他的身形塑成了一尊苍劲的白色雕像。

为了赶在暮鼓前进长安城，韩湘快马加鞭，顶风冒雪出了秦岭。

快到长安时，雪倒是止住了。天空愈显阴霾，铅一般的暮色沉甸甸地压在春明门的城楼上，苍穹一片混沌，若明若暗，真像是有什么诡谲凶险的东西在天的尽头集结。

此刻集结在春明门下的，却是乌泱泱的人头，全都是想赶在最后一刻入城的百姓。

暮鼓响起来了。

人群越发骚动不安，拼命往城门内挤。韩湘发现，今天城门口的金吾卫数量明显多过平时，但因盘查也更加严格，每放行一个人都要耗费更多时间，所以堵在城门外的百姓越来越多。

阴冷刺骨的空气中弥漫着一股极度的紧张感，仿佛弓弦绷到了将断之时。

韩湘只觉莫名惊诧,难道这就是迎佛骨的前夜吗?在他的记忆中,长安城从未有过如此古怪的氛围,更何况尚在新年佳节里。为什么一切都让人感到无端的恐慌?

突然,城门前起了一阵喧哗。

紧接着,几个胡僧被金吾卫推搡出了入城的队伍:"没有通关文牒不得入城,快滚!"

韩湘定睛一瞧,那不正是在山道上帮忙推车的几位吗?

他连忙挤过去:"几位师父,发生了什么事?"

胡僧们也认出了韩湘,异口同声地嚷起来:"哎呀郎君,我们遇上贼啦!"

"贼?"

"我们几个的通关文牒突然都不见了,这一路上都带得好好的,怎么就丢了呢?"胡僧们都快哭了,"明天就要迎佛骨了,我们却入不得京城,这可如何是好啊!"

韩湘说:"再找找?就算是贼,偷你们的通关文牒又有何用?"

"全身上下都找遍了呀。我们是出家人,没什么财物,偏丢了最要命的通关文牒,唉!"胡僧们急得搥胸顿足。

韩湘想了想,道:"别急别急。进不了城没关系,我给你们出个主意,今夜赶紧从城外绕到南面的明德门。明天佛骨从凤翔一路迎入长安时,将先通过明德门进京城。你们在那里等候,拜迎佛骨不也是一样吗?"

胡僧们破涕为笑:"郎君说得有理。多谢指点,我们这就去了。"

"快去吧。"

"阿弥陀佛。"胡僧们向韩湘郑重道谢,便绕向南面而行了。

总算帮上人家一点儿小忙,权作报答吧。韩湘的心情略微舒畅了些,赶紧又挤进入城的队伍里,终于在暮鼓敲完之前,最后一个被放进了城。

阔别两年的帝都长安。

尽管城门戒备森严，城中却未按时宵禁。这是惯例，每年从除夕到上元节的这段时间里，金吾卫们都会网开一面，暮鼓敲过以后并不立即关闭坊门，而是放任百姓继续采办年货、走亲访友、饮酒作乐，尽情享受新年佳节。到了上元节这一天，更是通宵狂欢，之后才恢复正常的宵禁制度，年也就算过完了。

韩湘打马向靖安坊中的韩府而去。已经入夜，坊街上的行人依旧熙熙攘攘，两侧的店铺高高挑起大红灯笼，家家户户生意兴隆，人人脸上喜气洋洋。

此情此景与傍晚时分的春明门外截然不同，韩湘有些困惑了，难道是自己杞人忧天？

待到韩府，却又是另外一番景象。到处冷冷清清，院中漆黑一片，只有留下看家的仆人在耳房里亮着一盏小油灯。

韩湘向仆人要了一个灯笼，正打算回原先住的房间歇息，仆人抄起墙边的一把铁铲递过来，韩湘奇道："这是要干吗？"

"郎君有所不知，最近长安城里闹贼闹得可凶呢，听说还出了个飞天大盗，能飞檐走壁，穿墙入院。我这不是让您防着点儿嘛。"

"瞧把你紧张的。"韩湘失笑，"哪次年关前后不闹贼？再说长安城中遍地的豪门富户，飞天大盗偷到清贫如斯的韩府里来，也太没眼力见了吧？"说着一拍腰间的佩剑，"我有这个呢，用不着你的铁铲。"

"哎哟，那个飞天大盗可奇呢，不爱偷值钱的东西……"仆人还在嘟囔，韩湘已经提着灯笼走了。

穿廊过院时，只见杂物散落了一地，可见叔公走得有多么匆忙。回到房中，却冷得像个冰窟，韩湘坐在满是灰尘的榻上发呆，心中五味杂陈。

今夜肯定无法入睡了。

明天就要迎佛骨了，究竟会发生什么？叔公为何肯定将有祸事降临大唐，甚至危及皇帝的性命？

但不管怎样，韩湘都觉得自己很难有所作为。蓝关山道上一时冲动答应了叔公，此刻冷静下来，韩湘开始后悔了。

外面又下起小雪来，韩湘踱到院中，想吹吹冷风清醒一下。突然，他发觉韩愈书房的方向有亮光。

韩湘一惊，真来贼了？

他蹑手蹑脚地摸过去。韩愈的书房门虚掩着，有一个人影背朝外，正俯身在书案上。

韩湘把住门，右手紧握剑柄，厉声喝道："什么人？"

那人的背影一滞，似乎也吓了一大跳。

韩湘又喝了一句："转过身来！"

他缓缓转过身，却是一张文人的脸，面黄肌瘦，须发灰白，还佝偻着背，整个一副未老先衰的样子。

韩湘倒拿不准了："你……是谁？怎么会在我叔公的书房中？"

"你的叔公？"那人的神情略微松弛下来，"哦，在下李复言，是韩夫子的门客。前些日子回乡一趟，今天刚回来，谁知夫子已经走了。"

"原来如此。"韩湘也松了口气。他并不记得叔公的门客中有这么一个人，不过自己离开两年多了，此人想必是后来的。

"我是韩湘，也是今天刚回府里来的。"他大咧咧地朝李复言拱了拱手，"叔公被贬去潮州，我只道门客们全作鸟兽散了。不想还能遇上李兄——欸，你在做什么？"

李复言道："我见府中人去楼空，本无意久留，又想起离开前曾将几篇拙文交予夫子评阅。文固粗陋，也是在下的心血，便来夫子书房里翻找，想把那几篇文章带走，却惊扰了公子，还望见谅！"说着，深作一揖。

"客气什么。"韩湘问，"文章找到了吗？"

李复言摇了摇头，显得有些懊丧。

韩湘的疑虑既消，便想与此人攀谈几句，聊度漫漫长夜。他的性格本是自来熟，从不刻意防范他人，于是往旁边的榻上一坐，笑道："那你接着找，我在这里陪你。"

李复言瞥了韩湘一眼，便又埋头翻找起来。韩湘闲极无聊，索性对他讲起白天在蓝关道上遇到韩愈的经过，还把韩愈赠给自己的那首诗一字不差地念了一遍。当然，韩愈所说皇帝即将遇到灾祸的话，他并没有提及。

李复言边找边听，并不搭话，只是时不时发出几声压抑的低咳。他咳时背驼得更加厉害，瘦削的身体在袍子里直晃，看上去简直弱不禁风。

韩湘不禁替他担心起来："李兄是不是病了？要不先歇着，明天再找吧。"

"我没事。"李复言掩口咳了好一阵方止，缓了缓，低声道，"你来看这个。"

"什么？"韩湘凑过去。

李复言把一张诗笺送到韩湘的眼皮底下："这首《华山女》应该是夫子的诗，一开头便抨击了佛法。"

"《华山女》？"韩湘一眼便认出了叔公那特有的雄浑笔迹，遂从头念起："街东街西讲佛经，撞钟吹螺闹宫廷。广张罪福资诱胁，听众狎恰排浮萍。果然是骂佛经俗讲的，骂得痛快！"再往下念："……华山女儿家奉道，欲驱异教归仙灵……"韩湘的眉头紧蹙起来。

及至念到"天门贵人传诏召，六宫愿识师颜形。玉皇领首许归去，乘龙驾鹤来青冥"这几句时，韩湘彻底惊呆了。

韩愈在这首名为《华山女》的诗中，明明白白写着一个女道士因美貌和真诀受到皇帝的青睐，被召入宫中，从此深藏于青冥之中，乃至"云窗雾阁事恍惚，重重翠幕深金屏。仙梯难攀俗缘重，浪凭青鸟通丁宁"。

旁人未必看得出来，但是韩湘立即断定，叔公笔下的这位"华山女"正是裴玄静！

距他们共同追寻《长恨歌》的谜底，已经过去整整两年了。那时候崔淼惨死，禾娘与李弥下落不明，裴玄静跟着裴度回到长安后，从此音讯杳然。韩湘曾多次向叔公打听，最终得到的回答是：裴玄静到一处不为人知的所在，隐居修道去了。

韩愈没有说实话！原来裴玄静是被皇帝锁入了大明宫中，从而与世隔绝的！

她现在怎么样了？她还好吗？两年来她都遭受了什么？有没有可能再见到她？进了大明宫那种地方，她这辈子还出得来吗？

"韩郎，你怎么了？"李复言问。

"哦，"韩湘勉强一笑，"我看这首诗的纸墨俱新，像是叔公不久前才写的。"

2

"段成式！段成式！"

郭浣在段成式的门外一迭连声地叫着，屋内却始终毫无动静。郭浣急得在廊檐下团团转，伴随着"咚咚咚"的脚步声，纷纷扬扬的积雪从莲花纹瓦当的缝隙间落下，落到他那颗白白胖胖的大脑袋上，像极了面粉撒在蒸饼上。

廊下的侍女忍不住窃笑起来。

郭浣大没面子，迈前一步便嚷："段成式，你再不出来，我现在就去找段翰林，把咱们上次在骊山行猎时发生的事，全都告诉他！"

"你想干什么？"

房门顿开，段成式阴沉着脸站在门内，两只眼圈乌黑。

"我……就想叫你明天一起去看佛骨嘛……"见到段成式，郭浣的气焰顿时矮了一大截。

"我说了没兴趣！你自己去吧！"段成式又要关门。

郭浣一把扯住他的衣袖："还有那件事呢？"

"哪件事？"

郭浣可怜巴巴地瞧着段成式，不说话。

两人大眼瞪着小眼，过了一小会儿，段成式叹口气道："走吧。"

"去哪儿？"

"炼珍堂，我让膳婆婆做碗猪肉羹给你吃。"

郭浣嘟囔："我又不是专门来吃猪肉羹的。"

"你到底去还是不去？"

郭浣把头一低，乖乖地跟上段成式。虽说身为皇帝的亲外甥，但家中的厨子就是做不出段府的这碗猪肉羹。嗯，连大明宫中的御厨都做不出来呢，所以为了一碗羹折腰，郭浣并不觉得丢人。

段成式家的厨房雕梁画栋，门口还挂着翰林大学士段文昌亲题的牌匾，上书三个大字："炼珍堂"。不知道的人乍一看，真会以为到了段府的藏宝楼，相熟的人却道名副其实，因为"炼珍堂"中的确满是奇珍美飨。

现如今段文昌深受皇帝的重用，仕途顺遂，连衣食住行也格外讲究起来。段成式更是名声在外，才满十五岁就已经被誉为长安城中最潇洒、最有品位、最会吃喝玩乐的贵公子了。

"鲜衣怒马少年时，一日看尽长安花"这样的诗句就像是为段成式度身定做的。十五岁束发之后，父亲明显放松了对段成式的管束，似乎认为他到了合该斗鸡弄狗、射猎打球的年纪。相比同龄的伙伴，段成式聪慧而多思，有时过于敏感，偶尔还显得有些孤僻，所以段文昌希望他能更多地呼朋结友，培养出豪迈的阳刚之气来。其实段成式身上这种清高的风流，颇有武元衡当年的神韵，才是多少人求之不得的。

小主人一声令下，段家的头号大厨膳婆婆赶紧亲自现做猪肉羹。猪肉羹煮熟还需要点儿时间，段成式便让仆人在廊檐下摆了两个盘花织锦的绒垫，自己和郭浣一人一个坐上，中间铺一条波斯花毡，再用红泥小火炉温一壶酒，边饮边等。

段成式先自斟了一杯，一仰脖干了。抬起头时，就见廊下灯笼的红光中，小小的雪花纷纷飘摇，好似舞动的白色精灵。虽是雪夜，却一点儿不觉严寒，反而显得温暖绮丽，就像他幻想中的世界，随时会有奇迹发生。

"你有心事？"郭浣轻声问。

段成式摇摇头，举起酒杯向郭浣示意。两人各自干掉一杯，郭浣鼓起勇气："所以那件事……"

"你烦不烦哪！"段成式突然发作了，"我就弄不明白了，你爹是京兆尹，手上有那么一大帮子金吾卫，都不去抓飞天大盗，反而来找我！我凭什么呀！"

"哎呀，你小声点儿！"郭浣连忙看了看左右，"我爹爹不是在忙佛骨的事情嘛。呃……其实我是觉得那个飞天大盗，更配你的胃口！"

"哪里配了？"

"你没听说吗？飞天大盗长着青面獠牙，会变身，一会儿是一个人形，一会儿又变成两个、三个……哦，对了，据说他被发现时，还会喷出一股子狐臊味熏人，再伺机逃走，所以大家都在猜，飞天大盗其实是一只狐狸精！"

段成式直勾勾地盯着郭浣。

"……你不是最爱鬼啊、妖怪啊、狐狸精啊什么的吗？"郭浣被他看得心里发虚。

幸好膳婆婆及时端上来两碗热气腾腾的猪肉羹，光那股香味就勾得人直冒口水。两人旋即埋头大吃，都顾不上说话了。

等两只碗都底朝天了，郭浣见段成式的脸上终于有了点儿光彩，赶紧从怀里掏出一沓纸递过去。

"这是什么？"

"是飞天大盗的案卷。"郭浣殷切地说,"你就随便看看,好不好?"

"这不是京兆府的公文吗?你这都弄得出来?"

郭浣"嘿嘿"一笑。别看这小胖子外表憨厚,也有属于他的狡黠,比如能把父母哄得言听计从这一点,段成式就望尘莫及。

段成式横了郭浣一眼,将案卷塞进怀里。郭浣大大地松了口气。

段成式又对着雪花出了会儿神,突然问:"圣上最近怎样?"

"圣上?没怎么样啊。"

"你阿母还时常入宫吗?"

"当然啦。"

"那她有没有提起圣上的情况?比如说,圣体安康与否?或者……"段成式思忖着道,"性格是否有什么变化?"

郭浣被问糊涂了:"性格变化?没听说啊。只听说最近越发暴躁了,动不动就要砍人的脑袋,连韩夫子都差点儿被问斩咯。哎,其实也没真杀了谁。圣上就是这样,脾气发完也就好了。至于圣躬嘛……你知道的。"他用大拇指和食指、中指,做出捏着什么东西的样子,比画着往嘴里一送,又朝段成式意味深长地摇了摇头。

"行了。"段成式说,"你要我帮忙的这件事,我得再想想。明天你看完佛骨,就去东市的老地方等着,咱们在那儿碰头。"

郭浣心满意足地走了,段成式又把自己关进房中。他仰面躺到榻上,但只要一闭起眼睛,那个可怕的夜晚便扑入脑海之中,赶也赶不走——

就在五天前,为了追赶一头负伤的山猪,他们纵马奔入了骊山的最深处。

严冬的天黑得特别快,当山猪终于被矛刺穿脖子、倒地不起时,密林中已经暗得辨不出路径了。因为有多次骊山围猎的经验,所以大家并不慌张。扈卫点起火把,围护着猎手和猎物,由猎犬带头向山腰处奔去。

密林豁然而开，月光照在一整片绵亘起伏的宫阙上。犬吠声声中，还能听到泉水汩汩流动的声音。这里便是他们夜猎骊山的宿营地——华清宫。

骊山入口处有龙武卫驻防，不过段成式他们都是贵胄子弟，特许入禁苑围猎。

宫阙已凋敝了数十载，曾经飘逸过杨贵妃体香的汤池中长满了青苔，断壁残垣间遍布蛛网，唯有脉脉温泉依旧流淌着。寒夜的深山中，只有此地能保证他们不挨冻。夜猎时在华清宫宿营，正是段成式的主意。

在温泉边的宫墙下面搭起帐篷，众人说笑着分吃了烤野猪肉，便各自倒头睡去。

火堆"噼啪"作响，衬出山野的寂静。

待众人都睡熟之后，段成式悄悄钻出帐篷，沿着宫墙小跑起来，很快便找到一处缺口翻了进去。

举目尽是殿宇楼台的黑影，段成式循着流动的温泉前行。在早已死亡的宫阙中，尚有活着的泉水，又在滴水成冰的冬季里，这一切多么像一场不可思议的梦。

不知走了多远，段成式听到前方传来吟咏之声："玉碗盛残露，银灯点旧纱。蜀王无近信，泉上有芹芽。"

一座石亭立于温泉上，月光照得亭中之人遍体霜色，苍白得近乎透明。见到段成式，他先咳了几声，方招呼道："你来了，我还以为你不会来。"

"年关已至，这是今冬的最后一次行猎。再入骊山，就要等来年开春了。"

"原来如此，看来我们约得巧了。"

"是很巧。早一天或者晚一天，你我都见不到面。"

"那就抓紧时间吧。"那人举起一个黑色的布袋子，"得委屈段郎一下了。"

什么都看不见了。马车一路颠簸，忽上忽下，好像始终盘走在山道上。起初段成式还试着计算时间，又想凭听觉判断路径，但很快发现均是徒劳。渐渐地，他对方位和时间都失去了把握，只觉得全身骨节都快颠散架了，周遭变得越来越冷，就连对面不时发出的咳嗽声也听不见了……恐惧感油然而生。

段成式再也忍耐不住，伸手去扯头套。

"段郎！"五根冰凉的手指牢牢扼住段成式的手腕，"你想干什么？"

"我、我以为你不在了，想找你……"

"段郎说笑了。马车行进之中，我又能去哪里，不过是打了个盹。"

段成式咽了口唾沫："还有多远？"

"不远了。"他的语气中充满嘲讽，"请段郎少安毋躁，小睡片刻便是。到时，我自会叫你。"

段成式只得乖乖坐稳。马车仍然走个不停，眼睛不管睁着还是闭着，看到的永远是漆黑一团。段成式终于无法分辨，自己究竟是醒着还是已经睡去了。

所以此后见到的人，以及听到的故事，会不会就是一场噩梦呢？

段成式一骨碌翻身坐起，盯住案上写满字的纸。从头至尾再读一遍，他情不自禁地举起双手，紧紧地抱住了脑袋。

不，这么生动的细节，这么诡异的气氛，还有这么恐怖的情节，绝不可能是从一场梦中获得的。他甚至还能清晰地回忆起辛公平那副奇怪的嘶哑嗓音、殿堂中阴冷刺骨的穿堂风，以及风中若隐若现的血腥味……

段成式提起笔，努力定一定神，在纸上写下五个字——《辛公平上仙》。

只要起好名字，这个故事就正式成为段成式笔记中的一则了。志怪笔记，是段成式已经做了一年多的大事。他四处搜罗打听，收集各种怪、力、乱、神的故事，再将它们加工整理后写下来。截至今日，笔记中的故事已经超过了一百则。最近的一则故事，就是《辛公平上仙》。

正是这则《辛公平上仙》的故事，仿佛让段成式陷入了一个巨大的谜团之中。他甚至觉得，就连自己也变成了这则黑暗故事的一部分。

段成式完全不记得后来是如何返回营地的。

当他清醒过来时，发觉自己躺在业已熄灭的火堆旁，全身都冻得僵硬了。他支撑着爬进帐篷，同帐篷的郭浣惊醒了，段成式让他帮忙撒谎掩盖，随即便烧得神志不清。

段成式在家里躺了两天才恢复过来。开春前再也不可能去骊山了，待到开春之后，骊山将会彻底变成另外一个样子。华清宫的废墟中，盛开的野花和滋生的杂草将铺天盖地蔓延开来，把最后一丝残存的痕迹都抹去。

难道辛公平和他所讲的"鬼故事"，从此就只存在于段成式的笔记中了吗？

可是不对啊！

段成式盯着自己的笔记——什么鬼故事，这里记叙的分明是一件血腥的弑君凶案！匕首、寒光、从碧玉舆上不停滴下的鲜血……说得还不够直白吗？

可问题是，皇帝好好地活在大明宫里呢。难道这个自称辛公平的人是在胡说八道吗？他为什么要这样做？弑君之罪株连九族，散布弑君的谣言同样是死罪。此人费尽心机地讲这样一个可怕的故事给段成式听，居心何在？

假如弑君之事不实，那么这会不会是一个预言、警示，甚至诅咒呢？

段成式的呼吸急促起来。

不论是预言、警示，还是诅咒，自己是不是都应该采取一些行动？要不要设法让皇帝知道，他的生命可能正受到威胁？

怎么做呢？把辛公平的故事讲给父亲听，请他转达皇帝？

段成式摇头苦笑。前不久，皇帝才因为韩愈在《谏佛骨表》中说了几句佞佛早死的话，差点儿把这个耿直的夫子给斩了，难道自己还想害了父亲不成？

而且段成式觉得，假如父亲听了这个故事，不仅不会上达天听，反而会认为儿子彻头彻尾地疯了，说不定从此连家门都不让自己出了。

仆人在外面敲门，请小郎君去前堂用晚饭。段成式忙把写着《辛公平上仙》的手稿塞到一大堆字纸下面，便匆匆离开了。

再回房已近亥时，仆人早在暖阁中点起熏笼，屋里温煦如春，馨香阵阵。段成式惬意地靠到榻上，拿起郭浣送来的飞天大盗案卷翻看，却怎么也没法集中精神，看了半天仍不知所云。其实郭浣想得没错，段成式本应对飞天大盗特别热衷，只是现在……段成式懊丧地扔下案卷，还是忍不住从纸堆里把《辛公平上仙》掏了出来。

再一遍读罢，段成式的感触却变了。

因为他有了一个新的发现：在上仙的整个过程中，除了辛公平和王臻这干迎驾者，其他人都神志不清，像是被下了咒语，又像是在梦中游荡。唯独皇帝本人，不仅认出了迎驾的阴兵阴将，而且眼睁睁地看着匕首来到自己面前，并任由其夺去了性命。自始至终，他都是唯一一个清醒的人。

所以，他肯定害怕极了，因为他知道自己躲不开；他也肯定孤独极了，因为满殿的侍卫、奴婢和臣子，却没有一个能够保护他。

在最初的恐惧之余，段成式从《辛公平上仙》的故事里，又悟出了深深的无奈和刻骨的悲哀。

段成式还是头一次认识到，人生中最大的不幸并非死亡，而是不得不独自面对死亡，身边却连一个可以倾诉、可以求助的人都没有。

3

韩湘被晨钟声吵醒。

他从书案上抬起沉甸甸的脑袋，窗纸上泛着朦胧的晨光，屋中依旧黑黢黢的。蜡烛早就灭了，青瓷烛台上结了一堆厚厚的烛泪，像座红色的玛瑙山。

韩湘揉着胀痛的太阳穴，回忆起昨夜的情景。他不记得自己是何时睡着的，那个名叫李复言的门客亦踪迹皆无，想必早就离开了。

烛台边还搁着那首《华山女》，韩湘拿起来重读一遍，昨夜的惊喜却转为惆怅——知道裴玄静在宫中又如何？自己什么都不能为她做。

院墙外，人声越来越嘈杂。百姓们一大早就赶去朱雀大街占位子，准备迎佛骨了。

元和十四年正月十二日，佛祖释迦牟尼的真身指骨舍利，自法门寺迎入帝都长安。

从凤翔到长安有将近三百里的路程。佛骨拂晓离开法门寺，到达长安城外时已过了午时。当绵延数里的仪仗远远出现在官道尽头，长安城内外都沸腾起来。从日出起就等候在大道两旁，已经虔诚跪拜了几个时辰的人们再也控制不住情绪，纷纷呼号叩首，泪流满面，不少人甚至号啕大哭起来。

禁军卫队和佛门护法组成的仪仗队，拥护着一座金辇缓缓穿过长安正南面的明德门。供奉佛骨的七宝塔在金辇上熠熠放光，长安城中三千街鼓齐声鸣响，香烛的烟火升腾九天。朱雀大街的两侧，充塞着宝帐和香舆，几乎水泄不通。五彩的旗幡之间，拥挤着不计其数顶礼膜拜的人头。金辇所过之处，有人焚顶烧指，有人解衣散钱，行迹几近癫狂，周围的人们却丝毫不以为意，反而争先恐后，竞相效仿。

　　及至夜幕快要降临时,佛骨才算走完了一整条朱雀大街,由朱雀门进入天街,再由天街经过丹凤门入大明宫。接下去的三天里,佛骨将在禁中接受皇家的供养,正月十五日上元节后,再送入长安各大寺庙,以供民众参拜敬奉。

　　靖安坊位于朱雀大街的东侧,位置差不多正好在南北向的大街中段,所以佛骨一个多时辰前就经过了。围观的人们陆续散去,也有些继续跟着佛骨向北而去。更有不少人还留在原地,朝着大明宫的方向三跪九叩。龙首原上暮色低沉,重重宫阙在烟云深处露出朦胧的身影,宛若九天仙境,如梦似幻。

　　这就完了吗?

　　韩湘兴味索然地朝韩府走去。在这一整天里,他看够了百姓们礼拜佛骨时的疯狂,只觉滋味难言。想不到民众的心中竟埋藏着如许悲苦。那些自内心迸流而出的眼泪,究竟是对死的恐惧,还是对生的绝望?究竟是因为信,还是因为惑?

　　叔公肯定是不愿目睹这番"盛况",所以才非要赶在佛骨入京前离开吧。但直到现在,对于韩愈所强调的祸端,韩湘仍然毫无头绪。

　　因为人群都聚集去了朱雀大街,靖安坊中倒比平日更清净。韩湘只顾埋头走路,快到韩府门外时,冷不丁撞上一个人。

　　"是你?"

　　因缘际会,当初裴玄静破解《璇玑图》一案时,韩湘和段成式曾碰过几面。那时在韩湘看来,段成式还只是个半大的孩子,所以不怎么放在眼里。一晃两年多过去了,今日一见,段成式的个头蹿了不少,人也壮实了,唇上还长出了淡淡的黑色绒毛。因正值新年佳节,段成式穿着一身大红的圆领袍,头顶进贤冠,腰束金粟带,俨然已是一位蜂腰鹤背、俊秀挺拔的少年郎君了。

　　韩湘不禁露出微笑,段成式也认出了韩湘,连忙与他见礼。

　　寒暄几句后,韩湘随口问:"段郎也去看佛骨了吗?"

"没有。"

韩湘颇感意外，这可不太像以好奇心闻名的段成式。

段成式迟疑了一下，解释道："我……刚从家里出来。"

"哦。"韩湘恍然想起，段府，也就是当初的武元衡宰相府，与韩府同在靖安坊中，离得不算远。韩愈的宅子是三年前升官后才购置的，韩湘总共没住过几天，所以对周围的环境并不熟悉。

他正琢磨着，突听段成式在问："韩郎，贵府这些天有没有失窃？"

"失窃？"韩湘讶异，"何来此问？"

"韩郎刚回京城，大概还没听说飞天大盗吧？"

"倒是听看家的仆人提起过，我以为他是夸大其词。怎么，还当真有这么一位飞檐走壁的大盗？"

段成式说："是啊，都闹腾了大半个月了，传得沸沸扬扬的，什么说法都有。我想着韩夫子阖家离开京城，府中空虚，故而特意提醒韩郎一句。"

"多谢段郎好意。"韩湘答道，"不过叔公向来清贫，家中仅有的一些贵重之物，这次也都随身带走了。飞天大盗要是真来府里行窃，恐怕要失望咯。"说着自己也笑了出来。

段成式却一本正经地说："那可不一定。夫子的笔墨才是最值钱的，若是碰上有见识的盗贼，还真不好说呢。况且……"顿了顿，又道，"听说这飞天大盗蹊跷得很，从来不偷金银财宝。"

韩湘奇道："那他偷什么呀？"

"他偷……"段成式突然又住了口，机灵的目光在韩湘脸上转了个圈，笑问，"韩郎，你今天晚上有事吗？"

"我？"韩湘将两手一摊，"我在长安孤身一人，能有什么事啊？"

"韩郎若是没有别的安排，我请韩郎去吃酒。"

他说得这般潇洒，听在韩湘的耳朵里，却还是故作大人的口吻。

韩湘正忍俊不禁,心中突然一动——裴玄静。

昨夜的新发现还没有机会证实,段成式会不会知道她的一些近况呢?很有可能,毕竟他的外祖父是武元衡,而他的父亲段文昌也正受到皇帝的重用。

"恭敬不如从命,"韩湘冲段成式一抱拳,"那我就先谢过段郎了。"

刻把钟后,韩湘随段成式骑马来到东市的一处酒肆——荟萃楼。

新年节庆期间的特例,东市在暮鼓后继续开放,酒肆饭铺均张灯结彩,客人川流不息,一直要经营到子时方休。

荟萃楼中红毡铺地,赤橙黄绿紫的五色彩锦从三楼中庭一直悬下,宫灯和明烛交相辉映,渲染出一派烈火烹油般的喜庆气氛。

韩湘记得皇帝下过旨,要求长安百姓在奉迎佛骨的当天禁酒茹素。但此刻荟萃楼中酒香混着肉香扑鼻而来,似乎并没有人把圣令当回事。

段成式熟门熟路地把韩湘带上三楼。与下面两层敞开式的大堂不同,这一层楼上全是一个个雅间,彼此以雕花木扇分隔开。每个雅间的门前垂着织锦的帷帘,还设有一座彩绘的竖屏挡住外人视线,使雅间内部更加优雅私密。

一路走过,韩湘见一扇扇竖屏上有的画着簪花仕女,有的画着青绿山水,笔法都相当不错,心中正赞叹着,段成式在最靠里的雅间门前站住了。

他将右手一抬,声音中带着自豪:"请韩郎入我的鬼花间。"

鬼花间?

韩湘还没来得及问这三个字是什么意思,便惊讶地看到,这个雅间门前的竖屏上只蒙着一张雪白的素纸,素纸上用黑墨画着一朵盛开的鲜花,花蕊中央寥寥几笔,勾勒出人的五官,好像正在展颜微笑。图画得挺稚嫩,与其他雅间门前的屏画技巧不可同日而语,却呈现出一种奇异的诡谲之美。画旁题着一行小字:"鬼花不语,颦笑辄坠。"

段成式在韩湘的身边轻声说："我听大食的客商说起，在大食西南两千里，另有一国。该国的山谷里生有异树，枝上开花形似人面。当有人经过向花问路时，花上的人面会露出微笑，笑而不语。笑着笑着，花便凋落了。"他抬起头，也露出微笑，"是我自己给这种花起名叫鬼花，并把它画在我的包间前面的，让它笑对所有进来的人。"

韩湘听得诧异，又觉这故事中有种让人莫名触动的地方，正要开口，一个人影从鬼花竖屏后面蹦了出来："段成式，你怎么才来呀？我等了你好久……"他突然看见韩湘，忙把后面的话咽了回去。

"韩郎请进吧！"

段成式请韩湘进雅间坐下后，才为他与郭浣引见。韩湘早就听说过郭浣的家世，今日一见倒也憨实可爱，只是浑身上下穿戴得太过奢华，再加上圆滚滚的身材，怎么看怎么像一只珠光宝气的大粽子。

好在郭浣心性大方，见韩湘是段成式介绍来的，便立即当作知交好友一般对待，毫无顾忌地大说大笑起来。

三人畅饮了一轮，韩湘感叹："素来只知有山海间、水云间，今日段郎的鬼花间，当真让韩某大开眼界。"

郭浣说："这可是段成式的常年包间，所以非要起一个与众不同的名字！"

"常年包间？"韩湘打量段成式，"却是为何？"

"因为段成式要收集鬼故事，又怕在家里被他老爹教训，故而躲到荟萃楼里来干这个勾当。"郭浣笑得前仰后合。

段成式瞪了他一眼，对韩湘解释道："荟萃楼中有来往各地的商人，还有许多异域客商，他们的故事最多最奇，所以我就在此包了个雅间，拜托酒楼的掌柜伙计告诉客人，如有关于妖魔鬼怪的奇闻逸事，就约到鬼花间来说给我听。嗯，我都会付酬劳的，一个故事一百钱。"

段成式说得格外认真，韩湘却只想笑，心中对这少年的好感陡然又增多了几分。

段成式自豪地说："我已经收集了一年多了。而今鬼花间的名声在外，就算不是荟萃楼的客人，有好故事的也会自己找上门来。"

"好个鬼花间，"韩湘高高地举起酒杯，"当浮一大白！"

又饮了几杯，郭浣小心翼翼地问段成式："那事儿你琢磨过了吗？"

段成式道："你先跟韩郎说一说吧。"

"哦。"

从郭浣的讲述中，韩湘才了解到所谓飞天大盗的始末。

去年腊月以来，长安城中发生了一系列盗窃案。

按说年关前后，节庆活动繁多，民众筹钱过年，而京兆府为了让大家痛快过节，放松了宵禁等各项管制措施，所以多发生几起盗案本不足为奇。但这次的窃案却与往年的很不一样。

被盗的东西五花八门，却没有金银、珠宝、绢、粮这些常见之物。有几家药铺失窃了药材；还有几家屠户报告被偷了刚宰杀的肥猪；更有一家绸缎庄失窃了一大堆储存着用来漂洗料子的皂角。最最不可思议的是，鸿胪寺对面几家供异国人下榻的馆驿中，茅房周围的泥地居然让人偷偷刨掉运走了。

由于窃贼的手段高明、神出鬼没，偷窃的东西又极其古怪，令人匪夷所思。民众再添油加醋地一渲染，就成了扰乱京城的"飞天大盗传奇大案"了。

"不对啊。"听到这里，韩湘插嘴道，"既然被窃的物品没什么规律，窃贼又未曾留下太多线索，凭什么说是同一个人所为呢？"

段成式回答："据极少数的目击者称，有时看到的盗贼是一个人，有时是好几个，但都青面獠牙，外形十分相似；在被人发现的时候，还会发出一股狐臊臭，弥久不散。所以大家才猜说，飞天大盗其实是一只会分身的狐狸精。"

京兆府的官员对于寻常窃案很有办法，处理这起稀奇古怪的案子时就有点儿无从下手了。从除夕到上元节,长安城中各种节庆活动不断,维持治安的压力本来就非常大,这件案子奇则奇矣,并未造成重大的损失,事主也追究得不急,所以京兆府未曾下大力气去查办。直至皇帝一声令下,全长安都为了迎佛骨而忙乱起来,京兆府就更没有余力去理睬这些窃案了。

反倒是民间把飞天大盗越传越离奇,越编越玄乎,成了大伙儿茶余饭后的一大解闷话题。

就在两天前,又有玄都观的道士来报案,说是失窃了一批珍贵的道教典籍,请求京兆府尽速查办。因在现场也闻到了狐臭味,所以推断此案亦为飞天大盗所作。本来京兆府还想拖到上元节后再办,却不料事情被直接捅到了皇帝御前。

"皇帝是怎么知道的?"

郭浣愤愤地说:"还不是那个柳泌搞的鬼!"

"柳泌?哪个柳泌?"

"还有哪个柳泌呀!"

这可太让韩湘意外了!早在两年多前,柳泌不就因以邪道妖术蛊惑百姓,又企图毁坏圣物玉龙子而获罪,被罢免了台州刺史的官职,抓回长安还关进了天牢吗?

"哼,关什么天牢!"段成式恨声道,"圣上将柳泌囚禁在宫中,仍命他给自己炼丹。想不到这家伙还真有一手,两年丹药炼下来,圣上越发离不开他了。不仅免去了他的死罪,前些日子竟又加封他为国师。"

韩湘目瞪口呆,本以为柳泌肯定万劫不复,哪承想他居然还能够死灰复燃。

郭浣气鼓鼓地说:"这家伙如今狂妄得不得了,那副小人得志的恶心嘴脸就甭提了,偏生他又惹到了我爹爹头上!玄都观的案子一出,他就跑到圣上面前去进谗言,说什么失窃的道经里有孙思邈真人的丹经,还有《太上圣祖炼丹秘诀》,都是仅存的孤本,他本打算好好研习了替圣上炼制仙丹的,所以必须找回来。唉,圣上一听这话就急了,限令我爹在十日内必须破案!可是你们想啊,佛骨今天才刚刚入城,金吾卫为了保护仪仗的安全,几乎倾巢出动。接下来又是上元节,待上元节一过,佛骨还要在京城中的各大寺院接受民众的供奉,我爹哪里还腾得出手去查那几本破经的下落啊!"

段成式冷笑道:"我看柳国师在乎的才不是那几本经书,而是看不得佛骨的风光,想凑个热闹,在圣上面前争显自己有多么重要吧。"

韩湘不禁在心中暗叹,由玉龙子而起的佛道争端果然还是没完没了,自己和裴玄静、崔淼等人不惜生命追求的真相和公正,到头来仍然落得一场空。

韩湘说:"孙圣人的丹经和《太上圣祖炼丹秘诀》虽然罕见,但也绝非孤本。据我所知,在天台山上的白云观中就有收藏。不过,冯惟良道长是绝对不会给柳泌看的。"他看着段成式和郭浣,似有所悟,"莫非你们二位是想……破这个案子?"

"对呀!"郭浣抢着回答,"我爹爹为了佛骨分身乏术,又不敢违抗圣上的命令,正发愁呢。恰好我想到段成式最熟悉妖魔鬼怪,还有狐狸精什么的,所以请他帮忙。"说着,满脸热忱地转向段成式,"段成式,你这几日可想出些端倪了吗?"

"没有。"

"什么也没有?"郭浣瞪大眼睛。

段成式又烦躁起来:"连你爹爹都办不了的案子,凭什么我就一定有办法?"

郭浣低声嘟囔:"段成式,上回在骊山的时候,你是不是撞到鬼了?我怎么觉得自打那次回来以后,你整个人都变了?"

"你才撞鬼呢!"段成式怒目圆睁。

"别吵别吵!"韩湘说,"我倒有个建议。"

四只明亮的眼睛一起盯住他。

"我认为眼下京兆尹最缺的,是一个断案能手。段郎人虽聪慧,毕竟欠缺这方面的经验，我倒想到了一个更加合适的人选。"

"谁？"

"裴炼师。"

郭浣愣愣地问："哪个裴炼师？"

段成式的一双眸子却剧烈闪耀起来："还有哪个裴炼师？"

郭浣这才"啊"了一声。

段成式激动地问韩湘："可我听说炼师姐姐隐居修道去了，没人知道她在哪里啊！"

"据我所知，她应该是在……宫中。"

"宫中？"

"对，大明宫。"

"你是怎么知道的？"段成式兴奋难抑。

"机缘巧合，我也是刚刚才听说的。"

"这……"段成式愣住了。

郭浣看看段成式，又看看韩湘，欲言又止。

段成式的眼珠接连转了好几圈，终于说："我觉得，可以试试。"

郭浣问："试……什么试？"

"很简单，你就去向你爹建议，说裴炼师有能力办理此案。至于炼师姐姐人在哪里，是不是在宫中，你无须提及。"段成式道，"圣上最了解炼师姐姐的能力，如果他真的有心破案，而炼师姐姐又确实在大明宫中，圣上定会考虑她的。"

"不行不行。"这下郭浣急红了脸，额头上也冒出锃亮的汗珠，"阿母早就嘱咐过我们，与裴炼师有关的事儿是圣上的大忌，能避则避。所以就算我去向爹爹建议她，我爹也绝对不敢跟圣上提。你又不是不知道，近来圣上的脾气越发暴躁了，一句话说得不遂心，不管是谁立即降罪。所以……"

段成式逼视他："所以，你早就知道炼师姐姐在宫中？"

"我不是……"郭浣躲避着段成式的目光，支支吾吾地说，"是、是有那么一回，我好像听见阿母偷偷告诉过爹爹……"

看来裴玄静的确是被皇帝拘禁在宫中了！

一时之间，韩湘辨不清心中的感受是喜还是悲，是怒还是愁。

就听段成式在怒斥："好啊！这么重要的消息，你居然一直瞒着我！"

郭浣哭丧着脸说："你也从来没问过我呀……"

"算了。"段成式道，"要不要向你爹去提，你自己看着办。至于别的，我也无能为力了。"

4

郭府所在的安兴坊位于东市的正北面，靖安坊却在东市的西南面。所以在荟萃楼前道过别，郭浣便与段成式、韩湘二人分道扬镳。韩湘和段成式相伴，纵马向南回靖安坊去。

坊街两侧的大槐树上，预备在上元节点亮的彩灯已经陆续布置出来。性急的百姓早早地就在家门口挂上了奇彩纷呈的宫灯。每经过一个十字路口，都能看到工匠在金吾卫的监督下连夜搭建灯树。

韩湘感慨道："上元节时城中遍地火烛，最怕走水。然而奉迎佛骨又要烧香祈福，这两件大事碰在一起，也真是难为了京兆府。"

"你说——会出事吗？"段成式问。

沉默片刻，韩湘方道："可惜我尚未修得未卜先知的能为。我只知道，世间的一切都祸福相依，就如阴阳共生。有恶方有善，有悲方有喜，有黑暗才会有光明。"

"所以大明宫中有了柳国师，就会有炼师姐姐。"

两人不觉相视一笑，心中似有万语千言，却又都小心翼翼，尽量不说出口。

已经回到靖安坊了。夜更深，寒意侵人的街头，灯火渐渐寥落，星光显得比先前亮了些。长街上没有一个人影，深不见底。

段成式举起珊瑚马鞭，指向前方："我听他们说，外公就是在那个拐角处遇害的。"

"是吗？"韩湘勒住缰绳，举目望去。他记得武元衡是死在元和十年的六月，那个最炎热的夏季中。从那时起，几度寒暑，参与刺杀武元衡的三个藩镇只剩下平卢还在苟延残喘，而其他人，不论敌或者友，很多都已经长眠了。

前尘旧梦，往事如烟。没什么能够永恒，唯有大唐一次次渡劫重生，靠的正是人心中不灭的信念。

段成式打破沉默："其实，我对飞天大盗的案子做了一些研究。"

"哦，有什么发现吗？"

"首先，以本人对狐狸精的了解，飞天大盗肯定是人而绝非狐狸精。"段成式自己也忍不住笑了，"而且我相信，飞天大盗应该是一伙人。"

"怎么说？"

"我认为这伙人并非普通盗贼，不为谋财，所以对金银财宝不感兴趣。他们善于利用假象蒙蔽民众，造成各种传言虚实难辨，才使得京兆府一筹莫展。另外，我认为这些人应该是外来的，且为首次作案。因为长安城内的惯偷在京兆府中大多有记录，这次的飞天大盗却不在其中。"

韩湘点头："段郎分析得不错，但此案难破也正在于此。"

"不。"段成式道，"我认为此案中最令人费解的是——失窃的东西。韩郎你想，如果说药材还有些用的话，那么刚被屠宰的生猪、洗衣服用的皂角，还有茅厕旁的泥巴又能有什么用处呢？就算去买也花不了多少钱，犯得着冒险去偷吗？更没必要故弄玄虚、装神弄鬼的。"

"或许……他们不方便去买？"

段成式蹙眉不语。

韩湘笑道:"那些东西也就罢了,最蹊跷的是偷道经,我就无论如何想不通了。莫非飞天大盗也想修道不成?可光偷两本经书也成不了仙啊。"

"肯定不是无缘无故的。"

韩湘点头。

"既然不是无缘无故,"暗夜之中,段成式的双眸亮如星辰,"如果能找出这些被偷物品的用处或者关联,会不会就能有所突破呢?"

"对了!"韩湘道,"说到这里,我倒想起件事来——昨日傍晚我进城时,在城门外遇上几个胡僧,他们也遭了贼手。不知是否与这几起窃案有关。"

"胡僧?他们被偷了什么?"

"通关文牒。"

"通关文牒?"段成式思忖道,"通关文牒是胡人入城的唯一凭证,除此再无他用。所以,偷通关文牒的目的只能是为了进城!"

"而且是胡人进城!"

"胡人?非要赶在这个时候入城的胡人,是为了什么呢?"

两人异口同声地叫出来:"佛骨!"

胡人信佛者众,又素有搜罗天下奇珍的名声,他们会对佛骨产生特别的兴趣,实在不足为奇。既然要用偷窃的手段,冒用他人身份入城,就更说明其居心不良,来者不善。

段成式喃喃地说:"胡僧失窃,会和飞天大盗有关联吗?"

从表面上看,唯一的相似之处就是偷窃这个手段了,硬要将两者扯上关系,未免太牵强。不过这的确是一条线索,毕竟,迎佛骨是如今长安城中最大的一件事,而所有怪案都发生在迎佛骨的前夕,难道仅仅是巧合吗?

韩湘想了想说:"方才提到的《太上圣祖炼丹秘诀》和孙思邈真人的丹经,我曾经从师父冯道长那里抄录过一份,就藏在家里。我回去找出来仔细读一读,看看能否有所发现。"

"太好了！"段成式也说，"这两天我会去鸿胪寺走一趟，想办法把昨天进长安城的胡人名单弄出来。"

"你还有这本事？"

"鸿胪寺卿的公子是我的好友，经常一起去骊山行猎的。"

"所以段郎还是打算帮京兆尹，哦，是帮京兆尹公子的忙了？"韩湘戏谑地问。

"帮是肯定要帮的……"段成式有些发窘，"我不对他直说，是怕他抱了太大的希望，到时万一查不出结果，失望更大。"

韩湘微笑着点头："嗯，还是给个惊喜比较好。"

"但愿真能有所惊喜。还有……如果能帮上炼师姐姐，那就更好了。"

看着段成式殷切的表情，韩湘忽然想到，今天段成式一见面便带自己去鬼花间，是不是也存了打听裴玄静情况的心思？

他决定不去追问。最真挚的情怀，就应该尽在不言中。

至少，关于裴玄静的下落，两年多来头一次有了准信，现在就等郭浣的行动了。想到这里，韩湘又担心起来："段郎，你觉得郭浣会去向京兆尹提吗？"

段成式毫不犹豫地说："会！"

"这么肯定？"

"当然。郭浣是我最好的朋友，我的事情就是他的事情，他一定会全力以赴的。只是……京兆尹敢不敢去对圣上提，就不好说了。"段成式又皱起眉头。

韩湘道："谋事在人，成事在天。"

因上元节前段府事务繁多，所以段成式与韩湘约定过了上元节，在正月十六日的晚上再到荟萃楼的鬼花间中碰面。正月十六日也将是佛骨离开大内，迎入城中佛寺供奉的头一天。

韩湘一直把段成式送进段府，自己才往韩府的方向而去。三更的梆子声已经远去，坊街寂寂，街面被雪白的月光照得好像洗过一遍似的，几乎能映出马蹄的影子。

这两天中发生了太多的事，直到此刻，韩湘的心才静下来一些，所以并不急着回家，反而信马由缰，享受着深夜街头的寂寥。

忽然，从前方传来一阵撕心裂肺的呛咳声，在静夜中显得格外刺耳。

拐过弯就是韩府的大门了。韩湘连忙勒紧缰绳，左右四顾——看见了！就在不远处的墙角下蜷缩着一个人，咳嗽声正是那人发出的，因咳得太剧烈，全身都在不停地颤抖。

韩湘跳下马背，快步来到那人跟前。月光照着一张苍白如纸的脸，鲜红的血沫从嘴角不停地渗出来，又从下巴一直淌到前胸。

韩湘惊叫："李兄！"此人正是前一天夜里刚认识的韩府门客李复言。

韩湘将李复言扶在怀中用力摇撼，可是他双目紧闭，根本没有反应。韩湘急了，用力把他扯着靠在自己肩头上，朝府门一步步挪过去。

还好几步就到了，韩湘大叫："快开门！"

仆人应声而出，吓了一大跳："郎君，这是怎么啦？"

"还不快来帮忙！"

韩湘和仆人一边一个搭住李复言的身体。韩湘急问："快快！他住哪间屋？"

"我、我不知道啊……"

韩湘气得直瞪眼，又一想这个仆人只是杂役，平常连出入后院的机会都很少，硬要他记住每位门客的住所，确实强人所难，便道："先把他扶到我房里去吧。"

两人好不容易才把李复言弄进韩湘的屋子，平放到榻上。李复言倒是不吐血了，只是气若游丝，不省人事。

韩湘吩咐仆人："你快去请个郎中来。"

仆人站着不动。

"怎么啦？快去啊！"

"郎君，这都三更天了，我上哪儿去请郎中啊。"

韩湘一愣，却听榻上的李复言用微弱的声音说："不、不要……郎中……"

"啊？"韩湘凑过去道，"李兄，你病得很重，必须赶紧医治啊！"

"不要……我说了……不要！"李复言猛地睁开眼睛，张嘴要说什么，却喷出一大口血来。

"哟！这请郎中还管用吗？"仆人吓坏了。

李复言只管死死地揪住韩湘的衣襟，虽然说不出话来，就是不肯松开手。

韩湘的心中一酸，低声道："好，那就不请吧。李兄你先歇着。"

韩湘在李复言的身边守了一个晚上。晨钟刚刚敲过，他便命仆人去西市的宋清药铺买些上好的人参来。也不知李复言究竟得的是什么病，但见他失血过多，只能先帮他固一固元气。

韩湘伏在桌上蒙眬睡去，只闭了闭眼的工夫，又被仆人叫醒——人参买来了。

仆人在廊檐下置了红泥小火炉炖参汤，一边唠叨："宋清药铺关张了，我跑了西市卜好几家药铺，都是铁将军把门，说要等过完上元节才开。好不容易才买到这点儿人参，都不是上好的，凑合着用吧……"

韩湘一惊："宋清药铺关张了？为什么？"

"不知道，好像关了有一阵子了。周围的人还说宋清掌柜有先见之明，要不然也得遭贼偷。另外那几家药铺统统被飞天大盗光顾了呢。"

"飞天大盗真有这么厉害？"韩湘越听越奇，"都偷了什么药？"

"也没什么稀罕的药材，听说就是些雄黄、雌黄、硫黄之类的吧。"

韩湘对医药所知不多，如果崔淼在就好了……他晃了晃脑袋，不愿再往下想了。

参汤炖好了,韩湘亲自拿了一个小匙,一口一口给李复言喂下去,又守候在旁边,看到他的面色稍有舒展,原先断断续续的喘息声也逐渐平缓,才稍微放下心来。

冬夜来得格外迅疾。韩湘整天待在屋中,一边留心李复言的情况,一边钻研那两本道经。正看着书,光线便昏暗起来,不知不觉,天都黑了。

李复言在榻上呻吟了一声。

韩湘上前查看,见他的眼睛睁开了,遂道:"李兄,你可把我给吓坏了。"

李复言用极微弱的声音道了声谢。

李复言前夜已经离开,为何昨夜又返回韩府?他得的是什么病,为什么坚决不肯请郎中?这些问题堆积在韩湘的心头,但他一个都没有问。乱世之中,谁没有些秘密。这不是他们的错,是世道的错。

韩湘只是微笑着说:"李兄不必客气,应该是我谢你才对。"

李复言面呈困惑。

若不是你发现了那首《华山女》,我又何尝能探得静娘的下落。韩湘心里这么想,嘴里说的却是:"再过两天就是上元节了。可这韩府里冷冷清清的,哪有半点儿年节的气氛。如今有李兄和我一起过年,好歹热闹些。"

李复言在枕上勉强点了点头,眼神复杂。

韩湘又道:"其实我不喜欢过年。我从小父母双亡,是叔公抚养我长大的。我虽有家有亲人,却也有永远不得圆满的思念。我热衷修道,便是希望能藏于深山之中,忘却尘世岁月,抛开人间冷暖,然而……"他摇了摇头,"还是忘不掉,也抛不开。唉,终究道行不够啊。"

少顷,李复言断断续续地吟道:"独在……异乡为异客……每逢佳节……倍思亲。"

韩湘从墙上取下父亲留给自己的洞箫,笑着说:"李兄身子不好,就别发感慨了，干脆我以一曲助兴吧。"

箫声在静夜中响起，悠扬婉转，仿佛夜鸟鸣唱，直入云霄。这箫声穿不透生死的屏障，唤不醒长眠的逝者，但是——韩湘在心中默默祝祷，唯愿它能飞向龙首之巅，跨越重重往复的宫墙，给幽禁中的伊人送去自己的问候。

一曲终了，他惊讶地发现泪水布满了李复言苍白的面孔。

"李兄，你……"

"十几年前，我家中遭了一场横祸……从那以后，我就再也不过年了。"李复言抬手拭泪，"让韩郎见笑了。"

对于韩湘来说，这是一个悲喜参半的新年，一个吉凶难卜的新年，却也是一个有所期待的新年。

接下来的三天，韩湘没有出过韩府的大门。院墙之外，佳节欢声不绝，韩湘统统充耳不闻，只窝在屋中照顾病人，同时钻研两本道经。李复言靠着参汤吊上一口气来，毕竟沉疴在身，大部分的时间只是卧床昏睡，倒也不添什么麻烦。暮去朝来，日子过得飞快，韩湘把那两本道经颠来倒去读了好多遍，却始终没有迎来灵光乍现的一刻。

转眼又日落了，仆人来给韩湘送饭，问今夜是否可以出去看灯。

"看灯？"

"郎君，今儿个上元节，街上的灯都亮了，您也出去逛逛吧。"

话音未落，便从坊街上传来"噼里啪啦"的爆竹声。韩湘抬头一望，夜空中不见星月，夜色更与往日不同，温暖璀璨如同白昼。不用问，那定是遍布长安城的彩灯齐齐绽放，照彻了整片夜空。

上元灯节，没有宵禁。长安城内一百零八座坊的坊门通宵全开，每年仅此一夜，所以百姓们倍加珍惜，家家户户倾巢而出，观灯、歌舞、看百戏，孩子们还要放爆竹和祈愿灯，尽情欢乐，直到正月十六日。

"是啊，都上元节了！"韩湘笑道，"好好出去玩吧，不用管我。"

正说着，又一阵爆竹声响起来，离得特别近，好像就在墙根底下。仆人红着脸道："是我家那个淘气鬼，嘱咐了让他跑远点儿再放……"

"没事。"

忽然一股呛人的气味钻进韩湘的鼻子，他冲仆人的背影叫起来："等等，这是什么味道？"

"是爆竹里的硫黄味儿……"仆人回过身来，愈发局促，"那个小兔崽子，我这就去揍他一顿。"

韩湘连连摆手："不不，你们去玩吧，别打孩子。"

他激动地冲进屋里，先翻开孙思邈的丹经，又找到《太上圣祖炼丹秘诀》中的那一页。

就是这儿！几天来一直在脑海中若隐若现的影子终于被他捕捉到了。

5

圣人孙思邈在丹经中记有"丹经内伏硫黄法"，曰："硫黄、硝石各二两，研成粉末，放在销银锅或砂罐子里。掘一地坑，把三个皂角逐一点着，夹入锅里，把硫黄和硝石起烧焰火，便可伏火。"

在《太上圣祖炼丹秘诀》中，则提出了另外一个"伏火矾法"："硫二两，硝二两，马兜铃三钱半。石为末，拌匀。掘坑，入药于罐内与地平。将熟火一块，弹子大，下放里内，烟渐起。"

在所谓的"伏火法"下面，两本书中均写道："以此法炼丹时，需严防失火。以硫黄、硝石、雄黄、油脂和皂角相调和，虽然可以去除硫黄的烈性，但如操控不当，便会产生巨力以至爆燃，甚而达到山崩地裂的程度。"

韩湘很早就听说过，终南山中有一个名叫清虚子的道士以硫黄硝石伏火炼丹，一着不慎，丹炉炸开，紫火腾空，清虚子被炸得飞到半空中，两条胳膊都断了。

根据段成式和郭浣提供的情况，京城窃案中被偷的东西包括药材、皂角、生猪和茅厕旁的泥土。这些东西乍一看并没有多少价值，所以令人百思不得其解。但结合起炼丹伏火法，就能立刻找出其中的关联——

生猪可提取油脂；茅厕旁的土中能提出硝石；而被盗的药材中，则包括了硫黄、雌黄和雄黄。

现在要确认的事实是：道经和那些物品，究竟哪样最先失窃？

精于炼丹的道士们大多听说过硫黄伏火法，但具体的配方只记载在这两本道经中。

韩湘认为，如果先失窃的是两本道经，那么几乎可以断定，是有人在试制炼丹伏火的秘法。其实，此刻大街上响声处处的爆竹，用的就是硫黄硝石混杂再点燃的方法。但是从失窃的硫黄硝石的数量来看，那伙神秘的盗贼似乎想要制造许许多多的"爆竹"。

为什么呢，难道是要借上元节贩卖爆竹牟利？这也太愚蠢了吧。

韩湘琢磨，得尽快把这个发现告诉段成式。段成式那个鬼精灵，兴许就能想出什么端倪来。

但此刻正是上元节最高潮的时候，段成式肯定在和亲朋好友一起赏灯玩乐。不急在这一时。韩湘看了眼在榻上沉沉昏睡的李复言，想来无事，便决定如仆人所提议的，干脆先混迹到人群之中，与近百万的长安民众一起尽情享受佳节。

踏出府门，宛如进入另外一个天地。

今宵不寐的长安城中，到处张灯结彩、火树银花。璀璨的灯火如银河星落，映着满大街姹紫嫣红的人们，大家相互簇拥着欢笑不止。韩湘在长安城中过了许多个上元节，却感觉今夕比往年都更加热闹。是因为迎佛骨，还是因为大唐来之不易的中兴？皇帝呕心沥血了十几年的削藩，终于接近收官。有这样一个沸腾的上元节，也在情理之中吧。

韩湘挤在人群中，随波逐流地向前走着。凭感觉，人流是在朝东北方向去。上元节时，皇城前的天街上按例竖起巨大的彩轮和数百杆灯树。数千宫女在彩轮下踏歌欢舞，来自域外的奇人们表演百戏和幻术，禁军健儿还要拔河助兴。王公贵族们则在天街两侧架设彩楼观灯，看到兴起时便撒下大把金银，如同天女散花，诱使百姓去争抢，所以大家都往那里赶。

走不多远，人流又停顿下来，发出阵阵欢呼。韩湘跟着周围的人朝天上看去，只见黑云密布的苍穹之上，飞起了盏盏祈愿灯，飘摇绚丽，好似繁星点点，引得众人尤其是孩子们仰面挥手、兴奋不已。

韩湘正看得开心，忽听耳边有人在叫："韩郎！"

回头一看，竟是段成式！

韩湘惊喜地问："你怎么也在这里，是和家人一起来看灯吗？"

"我在找你啊！"

"找我？咱们不是约好了明天再碰面吗？"

"哎呀！是佛骨！"段成式满头大汗，也不知是挤出来还是急出来的，大声说，"佛骨就快到大安国寺了！"

"什么？"韩湘没听懂，"佛骨不是要到正月十六日才会出禁中吗？"

段成式的神情有些异样："韩郎，今天是上元节啊！"

韩湘突然明白过来了——子时的钟声刚刚敲过，现在已经是正月十六日了。如果在其他日子，必须待晨钟响过开启宫门，佛骨才会离开禁中。但上元节是通宵达旦的，所以子时一过，佛骨便准时迎出大内了。

他环顾四周，才醒悟到这汹涌的人潮绝大部分是去往大安国寺礼拜佛骨的。

大安国寺位于长乐坊中，北面就是大明宫，东边又紧邻着十六王宅，所以佛骨离开禁中后，首先就迎入大安国寺供奉。

为了盖过周围的爆竹和人声，段成式已经在冲着韩湘喊叫了："我打听到了，正月十二日那天进长安的胡人中，有一群来自于阗国的僧人，专程来为佛骨贡献西域的香火。现已经鸿胪寺安排，特许他们今日去大安国寺进香。"他喘了口气，又道，"可我总觉得此事蹊跷，所以特意向爹娘撒了个谎，去韩府找你商量。谁知你不在家，我估摸你会不会也打算去大安国寺，就这么一路找过来……"

韩湘惊道："糟糕！"

"什么糟糕？"

"那香火怕是有鬼！"韩湘一扯段成式的胳膊，"来不及了，咱们快去大安国寺！"

怎奈周围人山人海，朱雀大街向北往皇城的方向几乎水泄不通。韩湘拉着段成式在人群中见缝插针，一边奋力往前挤，一边将自己的发现讲给段成式听。

没说几句，段成式已经脸色大变。

综合所有的发现，最合理的推论便是：有胡人假冒于阗僧人之名，向大安国寺的佛骨进香，却在香火中埋伏了硫黄硝石等物。按照炼丹秘诀中记载的配比，一旦引火，将发生威力不可估量的爆燃。

佛骨、大安国寺、越聚越多的人群，还有长安城中遍地的火烛灯笼……

后果不堪设想！

两人顾不上多说了，都开始拼命朝前挤去。朱雀大街的两侧，不时地能见到维持秩序的金吾卫，但是人潮汹涌，根本挤不到士兵前面，也不可能说上话，并向他们发出警告。只能靠自己了！

一路上左冲右突，东挡西钻，两人只恨肋下没生双翅。足足花了一个多时辰，总算进了长乐坊。

尚未到黎明时分，但遍地灯火，加上不远处皇城中竖立的转轮放出夺目光辉，将整个长乐坊照得如同白昼一般。越过密密麻麻的人头，已经能够清楚地看到大安国寺的方塔了，却再难靠近半步。

执刀荷戟的金吾卫以身躯为障,将民众拦阻在身后,为寺院前腾出一条路来。街道上已经泼洒过净水,像镜面般反射着满城华光。

　　费尽九牛二虎之力,韩湘和段成式突出重围,钻到人群的最前排。大安国寺的寺门大敞,从里面传出阵阵梵音。隔着金吾卫的仪仗朝寺内望去,只见合寺僧众身披最隆重的袈裟,齐声诵经,庄严地等待佛骨的到来。香火烛烟缭绕在他们身边,又汇聚到半空中,形成云烟蒸腾的华盖。

　　段成式眼尖:"快看那里!"

　　就在正对寺门的街上,放置着一具大铜鼎。数名僧人围在四周,果然都是胡人模样。

　　这肯定就是所谓于阗僧人进献的香火了,但此时铜鼎中的香火并未点燃。

　　韩湘和段成式相互点点头,想必要等佛骨到时才进香——还有机会阻止!必须阻止!

　　寺前的金吾卫中,只有一位身披明光铠的将军高高地骑在马上。韩湘和段成式挤到他前面,齐声高喊:"将军,铜鼎中的香火有诈!"

　　将军满面虬髯,头盔遮住鼻子以上的半张脸,但是膀阔腰圆,相当威武。他直勾勾地盯着韩湘和段成式,似乎一下子没听明白他们的话。

　　段成式又叫:"将军,切不可引燃香火,铜鼎会炸!"

　　"你说什么?"

　　段成式一愣,这位将军的口音竟也是胡人腔调。他还在愣神,就听那将军断喝:"滚开!"

　　韩湘抢步上前:"将军切不可掉以轻心,请听我们说……"

　　"快将这两个乱民驱离!"

　　随着将军一声令下,拳脚棍棒便如雨点般地落到韩湘和段成式的身上头上。两人被打蒙了,正在晕头转向之际,身边的民众发出山呼海啸般的欢呼——佛骨到了!

金吾卫撇下他们，转而去维持秩序。人们纷纷纳头拜倒，段成式和韩湘被冲散了。眼前突然没了遮挡，段成式看见，佛骨仪仗正从大明宫的方向缓缓而来，由二十四名力士肩担着的金舆上，供奉佛骨舍利的宝塔光芒四射，亮过了上元节的所有彩灯。

大安国寺中响起震耳欲聋的梵唱，方丈慧能法师率领僧众迎出寺门，恭候在铜鼎前。一名胡僧燃起香火，毕恭毕敬地进献到方丈手中。

段成式声嘶力竭地叫起来："方丈，不能点火啊！"可是音乐、祈祷、梵唱，还有爆竹声，沸反盈天的种种声响，早把他的那点儿喊声给淹没了。

佛骨的仪仗就停在铜鼎前。慧能方丈举着香火念念有词，众僧拜倒在他的身旁，那几名胡僧也跟着跪下来。

慧能方丈祷告完毕，刚要将香火伸入铜鼎，突然从头顶传来一声："住手！"

段成式从天而降，直扑到方丈的身上，两人一齐摔倒在铜鼎旁。

原来段成式情急之中，爬上了寺前的参天古槐。因为所有人的注意力都集中在了佛骨上，竟无人阻挡他，使他能在千钧一发之际，从槐树上直接跳向慧能方丈。

段成式一骨碌便爬了起来。慧能方丈可摔得不轻，段成式伸手相搀，抱歉道："方丈，对不住了！"

他还想对老和尚解释几句，不远处传来怒吼："什么人！竟坏我大事！"

段成式一抬头，却见那位金吾卫将军翻身下马，手中执剑，杀气腾腾地冲过来。

段成式突然认出他是谁了，不禁大为震惊。

转眼将军就杀到跟前，举剑便砍，段成式就地一滚，将将躲过。将军再砍，段成式跳起来便跑。刚才那一摔还是伤到了，段成式觉得右脚脚踝钻心地疼，他灵机一动，干脆绕着铜鼎跑起来。好在他的身体灵活,而将军全身铠甲终究迟钝些,追了几圈都够不着他。

将军大怒,振臂一推,竟徒手将铜鼎翻倒,里面的黑色粉末撒了一地。

此时大安国寺前已经乱作一团,人们呼喊推搡,金吾卫再也无法控制局面。

段成式又一瘸一拐地朝佛骨的方向跑去。

"好小子,你还想往哪里逃!"胡人将军挡住去路。

段成式将头一昂,迎向他高举的利剑:"我知道你是谁!"

将军一愣。

恰在此时,寺前的灯树经不住人群的推撞倾倒下来,火星飞散而下!

就在火星落向铜鼎的瞬间,段成式看到韩湘已经赶到了金舆前,他用尽全力朝韩湘大喊:"保护佛骨!"

韩湘应声扑向金舆。

伴随着一声轰然巨响,烈焰在大安国寺前瞬时炸开。

6

元和十四年正月十六日,佛骨送出禁中的当天夜里,国师柳泌就在大明宫中的三清殿上主持了道教的夜醮仪式。

从龙首原上俯瞰长安城,灯火比昨夜上元节暗淡了许多,星辰在夜空中重放光芒,天际银河再现。

三清殿前的圆形祭天台全部使用汉白玉雕砌而成,在星光照耀下披了一层淡淡的银色,几乎像是透明的。黄、绿、蓝三色的琉璃和鎏金莲花瓣铜饰点缀其间,使整座祭天台越发显得玲珑剔透、异彩纷呈。

柳泌身披绣满云霓的青色道袍,踏着海兽葡萄纹的方砖,沿龙尾道缓步登上祭天台。供桌上已设下酒脯、饼饵、币物等供奉上仙之物。柳泌先是念念有词一番，祭告天皇太一、五星列宿，继而用红笔在青藤纸上写下对天帝的奏章，再用皂囊封缄。

仪式颇为烦琐，柳泌装模作样地搞了很长时间。他倒是忙得额头冒出汗珠，随同夜醮的宫中道人和内侍却个个冻得簌簌发抖。

只有永安公主能坐在廊下单设的暖帐中，一边舒舒服服地旁观，一边和身旁的裴玄静闲聊："咱们的柳国师还真是半点儿不肯落后啊。"

裴玄静笑了笑。

"你猜猜，他会在青词奏章里写些什么？"

"我想，无非就是祈祷国泰民安，尤其是圣上的龙体安康吧。"

"龙体安康？"永安公主瞥了裴玄静一眼，"有了国师的灵丹，皇兄的龙体怎么会不安康。"

裴玄静又笑了笑。

和永安公主同在大明宫中的玉晨观修道已逾两年，裴玄静早就发觉，即使和某些人朝夕共处，彼此间仍然不会亲密，裴玄静与永安便是一例。

其实她们相处得还不错。永安公主性格孤僻，为人倨傲刻薄，喜怒无常，基本上没有交心之人，而裴玄静本无意与她交心，只求相安无事，刚好永安也是此意。对于裴玄静，永安似乎还抱有一点儿敬畏。这点儿敬畏从何而来，裴玄静不得而知，也没有兴趣去了解。两年多的相敬如宾，只让裴玄静看清楚了一点：永安公主是一个怀有秘密的人。正是这个秘密，耗损了她的性格，也败坏了她的命运。这个秘密肯定非常可怕，更可怕的是，永安公主终身也摆脱不了它。

其实在大明宫中，谁又不是怀着类似的秘密呢？在裴玄静的眼中，整个大明宫就是一座巨大浩荡的迷宫，而自己单枪匹马闯入迷宫，又是为了什么呢？

不可说——因为这也是裴玄静的秘密。

今夜永安公主的兴致颇高，虽然裴玄静没有积极响应，她仍然说个不停："我倒是有些担心，待柳国师的奏章上达天庭后，玉帝和佛祖会不会争起来？"

"有什么可争的呢？"裴玄静反问。

"哎呀，就像大臣们每天都在朝堂上争个不休，你说他们又在争什么呢？"

裴玄静说："我朝自立国以来，佛道便相争不绝，时而西风压了东风，时而东风压了西风，却也无伤大碍的。"

"嗯，我倒觉得是两头都不得罪，两边的好处都想要。"

这话说得够尖刻，裴玄静不觉瞥了永安公主一眼。

"我原来还以为，在这件事上皇兄也会效仿先皇。没想到……"

"效仿先皇什么？"永安公主欲言又止，反而勾起了裴玄静的兴趣。

"先皇笃信佛陀，虽然一生病痛不断，却从不服丹药。"

"是吗？"裴玄静有些意外。

"是。"永安公主的语气变得惆怅起来，"你是看不出来的，可我们都知道，皇兄在很多事情上都学先皇的做法。偏偏这服丹一事，可惜了。"

裴玄静在两代名妓傅练慈和杜秋娘的命运上早已了解到，皇帝在效仿先皇。当然，她从未对人提起过。

裴玄静试探着问："可惜吗？"

"让柳泌这种小人得志，你不觉得可惜吗？如今皇兄一天都离不开柳国师的丹药了，柳泌的荣华富贵自当享用不绝。"

裴玄静说："公主殿下若真的这样想，就应该劝谏圣上。"

永安公主"咯咯"笑起来："算了，我还是少惹麻烦吧。"

望着在祭台上忙乎的柳泌的背影，裴玄静又问："先皇完全不信道吗？"

"是完全不信丹药。"永安公主回答，"至于信不信道，他从来没对我们说过。不过……他却抚养了一个道士的儿子。"

"抚养道士的儿子？"裴玄静很讶异，道士哪来的儿子？再说了，先皇为何要代为抚养？这事听起来实在有些荒谬。

永安公主没有吭声，却直勾勾地看着前方。

"公主殿下。"原来是柳泌不知何时来到暖帐前。

永安公主就像突然见了鬼似的，全身绷紧，怯怯地招呼了一句："国师辛苦了。"

"为圣上效劳，怎敢言辛苦。"柳泌躬身道，"不知公主殿下对贫道的夜醮，有何指教吗？"他的话语和姿态虽然谦卑，淫邪的目光却肆无忌惮地爬上永安公主的面颊，像条蛇一般在那里上下游走。

永安颤声道："国师道行深厚，我、我哪里有什么指教……"

"说到这里，"柳泌凑得更近了些，几乎要贴到永安的胸前了，"公主殿下独自修炼，缺乏名师指点，精进的速度自然会慢一些。贫道倒有一个建议。"

"什么建议？"

"殿下你看，你我都在大明宫中，公主殿下的玉晨观和贫道的三清殿离得也不算远，何不经常在一起探讨道义，共同修炼呢？"

永安公主尚未回答，裴玄静却向前一步，道："无须劳动柳国师。公主殿下与我一起修道。"

"原来裴炼师也在这里，久违了。"柳泌装出刚刚发现裴玄静的样子，"见到裴炼师，不禁令贫道联想起两句写夜醮的诗：'青霓扣额呼宫神，鸿龙玉狗开天门。'裴炼师很熟悉吧？"

裴玄静镇定地回答："当然，但我更喜欢这首诗末尾的两句：'愿携汉戟招书鬼，休令恨骨填蒿里。'"

"那不是李长吉的诗吗？"永安公主问。

柳泌阴笑着说："公主殿下不知道吗？裴炼师原本与李长吉有过婚约。"

"真的吗？"永安的面色又是一变。

裴玄静点了点头。与长吉的往事，裴玄静从未刻意隐瞒过谁，但也不会对任何不相干的人随便提起。对于裴玄静来说，长吉不是秘密，而是永远的伤痛，是美到极致，不忍直视的月光。

柳泌道："是贫道造次了，原来裴炼师不曾与公主殿下提起。"

"此事和你有关吗？"裴玄静问。

"无关，无关。"柳泌笑道，"裴炼师，你我之间过去有些误会，而今同在大明宫中，又都是修道之人，其实我很想与裴炼师捐弃前嫌。贫道建议，不如你、我还有公主殿下，我们三人从此一起修道、共同精进，炼师以为如何啊？"他的相貌本就猥琐，此时简直不堪入目了。

"捐弃前嫌？"裴玄静注视着他，"你我之间没有前嫌，只有每时每刻的仇恨。"

柳泌将脸一沉："贫道可是圣上钦封的国师，裴炼师这样与贫道说话，就是对圣上的大不敬！"

"我正是与柳国师才这样说话，对柳泌我根本无话可说！"

柳泌恶狠狠地道："很好，既然裴炼师决意与贫道为敌，那咱们就走着瞧吧。"说罢拂袖而去。

裴玄静对永安公主说："我们也回去吧。"又见永安脸色难看地僵着，便问，"公主怎么了？还在生我的气吗？"

永安不答。

裴玄静轻叹一声："长吉已逝多年，我不觉得有必要向公主提起我与他的往事，绝非刻意隐瞒，还望公主殿下不要在意。"

永安公主冲口道："你的事情我不想管，我的事情也不要你管！"

"你的事情？"裴玄静一愣，旋即醒悟过来，又觉得难以置信，"公主殿下的意思是——刚才我不该干预你与柳泌的谈话？"

永安愤愤地嘟着嘴。

裴玄静道："殿下，他分明是在冒犯你啊！我是看不过去了才出言阻止……"

"谁要你阻止!"永安尖叫起来,"你知道惹了他会是什么结果吗?如今皇兄就爱听信他的话,你想找死你自己去,不要拖上我!"

裴玄静气极反笑:"所以公主殿下情愿被柳泌侮辱?"

"他没有侮辱我,你哪里看出他侮辱我了!"

裴玄静勉强耐心道:"或许公主殿下对柳泌的为人还不甚了解,但我亲眼见过他那些卑鄙无耻的行径。此人的心地相当狠毒,杀人不眨眼,所以绝不能给他任何可乘之机,否则必将反遭其害。"

"你这么清楚柳泌的为人,难道皇兄还不如你清楚吗?为什么还封他为国师?柳泌没说错,你如此诋毁柳国师,就等于在诋毁皇兄的英明!"

"我懂了。"裴玄静终于忍无可忍,"早知今日,当初圣上让公主殿下去回鹘和亲的英明决定,我就不该帮着公主殿下拒绝。"

"你!"永安狠狠地一跺脚,愤然离去。

裴玄静没有去追她,而是远远地看着公主的背影消失在廊檐尽头,方才沿着长廊缓步前行。

她的心中有种世态炎凉的况味。虽然裴玄静一向并不喜欢永安公主,但还是同情她的遭遇。正因为裴玄静深信,任何人都不应该成为权力交易的牺牲品,所以那时永安为了逃避和亲向她求助时,裴玄静才会毫不犹豫地挺身而出。结果因此身陷宫禁,裴玄静从来没有后悔过。整整两年过去了,今天裴玄静才真正认识到,永安公主畏惧的并不是失去尊严和自主。不,她所眷恋的只是长安宫中优渥的生活环境,只要能保住这一切,她甚至愿意向柳泌这种流氓恶棍低头,忍受他的欺辱,就因为他现在是皇帝驾前说一不二的红人。

裴玄静在心中冷笑着,可怜之人必有可恨之处,用这句话来形容永安公主,真是再贴切不过了。可是,今后要怎样与公主相处下去呢?假如再遇到类似的情形,难道要自己装聋作哑吗?

皇帝将裴玄静拘禁在大明宫中,除了陪同永安公主或者极少数被允许的情况外，一律不准踏出玉晨观。这也就意味着，如果柳泌再到玉晨观去骚扰永安公主，裴玄静将不得不眼睁睁地看着，避无可避。

新年佳节还没有过完，前方的夜空中辉映着长安城中的万家灯火。团聚的日子，她却只能孤单地站在重楼高阁的阴影里。宫阙绵延望不到边，就像她的思念一般，绵长而没有着落。

皇帝曾经说过，大明宫中有不下万人，却连一个相知的人都找不到。

"裴炼师。"有人在叫她。

裴玄静闻声回头，原来是皇帝的贴身内侍陈弘志。裴玄静已经很久没见过他了。月光照在陈弘志的脸上，几年来他相貌中的稚气脱尽后，五官由清秀变为圆润，又因为是个太监，所以没有男性逐渐成熟后的刚硬，反而有点儿像个妇人了。

"陈公公？"裴玄静向前望了望，永安公主早就没影了，"你是找公主殿下吗？"

陈弘志一笑："不是，我来找裴炼师。"顿了顿，又道，"我早就来了，特意等到现在。"

他的意思很明白，是故意等到永安公主和柳泌都不在时才现身的。

难道是皇帝想起自己来了？

裴玄静感到一阵空泛的疲倦。整整两年了，皇帝将她关在大明宫中，却从未召见过她一次。自从元和十年五月末的那个雷雨之夜，裴玄静第一次来到长安，误打误撞走进春明门外的贾昌小院，她的命运就被笼罩在皇帝的意志之下。此后不论她做了什么，遇到了什么状况，事后都证明与皇帝有着千丝万缕的联系。但恰恰就在过去的两年中，她被皇帝深锁在大明宫中，与他近在咫尺，却似乎彻底失去了关联。

裴玄静明白，他是在消磨她的意气，用彻彻底底的忽略煎熬她，企图耗尽她的勇气和耐性。这是一场无形的较量，皇帝什么都不需要做，只要将她随意地丢弃在一边，用整座宏伟的大明宫来压迫她，一点儿一点儿地把她的意志碾成齑粉。

他终于想到要来看一看成果了吗？

裴玄静问："陈公公找我有什么事？"

"曾太医来了，正在仙居殿中等候，请裴炼师赶紧过去。"

"曾太医？"

"对啊。太医院中资历最老的神医，早些年就告老隐退了。今天能来一次，特别不容易呢。"

"曾太医为什么要见我？"

"曾太医来给裴炼师看病啊。"

"给我看病？"

"是啊。哎呀，裴炼师快跟我走吧。"

裴玄静没病，更没要求过请什么老神医看病，她连曾太医的名字都从未听说过。

她看着陈弘志。

也许是在皇帝身边待久了的缘故，陈弘志眼神中的精明冷酷竟和皇帝有几分相似，但骨子里又截然不同，浑然一件拙劣的赝品。

裴玄静问："这是圣上的旨意吗？"

陈弘志没有回答。

"请陈公公带路。"

7

曾太医等候在仙居殿后的偏殿里。陈弘志将裴玄静带进去后，便知趣地退出帘外。

须发皆白、满面红光的曾老太医看起来有八十多岁了。他和蔼地端详着裴玄静，微笑着问："炼师有疾乎？"

虽然满腹心事，裴玄静还是被这位慈祥的老人家逗笑了，柔声回答："我却不知自己有疾否，还请老神医诊断。"

曾太医却叹了口气，从檀木医箱中取出一张粉笺，放到了裴玄静的面前。

"炼师之疾，此方可医。"

她轻轻地捧起粉笺，像捧起一对蝴蝶的翅膀。不敢用力，怕它会碎；又不敢松手，怕它一下便飞得没了踪影。

熟悉的潇洒字迹，宛如他的笑脸活脱脱地再现在她的眼前。

裴玄静盯着看了很久，直到曾太医又将一整沓粉笺递过来。

她抬起头："全都在这里了吗？"

曾太医点了点头——所以，这些就是王皇太后让宫婢请崔淼写的药方了。那么说，王皇太后收集的药方，最终还是落到了皇帝的手中。崔淼死于王皇太后和皇帝的共谋，裴玄静的这个推断，终于得到了证实。

曾太医咳嗽一声，道："关于这些方子，我有一个故事，裴炼师想不想听？"

"老神医请说。"

"其实，这些方子都是老夫的家传。"

"您的家传？"裴玄静抬起眼睑，双眸幽深如潭。

"我家世代为皇家御医，早自前朝大隋起，我家中积累的药方便为皇家所独有,从不流于民间,这些方子只是其中的一小部分。"曾太医苍老的目光中含义隽永,不可捉摸,"可是,大约在三十年前,它们被偷偷地带出了皇宫。"

"哦,发生了什么事?"

"由这些方子辑录编成的方书仅两册。一册保存在太医院,钥匙由我掌管;另外一册在尚药局,钥匙由内给事公公亲自保管。许多年来从未出过差错。三十年前,哦,确切地说应该是贞元六年,那一次我到尚药局去修书,却发生了意想不到的事情。"

裴玄静问:"修书是什么意思?"

"方子会根据使用的效果不断地调整,如果一味拘泥,就不能累积经验,达到最好的疗效。所以隔一段时间,我便会将方书重新修订一版。因为我日常在太医院中供职,所以太医院里的方书我是随时修改的。而尚药局中的方书,每年只修一次。贞元六年元月中的一天,我到尚药局去修方书。由于前一年中方子的修改较多,所以我花了不少时间。修方书时,我独自一人关在屋中,大概一个时辰过去,我感到有些困倦,便不知不觉地睡了过去。哦,恰好前一天晚上宫中有位嫔妃突发疾病,我忙了一整夜,所以身体很疲惫……也不知睡了多久,直到来送饭的内侍敲门将我惊醒。当我醒来时,突然发现面前的方书少了一份。"

"少了一份?"

"对。去尚药局修方书时,我随身带着太医院已经修改好的方书。一边抄录,一边核查,过去一直都是这么做的。所以在我睡着之前,桌上摊开着两卷方书,可是等我醒来,却只剩下一卷刚修了一半的方书,我从太医院带来的已经修好的方书却踪迹皆无了。"

裴玄静盯着曾太医:"您仔细找了吗?"

曾太医苦笑道:"当然,恨不得把每块地砖都翻过来。"

"所以……"裴玄静斟酌道,"是有人把方书偷走了?"

"只有这个可能。于是我赶紧请来内给事公公,在尚药局中进行了一番调查,结果却一无所获。万般无奈之下,我只得将方书重新抄了一份,凭记忆补充修订,再交予尚药局严加保管。最终,此事就这么不了了之了。"

"不了了之?"裴玄静追问,"难道没有上报吗?"

"唉,如果上报的话,肯定又要弄得沸沸扬扬,不仅于事无补,反而牵连尚药局的一干人等。所以我与内给事公公商议之后,决定把此事压了下来。"

裴玄静沉默片刻,问:"王皇太后怎会熟知这些方子?"

"因为——拿走药书的正是王皇太后的贴身婢女。"曾太医长声喟叹,"当时,先皇尚在东宫为太子。他的身体一直不好。所以王良娣,也就是后来的王皇太后常向太医院讨要方子,为太子补身。那次王良娣得知我到尚药局修方书,便遣她身边的一名宫婢到尚药局来取方子。尚药局位于太极宫中,和东宫只隔着一堵墙,所以让宫婢过来十分方便。"顿了顿,曾太医又用强调的语气说,"那天,只有这名宫婢来过我修方书的房间。"

"既然如此,为何不招那名宫婢来盘问呢?"

"裴炼师应该懂得投鼠忌器的道理吧。彼时,我与内给事公公商议了半天,拿不定主意,只好去东宫求见太子,将事情的原委告诉了他。太子殿下闻言十分震惊,待要召唤那名宫婢盘问时,才发现她已经逃跑了。"

"逃跑了?"

"对,衣服细软都带走了。可不是逃跑了吗?"

裴玄静皱起眉头:"逃出宫有那么容易吗?"

"裴炼师有所不知。大明宫戒备森严,要逃走自是不可能的,但东宫就不那么严格了。先皇仁慈,在他为太子的那些年里,东宫的内侍宫女们过得都很舒服自在。"

半晌,裴玄静道:"所以,曾太医的祖传方书被这名东宫婢女偷走,算是坐实了。"

大唐悬疑录 4:大明宫密码 51

"还能是谁呢？"曾太医反问，"太子殿下本要把责任担起来。但我和内给事公公都考虑，此事说大不大，何必再闹得满城风雨呢？况且方书流入民间，能够造福百姓，其实不无裨益。于是我们便一起向太子殿下提议，还是将此事大事化小，小事化了吧。太子殿下也就应允了。再后来，慢慢地大家都把这件事忘掉了。"

顿了顿，他又补充道："我记得，那个宫女姓崔。"

裴玄静本来在垂首思索，听到曾太医的这句话，她的睫毛微微一颤，抬起头来："请问曾太医，这名崔姓宫婢懂医术吗？"

"那怎么可能？"

"也就是说她不懂。那她如何知道这卷方书珍贵，会想冒着极大的风险去偷呢？"

"……应该是有所耳闻吧。"

"可是仅凭耳闻，又没有医术学养的底子，她怎么看懂以特殊规则秘写的方书呢？"

曾太医一愣："以特殊规则秘写？裴炼师的话，老夫不太明白。"

"您不明白。"裴玄静点了点头，又问，"曾太医认识贾昌吗？"

曾太医再一愣："哪个贾昌？哦……裴炼师是不是说那个，曾为玄宗皇帝驯鸡的贾昌？"

"正是。"

"倒是没打过什么交道。我好像听说，贾昌几年前就死了。"

"对，就死在春明门外，先皇为太子时替他造的院落中。"

曾太医疑惑："裴炼师提起此人是因为……"

"不为什么。"裴玄静回答。

曾太医已经把他所知道的都说了出来。或者说，他只被允许知道这些。他的任务就是如此简单，而且可笑。当然，对于皇帝布置的任务都必须兢兢业业地去完成，不管有多么简单，而且可笑。

裴玄静行礼："多谢曾太医为妾诊病，辛苦了。妾告辞。"她不理会曾太医惊诧的目光，起身向外走去。

"裴炼师，裴炼师！"陈弘志又不知从哪个角落突然冒出来，追上裴玄静。

裴玄静停下脚步："陈公公，还有什么吩咐吗？"

陈弘志欲言又止。

看着他扭捏的样子，裴玄静微微一笑："烦请陈公公转告圣上，今后就不必让曾太医这样德高望重的老人家来撒谎了。叫人看着，心里很不好受。"

"撒谎？"

"难道不是吗？"裴玄静冷然道，"另外还请陈公公转告圣上，我与圣上谈的条件，是他自己答应的。君无戏言。当然他是天子，假如他想反悔，谁也奈何不得。但他身为一国之君，却企图以谎言搪塞于我，实在有失身份。"

陈弘志听得瞠目结舌。

"请陈公公将我的话，都如实据报圣上吧。"

陈弘志说："裴炼师，您这不是想要我的命嘛！"

裴玄静嫣然一笑："也对，是妾唐突了。那陈公公就对圣上说，是我不识好歹吧。"

如果崔淼的母亲仅仅是偷出医书的宫婢，那么王皇太后在认出崔淼后，最合理的反应是对他说明实情，命他交还方书或者干脆把他召入太医院中，岂不是一件皆大欢喜的好事？哪里用得着遣人暗示他逃走，还威胁说否则就会有杀身之祸！大唐自立国以来，不论皇家内部的斗争多么惨烈，对待普通百姓却一向通情达理，具有皇室的高贵气度。况且，崔淼是死在叔父箭下的。若非崔淼的生死关乎大唐乃至皇帝的安危，以叔父的为人，又怎可能滥杀无辜？

曾太医的叙述本就破绽百出。而且，他既不知道方书是以特殊规则秘写的，也不知道方书与贾昌有关系，更不知道崔淼是随了养父才姓的崔，而非母亲。所以综上种种，只能使裴玄静得出一个结论：他所说的统统都是谎言。

她转身又走，陈弘志再次追上来。

"裴炼师，"他说，"咱家不知炼师和圣上之间有什么约定，但我知道，人再强强不过天去。咱家是觉得，假如炼师错过了这次机会，依照咱家对圣上性子的了解，只怕炼师这辈子都别再想有下一次机会了。"

他见裴玄静没有立即反驳，便继续道："炼师在宫里已经待了两年多。只要圣上愿意，可以让炼师就这么一直待到死。炼师以为，这样值得吗？"

像所有的阉人一样，陈弘志的嗓音女里女气的，但他说的内容相当冷静，没有半点儿感情色彩。

"不论炼师想做什么，达到什么目的，光这么待着，恐怕不行吧。在咱家看来，如今圣上算是给了炼师一个台阶下，炼师还是别太较劲为好。只有抓住这个机会，炼师才能再见到圣上，也才有可能离开大明宫。您说说，是不是这个道理？"

在大明宫深邃的夜色中，裴玄静的双眸如晨星般明亮。远处，长安城的万家灯火正在渐渐黯淡下来，快要到黎明前最黑暗的时候了。

陈弘志耐心地等了好一会儿，才听到裴玄静说："那就烦请陈公公去回圣上，说我想保存那些……写着方子的粉笺。"她的声音颤抖起来。

陈弘志的眼睛一亮："好，我这就去为裴炼师恳求圣上，请他开恩。"又欣喜地补充了一句，"这下可好，咱家总算能向圣上交差了。"

这突然表现出来的单纯喜悦令裴玄静很意外，她发现，陈弘志就像随身携带着许许多多的面具，根据需要，随时可以拿一个出来换上。而一旦戴上某个面具，他就从内而外地变成了另外一个人。

裴玄静想了想，问："陈公公可知，圣上又怎么会想起玉龙子之事？"

"玉龙子？"陈弘志瞪大眼睛。

"难道圣上不是要我寻找真玉龙子的下落吗？"

"哦,不是不是。"陈弘志摇头道,"圣上倒是没有对我提过。不过据咱家猜想,圣上这次想让裴炼师查的案子,应该与佛骨有关。"

"佛骨?"

第二天,陈弘志的话就得到了证实。他来到玉晨观中,给裴玄静送来了一个锦匣,崔淼书写的粉笺整整齐齐地叠放其中。裴玄静百感交集地接过锦匣,就在这一瞬间,她心中的仇恨似乎略有松动。

没错,她用索取粉笺的方式向皇帝表示了屈服,但他仍然可以拒绝,毕竟,他才是至高无上的。他们之间不存在平等,就像他允许她谈条件一样,根本上还是他在施恩于她。裴玄静当然明白,一切恩典都不是无缘无故的,皇帝在要求她的回报。《长恨歌》一案后,皇帝最后一次在清思殿召见裴玄静时,她强硬地拒绝再为皇帝效劳,除非皇帝将崔淼的身世之谜交给她。现在,皇帝果然给出了崔淼身世的谜底,尽管对裴玄静没有丝毫说服力,但粉笺却实实在在地打动了她。

从收下锦匣的这一刻起,裴玄静又要为皇帝办案了。

此番攻防太过微妙,竟使人产生了心有灵犀般的错觉。不,裴玄静在心中冷笑,她对皇帝的睿智了解得越多,就越对其人感到厌恶。这是一种掺杂着恐惧和仇恨的厌恶。裴玄静觉得,无时无刻不在算计和提防,会使一颗心蒙尽污秽,让人再也看不透他的本质。而那里面的伤口,因为牢牢封闭且得不到医治,正在无可挽回地腐烂吧。

"谢圣上隆恩。"裴玄静对陈弘志道,"也要多谢陈公公。"

"好说。"陈弘志笑容可掬地说,"那么,就请裴炼师开始办案吧。"

话音刚落,便见到满面愁容的京兆尹郭钊从门外走了进来。

果然不是离合诗或者玉龙子的案子,裴玄静暗暗松了口气,但紧接着,郭钊的话又把她的心提了上来。

8

陈弘志说得没错，郭鏦是为了佛骨而来。

据京兆尹介绍，自从去年年底皇帝决定迎佛骨起，保护佛骨的重任就落在京兆府的肩上。郭鏦向皇帝申请，额外调集了三千禁军负责佛骨仪仗和护卫，可谓做足了准备。正月十二日，佛骨自凤翔到长安再入禁中，整个过程都很顺利。结束在大明宫中的三天供奉后，正月十六日子时佛骨迎出大内，不料在第一站大安国寺就出了事。

当时，佛骨仪仗才到大安国寺门前，就被一队于阗来献香火的胡僧挡住去路。

"那香火中有诈啊！"郭鏦痛心疾首地道，"刚一点燃便爆出烈火浓烟，周围的人都被掀翻在地，死伤数人，现场相当惨烈！"

裴玄静听得心惊，忙问："佛骨呢？"

"所幸佛骨无恙，有人及时扑倒了载着佛骨的金舆，未遭殃及。"

"哦。"裴玄静的心中疑云顿起——为什么这件案子会找到自己？

想当初，《兰亭序》是由于武元衡的选择，《璇玑图》则是因为案件发生在柿林院中，皇帝无意暴露宫闱秘事，便顺水推舟，逼裴玄静接下了。至于《长恨歌》，更是皇帝和汉阳公主各怀鬼胎的结果，那么佛骨案呢？是什么使皇帝又想到了自己，甚至不惜打破维持了整整两年的冷落？

她想了想，问："此事应该不是意外吧，京兆府想必已经调查过了？"

"确是有人蓄意而为。"郭鏦苦着脸回答，"那帮于阗僧人是……波斯人假冒的。"

"怎么是波斯人？"

"他们中有一个首领，混入了大安国寺前的金吾卫中，被当场炸死了。"顿了顿，郭钋道，"那人正是任萨宝府祆正的波斯人李景度。"

"李景度？"裴玄静追问，"是他策划了整件事？"

郭钋气愤地说："李景度当时就毙命了！据他手下的波斯人供称，李景度召集他们假扮为阗僧人，把事先准备好的铜鼎香炉抬到大安国寺前。李景度自己则扮成金吾卫将军的模样混在守卫仪仗中。现场很乱，金吾卫们全神贯注于保护佛骨，所以他披甲戴盔，竟无人怀疑他的身份。李景度的原计划是：待佛骨金舆到时，大安国寺方丈以香火引燃铜鼎中的药料，即可毁掉佛骨。"

裴玄静倒吸一口凉气："他竟然想毁掉佛骨？这也太胆大妄为了吧。"

"谁说不是呢！而且他的计划非常毒辣，铜鼎燃爆，会把周围的波斯人一起炸死灭口。他自己却躲得远远的，打算事成之后全身而退。如果不是有人横加阻拦，他的诡计几乎就成功了。"说到这里，郭钋看了裴玄静一眼，才道，"破坏李景度的计划，保护了佛骨的是两个人：一位是段翰林的公子段成式，还有一位是韩夫子的侄孙韩湘。"

裴玄静惊诧得无以言表，但与此同时，她也朦胧地意识到，自己如何会被拉入这起案件中。她急忙问："他们二人都还好吗？"

"还好，还好。段公子离铜鼎近，受了点儿皮肉伤，所幸性命无虞。韩郎用身体扑倒了佛骨塔，本应身受重创，结果却毫发无损。想来定是有佛祖保佑吧。"郭钋解释道，"正是他们二位，坚持要请裴炼师主持此案。所以本官特地奏请了圣上的应允。"

果然如此。

裴玄静思忖着问："这么说，案子不是已经破了吗？元凶亦咎由自取了，还需要我做什么呢？"

"炼师有所不知，佛骨案与京城近来的一桩飞天大盗案相互牵连，案情极其复杂。"

于是郭钋又将京城失窃案从头讲述了一遍,最后说:"正是从长安窃案开始,段成式和韩湘才推测到了大安国寺门前即将发生的事故。只可惜李景度一死,失去了最重要的线索。"

"所以你们认为,李景度与所谓的飞天大盗有勾结,目的是偷盗准备能够引起香火爆燃的药料,从而毁坏佛骨?"裴玄静反问,"但如今李景度虽然死了,飞天大盗却还在逃,故而京兆府仍然无法结案?"

"对。大安国寺前案发之后,我们将李景度掌管的祆祠兜底翻了个遍。审问下来,祆祠中的波斯人对窃案确实一无所知。李景度只让他们准备铜鼎中的药料,再装扮成于阗人的模样将铜鼎搬去大安国寺。他们根本不知道香火引燃后会炸开,所以大部分未及躲闪,死得不明不白。本官据此断定,整件事都是李景度一人策划的。至于飞天大盗,则是他暗中找来的同谋,最令我担心的恰恰是这一点。"

"为什么?"

郭钋愁眉苦脸地说:"从被盗的物品数量来看,这次在大安国寺门前的仅仅是其中的一小部分,剩下的不知在哪里。而佛骨还要在长安城各大寺院中继续供奉,旬月方会送回凤翔,所以……"

裴玄静明白了:"所以郭大人担心,毁坏佛骨的行动还会发生。"

郭钋叹道:"我已经又加强戒备了,派出更多的金吾卫保护佛骨。可是就怕百密一疏啊。"

裴玄静心想,佛骨在长安城各大寺院中轮流安放,就是为了让百姓能够供奉礼拜,所以京兆府不可能将人们完全隔离开。供奉时,火烛香烟又是必需的,确实很难彻底防范。

她又想,真是多亏了韩湘和段成式,从丹经秘诀想到香火中的危险,并且奋不顾身地保护了佛骨,否则在大安国寺前,昭示永恒的佛骨就已经灰飞烟灭了。那样的话,对于一心奉迎佛骨的皇帝来说,将是一个不小的打击。

她有些明白了,这次皇帝为何会对自己屈尊。

在裴玄静凝神思索的过程中，郭鍏和陈弘志都眼巴巴地盯着她，终于等到她自言自语般地说："可是，波斯人为什么要毁坏佛骨呢？"

郭鍏道："可能是因为，波斯人信奉的是拜火教，故而对佛教在大唐兴盛不满？"

"不。本朝历来只有佛道相争。拜火教只是西域的一个小教，能够在大唐容身已是莫大的荣幸。"裴玄静摇头，"与佛为敌，轮不到拜火教。"

郭鍏怒气冲冲地说："话虽如此，可那个李景度向来桀骜不驯，根本就是一个狂妄放肆、唯恐天下不乱的家伙！他会做出毁坏佛骨这种事来，我一点儿都不奇怪！"

在元和十一年的京城蛇患一案中，江湖郎中崔淼就与李景度相互勾结，把长安城闹了个翻天覆地。郭鍏对李景度结怨已久，都是看在李景度的父亲——司天台监李素的面子上才未加追究，谁知李景度不仅没有收手，反而变本加厉地闹腾起来。这回他在大安国寺前被炸得血肉横飞，脑袋都削掉一半，郭鍏还觉得不解恨呢。

裴玄静想了想，问："对此，韩郎和段小郎君有什么看法？"

郭鍏答道："段公子受了伤，在家中静养。韩湘么，除了坚持要裴炼师办理此案，别的没再说什么。"

裴玄静说："若要查办此案，我必须先面见韩、段二位公子，进一步了解情况。"

"这……"

郭鍏尚在犹豫，一旁肃立的陈弘志却插嘴道："不行，圣上绝对不会同意的。"

裴玄静追问："不会同意什么？"

"不会同意炼师离开大明宫。"

"让他们二人入宫来呢？"

"这也不可能。"陈弘志道，"他们一非皇亲，二无官职，外男按例不得入禁中。"

裴玄静冷冷地道:"那就恕我爱莫能助了。"

长久的沉默。终于,郭钊沉重地"咳"了一声,起身道:"也罢,我便斗胆再去求一求圣上!"

京兆尹匆匆离去。

陈弘志连连叹气:"炼师这又是何苦呢?"

裴玄静知道,在陈弘志看来,自己无疑又在逆龙鳞。没错,皇帝是有底线的,而裴玄静就是要试出他的底线究竟在哪里。

况且,既然韩湘和段成式坚决要求自己介入此案,很有可能还有其他想法。裴玄静当然懂得里应外合的道理。假如皇帝答应自己与他们会面,那是最好。假如皇帝因此震怒,甚而惩罚她,对于裴玄静来说,处境也不会变得比现在更糟糕。

大不了,皇帝要杀她。她一点儿都不怕。

裴玄静轻轻抚摸着锦匣。从元和十年五月末的那个雷雨之夜开始,在她的奇遇中他就从不缺席。这一次,他果然又出现了。

9

被封为国师后,柳泌发觉自己在大明宫中的处境越发微妙起来。

他花了整整两年的时间绝地求生,终于利用手中唯一的武器——丹药成功地东山再起,再度成为大唐最显赫的道士。尽管他的这个道士身份,几乎遭到整个道门的鄙视。

在得意之余,柳泌不得不接受一个事实:自己这个国师,只能在大明宫中威风。出了大明宫,立即会变成人人喊打的过街老鼠。更可笑的是,皇帝根本不允许柳泌踏出大明宫一步。

顶着一个国师的虚衔,柳泌必须对皇帝感恩戴德、竭力效忠,却再也不能像当初那样,纠结党羽发展自己的势力,所以柳泌在大明宫中的前途将只系于皇帝一身。

这岂不是相当危险吗？

其他人是别无选择，而柳泌则是一着不慎，落到这步田地的，他实在是不甘心哪。

皇帝如今离不开他的丹药。为了使这种依赖更加牢固，柳泌每次只小心翼翼地炼三十粒丹，还编出一大套说法来支持自己的这种做法，说穿了就是自保的伎俩。至于皇帝看不看得透，其他人看不看得透，柳泌只能掩耳盗铃、自欺欺人。

柳泌对于未来相当忧虑。皇帝必须牢牢抓在手里，但除了皇帝之外，他是不是还应该再抓一些别的呢？可叹大明宫中，人人尽为皇帝的奴仆，还不及他柳泌呢。

更要命的是，大明宫中还有一个裴玄静。

除了皇帝，裴玄静是最了解柳泌罪行的人。不，应该说她比皇帝了解得更加透彻。假如她把所知道的一切对皇帝和盘托出的话，柳泌没有把握还能保住这条性命。而且和柳泌相似，裴玄静在大明宫中的存在亦相当奇特。柳泌是烂到根处，死灰复燃。裴玄静则是功绩卓著，反遭冷落。柳泌总觉得，皇帝将裴玄静深锁禁中，绝对另有深意。他不敢想，这种深意也可能针对自己。

裴玄静，是柳泌的一桩心腹大患。平常没有机会和她见面，所以在上元节夜醮时，柳泌便抓紧时间探裴玄静的口风，却碰了个结结实实的钉子。

看样子必须先设法解决这个隐患，否则后果不堪设想。

他正在盘算，裴玄静却找上门来了。

柳泌大吃一惊，看来夜醮时的试探还是引起了裴玄静的兴趣，他赶紧迎出殿外。

正午时分，一天中最温暖的阳光照在三清殿四面飞檐的鎏金龙首上，光线有些刺眼，使等在阶下的裴玄静周身仿佛罩了一层紫烟。

柳泌径直走到她的对面，酸溜溜地打了个招呼："是什么风把裴炼师吹来了？请入殿内坐吧。"

"不了，我只有一件小事想请教柳国师。"

"哦，什么事？"

"昨天，佛骨迎出大内的第一天，就差点儿在大安国寺门前被毁。国师对此有何看法？"

"佛骨几乎被毁？"柳泌瞪大眼睛。

"所幸有人拼命保护，佛骨未遭劫难。"

"竟有这等事……"

裴玄静观察着柳泌的表情："国师不知道吗？"

"我？当然不知道！"柳泌勃然变色，"裴炼师这话什么意思？"

裴玄静淡淡一笑："国师一向喜欢与佛为敌，我没说错吧？"

"你！"

裴玄静带来的消息太突然，柳泌一时竟无法从容应对。他深知皇帝有多么看重佛骨。佛骨遇险，以自己过去的所作所为，确实会让人产生裴玄静所说的联想。

在刺骨的寒风吹拂中，柳泌的额头居然渗出汗来。

"你这是血口喷人！"他决定先以势压人，"裴炼师，说话得有证据！"

"国师要证据吗？"裴玄静不慌不忙地说，"在大安国寺前，有人点燃事先准备好的铜鼎香火，那香火中掺杂了硫黄、硝石和雄黄等物，一经引燃便爆发出巨大的力量，烈火浓烟冲天而上，周围死伤惨重。如果不是有人舍身相护，佛骨就毁了……"她盯住柳泌，一字一句地道，"硫黄、硝石和雄黄以一定的配比混合，能够在炼丹时起到伏火的作用。但配比掌握不当的话，就会造成大安国寺门前的那种可怕状况。而对此现象，一般人根本不懂，只有谙熟炼丹者才能够掌握！"

柳泌回过神来了："裴炼师因此怀疑我与毁坏佛骨有关？"

"国师是不是很可疑呢？"裴玄静反问，"况且，数天前玄都观中的两本丹经被盗。据我所知，正是在这两本经书中，记载了硫黄伏火之法。为此，柳国师还去向圣上抱怨京兆府查办窃案不力，我没说错吧？"

"没错！"柳泌色厉内荏地说，"如今看来，正是丹经被盗，才使伏火之法外传，为歹人所用！如果京兆府能够早有行动，必不至于造成现在的后果！"

"柳国师以为这样做就可以洗脱嫌疑了吗？可惜在我看来，实在是欲盖弥彰。"

柳泌气结。更令他胆寒的是，裴玄静的态度如此嚣张，单刀直入，似乎硬要把罪行安到自己的头上，难道她的背后有人撑腰？

他勉强镇定自己，问："是什么人在大安国寺前行凶？查清楚了吗？"

"胡人。"

"胡人？"柳泌忙道，"看看，这就证明此事绝对与我无关了。我何时与胡人有过瓜葛？裴炼师，你要栽赃陷害也得先把局做圆满了吧？"他干笑几声。

"柳国师与胡人有没有瓜葛，我不清楚。我只知道，柳国师和韩湘子还是有些瓜葛的。"

"韩湘？"

"在大安国寺门前，拼命保护了佛骨的正是韩湘子。"

"他死了吗？"柳泌的脸色骤变。

"韩湘安然无恙。"

柳泌汗如雨下，厉声道："我心清白，日月可鉴！裴炼师休要在此浪费时间了，贫道还要去为圣上炼丹，失陪了！"说罢扭头便走。

裴玄静默默地望着柳泌的背影闪进三清殿中。殿门"吱呀呀"地合拢，陪同前来的神策军士在她的身后说："裴炼师，请回吧。"

接下皇帝的查案命令后，裴玄静获得了部分的行动自由，可以由神策军士押解着在大明宫中活动了。

她仰起头，轻轻呼出一口浊气："好。"

10

　　不出所料,皇帝断然拒绝了裴玄静与韩湘、段成式见面的要求。

　　刚刚过去一天,京兆尹额头上的皱纹似乎又深了不少。他几乎是在哀求裴玄静了:"还请裴炼师看在佛骨的分上,看在长安百姓的分上,无论如何施以援手。"

　　裴玄静点头道:"郭大人请勿心焦。关于此案,我倒是想到了一个疑点。"

　　"什么疑点?"

　　"我记得郭大人说过,段公子曾在鸿胪寺核查过进城的异族僧人名单,从而推断出有人冒充于阗僧人的身份给大安国寺进献香火。结果发现,冒充于阗僧人的正是李景度率领的波斯人。"

　　"正是。"

　　"这里就有一个问题。"裴玄静道,"这些波斯人本来就在长安城中居住,为什么要偷窃于阗僧人的通关文牒呢?"

　　郭鍨愣住了,想了想才说:"但他们的确冒充了于阗僧人啊?"

　　"他们只要假扮成于阗僧人,即可向大安国寺进香,没有必要偷通关文牒。通关文牒的唯一作用是进长安城,但是他们已经在长安城中了,为何还要偷文牒呢?"顿了顿,裴玄静道,"我想过了,唯一可能的目的就是让另外一些人进城,而且是胡人。"

　　"又是胡人?"

　　"对,否则就不需要偷于阗僧人的通关文牒。只不过,这批胡人并非是死在大安国寺门前的波斯人。"

　　"那又会是什么胡人呢?"郭鍨越发糊涂了,"回鹘?石国?大食?吐蕃?"

　　"吐蕃!"裴玄静打断他。

郭钐一愣:"吐蕃?为什么是吐蕃?"

昨天裴玄静到三清殿和柳泌对质,只是因为柳泌过去曾干过打击佛教的勾当,所以此次佛骨遭难,裴玄静便决定先去探一探他的口风。但是硬要将这个案子安到柳泌的头上,并没有足够的证据。柳泌表面上风光无限,其实这两年来,他和裴玄静一样被皇帝拘禁在大明宫中寸步难行,要想在宫外实施那么周密的计划,基本上是不可能的。从这个角度来说,还是不得不佩服皇帝对柳泌的处置:既剪除了他的羽翼,又利用了他唯一的本事,绝对恰到好处。

在与柳泌的对话中,裴玄静没有发现更多的线索,只除了……他那无法掩饰的极度恐慌,引起了裴玄静的注意。如果柳泌与佛骨一案无关,那么他在害怕什么呢?

韩湘曾经窥探到柳泌和吐蕃人勾结的秘密。从目前的情势来看,皇帝对此肯定还一无所知,否则柳泌就算真能炼出长生不老丹来,皇帝也绝对饶不了他。

柳泌怕的正是这一点——吐蕃。

裴玄静在试探柳泌时,故意没有明说炸佛骨的是波斯人,只含糊说是胡人。柳泌却因为曾经与吐蕃人勾结的劣迹,马上做贼心虚地联想到了吐蕃人,所以才会慌张成那个样子。

冒充于阗僧人混进长安城的,有没有可能是吐蕃人?相比其他西域小国的胡人,敢于在长安城中闹事的,吐蕃人的可能性确实要大一些。

裴玄静问郭钐:"郭大人,大食和波斯都不信奉佛教。那么其他胡人呢?"

郭钐道:"据我所知,西域各国原先信佛者众,不过近年来随着大食势力的扩张,不少小国都改弦更张,不再信仰佛祖了。"

"吐蕃呢?"

"唯有吐蕃的佛教传自天竺本源,故而吐蕃人笃信佛教,比之中原更甚。"

"所以，应当不是吐蕃人。"裴玄静思忖道，"原因有二，其一，吐蕃人敬佛，完全可以用自己的身份申请向大安国寺进香，并不会引起怀疑；其二，吐蕃人笃信佛教，所以他们不可能密谋做出毁坏佛骨之事。"

郭钋迟疑着问："所以……就换成了波斯人去炸佛骨？"说罢连连摇头，自己也觉得难以置信。

"对啊！"裴玄静却盯住他道，"吐蕃人先冒充于阗僧侣混进城，然后换由波斯人去执行炸毁佛骨的行动。可是……为什么要这么麻烦呢？而且不管是吐蕃还是其他胡人，他们混进长安城后去了哪里，现在又在做什么？"

郭钋喃喃："是不是还想对佛骨动手？"

"假如是吐蕃人，就不会。"裴玄静坚决地说，"他们对佛陀的信仰极其坚贞，怎么可能去损毁佛骨？"

她看着脸色骤变的京兆尹："郭大人，您是不是还有什么瞒着我的？"

"我……"

裴玄静厉声道："事已至此，郭大人如果还要刻意隐瞒的话，我就真的爱莫能助了！"

郭钋急道："裴炼师！咳，我直说了吧——在飞天大盗一案中，京兆府也、也失窃了。"

裴玄静真是又好气又好笑，问："京兆府被盗了什么？"

"是一张长安城地下沟渠的图纸。"

"长安城地下沟渠的图纸？"

"是，而且是在元和十一年时重新绘制的，比原来的图纸详尽许多。"郭钋看了一眼裴玄静，"裴炼师还记得那一年的蛇患案吧？"

她当然记得。

"当时，波斯人李景度与江湖郎中崔森合谋，在长安城四处引发蛇患，崔森则以灭蛇为借口，伺机探索城中各处的地下沟渠，绘成图纸。此事败露后,李景度的父亲、司天台监李素带着图纸来向我求情,并担保此图再无副本。我看在李素的面上,本着息事宁人的原则,兼之崔森郎中救下皇子十三郎,立了大功,便自作主张没有追究。他们绘制的图纸,我就收在京兆府中了。没想到……"

裴玄静在震惊中沉默着。

郭鏦等了等,补充道:"只因我原先把图纸之事隐瞒了圣上,所以这次图纸被盗,我也没敢向圣上提起。"

裴玄静哑声道:"崔森已经不在了……所以除了郭大人之外,知道图纸的人只有李素和李景度父子。"

"是的。"

"好。"裴玄静点了点头,"我们已经知道,李景度是大安国寺前佛骨劫难的主谋,而飞天大盗一案中失窃的东西都与之相关,所以李景度无疑也是飞天大盗案的背后主使。京兆府中所藏的京城沟渠地图,毋庸置疑也一定是李景度策划偷窃的,因为只有他知道图纸藏在京兆府中。看来司天台监李素大人当初说的是实话,李景度手中亦无副本,否则就没必要偷了。"

"可是他偷图纸又为了什么呢?"

"郭大人有没有去问过李素大人?"

郭鏦唉声叹气:"李景度一死,李素就上表恳求圣上降罪。圣上至今尚无答复,李素便自我禁闭在府中,不饮不食。我去见他时,人已然憔悴得不成样子了。对于我的问题,他一概置若罔闻,闭口不言。唉!我觉得他是有了死意的。"

"所以从司天台监那里,郭大人什么都没问出来。"

郭鏦低头不语。

裴玄静思索片刻,又问:"失窃的图纸与京兆府的原图有何不同,郭大人还记得吗?"

"记得,记得。"郭鏦忙从袖中掏出一个纸卷,小心地摊开在裴玄静的面前。裴玄静不由得横了他一眼,看来外貌忠厚的京兆尹早有准备了。

郭钗对裴玄静的眼神视而不见,指着图纸道:"这就是京兆府原先的图纸,但我把李景度、崔淼那份图纸上不同的部分,都标在上面了。"

在一整张泛黄的陈年旧纸上,若干条新鲜的墨迹显得格外突兀,扭曲如蚓。

裴玄静一眼便看到了:"金仙观!"

图纸上金仙观的位置,先用黑墨画线,蜿蜒至坊墙。从坊墙这端开始,又有一条用红墨画出的新线,一直延伸进了皇城内部。整张图纸上唯有这一条红线,所以格外引人注目。

郭钗道:"金仙观下的地窟,以及地窟和暗渠相连的连接点,都是李景度和崔淼他们标注出来的,在原先京兆府的图纸上并没有。"

裴玄静的心剧烈跳动起来——是的是的。崔淼曾经让禾娘哄骗李弥,去金仙观后院的地窟下一探究竟。后来段成式带着皇子十三郎李怡去地窟下面找"海眼",差点儿被暗渠中涌来的河水淹死。段成式拼命游出沟渠,凑巧为崔淼所救,他与十三郎的性命才得以保全——这些,都是她知道的。

原来,金仙观地窟的秘密就标在了这张图上。

可是——她指着那条突兀的红线问:"这是怎么回事?这也是李景度的图上标出的吗?"

"不是。"郭钗的语气很古怪。

"不是?"

"李景度的图上只标出了黑线的部分,到坊墙的位置就中断了。据我所知,坊墙的地下建有一扇铁门,已经封死多年。上次段成式和十三郎去地窟玩耍时,不知怎么触动了机关,将铁门打开,才使他们误入后面的地下暗渠,险些丧命。而崔郎中和李景度以灭蛇为借口,最远只探查到铁门,就此路不通了。所以,在他们绘制的图上只标注到坊墙的位置。"

"郭大人，我问的是红线的部分！"裴玄静快要耐不住性子了，"是谁画上的？而且，这条红线怎么会通向皇城里面呢？"

郭鏦看着裴玄静："裴炼师，红线是我画的。这才是金仙观地窟的真正秘密。"

她好像有些听懂他的意思了："你是说，从金仙观下的地窟可以直通皇宫大内？"

郭鏦缓缓地点了点头。

裴玄静的脑海中轰然一声——全明白了！

为什么金仙观的后院会成为皇家禁地；为什么当皇帝发现污水涌出池塘时，会立即下令填埋地窟，甚至不惜牺牲十三郎的性命；为什么在事件平息之后，皇帝还是封死了池塘，并派出禁军严密守卫金仙观。

她喃喃道："崔郎只探得地窟到铁门为止，所以李景度的图纸上只画到了坊墙。而坊墙后的秘密……"

"除了圣上，只有司天台监李素与我是知情人。"郭鏦仍是一副心有余悸的样子，"那次段公子虽然开启了铁门，但他和十三郎为了躲避涌入的河水，走了岔路，从暗渠凫水而出，并没有走到通向皇宫的这一段地道。"顿了顿，又苦笑着说，"幸而崔淼和段公子都与金仙观地窟的真正秘密擦肩而过了，否则早在元和十一年，他们几个就都没命了。"

裴玄静追问："地道通向宫内何处？"

"嗯？"郭鏦好像连耳朵都不听使唤了。

裴玄静加重语气再问一遍："请问郭大人，金仙观的地窟通向皇宫内的什么地方？"

"通向——西内太极宫。北面是大仓，南面是掖庭宫。"

"究竟是哪里？"

郭鏦抹了一把额头上的浮汗，道："在掖庭宫和大仓之间有一片空地。空地的地底下，建有一座地牢。"

大唐悬疑录4：大明宫密码　69

"地牢？"裴玄静问，"建在宫中的地牢，肯定是关押什么重犯的吧？"

"据我所知，那座地牢自建成后总共只关押过两名……吐蕃的囚犯。"

"吐蕃的囚犯？"裴玄静的声音也变了。

"第一个被关的是吐蕃内大相论莽热。贞元十六年时，大唐与吐蕃曾有过一战。当时的剑南节度使韦皋抓住了吐蕃内大相论莽热，并将他送到了长安。德宗皇帝决定把论莽热作为人质，就关押在太极宫西隅的地牢里。可是，论莽热却在贞元十七年时逃脱了。"

"从皇宫中的地牢逃脱了？"裴玄静觉得难以置信。

郭鏦尴尬地说："咳，此中曲直先不详述了吧。总之，论莽热逃出长安后，德宗皇帝命太子，也就是先皇顺宗皇帝负责追捕他。贞元十七年末，论莽热被先皇派出的杀手诛于大唐边境。当时，从吐蕃前往接应论莽热的正是他的弟弟论莽替。结果，这个论莽替又落到了大唐守军的手中，也被送往长安，就像他的哥哥一样，关进太极宫中的地牢。直到……直到今天。"

"今天？"裴玄静追问，"吐蕃人质论莽替直到今天还关在太极宫的地牢中？"

"是的，关了都快满二十年了。"

裴玄静情不自禁地握紧双拳。

吐蕃人质—宫中地牢—金仙观—李景度—硫黄伏火法—飞天大盗—吐蕃人！

裴玄静问："郭大人，金仙观外还有金吾卫把守吗？"

"自从炼师入宫以后，圣上便命将金仙观中的女冠统统遣散了。金仙观重新封闭，平时仅有几名金吾卫巡逻值守。不过，近日佛骨案发，人手严重不足，我把那几名金吾卫也都调去保护佛骨了。"郭鏦似乎也意识到了什么，心虚地追问一句，"怎么，炼师认为有问题吗？"

"我以为有问题吗?"裴玄静厉声反问,"郭大人还不明白吗?贼人真正的目标不是佛骨,而是吐蕃囚犯论莽替!"

郭钋张口结舌。

裴玄静的话语疾速而出:"据我粗粗推想,整个过程应该是这样的:在长安城中一直埋伏着吐蕃的奸细,为了救出关押在宫中地牢里的论莽替,他们谋划了多年,却始终没有找到合适的办法。直到最近,他们终于和波斯人李景度勾搭在了一起。圣上将要奉迎佛骨的消息传出之后,吐蕃人便与李景度合谋了一个计划——首先,由潜伏在长安城中的吐蕃人负责偷窃硫黄伏火法所需之材料,还有炼丹秘诀和地下沟渠的图纸。他们有时单独行动,有时结伙,以吐蕃的方式设彩绘面,使人无法辨识真容。百姓便误将其视为青面獠牙的鬼怪。又因吐蕃人常年不沐浴,兼食物习惯所致,身上有股异味,更让百姓以讹传讹成了所谓的狐狸精。"

"原来飞天大盗是吐蕃人……"郭钋听得晕头转向。

"波斯人李景度不敬佛,蓄意毁坏佛骨。但如果他用手下的波斯人去收集硫黄等物,就会将嫌疑引到他自己的身上,所以由吐蕃人代为行事,正中他的下怀。而在李景度的手中,恰好握有一个至关重要的秘密,可以和吐蕃人做交换。"

"金仙观!"

"对。"裴玄静道,"虽然在元和十一年的那次蛇患中,李景度他们未能突破铁门后的秘密。但是方才郭大人说了,司天台监李素对此是清楚的。而李景度作为他的儿子,想必也获知了这个秘密。于是吐蕃人和波斯人便各取所需,制造出了这一场佛骨之难!至于迎佛骨前一天以于阗僧人身份混入长安城的,肯定也是吐蕃人。他们一方面用于阗僧人的身份申请在大安国寺前进香,为波斯人创造接近佛骨的条件,另一方面,我相信这批新入城的吐蕃人定然都是精兵壮士,是被特意派来接应论莽替的!"

裴玄静厉声道:"郭大人!以我之见,吐蕃人将利用硫黄伏火法产生的巨大威力,破开金仙观的地窟屏障,循地道进入太极宫中。而一旦他们进入了太极宫,就如同引狼入室,不是劫走吐蕃人质那么简单了!"

"那、那该怎么办?"郭钋跳起来,"我这就去布置金吾卫,重兵把守金仙观!"

"等等!"裴玄静拦道,"现在去守金仙观已是舍近求远了。郭大人,我建议你立即去太极宫的地牢转移吐蕃人犯!"

"炼师说得有理!我这就赶去太极宫,只是圣上那里……"

裴玄静道:"我代郭大人去回圣上,你看怎样?"

"那便有劳炼师了!"郭钋不及多话,率领手下匆匆离去。

寂静突如其来,迥异的气氛令裴玄静有片刻的懵懂——我这是怎么了?为什么要主动请缨去见皇帝?但这又是势在必行的结果。整整两年过去,也到了该见一见的时候。

裴玄静理了理衣袂,朝东南方向的高地走去。朝会的时间已经过了,皇帝应该在清思殿中。

11

太极宫的西隅,肯定是长安三大内中最阴森恐怖的地方。北面的皇家大仓和南面的掖庭宫,都是神策军时刻戒备巡逻的绝对禁地。不分白天和黑夜,从掖庭宫中传出的细若游丝的哭声总是盘旋在上空,再被乌鸦的鸣叫打散。

三面都是高耸入云的宫墙,夹在大仓和掖庭中间的这条狭长地带,终日不见阳光。哪怕在此走一走,都会令人胆战心惊。狭长地带的中央,孤零零地矗立着一座圆形祭台,和大明宫三清殿中柳泌夜醮时的祭天台一模一样。

当郭钋率众赶到祭台前时,负责守卫的禁军十分诧异:"郭大人,您怎么来了?"

郭钋命道:"立即打开地牢,把吐蕃囚犯论莽替提出来!"

"这……"禁军拦道,"大人有圣上的旨意吗?"

"哎呀,旨意马上就到!事发紧急,先行动吧!"

"不行!地牢中是朝廷要犯,没有看到圣上的旨意,我们无权打开地牢!"

正在僵持,从祭台的方向传来一声闷响,紧接着又是一声。伴随着闷响,众人发现自己脚下的地面似乎也在微微颤动。

大家异口同声喊道:"地牢!"

守卫率先跑上祭台,将中央的圆石移开,豁然露出黑黝黝的地道入口。郭钋带头钻了进去,还没下几个台阶,浓烟扑面而来,刺鼻的气味呛得众人眼泪直迸,咳嗽连连,几乎是摸索着找到了地牢的门外。突然,数道寒光划破弥漫的黑烟,向他们袭来。

一场混战开始了。

血肉横飞中,浓烟渐渐散去。从地面拥来更多的禁军士兵,终于能够看清现场——简直让人魂飞魄散。倒在血泊中的,既有披着甲胄的大唐禁军,也有全身黑衣已被血浸透的异族人。而在原先的地牢最深处,破开了一个大洞。

郭钋踏着鲜血和残肢冲入地牢,面对中间的空铁笼,顿足大喊:"跑啦!论莽替还是跑啦!"

铁笼旁倒着一个神策军士,满面血污,嘴里发出微弱的声音。

郭钋俯下身问:"怎么回事?"

"我、我听到下面……有怪声,就、就开门进来看……突然,那边墙上就……"神策军士艰难地抬起手臂,颤抖地指向前方。郭钋悚然发现,这名士兵的手掌已经整个不见了,手腕处的骨头戳在外面,鲜血淋漓。

郭钋强自镇定,望向墙上的大洞。洞中漆黑一片深不见底,像大张着准备吞噬一切的巨口。

"墙上突然……爆、爆开大洞，火和烟冲、冲过来，我给震飞了，晕……他们砸开铁、铁笼，论莽替跑出来……"

"人往哪儿跑了？"

"听到有人来，那些人就、就冲到上面去断后……论莽替往、往洞里逃了……"

士兵头一歪，气绝身亡。

郭钬举剑一指，声嘶力竭地叫起来："快给我追！"

地道和暗渠，缠绕交错，四通八达。郭钬带着众人像落入一个黑暗的巨大迷宫，到处乱撞一气，论莽替却踪迹全无。

郭钬急得近乎癫狂，突然，他大吼一声："地图！"

怎么早没想到？

郭钬直拍脑袋，从怀中摸出地图，在幽暗的光线中拼命辨识——那条红线。

论莽替一定会朝金仙观逃跑吗？郭钬不知道。一旦进入暗渠，论莽替就能从长安城的任意一个角落钻出来。但是直觉告诉郭钬，必须沿着红线追击！

"跟我走！"

他们疯狂疾奔，仅一人高的地道中回荡着脚步、呼吸和心跳的声音。每到一个路口，郭钬便根据地图判断方向，然后继续追赶。

从金仙观通往皇宫的地道，郭钬听说过很久了，真当置身其中时，仍然有种堕入噩梦一般的虚幻感觉。地图他也曾经仔细地研习过，知道实际距离并不长，可为什么仿佛永远到不了尽头？

"血！"身边的士兵惊呼。

郭钬也看到了，地上突然出现了绵亘的血迹，似乎是有人受伤了，被拖拽着向前。郭钬退后半步，脚下又踢到了什么凸起物。

他惊恐地环顾四周，终于发现，这里就是地图上黑、红二线的交接处！自己恰好站在一块巨大的铸铁上，靴子触碰到的是铁门上的钉子。

原来铁门打开后,便整个地阖在地上了。

尽管心急如焚,郭钋还是情不自禁站定脚步,深深地吸了一口气。恩怨凝聚之所,总会使人敬畏。今天,又有新一层的仇恨堆叠上去,压迫至深,永世不得超脱。

他的声音变得冷静:"跟着血迹追,快!"

血迹越来越淡,似乎是血渐渐流干了。又钻过一系列曲折蜿蜒的狭窄地道,前方豁然开朗。

"将军快看,在那儿!"

所有的火把一齐举高,照亮了这个地下的洞窟。前方倒伏着两个人。虽然郭钋只在二十年前论莽替被抓时见过他,但是立即便认出其中之一就是论莽替——那具躺倒在地仍然像一座小山般高耸的巨大身躯,头上覆盖着野兽皮毛似的浓发。

在论莽替身边一步之外,还倒着一个人。脸朝下,身形又瘦又小,被论莽替一比简直像个儿童。两人的身上全都污秽不堪,散发出阵阵血腥的恶臭,同样一动不动。

郭钋迈步过去。

"将军小心!"

"没事,我看他们都死了吧?"

话音未落,那个"儿童"从地上一跃而起,嘴里发出怪叫,向郭钋直扑过来。

12

正月的风,从北面刮过来。高高在上的清思殿,无遮无挡,任凭寒风肆虐。站在殿前的御阶上,即使阳光刺眼,依旧冻彻骨髓。

高处不胜寒。

这里会不会是大明宫中最冷的地方?裴玄静想,应该是全长安最冷的地方吧。

但也一定是视野最开阔,景色最壮观的地方。正值严冬,长安城的上空覆盖着一层清晰的寒气,使千家万户如同沉没在海面之下。从这里看不到人烟和牲畜,生命偃旗息鼓,尘世的喧嚣亦不可闻。眼前的这座迷城仿佛是凝固的雕塑,很久以前就存在着,很久以后也会存在着,唯有你我已经消失,永远不会再来。

最好如此。幸亏如此。

"裴炼师,圣上正在小睡。"陈弘志缩着脖子,闪现在她的面前,"不能见你。"

"我有急事、要事!"

陈弘志赔笑:"天大的事儿也不行。"

"如果是和吐蕃人质,和金仙观有关的事呢?"

陈弘志的眼皮跳了跳,道:"圣上服丹以后,必须小睡半个时辰。若被吵醒,定然大发雷霆。这种时候不管回什么事儿,圣上都没好气,说不定就要了我们的命。炼师觉得合适吗?奴婢的命虽卑贱,好歹也是一条命啊。"

裴玄静无话可说。幸好郭钋已经赶去地牢了,自己尚可等待。

陈弘志又殷勤地说:"外头冷,裴炼师随我到偏殿里等候吧。"

"那他呢?"

"他?"陈弘志跟着裴玄静的目光望去。

清思殿前的空地上,孤零零地跪着一个人。寒风鼓荡起他的衣袂,裹在紫色官服中的身躯瘦骨嶙峋。

裴玄静问:"他是谁?为什么跪在这里?"

"他是司天台监李素大人,裴炼师不认识吗?"

"听说过。"

陈弘志"哼"了一声:"从早上起跪到现在咯。圣上都说过了不追究,让他回家去。可他就是跪在那里不动,非要见圣上不可。咱家也没有办法赶他走啊。"

"我去看看。"裴玄静朝李素走去。

陈弘志亦不阻拦,只在御阶上默默凝望她的背影,目光晦涩。

到了跟前,裴玄静便发现陈弘志所言不虚。李素显然已经跪了很长时间,整张脸都冻成了青白色,胡子和眉毛上也结了一层薄薄的冰霜。呼啸的寒风鼓动紫袍时,带出猎猎之声,好似有数不清的冰碴正在破碎。

司天台监笔直地跪在那里,就像一根冰柱。如果不是双眸中仍透出微弱的光,说他是个死人也不为过。

更准确地说,是一具骷髅。

绝食数日之后,波斯人的隆鼻凹目更加突显,皮肤薄如脆纸,骨头仿佛要从下面刺出来,触目惊心。

"李大人。"

裴玄静连唤了几声,李素的双眸兀自凝然不动,好像也冻僵了。

"没用的。"陈弘志的声音从背后飘过来,"还是随我进殿避寒吧,裴炼师。"

裴玄静失望地转过身去,忽然,她听见有人在说话:"你是谁?"

她猛回头,惊讶地看到波斯人正直勾勾地盯着自己。

"我是裴玄静。"

"裴玄静?"李素喃喃,"真的是你……"

裴玄静有些纳闷,李素怎么会知道自己的?她说:"请李大人随我到偏殿暂坐,有些话我想问一问李大人。"

裴玄静伸手去扶李素,却像触到了一块冰。她一愣,又听李素在问:"裴玄静,你是裴玄静?"

"我是。"

"李长吉?你与他成婚了?"

裴玄静大惊:"长吉?李大人缘何提到长吉?"

"果然是你……"李素居然"呵呵"地笑起来,已然冻僵的面皮扯得七歪八扭,看上去极度狰狞。

裴玄静的震惊无以言表。短短几天中,已经有不同的人向她提起长吉,而且每次都带着诡谲的表情欲言又止。裴玄静实在不能容忍,自己心中最神圣的情感和最美好的人,被一次次用这么怪异的方式提起,仿佛在说一桩黑暗恐怖的异事。她接受不了这样的亵渎,要说就说个清楚!

裴玄静正色道:"是的,我是李长吉的妻子。不知李大人有何吩咐?"

"纯勾……"

"纯勾?"

"对,一把名叫纯勾的匕首。"深陷的眼眶里闪着绿光,像猫眼,连表情也带出猫儿玩弄老鼠般的促狭,李素那张半死的面孔突然变得生动起来,他端详着裴玄静,"李长吉的手中有一把纯勾,他给你看过吗?"

裴玄静无法回答。

李素脸上的笑容却越扩越大:"哈哈,我明白了。我全明白啦!"

"你明白什么?"

李素朝裴玄静招手:"你过来,近前来说。"又压低声音,"可不能让别人听到。"

她不由自主地靠近他。

"纯勾还在吗?"李素悄声问,"在你手上吧?"

"不,我没有……"

李素又笑了:"对,不要承认,千万不要承认。尤其不能让圣上知道。"

"圣上?"

"你不知道吗?天底下他最怕的就是那个……哈哈,可惜天算不如人算,报应啊!"

"我听不懂你在说什么!"

"不,你不必懂。你只要知道,那把匕首性命攸关,它是劫数!

皇帝的劫数！大唐的劫数！"

"你们在吵什么？"陈弘志匆匆赶来，急道，"求求二位小点儿声吧，万一把圣上给吵醒了，谁都没好果子吃！"

他还没说完呢，李素突然挣扎起身，跌跌撞撞地向清思殿的御阶跑去，没跑几步，又摔倒在地上，声嘶力竭地喊道："陛下，陛下！吾儿李景度犯下十恶不赦之罪行，自作孽不得活！波斯复国无望，李素备受大唐皇帝恩典无以为报，只求一死谢罪！愿陛下千秋万岁！愿大唐国祚永昌！"

他向前猛冲，脑袋结结实实地撞在御阶上。血水四溅，李素直挺挺地倒了下去。

陈弘志跑过去一看，顿时面色煞白："完了完了，这可如何是好！"

他正急得团团乱转，又一阵急促的脚步声由远而近，伴随着甲械相击，杀气腾腾。

陈弘志抬头看去，覆着一层冰霜的地面反射刺目的阳光，使眼前的一切都变得白茫茫的。崇殿巍阁的大明宫，仿佛突然之间变成了赤地千里。

直到郭鈜奔到面前，陈弘志才把他认出来。

"郭大人……"招呼没打完，却见郭鈜直愣愣地瞪着李素的尸体。

"哎哟！"陈弘志忙说，"这司天台监冷不丁就触柱而亡了，郭大人来得正好，待会圣上责问起来，您可得给我作证啊。"

"作证？我什么都没看见，怎么作证？"

陈弘志一愣，郭鈜为人忠厚，向来好脾气，今天怎么也如此火暴。

"圣上呢？我要立刻见圣上！"郭鈜脸红脖子粗地喊。

陈弘志扑上去捂他的嘴："我的京兆尹啊！您又不是不知道，这个时辰圣上还在小睡呢，小声点儿、小声点儿啊！"

"不行，你去把圣上叫醒！"

陈弘志扑通跪在他面前："您就饶了我吧！"

郭钬这才沉默下来，陈弘志见他不再坚持，总算松了口气，又见郭钬摆了摆手，让跟随的兵卒将两具担架放下。

即使空旷无垠，即使疾风劲吹，当这两具担架靠近时，清思殿前还是弥漫开一股令人作呕的臭气。

陈弘志捂着鼻子问："郭大人，您抬了什么来呀？"

"吐蕃囚犯论莽替。"

郭钬掀开盖在论莽替面上的布，陈弘志好奇地凑上去看："吐蕃囚犯？"忽然"妈呀"一声，向后跌倒。

纠结缠绕，已经辨不出本色的毛发堆在面孔四周。整张脸肿得像个西瓜，还是被砸烂的西瓜，脑浆混着鲜血和其他认不出来的秽物，简直五彩缤纷。脸上皮开肉绽，眼珠吊在眼眶外，鼻子歪斜，嘴巴大张着，黑红色的涎沫已经凝固了。一条撕裂的伤口，贯穿整个脖颈，几乎将其截为两断。

最可怕的是，这张脸上遍布洞孔，密密麻麻如同蜂窝一般。

陈弘志喘着粗气问："我的天，这是您干的？"

"我？"郭钬苦笑，"我与这吐蕃人并无深仇大恨，何至于此！"转向裴玄静道，"多亏了裴炼师啊。裴炼师所料不错，吐蕃人果然从金仙观地道潜入太极宫，又用硫黄硝石炸开牢墙，救出了论莽替，所幸我等及时赶到，那帮吐蕃人来不及逃走，终究寡不敌众被我等诛杀了。唔，这个论莽替也没能逃脱。"

裴玄静默默地点了点头。她似乎还未从李素的惨死中缓过来，向来沉静的目光也有些飘忽，从郭钬的脸上移到论莽替，又慢慢移向旁边的担架。那副担架上的人合扑躺着，身量比论莽替小多了。

她犹豫了一下，问郭钬："论莽替是被炸死的吗？"

"不是。他跑了，都快跑到金仙观了。"郭钬的语气很奇怪，"我原以为肯定抓不住他了。可没想到，他就死在金仙观底下的地窟里。"又指着论莽替道，"我们找到他时，他已经死了，就是这个模样。脸，是用石头反复砸的；脖子上的伤口，是用牙咬开的。"

陈弘志怪声插嘴："用牙咬的？"

郭鍬横了他一眼，继续对裴玄静说："还有论莽替脸上的那些窟窿，是用这个东西扎的。"

他将一根细细的金簪递过去。

裴玄静的双手剧烈颤抖起来。由于持续的磨损，金簪的尖端变得锐利似针。挂在尾部的红穗子也只剩下稀稀拉拉的几根线，将断未断，但她还是一眼就认了出来。

她尖叫起来："这是从哪里来的？"

郭鍬被她吓了一跳，指着论莽替身旁的担架，话还没说出口，裴玄静就扑了过去。

李弥早已面目全非，但裴玄静知道是他。他的脸比之论莽替好不了多少，同样血肉模糊，可以想见当时的生死搏斗有多么激烈。唯一不同的是，李弥的脸上没有那些密密麻麻的窟窿，这使他看起来稍微不那么可怕。

李弥全无声息，她却不敢去探一探他的鼻息，只是抖索着取下他嘴边的一块皮肉，那明显是从论莽替的脖子上咬下来的。

"他还活着……"裴玄静含泪道。

"是活着。只是一见到我们，就举起那根簪子乱扎，又踢又咬，根本不问青红皂白。我也是怕误伤无辜，就命人先将他打晕了。"郭鍬叹道，"却不知此人是谁，怎么会和论莽替在一起，又与他有何仇怨。但若非此人，论莽替肯定已经逃跑了。"

他诧异地看到，裴玄静将李弥的头轻轻抬起来，抱到怀中。

"炼师你——"

"我知道他是谁。"裴玄静温柔地擦拭着李弥的脸，不管变成什么样子，只要稍稍弄干净些，清秀的五官便显露出来，依稀可以看见原先的纯真模样，"他是我的弟弟。"

"哦！"郭鍬也记起来了，这人不就是当初那个差点儿被皇帝活埋的李家二郎吗？他不是失踪整整两年了吗？看来李弥一直就待在金仙观中，但他又怎么会杀死论莽替？

裴玄静的一只手中还握着那支金簪，凭着它，裴玄静便能隐约猜出李弥所遭受的，以及禾娘所遭受的悲惨命运……她的心剧烈地绞痛起来。

怀中的李弥睁开了眼睛，眼珠缓缓转动，最终落到了裴玄静的脸上。

裴玄静悲喜交加地呼唤他："二郎……"

李弥一瞬不瞬地注视着裴玄静。她立即发现，他的目光与记忆中大不相同，不再有雨后清晨那般沁人心脾的透彻，却是一片可怕的浑浊。

裴玄静又唤了一声："自虚。"她声音很轻，但李弥肯定能听见。

忽然，李弥发出一声低沉的嘶吼，根本不像是人的声音！随即翻身而起，用力把裴玄静推倒。裴玄静不及躲闪被压倒在地，李弥挥拳便向她的脸上身上乱揍。他的力气大极了，粗暴凶悍，简直就是一头发狂的野兽，几下就把裴玄静打得天旋地转。

禁军一拥而上，才将李弥拖开。

郭鍨上前扶起裴玄静："裴炼师，你没事吧？"

"他不认识我了……"裴玄静颤声道。

"哎呀，此人疯啦！"郭鍨顿足。

被押在人高马大的禁军手中，李弥越发显得瘦骨伶仃，此刻他又安静下来，只是簌簌发抖。

裴玄静上前道："各位将军，请勿伤害此人，他是我的亲人。"听到她的声音，李弥抬起头，混浊的目光中似乎闪过一星亮色。

郭鍨点了点头。

军士们松开手，李弥迟疑着向裴玄静跨出一步。

裴玄静含着热泪对他微笑："自虚，是我，我是嫂子啊。"

李弥又向前迈了一步，忽然，他从裴玄静手中抢过金簪，转身便朝清思殿上跑去。

"快拦住他!"

"护驾!"

突然之间,所有人都在喊叫。裴玄静跟着李弥刚跑到御阶上,就被双双按倒在地。

她挣扎着抬起头,一个身穿赭黄袍的人正居高临下地俯瞰着她。裴玄静愣了愣,才从那双威严冷酷的目光中认出来——是皇帝。

第二章
鬼推背

1

太液池结冰了，远远望过去，就像一个巨大的水晶盘。

裴玄静听上了年纪的内侍说起，过去太液池几乎从不冰冻。"天气变了，大明宫是越来越冷咯。"老太监边咳边叹。

也许是真的变冷了。裴玄静心想，自己在大明宫中度过的两个冬天，太液池都冻得硬邦邦的。

玉晨观位于太液池的西南侧，从向东的廊檐上看出去，整个水晶盘就在眼前。盘面并不平整，隐含水波的细微起伏，反射着一点儿又一点儿破碎的金色阳光。

从清思殿方向来人的话，必须绕过整个水晶盘。

裴玄静将东面的房门大敞，目不转睛地等待着。

在大明宫中，玉晨观的钟磬之声因别具一格的清润而受到称颂，并被写入诗句。钟声响了一遍又一遍，她等的人却迟迟没有出现。

只有永安公主曾从廊前经过，倨傲地抬着头，径直前行。自从上次在三清殿前的谈话后，她就对裴玄静唯恐避之不及。裴玄静感觉得到公主内心的忐忑和恐慌，但她实在没有兴趣和余力去揣测其中的含义了。

终于,水晶盘的边缘照出一行人匆匆赶来的身影——京兆尹郭钬真够辛苦的。

"裴炼师!"一见到裴玄静,他便兴冲冲地说,"圣上饶恕了李弥,也答应你的请求了。"

"太好了!多谢郭大人!"裴玄静面朝清思殿的方向深深叩头。这一叩,她是真心实意的。

因为李弥劫杀了吐蕃囚犯论莽替,所以皇帝赦免了他的一切罪行,并且答应了裴玄静的请求,将已经完全痴呆的李弥放出宫,送到韩府由韩湘代为照看。京兆尹郭钬将亲自去办这件事。李弥不可能留在大明宫中,这是裴玄静目前所能想到的,最妥善的处理办法。

李弥已经连话都不会说了,所以不必担心他再泄露任何机密。尽管如此,皇帝的宽宏大量仍然超乎了裴玄静的期待。

裴玄静试探着问:"圣上他……有没有要召见我?"

郭钬摇了摇头。

裴玄静有些困惑了。整整两年来,她在大明宫中咀嚼着对皇帝的仇恨,在心中已经把他描绘成了一个恶魔,但是今天他却对她十分通情达理。皇帝的恩典令裴玄静倍感不安。她不愿意对他心生感激,更害怕自己又一次被利用、被欺骗。

郭钬说:"裴炼师,关于禾娘的事,我也问清楚了。"

"请郭大人告诉我。"

郭钬叹了口气,简单地叙述了禾娘被吐突承璀的手下抓捕回京,又因熬刑被扔进地牢,遭到论莽替残酷凌辱直至惨死的过程。

"他们怎么可以做出这样的事。"良久,裴玄静才能说出话来。

郭钬低头不语。

心中的仇恨再度熊熊燃烧起来。裴玄静清楚地感觉到胸中烈焰舔舐的痛楚,刚刚的犹疑转瞬而逝,信念重新变得坚定。她冷静地说:"看来在这两年里,李弥其实一直都躲在金仙观下的地窟中,还很可能亲眼看见了禾娘的惨死,所以会对论莽替恨之入骨……只可惜,如今他已经完全痴了。除非有朝一日他清醒过来,才能说出整个事情的来龙去脉。"

"嗯。"郭钊亦沉重地点了点头。

裴玄静将一张纸递过去。

"还要麻烦郭大人一件事。"

郭钊接过纸一看:"这诗……"

"我担心李弥见到韩郎还会发疯。所以想请郭大人在送李弥去韩府时,把这首诗交给韩郎。如果李弥不认得韩郎,便可以念这首诗给他听。"

"哦?"郭钊不由地念起来,"丁丁海女弄金环,雀钗翘揭双翅关……"他疑道,"这是谁的诗?"

"长吉。"

"哦!"

裴玄静垂眸道:"我曾与李弥约定,任何人只要对他念出这首诗,便可以信赖。"

"可是他如今心智迷乱,还能听明白这诗吗?"

"能。"裴玄静坚决地说,"就算他忘记了一切,也一定会记得哥哥的诗。"

"好吧。"郭钊将纸收入袖中,"哦对了,那些吐蕃人中有一个还活着,经过拷问,供出了飞天大盗的实情,与炼师的推断相差无几。据他说,潜伏在长安城中的吐蕃奸细,因需要多方打探情况,所以颇有几个掌握着飞檐走壁的绝技。元和十一年李素交出地下沟渠的图纸后,李景度便一直在暗地里寻找神偷,为了有朝一日再将图纸盗回来。结果,两者便沆瀣一气,勾搭了起来。"

裴玄静点头道:"波斯人富有,除了京兆府中的图纸和玄都观中的两本道经,其余东西都可以花钱去购买。但一则容易暴露身份,二则以李景度的个性,尤喜制造惊天乱局。这次的飞天大盗案和当年的京城蛇患案一样,都是用古怪的现象闹得人心惶惶、天下大乱,乃为李景度的一大乐趣。当然，这样做最主要的目的还是转移大家的视线，让京兆府把所有的防范力量都放到佛骨上，从而使金仙观空虚，吐蕃人便可借机行事。为了不引起怀疑，另一批负责接应的吐蕃人一直等到迎佛骨的前一天才混进长安城。因为他们早就预料到，那天会有许多胡僧赶着入城，便乘乱偷盗了通关文牒，冒充于阗僧人的身份混进来。"

"有道理，有道理。"郭鏦连连感慨，"真是多亏了炼师，还有李弥……终使他们功亏一篑。"

裴玄静却在想，李景度和吐蕃奸细算是罪有应得了。可是李素呢，他又有什么罪？

李素惨烈地自绝于清思殿前，竟无人再提及。为什么？难道佛骨案告破，司天台监的生死就引不起任何兴趣了？裴玄静的心中凉意丛生。还有，李素临死前所说的话究竟是什么意思？

纯勾，他为什么会知道长吉和纯勾的关系？

千头万绪一时无法厘清，裴玄静抬起头来，惊讶地发现京兆尹还没有离开。

案子不是已经破了吗？

郭鏦迟疑着问："裴炼师，你想不想去看一看三清殿？"

"三清殿？"

"不是大明宫的三清殿，是太极宫里的三清殿。"郭鏦知道裴玄静误会了，忙解释道，"太极宫里也有一座三清殿，三清殿中亦有一座祭天台，关押论莽替的地牢就建在那座祭天台的下面。"

原来如此！

裴玄静的心中微微一动。长安城中三大内，东内大明宫和南内兴庆宫，她都已经在其中探寻过秘密了。现在，连西内太极宫的秘密也在等待自己了吗？

裴玄静抬起头，对郭鏦淡淡一笑："郭大人，我可以去吗？"

"当然可以！"

马车向西穿过右银台门，便一路向南而行了。

走了一段，郭钬开口道："因大唐尊道，当年高祖皇帝迁入太极宫时，三清殿就建好了，专为供奉太清、上清和玉清三神。后来太宗皇帝在修建大明宫时，同样也建了一座三清殿。自高宗皇帝起，三清供奉转到大明宫中，太极宫中的三清殿便弃之不用了。只是，在这座三清殿的祭天台下面，建有一个颇具规模的地窟。"

裴玄静问："和金仙观下面的一样吗？"

"比金仙观下的地窟更大更坚固。"郭钬道，"正因为有这两座地窟的存在，才使得在两座道观之间修筑地道会比较容易。"

"地道究竟是何人所建？为何而建？"

"金仙观下地窟直通太极宫三清殿中祭天台的地道，是在大历年间挖掘而成的。"

"大历年间？那就是代宗皇帝的时候了？"

"正是。"郭钬干巴巴地讲述起来，"裴炼师肯定知道，金仙观是当年睿宗皇帝为金仙公主修道所建的。此后，皇家历代公主有出家修道者，均以金仙观为首选。大历年间，代宗皇帝的女儿华阳公主也曾在金仙观出家。华阳公主生得聪明美貌，从小就备受代宗皇帝的喜爱，只是体弱多病，代宗皇帝特意让她发愿修道，就是祈盼能消灾祛病。可惜华阳公主福薄，终究还是在二十岁刚出头时便病薨了。华阳公主离世，让钟爱她的代宗皇帝深受打击，没过几年也晏驾西去了。华阳公主是在大历五年入道的，年十八岁，二十二岁薨逝，共计修道四年有余，一直都在金仙观中。但是直到代宗皇帝驾崩之后，他为华阳公主在金仙观下修筑地道之事，才为人所知。"

裴玄静惊讶地问："竟是代宗皇帝下令修筑的地道？"

郭钬颔首："是啊。代宗皇帝爱女心切，尽管华阳公主修道的金仙观就在皇城之侧，但他仍然不放心，恨不能日日见到女儿。可是不论皇帝出宫去见公主，还是公主回宫拜见父皇，都是相当麻烦的一件事。所以，代宗皇帝便想出了修筑地道这个主意。"

"原来如此。"裴玄静问,"那后来又怎么会把论莽替关进去的呢?"

"请炼师听我说。贞元十六年唐吐大战,剑南节度使韦皋抓到了吐蕃内大相论莽热,将其送至长安关押。因为论莽热的身份特殊,为了找一个秘密又妥当的关押地点,令德宗皇帝颇伤脑筋。最后还是先皇提出建议,将论莽热关押到太极宫三清殿下的地窟中。先皇认为,这样就等于把论莽热关在皇宫大内,吐蕃人纵有天大的本事,也不可能冲破宫禁来救人。而且太极宫中的三清殿废弃已久,南、北面各为掖庭宫和皇家大仓,都是戒备森严的所在,周围从无闲人来往,可以保持绝对机密。"

裴玄静赞同:"这个主意很周全。"

"当时朝中仅有德宗皇帝和先皇,以及几位宰相知道论莽热的关押地点。可后来,正当大家都认为万无一失的时候,论莽热却逃走了!"

裴玄静没有追问论莽热是如何逃跑的。谜底昭然若揭,就在眼前。

"裴炼师已经猜到了吧?论莽热正是通过地道从金仙观逃出去的。更可恨的是,他还将金仙观中修道的女冠几乎屠杀殆尽。"

"当时金仙观中有女冠?"裴玄静十分意外。

"有。"郭鏦重重地叹了口气,"当时在金仙观修道的皇家女眷正是——郭贵妃。"

裴玄静不觉睁大了眼睛。

没想到郭念云也曾入道,而且就在金仙观中?

郭鏦似乎有所遮掩:"那时郭贵妃刚嫁给圣上不久,新为广陵王妃。二人都年轻气盛的,难免有些嫌隙。具体发生了什么我也不太清楚,只听说广陵王妃突然提出要入道观静修,德宗皇帝竟准了她。由于广陵王妃的身份,最适合她修道的地方便是金仙观了。"

"难道说,就是在郭贵妃于金仙观修道的期间,论莽热逃跑了?"

"没错。"郭鏦用心有余悸的口气说,"不幸之中的万幸,虽然金仙观遭到灭顶之灾,但广陵王妃却幸免于难,只是受了点儿惊吓。"

没想到金仙观中竟还藏着如此惊人的往事。裴玄静再次体会到了帝王家的可怕负荷。

郭鏦说:"金仙观一案至今疑云重重。首先,论莽热被关押在太极宫三清殿下的地牢里是绝对的机密,吐蕃人如何能够得知?其次,宫中的三清殿和宫外的金仙观之间有地道相连通,更是绝密中的绝密,又是怎么泄露出去的?"

这两个疑点的确太重大了。裴玄静追问:"后来都查清楚了吗?"

"论莽热一逃,德宗皇帝震惊,还是先皇抢着把案子揽下,力辩当务之急是追回论莽热。其他问题,可以待解决了论莽热之后再做处理。先皇派出了一名东宫死士,此人不辱使命,一路追杀到唐吐边境,终于在那里赶上了论莽热,将其射杀后,悬头颅于边城的旗杆之上,总算没有让论莽热逃回吐蕃。论莽替是论莽热的兄弟,从吐蕃赶到边境接应兄长,反而被大唐守军逮住,送回长安,接替他的哥哥成为大唐的人质。"说到这里,郭鏦方才露出晦涩的笑容,"有了论莽替在大唐为人质,吐蕃这些年来始终不敢轻举妄动,终究维持住了唐吐边境上的安宁啊。"

裴玄静听得惊心动魄:"真是多亏了那位东宫死士,他叫什么名字?"

"……他已经去世多年了。"

裴玄静意识到,是自己唐突了。东宫死士的身份,注定了此人只能是一位无名英雄。

她换了一个问题:"那么之前提到的两个疑点呢?后来找到答案了吗?"

郭鏦摇了摇头。

"抓住论莽替之后,先皇命人在金仙观通往三清殿的地道中修筑了一道铁门,彻底封死了两者之间的联系。论莽替仍被关押在三清殿下的地牢里,为了以防万一,还加设了一个铁笼。从那时起到现在，论莽替就一直待在那个铁笼子里。金仙观也被封闭了，直到几年前，圣上命裴炼师入观修道时才头一次打开。"

来龙去脉，渐次清晰。裴玄静却没有拨云见雾的畅快感。这些谜底，一个比一个沉重，以至于她开始觉得，假如每揭开一个真相，就如同撕开一块血淋淋的皮肉，那么有些真相是否永远不去面对，反而更好呢？

在金仙观和三清殿的秘密中，仍有许多不清不楚，尤其是郭鍨提到的两点：吐蕃人是如何得知论莽热关押在三清殿地牢的？又是如何发现从金仙观到三清殿的地下通道？从郭鍨的叙述来判断，这两个秘密只掌握在朝廷最上层的几个人手中，所以秘密泄露的途径一定骇人听闻。

也许正因此，先皇才采用了封闭金仙观，并筑铁门的方式。他封堵的究竟是什么？

郭鍨打断了裴玄静的沉思："裴炼师，今天本官特意恳求了圣上，请他允许我向炼师谈起这些往事。只因我看到李弥今天的样子，心中着实不忍。你们原本与这些皇家隐秘毫无瓜葛，却被硬生生地牵扯进来，还因此遭受到了许多不公。本官觉得，应该给你们一个交代。唉！怎奈我只能说到这里，我所知道的也只有这些。"说着，向裴玄静深深一揖。

"郭大人不必如此！"纵然心中仍有许多不平和怀疑，裴玄静还是被打动了。她看得出来，郭鍨的歉意是真诚的。她更看得出来，郭鍨真诚地盼望随着论莽替的死，金仙观和三清殿底下连通皇宫内外的地道，以及所有相关的秘密，都能够一起死去。

也许他是对的。这些秘密除了带来更多的伤害，并不能带来其他。

只有一点出乎裴玄静的意料，带自己来看三清殿并非皇帝的命令，而纯粹是京兆尹的一番好意。

马车停了下来。有人在车外唤道："郭大人，三清殿到了。"

2

眼前是一大块空地，寸草不生。空地的中央竖立着一座圆形的汉白玉祭台，和大明宫中三清殿的祭天台规式完全相同，只略微小了些，也没有那些五光十色的琉璃和鎏金装饰。数名禁军肃立前方。他们的头顶上，朔风鼓动旌旗猎猎，是周遭唯一的声响。

毫无疑问，这里就是吐蕃奸细和大唐禁军殊死搏杀的现场了。可是——三清殿呢？三清殿在哪里？

裴玄静问郭鍁："郭大人，为何只见祭台，三清殿在何处？"

"就是这儿。"郭鍁平淡地回答，"大历五年时，三清殿遭到雷击，付之一炬了。当时，代宗皇帝所封的国师罗义堂正在三清殿中修炼，也与三清殿一起化为了灰烬。"

罗义堂？裴玄静记得这个名字。在追踪玉龙子时，韩湘曾提到玄宗皇帝拜真人罗公远为师修道，罗公远有一位再传弟子就叫罗义堂。后来，罗义堂又收了冯惟良为徒。裴玄静和韩湘曾经推测，玄宗皇帝所持有的玉龙子，正是循着这条线索流传到天台山去的。但是，罗义堂怎么在大历五年就死于天火了？

她问："罗国师就此葬身火海了吗？"

郭鍁回答："据说，着火时罗义堂完全有时间逃离，却留在了大火中。火灭之后，在三清殿的废墟中并没有发现他的残骸，所以有传言说，罗义堂是火解成仙了。"

那就对了。裴玄静心想，冯惟良所拜的师父应是成仙后的罗义堂。她又问："祭天台没有受到大火波及？"

"没有。三清殿烧光了，祭天台却毫发无损。"

也就是说，从大历五年起，所谓的太极宫中三清殿，就只剩下眼前这一座光秃秃的祭天台了。裴玄静望着它，感觉十分怪异。

"地牢的出口就在祭天台里面。炼师你看——"郭钋用手一指。

裴玄静望过去,祭天台周围的砖地上还能看到斑斑血迹:"我可以下去看看吗?"

郭钋为难:"此处周边均为禁地。我们只能驾车经过,不可擅停。"

"好吧。"裴玄静不再坚持了。

马车在祭天台前徐徐绕了一个圈,便掉头驶离了。匆匆一瞥,裴玄静只觉此地异常的阴冷荒芜。白茫茫的一大片,唯有寒风阵阵,贴着地面刮过去,却连一粒尘土都未拂起。即使在最荒凉的野外,至少也有枯草灰尘,而这里除了一座光秃秃的祭台之外,再无其他。

裴玄静一直想当然地以为,太极宫西隅向北是皇家大仓,向南是掖庭宫,故而此地应处于重重宫阙的包围之中。真当置身其中时,方知自己的想象太有限了。实际上,此处就是两堵高墙相夹的一条狭长地带,本身就像是一个巨大的监牢。

这里真是她此生所见过的,最令人绝望的地方。

裴玄静问:"祭台,还有下面的地窟,今后会怎么处理?"

"方才圣上与我大致商议了一下,打算用沙浆和泥灌下去。金仙观那边也同样处理,把地道彻底灌满封死,以绝后患。"

裴玄静点了点头。既然再没有囚犯需要关押在地牢中,那么将地道彻底毁掉,的确是一劳永逸的最佳选择了。但愿那些扑朔迷离的往事也能从此湮灭,再不要给后人带来新的磨难了。

她也愿将过去种种抛诸脑后,还是乘着这难得的机会,看一看太极宫吧。

掀起车帘,眼前茂林葱葱,成排的松柏在寒冬中依旧苍翠。离开祭天台没走多远,景象就焕然一新了。大明宫宏伟壮丽,细微处仍然有着恢宏的气魄,而眼前的这片林木,肃穆却又含蓄,彰显着朴实无华的庄重。

原来这才是长安城中最古老的宫殿——太极宫的真容。

马车正从一排简朴的房舍前经过,檐柱梁墙均未涂彩漆,因岁月风霜而显得色泽沉暗。裴玄静在大明宫中从未见过不设彩的房舍，惊奇地问："这些房子是……"

郭钊探出头去看了看："哦，那些是原来三清殿的偏殿，给下等宫奴居住的。"

"没有一起被烧毁吗？"

"听说大历五年的那场大火，风是朝西面吹的，所以只把三清殿的正殿给烧光了。偏殿在东，未受牵连，不过也让烟给熏黑了一层。"郭钊向帘外示意，"多亏吹的是东风啊，要不然很可能把它也烧着了，那可就糟了。"

"它？"

裴玄静顺着郭钊的目光望去，却见前方的那一片松柏林，愈显苍郁清雅，一座小楼隐隐藏身于林中。寒烟笼翠，小楼朦胧的身姿里似乎有着某种难言的熟悉之感……

"凌烟阁！"她叫出声来。

郭钊微笑道："是的，凌烟阁就建在三清殿的东侧。当年的那场大火幸亏没有波及它，否则后果才真是不堪设想呢。"

裴玄静目不转睛地盯着凌烟阁，心潮起伏，难以自已。

她忍不住恳求道："郭大人，我可以过去看看吗？"

"这……裴炼师啊，非是我为难于你，这凌烟阁平常是进不去的。只有在节庆或祭奠的特殊日子，由圣上带领着方可入内。所以……"

"我不进去，就在外面站一会儿，可以吗？"

郭钊无奈地点了点头。他本性忠厚，又觉得欠了裴玄静的情，实在没办法拒绝她。

马车就停在松柏林前。裴玄静下了车，缓步向凌烟阁走去。她走得很慢，鞋底踏在林间杂草小道上，发出窸窸窣窣的声响。小径两侧的石灯笼已被百年风雨雕琢得十分光滑，内部长满青苔。周围尽是参天古木，每棵苍松的树身都比一人环抱还要粗——树犹如此，须知它们都与大唐同龄。

凌烟阁伫立在松柏环绕的林荫尽头，周围沙土铺地。朴实无华的三层小楼，即使裴玄静已经数度看过它的模型，仍然被其洗尽奢华的真实模样所震撼。

大明宫中随便一座楼阁，都比它富丽百倍。但就是这座小楼，凝聚着大唐两百年来的忠魂，奠定了整个帝国的根基。也许正因为功勋太伟大，业绩太辉煌，只有回归本质才能配得上它。

裴玄静在凌烟阁前站定。被两百年的沧桑包围着，她感到内心一片空灵，难得的平静。

"男儿何不带吴钩，收取关山五十州。请君暂上凌烟阁，若个书生万户侯。"

"长吉，长吉。"她在心中默默呼唤这个名字，"你可知一切均由你而起……"

"裴炼师！"

裴玄静惊讶地望着那个从凌烟阁中闪身而出的女子——宋若昭。

"真想不到在此巧遇。久违了，裴炼师。"宋若昭笑意盈盈地来到她的面前。

裴玄静这才回过神来，忙道："好久不见。宋四娘子，别来无恙？"

最后一次见到宋若昭还是在襄阳公主的婚礼上。一眨眼两载已过，她的外表倒是没什么变化，容颜娇美而态度从容，虽着一身男装，但那柔软轻盈的举止，诚如临水照花一般旖旎多姿，惹人怜爱。

真有意思。裴玄静不禁心想，进入大明宫这两年来，许多人她都见不到了。可是突如其来的，他们又都一个接一个地出现了。

"裴炼师怎么会到太极宫来？"宋若昭微笑着问。

"我……"裴玄静朝身后看了看，郭鏦远远地站在松柏林外，正朝这边张望呢，"是郭大人带我来看三清殿的。"

"三清殿？"宋若昭的眼珠一转，"我知道了，吐蕃人质的案子是裴炼师破的。"

裴玄静微笑着默认了，宋若昭还是那么聪明。

宋若昭过来牵裴玄静的手："请炼师随我来。"

"去哪儿？"

"入凌烟阁一观啊。"

"我可以吗？"裴玄静半信半疑地问，"郭大人说过，没有圣上的许可，任何人不得擅入凌烟阁。"

宋若昭又是一笑："炼师不想进去看看吗？"

"当然想。"

"那就走吧。"宋若昭道，"我有圣上的特许，炼师无须多虑。"

裴玄静不再迟疑，跟随宋若昭走进凌烟阁。

阁内一如其外，雕梁画栋一应皆无。四面墙上一幅接一幅连缀着的，全都是功臣的画像。无须仔细去辨认，裴玄静知道他们是谁，所以她不敢直视，唯恐自己的目光会冒犯到他们。

在宛若永恒的静谧之中，裴玄静没有想到皇帝，没有想到武元衡，甚至没有想到长吉。凌烟阁剥夺了她的思维，也将一切多愁善感的情绪挡在门外。无上的崇高里，没有喜怒哀乐的位置。

良久，裴玄静转回身，向默默在侧的宋若昭问："我听说凌烟阁平常无人可以出入，为何四娘子会单独在此？"

"炼师听说过《推背图》吗？"

"《推背图》？"裴玄静闻所未闻，"那是什么？"

"裴炼师没有听说过《推背图》，但一定听说过李淳风和袁天罡这两个人吧。"

裴玄静点了点头。

在大唐，李淳风和袁天罡确实无人不知，无人不晓。据传，这两位都是太宗皇帝贞观年间的奇人，精天文、历算，擅易学，尤以相术卜卦为长。关于袁天罡，最广为人知的传说，就是他在则天女皇刚出生后不久，便根据婴儿的容貌断言："龙睛凤颈，极贵之相。若是女孩，当为天下主。"几十年后，武则天果然登基成了大周皇帝，成就一代女皇的旷世传奇，袁天罡的神奇预言也随之流传天下。

李淳风是袁天罡的同时代人。据说二人相交甚厚。袁天罡始终与朝廷若即若离，李淳风却曾入仕为官，在贞观年间先后任太史丞和太史令，掌管天象和历算。而民间流传最广的李淳风的故事，竟然也与女皇武则天有关。

贞观年间，太宗皇帝不知从哪里得到一本秘谶，对大唐国运预言道："唐三代后，有女武代王！"预示大唐三代后，江山将会落入一个武姓女子的手中。这当然令太宗皇帝深为不安，便召来太史令李淳风解之。李淳风当即推算出，这名武姓女子已经入宫，预测中的征兆已成。数十年后，这个女子将成为大唐帝国的统治者，李家子孙会遭到她的屠杀。太宗皇帝骇然，立即命李淳风找出此女并诛之。李淳风却阻止了太宗皇帝。他说，武姓女子将为帝，这是天命，天命不可违。然四十年后，此女已老，人老慈祥，即使夺取了陛下的江山，也只是暂时的，李氏血脉仍能延续，有朝一日还可重掌社稷。但如果陛下现在就杀了她，按照天命，她将死而复生。那么四十年后，此女仍在少壮之年，必然更加嗜血凶残，恐怕陛下的子孙后代将无遗类了。

太宗皇帝非常信任李淳风，便采纳了他的建议。果然一切如李淳风所料，到了裴玄静所生活的时代，统治大唐的仍然是李家的后代，当然，也是武则天的后代。对于这一局面的形成，术士袁天罡和李淳风都成功地预见到了。

预知未来，便是裴玄静对袁天罡和李淳风这两位奇人的认识。

宋若昭说："《推背图》为李淳风所作，是他对后世的预言。请炼师随我来。"

一片中隔将凌烟阁的大厅分为南、北两部分。中隔的北面题写：功高宰辅；南面题写：功高王侯。由此可见，南、北两侧的功臣画像是有等第之分的。宋若昭将裴玄静直接带到写着"功高王侯"的这半厅中，只见空荡荡的厅堂中央，放置着唯一的一张檀木桌案，案上搁着一个小小的金匮。纯金的九龙浮雕色泽幽暗，显示年代久远。

宋若昭手指金匮："裴炼师，《推背图》就存放在里面。换句话说，在这个小小的金匮中，收藏着大唐的国运。"

裴玄静还未及表示，宋若昭便将金匮打开了。

"炼师，来看看吧。"她微笑着说，"这可是千载难逢的机会。"

裴玄静的心疾速跳动起来，她当然懂得"天机不可泄露"的道理，何况按照宋若昭的说法，金匮中所藏的是大唐的国运，自己只是芸芸众生中的一个渺小女子，怎敢窥破如此惊天的国之要害。

见裴玄静在犹豫，宋若昭道："炼师不必害怕，《推背图》不是那么容易看懂的。见之无妨。况且，"又娇俏一笑，"我都看得，裴炼师为何看不得？"

裴玄静心中一动，便走上前去。

金匮中果然盛放着一沓书写过的旧纸。宫中专用的黄麻纸在历经岁月之后，泛黄的部分变得深浅不一，斑斑驳驳。纸上不仅有字，还有画。准确地说，是一幅画旁配着一行字，还有一首五言诗和一首七言诗。

宋若昭在裴玄静的耳边低声说："据传在做这部预言书的时候，李淳风将自己关于密室之中，不饮不食，不眠不休，竟然推测到了后世两千多年的兴亡变迁。直到好朋友袁天罡破门而入，在李淳风的后背上推了一掌，喝道：'天机不可泄露，且止吧！'李淳风这才停下笔来，遂将这部书命名为《推背图》。又因李淳风认为，对未来之事的预测不能用言语直接表述，所以便将他的预言都画成了图。他一共作了六十幅画，每幅画对应《易经》中的一卦。为了帮助后人理解，每幅画又配一谶，及一诗。除了首尾的两幅之外，共有五十八则预言。"

裴玄静好奇地问："那是不是说，要读懂《推背图》中的预言，就必须结合图画、卦象，再由谶和诗的语义中引申出来，根据《易经》八卦的指示会意，方能领会出李淳风预言的实质？"

"可以这么说。"

裴玄静迟疑了一下，问："这本《推背图》被解开了吗？"

宋若昭回答："《推背图》写成之后，因为其中含有大唐国运的兴衰，甚至朝代更替的未来，所以太宗皇帝严令秘藏于宫中，绝不能使之流传出去。不过，宫中对于《推背图》的解读一直在秘密地进行着。只是……"她赧然一笑，"至今为止，真正解出的只有四幅。炼师想知道是哪四幅吗？"

"不。"裴玄静坚决地说，"我倒想知道，《推背图》为何会在凌烟阁中？"

"这是太宗皇帝的旨意。"

裴玄静只能擅自揣测太宗皇帝的用意，是不是想要用功臣的英魂镇守大唐江山，从而将《推背图》中所有不详的预言都压制住呢？

她不由自主地抬头环顾，鼓起勇气来直面那一幅接一幅真人大小、纤毫毕现、栩栩如生的画像。他们中的每一位是谁，裴玄静认不出来。但是，她的目光被一位清癯老者吸引住了。他的神态太过严肃悲悯，包含着谴责，和其他人都不太一样。

宋若昭低声说："那是魏文贞公。"

魏徵！

裴玄静有些明白太宗皇帝的用意了：如果《推背图》是对大唐后世的预言，那么《兰亭序》是不是也可算作是对李唐命运的警示，或者象征呢？有因才有果。所有的未来都埋藏在过去。大唐的缘起，不都藏在这座凌烟阁中吗？

她收回目光，问宋若昭："敢问四娘子，历来都由什么人在破解《推背图》？"

宋若昭道："自太宗皇帝以降的列位先皇，都曾指定自己最信任的人破解过《推背图》。但为了确保《推背图》不外传，任何人都只能到凌烟阁里来查阅，而绝不允许将图和诗抄录携带出去。"

"可是……"裴玄静欲言又止。

宋若昭微笑："我知道炼师想说什么。没错，这些图和诗并不复杂，就算不能抄录下来，凭脑子记忆也不成问题，出去以后可以再默写出来。所以，历来被允许阅读和破解《推背图》的人，都是皇帝最信任、最忠诚的臣子。"

裴玄静看着宋若昭，直截了当地说："如此看来，四娘子便是圣上最信任的人咯。"

宋若昭坦然回答："不，裴炼师误会了。圣上最信任……曾经最信任的人，是我的大姐。"

宋若华！

"从德宗皇帝开始，到先皇，再到当今圣上，他们任命破解《推背图》都是同一个人——我的大姐宋若华。"

裴玄静刚要开口，传来一阵急促的敲门声。

"裴炼师！裴炼师！你在里面吗？"是郭鏦在外面叫。

裴玄静心说不好，忙应道："是，我在。请郭大人少安毋躁，我马上就出来！"

突然，她的手被紧紧地攥住了。宋若昭的柔荑冰凉，微微颤抖，脸色亦有些发白。

裴玄静说："请四娘子放心，方才的那些话，我不会对任何人说起。"

"不。"宋若昭连连摇头，压低声音急促地说，"裴炼师曾为我的二位姐姐申冤，是柿林院的恩人，也是若昭在大明宫中唯一信任的人！苍天有眼，今天又让我遇上了裴炼师，实为若昭之幸、柿林院之幸！接下来的这些天里，假如炼师听说凌烟阁中发生了什么异事，假如……若昭遭遇了不幸，还望裴炼师能对柿林院再施援手，搭救我的小妹若伦免于灾祸！"

裴玄静骇然。宋若昭却已飞快地锁上金匮，将一把金色的小钥匙灵巧地藏入袖囊中，拉起裴玄静赶到门前，打开了凌烟阁的大门。

"你们……"

"郭大人。"宋若昭冲着郭鏦盈盈一拜，"我许久未见裴炼师，今日恰好碰上,便硬拉着她入凌烟阁中叙谈了几句。还请郭大人见谅。"

须臾之间,她又恢复了巧笑倩兮的从容模样。

郭鍁轮流看了看两名女子,叹了口气:"裴炼师,天色不早,咱们回去吧。"

3

回到玉晨观时,正撞上柳泌满面春色地从永安公主起居的正殿出来。

见到裴玄静,柳国师立马换了一副死样怪气的嘴脸,也不打招呼,便扬长而去了。裴玄静从正殿前经过,按照礼数道了声:"公主殿下,我回来了。"

永安公主在里面应道:"是裴炼师吗?请进来吧。"

裴玄静只得迈步进去。

夕阳西斜,偏东的正殿就显得昏暗了。永安公主的脸上满是阴影,使她看起来悲哀而憔悴。

"炼师忙了一整天啊?"她言不由衷地说。

裴玄静简单地回答:"奉圣上旨意办事。"她心里有事,不想和永安公主多敷衍。

"哦,"永安公主悻悻地说,"皇兄终究还是相信裴炼师的。"

裴玄静苦笑:"相信我?"

"当然了。他对我就毫不在意,这两年干脆连话都不与我说了。"

裴玄静垂下眼帘。

"皇兄嫌弃我。过去阿母在时,他还对我留着几分情面。如今阿母也去了,我真怕他……"

裴玄静越听越不对劲,皱眉道:"公主殿下,发生了什么事?是不是柳泌对你做了什么？"

"他、他要我陪他去做法事。每天晚上都要去。"永安公主带着哭腔说。

"还有这等事？你为什么不拒绝他？"

"我不敢。"

"不敢？公主殿下，请恕我直言，你实在不必对柳泌这般忍让。他算个什么东西！"

"他说，是皇兄命我陪同他做法的。"

"笑话。"裴玄静觉得自己的耐心快要耗尽了，"圣上怎么会管这种事？就算有这样的旨意，也必然是柳泌进谗言的结果。"

"可是现在该怎么办呀？"永安终于哭了出来，"我真的不想去，但如果我不去，就是抗旨不遵啊。裴炼师，你说我该怎么办呀？"

裴玄静真的很想说，你自作自受，我能有什么办法。但她还是勉强按住性子，问："柳泌要做什么法事？"

"说是前些日子在太极宫的凌烟阁中有异象发生，疑为鬼怪作祟，所以圣上才命柳国师去做法。如果是在大明宫中也就罢了，偏偏又在太极宫。那个地方，就算白天去都阴森森的，我实在不想去呀……"

太极宫！凌烟阁！异象！

裴玄静盯着哀哀哭泣的永安公主，忽道："公主殿下，我替你去吧。"

"你？"

"柳泌是如何安排你的？"

"他说，法事辰时举行，马车酉时三刻来玉晨观接我过去。"

"那就行了。"裴玄静道，"酉时三刻天已经黑了。殿下与我的身量原本就相差无几，穿上道袍后更加难分彼此。上下马车的一刹那，绝对不会有人看出端倪的。"

"这样……真的能行？"

裴玄静淡淡一笑："相信我。"

"可是，"永安又道，"柳泌总会发现的。"

"他发现时已经迟了。"

"他会告诉皇兄吗？"

"不会。"裴玄静断然道，"我有办法让他闭嘴。"

"哦——"永安公主露出如释重负的表情。

裴玄静却在想，虽然禾娘惨死，至少李弥还活着。促使自己进入大明宫的几件大事中，现在就只剩下崔淼的身世尚未查明。从皇帝的态度来看，要查出真相绝非易事，却也更证明了其中必然隐藏着极为重大的秘密。无论如何，干耗着都是无济于事的。两年来的蛰伏一无所获，刚刚开始行动就找到了李弥与禾娘的下落，还顺带搞清了金仙观地窟之谜。

所以，还是必须行动起来。行动起来便会引发一系列的后果。

其实在见到永安公主之前，裴玄静就开始考虑如何介入凌烟阁之事了。大明宫中，宋若昭算得上是绝无仅有的、与裴玄静惺惺相惜的朋友。当年的《璇玑图》一案，她还帮助过裴玄静。今天在凌烟阁中，虽然宋若昭语焉不详，但求救的意思表达无疑。现在，永安公主又给裴玄静提供了无心插柳的契机。永安公主虽有可恨之处，终究是个可怜之人。能够一箭双雕地帮到宋若昭和永安两个人，裴玄静还有什么可犹豫的呢。

酉时三刻很快就到了。不像别的季节，夜色是一层一层晕染加深的。如今正是一年中最严酷的寒冬，夜就像一整块漆黑的帷幕，唰啦从天边扔下来，沉重而霸道，让人心慌。

果然没有任何人起疑，裴玄静顺利地坐上马车，向太极宫驶去。

天已经完全黑了。当马车进入太极宫后，裴玄静掀开车帘向外望去，只看到一片浓重到化不开的黑暗。生长多年的树木太过繁茂，阻隔了星月之光，在几乎伸手不见五指的黑暗中，只剩下石灯笼中微弱的黄光，零零散散，远远望去与坟茔中的鬼火无异。难怪永安公主将夜间的太极宫视为畏途，若没有非凡的胆量或者迫不得已的理由，这地方确实没人愿意来。

马车行进了很久，裴玄静已完全不知身在何处，马车才停下来。

这是一小片林中空地，倒是被环绕的火把和灯笼照得雪亮。中央已经置好了香案，上设香炉、供品等物。

柳泌又披上了他那件绣满云霓、装饰着鹤羽雀翅的青色道袍，活像一只开屏的雄孔雀，笑容可掬地迎上来。

"公主殿下……"他的笑容瞬时冻结。

裴玄静道："永安公主身体不适，我代公主前来。"

柳泌阴沉着脸斥道："胡闹！道场非同儿戏，怎可随便换人！"

裴玄静环顾四周，发现手持火把的都是神策军，做一个道场需要如此戒备森严吗？前方的密林上端，月光如清波荡漾一般，照在一座小楼的顶上。

正是凌烟阁。

裴玄静转回身来，不慌不忙地对柳泌道："柳国师，既然要做法事，为何不直接使用三清殿的祭天台呢？"

"那是皇家禁地！"柳泌怒气冲冲。

"曾经是，因为那下面的地牢里关着吐蕃人质。"裴玄静镇定地说，"不过柳国师肯定已经听说了，吐蕃奸细潜入地牢，妄想救出人质论莽替，然其奸计被我大唐神勇的守卫挫败，论莽替已经伏诛，其他的吐蕃奸细么，除了负隅顽抗当场毙命的，悉数被擒。所以——祭天台是绝对安全的。柳国师何不考虑一下，换个地方？"

柳泌没有回答，眼神兀自闪烁不定。曾经与吐蕃勾结的把柄捏在裴玄静的手中，实在令他如鲠在喉，暂时又想不出合适的应对之策。他知道自己处于下风，不过裴玄静没有直接去向皇帝告发自己，又让柳泌捉摸不定：裴玄静究竟在打什么主意？

"柳国师，裴炼师。"

二人一齐回头，宋若昭正在向他们款款行礼："有劳二位了。"

当她抬起头时，裴玄静与她目光交错，清楚地看到了其中的惊喜和感激。裴玄静灵机一动，问："宋四娘子，是你邀请柳国师来凌烟阁做法事的吗？"

"正是。"宋若昭心领神会地回答，"从一个月前起，凌烟阁中频频发生异事，疑有鬼怪作祟。因凌烟阁是供奉大唐功臣忠魂之所，我担心如此下去，会伤害到大唐的国之命脉，所以才向圣上请求由柳国师来做法驱邪。真没想到，裴炼师也一起来了。这下我就更放心了，有二位出手，凌烟阁中的邪祟定能除去。"

柳泌从鼻子里"哼"了一声。

裴玄静道："请问四娘子，凌烟阁中究竟发生了怎样的异状呢？"

原来是整整一个月前的一个夜里，在太极宫中巡逻的神策军突然发现，凌烟阁的窗上亮起了灯光。

宋若昭解释说："凌烟阁为供奉功臣画像而建，夜间从无人出入，所以不可能有灯光。待神策军士靠近查看时，又发现窗内有东西在动。"顿了顿，用神秘的语气道，"据他们说，看见一只猴子在窗内跳跃，猴子的两只前臂还玩耍着三个火球。"

"猴子？火球？"

"是的。"宋若昭道，"这个景象持续了很长一段时间，方才消失。神策军不敢擅入凌烟阁，直到第二天早上向将军报告后，才获准进入凌烟阁中查看，可是什么都没有发现。阁中一切如常，没有猴子，更没有火球。然而，就在十天之后的夜里，同样的景象又出现了。因有所准备，这次只隔了半个时辰左右便获准入阁检查，但除了闻到一些香火的气味外，仍然没有发现任何线索。圣上得知此事后甚为忧虑，因为今夜又隔了十天，恐凌烟阁中再次发生鬼怪作祟，所以才请柳国师来做法。"

裴玄静问："也就是说，今夜未必一定会发生异象？"

"这可说不准了。或许柳国师的法术高强，镇住了鬼怪，自然不会再有异状发生。那样的话，我们大家也就可以松一口气了。"

宋若昭说着，向柳泌微笑示意，"就请柳国师大展身手吧。"

柳泌虽然满脸阴云，但还是来到香案前，一本正经地做起法事来。终究是皇帝的旨意，又有裴玄静和宋若昭盯着，他自不敢怠慢。

香火燃起，柳泌的口中念念有词。裴玄静一瞬不瞬地盯着松柏林的深处，一种无可名状的恐惧油然而生。她瞥了一眼身旁的宋若昭，只看到苍白的侧脸，没有表情。

过了片刻，不知是谁说了句："凌烟阁里好像有亮光！"

裴玄静展目望去，的确，凌烟阁黑黢黢的楼体上有某个位置正在隐隐放光，但十分微弱，看不清楚。

宋若昭向神策军喊道："请前排将士熄灭火把！"

裴玄静立即明白了她的意思，是想让周围更黑暗，以便突出凌烟阁中的光亮。

火把齐刷刷地灭了。隔着松柏密密匝匝的黑影，从凌烟阁窗内透出的光芒突然变得分外耀眼，也许是太清太亮的缘故，这光芒丝毫不让人感到温暖，反而寒毛直竖。

柳泌连念经都忘了，也随着众人呆愣愣地望向前方。

白光中清晰地映出两棵树的影子。一棵直立茂盛，一棵枯萎倒地。

裴玄静脱口而出："不是猴子和火球？"

"是、是第三十三象……"宋若昭的声音抖得厉害。

裴玄静追问："什么第三十三象？"

宋若昭好像没有听见她的话，只是喃喃："第三十三象，真的是第三十三象……"

"四娘子！"裴玄静一把握住她的胳膊，用力摇撼道，"我们应该立即入凌烟阁查看！立即！现在！"

宋若昭回过神来了，颤声问："如果真有鬼怪怎么办？"

"那也得去看了才知道啊！"

凌烟阁门敞开，神策军们高举灯笼，簇拥着裴玄静和宋若昭站在门前。瞬间亮似白昼的阁中，一切如常：中隔、桌案、金匮，以及那一幅接一幅忠臣的画像,在突然被打破的静谧中仍然保持着安详而又超脱的神态,比任何时候都更富有真实感,似乎随时会从画中走下来。

"什么都没有啊?"神策军士茫然地问,"那两棵树呢?"

裴玄静前后左右看了一遍,又俯身查看地面。再来到中隔前,查看桌案和案上的金匮。最后,她回过头来问宋若昭:"四娘子有什么要查的吗?"

宋若昭却像受了莫大的惊吓,面色惨白地靠在中隔旁的立柱前,只是摇头,一言不发。

裴玄静突然想起来,问:"柳国师呢?"

门口的神策军回答:"柳国师方才还在……"

话音未落,从门外传来马车疾驶过的声响——柳泌跑了。

裴玄静想了想,压低声音问宋若昭:"四娘子,你刚才提到的第三十三象,究竟是什么意思?"

宋若昭深吸一口气,定了定神,对守在门口的神策军道:"请各位将士暂且退出阁外,裴炼师要在阁中继续做法。"

神策军们退了出去,关上门。凌烟阁中又安静下来,四壁烛火通明。

宋若昭从袖囊中摸出那枚小小的金钥匙,将桌案上的金匮打开来。

"裴炼师,三十三象就在里面。"

金匮里面装的不是李淳风所做的预言书《推背图》吗?

"正是要从这《推背图》说起。"宋若昭好像看透了裴玄静的疑问,叹道,"唉!说来话长了。"

自李淳风写就《推背图》以来,宫中一直有专人在设法破解它。但《推背图》的含义太过神秘,表征又相当晦涩,所谓天意实在很难把握。迄今为止,除了开头和结尾的两幅画,以统领和结束全篇为纲,其余的五十八象,有确切解释的只有第三、第四和第五象。

宋若昭从金匮中依次拿出《推背图》第三象、第四象和第五象,让裴玄静一一过目。

第三象丙寅,题曰:天山遁。画上一名妇人头戴金冠,左手托着一只鹦鹉,右手握一柄金锤,正在击打一面鼓。

谶曰:"两相逢金印,情知不奈何。中原还扰扰,万国蚁虫多。"

诗曰:"有一女子身姓武,手执金符生中土。身披霞光五色裳,自握金锤打金鼓。"

宋若昭说,这幅图指的正是武皇之事。袁天罡和李淳风都预见过则天女皇登基,并且以天命的名义促成了此事,所以第三象中的女子即武则天,从来没有异议。

"天山遁"是《易经》乾卦为上卦中的第七卦"遁"卦,意思是退避。用在这一象上,是暗示武则天曾避祸而致亨通。想来李淳风作此图时,正是太宗皇帝想要杀掉武姓女子,被李淳风阻止。武则天逃过一劫,才有后来称帝的奇迹。

图中妇人戴着金冠,即为武氏僭位的形象。手持鹦鹉,既指则天的姓氏,又比喻她能言善辩。金锤击鼓,象征其大权在握,号令天下。七言诗可谓直白,无须多加解释。至于谶中的"两相逢金印,情知不奈何",可解释为高宗皇帝和武后之间既彼此需要,又难免相互伤害的关系。"中原还扰扰,万国蚁虫多"二句,当指武皇当政时期,宫中斗争激烈,李氏子孙遭到荼毒,而无德无才的武家子弟得到重用的混乱局面。

第四象丁卯"天地否"和第五象戊辰"风地观",在元和朝之前,也都有了明晰的解释。第四象,指的是狄仁杰匡扶大唐社稷。第五象,则指安史之乱,杨贵妃死于马嵬驿,玄宗皇帝幸蜀。

第四象的图上画着一人一手执火把,一手持金钟,面前有一犬张口。犬和火,拼合成一个"狄"字。谶曰:"戌群武花子,家于文泰乡。止约二月后,复见龙之阳。"可以理解为武家子孙最终没能继承皇位,大唐神器回归李氏,也就是龙之阳。七言诗写得就更明白了:"拟将社稷乱分离,怎奈天公十八技,赖得忠臣犬边火,方能扶正旧唐基。"

第五象的图上画着一座山，山下有一鹿，背上负鞍，一个女子卧地而死。谶曰："春色正依依，荣华只两枝。又逢木易坏，惊起太原尘。"诗曰："渔阳击鼓过潼关，此日君王华剑山。木易岩逢山下鬼，定于此处丧金环。"

这一象无须多加解读。裴玄静觉得，《推背图》的第五象与青城山薛涛的静室中提的那首诗十分相似，对于后人来说，其寓意是不言而喻的。

李淳风在贞观年间就能对后事做出如此准确的预言，的确令人叹为观止。但后人并没有因为看到《推背图》就有所警醒和防范，也许正应了李淳风的那句"天命难违"。将要发生的，必然会发生，不会因为有智者的先知先觉就能改变。

只是这样的话，预言的意义何在呢？

裴玄静问宋若昭："这三幅图是在事前还是事后被解出的呢？"

"炼师以为呢？"

被宋若昭这么一反问，裴玄静也觉得自己多余了。不论这三则预言是否被事先解出，它们都已成为历史。对于《推背图》来说，只证实了它的神奇和正确。

正思索着，宋若昭又将一页《推背图》放到了裴玄静眼前。

图的上部是三颗光芒如火焰般的明珠，呈品字状排列。画面的下部是山川河流，前方画着一只猿猴，两手相抱，玩耍得正开心。

"猿猴戏火球！"裴玄静大吃一惊。

《推背图》第九象的画面，竟然就是神策军夜巡时，先后两次在凌烟阁窗内看到的异象！

4

宋若昭的语气中透出淡淡的悲哀:"没错,'猿猴戏火球'正是《推背图》的第九象。而这第九象,恰恰是由大姐解开的。"

"是宋大娘子解开的?"裴玄静更惊讶了,"那么第九象所预言的是……"

"武元衡相公遇刺。"

裴玄静目瞪口呆——宋若华竟然认为,《推背图》第九象预测的是武元衡遇刺?

宋若昭道:"我来解释给炼师听。"

《推背图》第九象壬申,题曰:火天大有。"火天大有"是《易经》六十四卦中的"大有"卦。这一卦离上乾下,卦辞为"大有,元亨"。意为顺天应时,无往不利。

五言绝句写的是:"二帝多灾难,中兴号止戈。无人定女子,独处怕如何。"

这首谶诗的头两句:"二帝多灾难,中兴号止戈。"其中的二帝指当今圣上之前的两位皇帝——德宗和顺宗皇帝。德宗皇帝在位期间,大唐遭到数度兵乱,德宗皇帝甚至被迫逃出长安城,称得上多灾多难。而顺宗皇帝,也就是先皇,刚一登基即患重病,短短六个月后便宣告退位,不久病故,说起来也太坎坷不幸。用"二帝多灾难"来形容他们,相当贴切。

"中兴号止戈"的中兴,指大唐中兴,也就是当今圣上殚精竭虑大半生的事业,太多忠臣良将参与其中,为此付出了包括生命在内的一切,比如——武元衡。

止戈,不正是一个"武"字吗?所以"中兴号止戈"一句可以解释成:皇帝的中兴事业仰赖武元衡这位中流砥柱,才有了长足的进展。

从之前二位皇帝的坎坷命运，到当今圣上的中兴有成。正是"二帝多灾难，中兴号止戈"这两句诗的含义。

下面两句"无人定女子，独处怕如何"又怎么解释呢？

女子，往往在字谜中作为"好"字来解，这两句诗似乎在说：好人不见了，因此只能独处。

哪位好人？谁在独处？

假设这四句谶诗彼此有关联，上两句说皇帝得到了武元衡这位左膀右臂，终于能够洗刷父亲和祖父二位皇帝所蒙受的耻辱，大唐中兴在望！后两句诗却指出，就在关键的时刻，武元衡遇刺，皇帝失去了最得力的助手，四顾茫茫，陷入无比孤独的境地……

再看七言诗："其中有一赤猿猴，闹乱寰尘作祸头。才是征南又征北，目光闪烁上金楼。"诗中的这只猿猴当指为害大唐者，正是它南北乱窜，到处生事，令社稷不安。

须知卦、谶、诗、画，四者相合，才是《推背图》之一象。

画上的猿猴在玩弄三颗火球。刺杀武元衡，不正是由吴元济的淮西、王承宗的成德和李师道的平卢，这三个藩镇相互勾结，串通一起而为之的吗？这三颗火球，应该特指三个杀害武元衡，妄图摧毁皇帝削藩事业的藩镇。

所以《推背图》之第九象，预测的正是当今圣上立志削藩，而淮西、平卢和成德三个藩镇刺杀宰相武元衡，妄图借此挫败圣上的雄心，使大唐中兴半途而废的史实！

"大姐破解了《推背图》第九象后，便如实禀报了圣上。"宋若昭低声道，"那是元和十年末的事情。"

"然后呢？"

"圣上命大姐继续破解其他的《推背图》，可是大姐在次年的春天就亡故了。在大姐去世之前，她并没有向圣上报告过新的发现。"

"大娘子过世之后呢？圣上有没有让你……"

"不，"宋若昭断然否认，"圣上将大姐的封号连同她所做的事情，几乎悉数交给了我。唯独破解《推背图》之事，圣上完全没有提起过。而我，也是在最近凌烟阁发生异象后，才被圣上召见并告知始末的。"

裴玄静疑道："难道大娘子她，也从未向你们姐妹说过她在破解《推背图》？"

宋若昭淡淡一笑："她瞒着我们所有的人。在大姐的心中，我们姐妹的分量，终是无法和圣上相比的。"

沉默片刻，她又道："我看到了《推背图》之后，才知道神策军们描述的'猿猴戏火球'的异象，正是第九象上的画面。"

裴玄静思忖着问："会不会只是那几名军士的臆想？"

"大家都想的一样吗？而且描述得绘声绘色？又恰好和《推背图》第九象的画面一致，这可能吗？那些神策军士连听都没听过《推背图》啊。所以圣上才对此事极为忧虑。"

裴玄静懂了。

皇帝所虑的应该有二：其一，《推背图》是否泄露出去；其二，"猿猴戏火球"的异象是如何形成的，又意味着什么？

她点头道："所以四娘子就被牵扯进来了？"

宋若昭苦笑："尽管大姐生前从未向我们提起过《推背图》，但她毕竟是最后一个负责破解《推背图》的人，圣上自然就想到了我。只可惜，对于《推背图》我实在什么都说不出来。反而是圣上，又告诉了我一件惊人的事。"

她从金匮中又小心翼翼地捧出一张黄纸来："炼师再请看这个。"

只见画上是一枯一荣的两棵树。枯树倒伏于地，荣树从枯树的枝干间挺立出来，正在茂盛发叶。画的左边题着一行字："第三十三象，丙申，风泽大过。"旁边的七言诗写着："要知太岁在何处，青龙变化白头兔。天军东南木易来，此时换却家中土。"

"原来这就是第三十三象！"裴玄静惊叹，"果然和今夜窗上看到的一模一样！"她望着宋若昭，"这到底是怎么回事？"

宋若昭长叹一声："请炼师容我慢慢说来。"

"过去大姐每次要入凌烟阁来研习《推背图》，便会持圣上手谕，在内侍的陪同下开启凌烟阁的门。她单独一人入内，内侍在阁外等候。金匮上有锁，钥匙只有大姐才有。待大姐离开时，按照旨意，内侍可以搜身，验证大姐是否将《推背图》私藏出去。整个过程层层戒备，可谓万无一失。让人心悸的是，大姐似乎对自己的死早有预感，就在三姐中毒身亡后不久，她就把金匮的钥匙交还给了圣上。"

裴玄静蹙起了眉头——确实有些奇怪。

"大姐对圣上说，她担心柿林院不安全，不敢再保管钥匙。大姐还说，柿林院中发生惨案，自己身心俱疲，暂时无法胜任破解《推背图》之责。圣上便准了。"

裴玄静心想，还是宋若华了解皇帝的多疑。在当时的情境下，归还钥匙确实是个明智之举，至少不会使柿林院的乱局更加浑浊不清。但宋若华一定没有想到，在她死后两年多，《推背图》的阴影再度笼罩到她的妹妹们头上。

宋若昭继续说："从那以后，圣上就将金匮的钥匙保存在自己身边，而他本人在这两年多中，既没有登过凌烟阁，更没有调阅过《推背图》。直到一个月前，凌烟阁中发生了第一次异象，窗上显露的'猿猴戏火球'正是《推背图》第九象中的画面。圣上惊骇，担心有人窃取了《推背图》，便立即亲临凌烟阁检查，却发现金匮锁得好好的，也没有撬动过的痕迹。于是，他取出钥匙打开了金匮，竟发现了一件真正诡异的事情！"

"什么真正诡异的事情？"

"圣上发现，第三十三象的《推背图》变了！"宋若昭指给裴玄静看，"炼师看出什么蹊跷了吗？"

宋若昭的纤纤玉指点在七言诗的第二句上。

"青龙变化白头兔？"裴玄静看出问题了，"这个'头'字怎么是红色的？"

《推背图》是作在宫中专用的益州黄麻纸上，由于年代久远，纸张原先的暗黄底色变得深浅不一，七言诗的字体又小，乍一眼还真不容易发现字迹的颜色不同。

　　宋若昭一字一顿地说："《推背图》中所有的字和画都是用同一支笔，以黑墨写画而成的，绝对没有红色的字。"

　　裴玄静紧蹙双眉。

　　宋若昭接着道："圣上看到红字以后，感到万分讶异。因为他回忆起在第三十三象中，七言诗的第二句原来是'青龙变化白牛兔'。所以，这个'头'字肯定是变化了的。"

　　"四娘子的意思是：三十三象的原诗为黑墨书写的'青龙变化白牛兔'，因为'牛'字变成了'头'字，所以这句诗变为了'青龙变化白头兔'。"

　　"对。"宋若昭又将手指移到第三句诗上，"请炼师再看，这个字也变了。"

　　裴玄静定睛一瞧，第三句诗"天军东南木易来"的"南"字也是红色的。

　　"这个'南'字？"

　　"原先是'北'。"

　　"四娘子是说，原诗为'天军东北木易来'，现在却变成了'天军东南木易来'？"

　　"正是。"

　　"字是怎么变的？"

　　"不知道。"

　　裴玄静小心地捧起第三十三象，宋若昭紧张地注视着她。

　　少顷，裴玄静又把纸页放下来："原来的字完全不见了，所以不是简单的涂改，而且红字和其余的字浑然一体，如果不是四娘子说明，我会以为最初就是这样。但是，为什么要把字改成红色呢？如果不是因为颜色变化，恐怕连圣上也不会发现诗句变了吧？"

宋若昭不动声色。

裴玄静注视着宋若昭道："从四娘子的陈述来看，第三十三象应该是遭人篡改了，那么只有两个人嫌疑最大：第一个是大娘子，第二个便是圣上。因为除了他们，别人根本没有机会碰到《推背图》。"

"圣上有什么必要自己改了《推背图》，再告诉我们呢？裴炼师，你我都很清楚圣上的性格。所以，这个嫌疑可以排除了。"宋若昭平静地说，"再说大姐，都已经去世两年多了。就算是她做的手脚，那也是两年前的事了。况且，她去世前把金匮的钥匙交给了圣上。我实在想不出，如果是她做的，究竟想达到什么目的。"

裴玄静说："四娘子的问题我回答不了。我只是在分析各种可能性。"

"但有一种可能，炼师没有提到。"

"什么可能？"

宋若昭的目光灼灼："鬼神。"

"鬼神？"

"圣上把金匮的钥匙交给我，命我详细调查此事。然而我想来想去，总觉得凌烟阁中'猿猴戏火球'的异象，以及金匮中《推背图》第三十三象的变化，都无法用常理来解释，只能推诸鬼神之力。"

裴玄静说："所以四娘子今夜请来了柳国师？"

"对。今夜与第二次异象恰好隔了十天。我便推想，如果凌烟阁中所发生的一切为鬼怪作祟，那么有柳国师在现场做法，当能引出一些蛛丝马迹。"

"没想到却引出了第三十三象在窗上显影？"

宋若昭望定裴玄静："也许——这就是鬼神想要达到的目的？"

裴玄静皱眉道："四娘子莫非是想说，凌烟阁中迄今为止发生的三次异象，其实是为了一步一步引起众人的注意，最终暴露出《推背图》第三十三象的变化？而且，这一切都是鬼神所为？"

"裴炼师能反驳我吗？"

沉默片刻，裴玄静轻叹一声："我们走吧，这里没什么可看的了。"

宋若昭和裴玄静登上同一辆马车，从夹道返回大明宫。

刚过三更，夹道两侧的青砖壁上油灯曳曳，穿梭的风比狂野中更加阴冷。两名神策军驱马在旁守护，车窗帘上映着他们的影子，忽大忽小。

裴玄静凝视着车帘，许久不发一语。宋若昭坐在对面，一直若有所思地端详着她。

终于，宋若昭打破沉默："炼师，你怕吗？"

"你呢？"裴玄静反问，"你怕吗？"

"怕。我在大明宫中的每一天都怕。我原还指望着，终有一天会怕习惯了，也就不怕了。谁知道永远也习惯不了。"宋若昭涩涩地干笑起来。

裴玄静摊开手掌："这是我从凌烟阁的地上捡到的。"

那是一张小小的红色纸片，被细心地剪成了两棵树的样子——一棵竖立茂盛，一棵枯萎倒地。

5

裴玄静问："四娘子有什么要说的吗？"

"这是剪纸。"宋若昭镇静地说，"按照第三十三象的画剪出来的。"

"对。"裴玄静点头，"你看，这上面还有一个线头，所以我判断，它原先是用丝线挂在什么地方的，也许就是中隔的顶部浮雕上。这么小的一个纸片，挂起来很方便，也不容易被人发现。"

宋若昭问："裴炼师是否认为，这张剪纸和我们今天看到的异象有关？"

"否则呢？这样一张剪纸为何会出现在凌烟阁的地上，而且正好在异象发生时？"

"不对。"宋若昭摇头道，"你我都亲眼所见，映在窗上的两棵树几乎占满了整个窗格，而这幅剪纸才巴掌大，怎么可能是一回事？"

"不是一回事，但又是一回事。"裴玄静从容地说，"此中奥妙，应该一点就透。不过，此案要彻底水落石出，至少还有一个疑点尚待厘清。"

"什么疑点？"

"光从哪里来？"

"光？"

"四娘子告诉我，在凌烟阁第二次显影后，神策军不久即入阁查看，闻到了香火的气味。所以我判断，之前在凌烟阁中曾经燃烧过火烛之类的东西。"

"这……"宋若昭像要反驳，裴玄静不容她开口，便又说下去，"但今夜的情况不同。当我们冲进去时，阁内空气凝滞，却没有丝毫异味。而且，就在我们进阁前的那一刻，窗上光影俨然，如果阁内真的燃有烛火，只能在一瞬间熄灭，所以我们不可能闻不到气味。"顿了顿，她说出结论，"也就是说，今夜凌烟阁中的亮光绝非蜡烛或者油灯所发的，我现在还想不出解释。"

沉吟片刻，宋若昭道："只要把这三次异象都看作是鬼神之力，一切便可迎刃而解了。"

"未必。"裴玄静说，"今夜的情景令我回想起两年多前，在兴庆宫的勤政务本楼下，曾经有过一场老宫婢升仙的异事，与今日颇为相似。只不过，当时我自己就是戏中人，而不像今天只是一个旁观者。"她轻轻地笑了笑，"彼时还有左神策军中尉吐突承璀作为见证，正如今日之柳泌。"

宋若昭但笑不语。

无须明说——吐突承璀和柳泌一样，都充当了皇帝的眼睛。

大唐悬疑录 4：大明宫密码　117

"不过，即使让吐突承璀和柳泌眼见为实了，也未必能说服他们背后的人。"裴玄静轻叹道，"我的经验证明，要蒙蔽那个人几乎是不可能的。"

"蒙蔽？炼师此言差矣。裴炼师自己不是也承认了，凌烟阁中的异象无法用人力来解释。"

裴玄静摇头："不。关键不在于凌烟阁的三次异象，而是金匮中所藏的《推背图》。我说得对吗，四娘子？"

马车内部无光，只有夹道两侧的油灯光，每隔一段距离便从车帘外透进来。车内便从明到暗，再从暗到明。裴玄静忽儿看见宋若昭毫无血色的脸，忽儿又只能见到两只闪耀着炽烈光芒的眼睛。

良久，宋若昭才道："炼师发现了吗？今天柳泌走得特别快。他在众目睽睽之下做法失败，按理说应该设法找到推卸责任的法了，可是他连凌烟阁的门都没进，就直接跑了。"

"想必是……圣上严命他不得擅入凌烟阁吧。"裴玄静道，"我也发现了，神策军们都只站在门外，连京兆尹都不敢踏进凌烟阁一步。所以我想，没有圣上的旨意，任何人都不能进入凌烟阁吧？"

宋若昭点了点头。

裴玄静不禁莞尔："可四娘子却未及时提醒我，使我犯了大忌。"

"所以裴炼师务必要做好准备，应付圣上的盘问。"

"四娘子想要我怎么说？"

宋若昭歉然道："我原本没有想到会遇上裴炼师，若非万不得已，亦会尽力避免连累裴炼师。但只要我知道有裴炼师在，便不至于彻底绝望。"她的语气恳切极了。

裴玄静想了想，问："四娘子自己要怎样应对圣上的盘问呢？"

"我会说，今夜凌烟阁中再起异象，证明确有鬼神作祟，连柳国师的法力亦奈何不得。"宋若昭顿了顿，加重语气道，"尤其是今夜的异象，与《推背图》的第三十三象匹配，更足以说明第三十三象诗中的二字之变，确为天意。"

"这个结论对四娘子很重要吗？"

恰好来到一段无光的暗路，宋若昭的眸中莹泽点点，在黑暗的车厢中格外瞩目。她轻声说："炼师还记得吗？我说过自己一无所长，只懂藏拙，只知自保。两位姐姐死后，我原以为可以带着小妹若伦，从此躲在柿林院中，无声无息地了此一生，也就罢了。却不知树欲静而风不止，想躲是非，是非却总找上门来……"她的喉咙哽住了，"裴炼师，活着为什么那么难？"

裴玄静无言以对。并不是活着难，而是在大明宫中活着才难，可惜宋若昭别无选择。

少顷，宋若昭稍稍平复心情，问："对于第三十三象的变字，炼师有看法了吗？"

裴玄静老实回答："毫无头绪。"

"炼师也有束手无措的时候吗？"宋若昭的脸上露出了久违的狡黠笑容，"我循着大姐解开第九象的思路，倒理出了一些端倪。裴炼师想不想听听？"

"四娘子请说。"

"第三十三象的'风泽大过'卦是《易经》兑卦中的上卦。这一卦有四个阳爻，预示着大的过渡。所以，此象预示的应该是国之重大变迁。"宋若昭盯着裴玄静，"一国之中最重大的变迁，是否改朝换代呢？"

"改朝换代？"裴玄静也鼓起兴致，"这些年中大唐国祚虽有波折，却谈不上改朝。换代嘛，也就是从玄宗到肃宗，到代宗，到德宗，再到先皇和当今圣上。何以称为'风泽大过'呢？"

"如果一年之中换了三代帝王，算不算呢？"

裴玄静脱口而出："永贞！"

她看着掌心的剪纸：一树茂然一树枯倒，突然变得生动起来——

第三十三象所预言的，有没有可能正是永贞元年的皇位二度更替？

大唐悬疑录4：大明宫密码　119

假设，枯树指先皇顺宗皇帝。先皇在登基时即身患重病，如同树已枯朽。而与之形成鲜明对照的茂树，生机勃发，正是永贞元年接受先皇禅位的当今圣上。那年他才二十七岁，年富力强，正处于一生中精力最旺盛、意志最坚决、头脑最敏锐的时候，诚如大树茂叶华发，参天而上。

裴玄静又思忖起来："那么七言诗又是什么意思呢？而且这一象怎么没有谶？"

"从第十象起，《推背图》就只有一画和一诗，没有了谶。不知是丢失了，还是李淳风当时就没有写。"

"哦。"裴玄静点了点头，抛开谶不提，第三十三象的诗中一定大藏玄机，否则就不会有红色的变字，更不会令皇帝如此在意。

她直截了当地问："四娘子对这首诗也有自己的解读吧？"

"解读谈不上。我只有一点想法，第一句'要知太岁在何处'中的太岁，意指太岁星君，也就是天干地支中的六十花甲子。所以第二句才有'青龙变化白头兔'，因为青龙和白兔分别可指壬辰和乙卯。"

"不对啊。"裴玄静说，"第二句诗原来是'青龙变化白牛兔'，和壬辰、乙卯联系不起来……"

"我到了。"

裴玄静的思路被打断了。马车缓缓停在一座院落前，灰白色的灯笼光下，柿林院的牌匾朦胧可见。

原来不知不觉中，已回到了大明宫。柿林院位于大明宫的西侧，从太极宫沿夹道而来，经右银台门入大明宫，一过翰林院，便到了柿林院。去裴玄静修道的玉晨观，还要继续向东北方向走一段路。

宋若昭轻声说："明天我将向圣上讲述今夜的异象，并一口咬定其乃鬼神所为，柳国师亦能佐证。假如圣上召见炼师核实……"

裴玄静道："我只知一切异象均遵天命，一切天命均循人力。人心比天大。"

"炼师。"宋若昭的嗓音微微颤抖。

裴玄静拉住她的手,小小的剪纸就在两只冰凉的掌心中间。裴玄静感到宋若昭用力捏了捏自己的手,将纸片推回来,如同耳语般地说:"请裴炼师留着它,我才能放心。"

踏上柿林院前的台阶,宋若昭回眸一笑。恍惚中,裴玄静仿佛看到宋若华、宋若茵都站在宋若昭的身边,向自己露出微笑。裴玄静情不自禁地握紧拳头。掌心里,是她和宋若昭,不,是她和宋家姐妹们刚刚达成的小秘密。但大明宫中,会有小秘密的容身之处吗?

裴玄静怎么也不曾料到,自己行动起来以后,竟会与隐含大唐国运的奇书《推背图》狭路相逢。

迎面刮来大明宫中的风刀霜剑,凌厉更甚以往。

次日天气晴朗。久违的阳光遍洒在太液池上,又从水晶盘一般的冰面反射出来,大片的金光熠熠,耀得人眼花缭乱,感觉上却更冷了。

郭念云由一群宫娥陪伴着,匆匆朝清思殿走去。寒风拂面,夹带着清晰的人声,忽然从太液池上飘过来。

陈弘志?郭念云停下脚步。

前方不远处,冻得硬邦邦的冰面上破开了一个洞。数名黄衣内侍正围在冰窟窿的旁边,垂首肃立,听陈弘志训话。

只见他激动得脸红脖子粗,伴着每一次叫嚣,大团大团的热气从嘴里呵出来,化成一个个圆形的雾圈。

"你们怎敢跑到这里来取冰!砸得'嘭嘭'乱响,惊扰了圣驾,你们吃罪得起吗?"

有人辩白了一句:"请陈公公息怒,今年太液池冻得特别牢,取冰不易。我们好不容易才发现这一块的冰面比较薄,所以就……"

"所以就偷懒?"陈弘志圆睁双目,"你们不知道圣上特别要清净吗?"

"知道。可是陈公公,清思殿离这儿还远呢。我们砸冰的声音传不过去……"

"放屁!太液池都冻成一马平川了,风又这么大,呼啦啦地一吹,什么声音都能传得好远!"陈弘志咬牙切齿地骂道,"我告诉你们,万一让圣上听到什么,原来我还打算帮你们说几句好话,你们要是如此不知好歹,我就不管了。到时候圣上发起火来,会是什么结果你们心里明白!"

负责冰窖杂役的内侍怎敢与陈弘志为敌,见他出言威胁,赶紧齐刷刷跪倒在刺骨的冰面上,求饶道:"陈公公饶命,是我等猪油蒙了心,幸得陈公公指点,我等知错了!"

"快滚!"

内侍们收拾了铲凿,担起装满冰块的木桶,正打算落荒而逃。陈弘志又道:"差点儿把正事给气忘了!你们二人随我将这桶冰送去清思殿。"

内侍们答应着跟上陈弘志,刚走到岸边,郭贵妃在上面悠悠道:"陈公公忙啊。"

陈弘志一惊,连忙换了一副嘴脸,谄媚道:"贵妃娘娘,您在那边站着不冷吗?"

"陈公公不冷吗?"

"啊,不,奴不敢哪。"

郭念云向陈弘志招了招手,他不敢怠慢,三步并作两步跑过去。

"贵妃娘娘有什么吩咐?"

郭念云收起笑容,低声问:"这是怎么回事?"

"我见他们在此凿冰,怕响动太大,所以……"

郭念云打断他:"我是问你为何要送冰去清思殿?"

"这……"陈弘志的眼珠转了转,讪笑道,"贵妃娘娘不会忘了吧,清思殿中有一个于阗白玉大盘,专门用来盛放冰块的……"

"胡说!"郭念云呵斥,"那东西只在酷暑时节才会拿出来,用以防暑降温。如今正值隆冬，取暖还来不及，怎会用到那个？"

陈弘志垂头不语。

郭念云看着他："难道是……"她不禁倒吸一口凉气。

陈弘志又抬起头来，用古怪的语调问："贵妃娘娘有多久没见过圣上了？"

郭念云被戳到痛处，脸色又是一变，冷笑道："我是有一段时间没见到圣上了。不过我记得，陈公公仿佛也有一段时间没来长生院了？"

"是是，最近太忙，圣上这边一时走不开……"

"是吗？我还以为陈公公有了别的打算。"

"怎么会？"陈弘志赔笑，"奴又没吃了熊心豹子胆。"

郭念云面沉似水。

陈弘志往前凑了凑，用极低的声音道："奴这心里头害怕得紧，所以不敢说。"

"说。"

"圣上每日服用的仙丹，已经从一粒加到了三粒。"

"三粒？"郭念云死死地盯住陈弘志。

"正是。所以圣上终日感觉腹内燥热，难耐之际便需以冰块缓之。"

郭念云朝等在太液池旁的两名内侍望去。虽然隔着一段距离，还能看出他们在冰桶旁冻得簌簌发抖。

"这么严寒的天气，还要在殿内放置冰块，他怎么受得了……"她的嗓子哽了哽，随即恢复了高傲的神态，对陈弘志点头道，"陈公公当真不易，辛苦你了。"

陈弘志满脸谦卑地回答："贵妃娘娘言重了，奴婢只是在尽本分。"顿了顿，又小心地问，"贵妃娘娘若是没有别的事，我还得赶紧让他们把冰抬去清思殿。"

郭念云默默地点了点头。

陈弘志未及转身，郭念云又道："不过我还想提醒陈公公一句，抽空常来长生院走动。虽说陈公公没有别的打算，但看如今圣上的情形，我倒有些替陈公公担心呢。"

陈弘志浑身一凛，不敢抬头去看郭念云，只是含混地答应了一声："是。"

陈弘志领着两名内侍，抬起冰桶朝清思殿去了。

直到他们的背影消失在清思殿前的御阶上，郭念云才对身旁的宫婢道："回去。"

"回去？"宫婢问，"娘娘，咱们不去清思殿了吗？"

"不去了，我可受不了那个冻。"郭念云扭头便走，几步之后又道，"你去三清殿走一趟，请柳国师今日午后到长生院来，就说我有要事找他。"

6

上元节后接连数日，长安的天空一直阴霾沉沉。酷寒逼得人渴望来一场狂风暴雪，也比这样不死不活地耗着要强。

天气如此，人们的心情总不会太好。佳节已经过去，没有理由继续寻欢作乐，外面又天寒地冻的，市面顿时变得十分萧条。只有轮流供奉佛骨的寺院前，仍然从早到晚人头攒动，香火氤氲。大安国寺门前的那场变故，很快就被遗忘了。

经过数度迁转，今天佛骨来到了靖安坊中的西明寺。一大早起，梵音法唱就从街头到巷尾，把向来安静的靖安坊闹了个鸡犬不宁。

在韩府空落落的后花园中，韩湘无奈地放下洞箫。箫音完全被四面的喧哗掩盖了，烟火持续不断地飘进来，弥漫在掉光了叶子的枝头上。

"算了，下回再吹给你听吧。"韩湘伸出手，轻轻拍了拍身边人的肩膀。

李弥的面孔已经清洗得干干净净,头发也梳理整齐了,瘦弱的身躯裹在厚厚的棉袍中,看起来就是一个清秀沉默的青年。但那两只始终纹丝不动的眸子,又使不知情的人望而生畏。

几天过去,韩湘倒是习惯了他的这副样子。李弥彻底封锁了心智,拒绝再与这个尘世有任何交流,对此,即使不知详尽的来龙去脉,韩湘仍然可以理解。

在李弥的手中,从早到晚牢牢地捏着一支歪歪扭扭的金簪,就像捏着自己的性命。韩湘记得这支金簪,它曾经插在青春少女禾娘乌黑的发髻上。韩湘还记得,在金仙观繁花盛开的院子里,在禾娘和李弥这对少男少女的围绕中,自己曾经吹了一曲洞箫给他们听。那是一个杨柳翻飞的明媚春日,李弥念起了哥哥长吉的诗句:"可怜日暮嫣香落,嫁与东风不用媒。"

美好的时光,总是转瞬即逝,就像那么可爱的禾娘,却再也见不到了。每每想到禾娘,韩湘的心便会痛不可支。他痛恨自己没有保护好禾娘。他无法欺骗自己说,禾娘是嫁给东风去了,就如他无法欺骗自己说,崔淼正在潇洒地行医江湖,而裴玄静已得道飞升,成了九天之上最美丽的女仙……

即使逍遥如半仙的韩湘子,也无法对昭彰的罪恶视而不见。但他所能做的不多,只能尽心尽力地照顾李弥。

郭鏦将李弥送来韩府时,说是在金仙观地窟中找到的,却对整个经过语焉不详。不该问的就不问,这个道理韩湘还是懂的。由叔公的一首《华山女》联想到裴玄静的下落,如今不仅得知她安然无恙,还找回了失踪两年多的李弥,已经是意外之喜了。

郭鏦还给韩湘送来了裴玄静的亲笔,那是长吉的一首诗。正是这首诗,帮他安抚了刚来时如癫似狂的李弥。韩湘非常喜欢这首诗——

"丁丁海女弄金环,雀钗翘揭双翅关。六宫不语一生闲,高悬银榜照青山。长眉凝绿几千年,清凉堪老镜中鸾。秋肌稍觉玉衣寒,空光帖妥水如天。"

在韩湘看来,诗中的字字句句都是形容裴玄静的。长吉心中的裴玄静肯定就是这样的:一位在海底沉默千年的仙女,当她揽镜理容时,世间沧桑便如流水般从她的眼前掠过。仙女却丝毫不为所动,只是默默凝望着大海中天空的倒影。

但长吉肯定想不到,裴玄静有朝一日会陷入大明宫中。

忽然一声惊呼,打断了韩湘的思绪。李弥的喉咙里发出含糊的吼声,鲁莽地将一个人推倒在地。

"哎呀,李兄!"韩湘连忙上前搀扶,"你惹他干什么?你又不是不知道他……"

李复言猛咳了一阵,才缓过气来:"我看他的手里什么东西一晃……朝你扎过来。我正是、知道他脑筋有问题……才怕误伤到你嘛……"

韩湘笑了:"没事,不就是这根宝贝簪子嘛,喏,他成天不离手的。"

再看李弥,竟将他们二人的对话置若罔闻,正专心致志地握着金簪,在山石上刻出一条横线。山石上已经从上到下刻了好几道同样的横线。

李复言问:"他这是什么意思?"

"我猜……会不会是在记日子?"

"用这个方法记日子?"

"他好像在地底下待了两年多,可能只有这个法子标记日子吧。"韩湘道,"我也不清楚,总之他不会伤害人的。李兄尽管放心。"

李复言讪笑着理了理头巾。天光之下,他看上去特别憔悴,一副病骨支离的样子。

韩湘问:"李兄今日大好了?"

"唉,成天躺着也难受,今天我觉得还有点儿力气,便支撑着出去逛了逛。"

"是不是去西明寺看佛骨了?"

"去了西明寺,不过没看见佛骨。"李复言从袖中掏出一张纸,抖抖索索地递过来,"却看到了这个。我觉得有些新奇,便带回来给韩郎瞧瞧。"

"哦?这是什么?"韩湘好奇地展开来,见纸上面密密麻麻地写满了字,"好像是一篇文章?"

韩湘读起来。院墙之外,诵经祈祷的声音嗡嗡不绝,像平地响起的冬雷般突兀而沉闷。空旷的院中,刺骨寒风在每一条枯枝的缝隙间掠过。

韩湘突然抬起头:"李兄,这东西你是从哪里得来的?"

"就在西明寺前。"院中明明只有他们三人,李复言却压低了声音道,"有人在私下兜售这个,幸亏我身上带了点钱……可不便宜,花了一百钱呢。"

"竟有人如此胆大?"

"我看了也吓了一大跳。"李复言道,"韩郎,你说这里头写的到底是不是真的?"

韩湘只觉得太阳穴针扎般地疼,眼神有些涣散。他勉力定睛,盯在那五个字上——《辛公平上仙》,正是这篇奇文的名字。

李复言道:"我可是看得毛骨悚然啊!圣人怎么就被杀了呢?偏偏它这一通胡言乱语还有模有样的,像是亲眼所见的呢。"

韩湘的脑子乱作一团。叔公在蓝关道上发出的警告,时隔数日,竟在这篇奇文中得到印证?

不对!从描述的方式来看,《辛公平上仙》应该是在讲述一件已经发生的往事,而非预兆!难道在大明宫中,曾经发生过一场弑君惨案,至今不为人知?会不会只是某些别有用心之人的胡编乱造?但其中写到的宫中场面,宫人、内侍还有阴兵阴将都栩栩如生,若非常在大内走动,且熟知皇家规矩的人是不可能写得出来的。

韩湘问李复言:"李兄,你可曾打听过此文的出处?"

"我只听说,此文最早是在上元节的夜里出现的。"

"上元节的夜里?"

"对,就在百姓倾城而出观灯之时,有数盏祈愿灯从天而降,携带着这篇文章。"

韩湘紧锁双眉,这样做等于昭告全长安,何人竟有如此胆量?

"当时就有不少人捡来看了,全都吓得魂飞魄散,有撕的有藏的,都不敢声张。隔了好几天,街头巷尾才陆续听人开始议论,都在悄悄猜测阴兵何时入宫,圣人何时上仙。偏有无良商人敢发这掉脑袋的横财,偷偷地把文章刻印了,在人群聚集处以高价售卖。"

"要钱不要命了吧?"韩湘道,"此文一旦被宫中看到,后果不堪设想啊。"

李复言叹道:"人为财死,鸟为食亡。况且,就算宫中看到了要追究,也得去找写文章的,那才是始作俑者。刻文卖文的,抓到了也查不出元凶来。"

"这倒是。"韩湘思忖,此文的作者亦知事关重大,所以才将其悬于祈愿灯上放出来,让人无法追查吧。

李复言又把韩湘手中的纸翻过来:"你再看这个。"

只见纸的左下角处,用黑墨画着一朵小花,花中还有惟妙惟肖的五官,宛似人在微笑。

"最初由祈愿灯放下的文章背面均有此花。于是刻印者依样画葫芦,也将此花标在文后,却不知会不会是作者留下的记号?"

"鬼花!"

"鬼花?"

韩湘还未开口,忽听到有人在叫:"韩郎!"

抬头一看,竟是仆人引着段成式来了。

"我正要去找你呢!"韩湘叫道,"你的腿好了?"

"差不多。"段成式原地转了一圈,"我来看看自虚哥哥。"说着便径直向李弥走去,轻轻地唤了一声。

李弥毫无反应。

韩湘道:"他什么人都不认识,什么话都不会说了。"

段成式抿紧双唇。

韩湘叹道:"至少把他给找回来了,也知道了静娘的确切消息。目前来看,静娘在宫中尚能自主。"他朝东北方的龙首原望去,"我相信她能保护好自己。"

收回目光,韩湘又看着段成式问:"你呢?你能保护好自己吗?"

段成式的脸色一变。

"对了,我介绍你们认识一下……"韩湘一回头,才发现李复言已不见踪影,想必是见有陌生人来,便回房休息去了。韩湘心道,不见也好,遂将手中的文章递给段成式,质问:"你说说,这是怎么回事?"

段成式的脸色由红转白,低声嘟囔:"你也知道了?"

"已经闹得满城风雨了吧?"韩湘指着纸上的鬼花,"就凭着这个,早晚会找到你的头上。你怎么如此不小心?"

"……我,唉!"

"说说吧,到底怎么回事?"

原来是去年年底前的一天,段成式正在荟萃楼上的"鬼花间"写故事,伙计送来一张字条。上面写着邀请段成式在骊山围猎时,至华清宫中一晤,将有绝妙的故事讲给他听。

"骊山围猎?华清宫?"韩湘以为自己听错了。

段成式坦白道:"我自前年起就迷上了围猎,东宫崇文馆的儿郎们组了一个围猎的班子,几乎每个月都要去骊山玩两次。因为夜猎最有意思,所以我们常常在骊山上过夜,我喜欢华清宫的温泉,每次都怂恿大家在华清宫宿营。"

"华清宫不是已经废弃了吗?"

"宫殿已废,但温泉尚在。"段成式的语气饱含怅惘,"我喜欢那里荒芜的宫阙楼台，我总在想，说不定哪天夜里，杨贵妃还会回来洗凝脂……"

韩湘连忙打断他："你就按纸条上说的办了？"

段成式点头道："你能想象我接到纸条有多么惊讶吧？去一次骊山华清宫，对一般人来说可不容易呢。为什么要约我在那里见面呢？他要是真有好故事，直接来鬼花间讲给我听不行吗？"

韩湘紧锁双眉："必是有不可见人之处吧？"

"我也有怀疑，不过我还是觉得，这样安排很有意思，便把下次行猎的日期写在纸条上，让伙计送回去了。"

韩湘无语。

段成式郁闷地说："可是那夜他约我到了华清宫中，见面后却又将我黑布蒙头，送去另外一个神秘的地点，见到了一个自称辛公平的人。我至今想不通这种做法的目的。如果只是为了隐匿真实的身份和会面的地点，直接将我从鬼花间蒙上眼塞进马车，不是更简单吗？"

"非也。"韩湘道，"荟萃楼位于东市中央，人多眼杂，对方肯定会有所顾忌。我倒觉得，如果对方确实不愿暴露身份，与其搞得那么复杂，还不如干脆乔装改扮造访鬼花间，把故事对你说完就走，你事先没有准备，就算想追也是徒劳的。"

"他们为什么不那么做呢？"

"除非……"韩湘思忖道，"那个辛公平出不来。"

"出不来？"段成式的眼睛一亮，"对！他必须待在那个地方，外人进去尚可，但他本人绝对不能出来。所以他要想当面对我讲故事的话，就得设法把我弄过去。"

韩湘问："你蒙着头坐在马车里时，有没有设法判断周围的环境？"

"去大概花了一个时辰。回来的时候我都晕了，记不得了。"

"一个时辰？"韩湘皱眉道，"这么久都能出骊山了。你确定吗？"

段成式摇了摇头:"被蒙着眼睛,心里又害怕又焦急,你能算准时间吗?也可能是我估计得长了?我一直都在留意周边的声响,却总觉得越来越静,好像进了很深很深的山里面,特别冷,特别的阴森……"

"会不会马车带着你在骊山绕圈子?"

段成式不作声。

韩湘道:"看来你与辛公平见面的地方,只能是个谜了。"

"不,我知道那里。"段成式说,"那肯定不是人间,而是幽冥!辛公平也肯定不是一个人,而是鬼!"

韩湘长叹一声。

段成式拉住他的胳膊:"韩郎你说说,如果辛公平不是鬼,怎么能讲出那么可怕的故事来?"

"你也知道那个故事可怕啊!"韩湘当真恼火了,"那你为什么还把它写下来?写下来也就罢了,还放在祈愿灯上遍撒全长安城;散布全城也就罢了,你……你居然还把鬼花画在纸的背面,你这是存心要惹祸吧!"

"我没有!"段成式也急了,"我是把它写出来了,但我只写了一份收藏起来,根本就没放到什么祈愿灯上啊!"

"你说什么?"韩湘圆睁双目,"不是你干的?"

段成式急得跺脚:"韩郎,你不记得了吗?上元节那天夜里我们在忙什么?"

是啊!那天夜里他们在为飞天大盗一案奔忙,并且在最后关头保护了佛骨。祈愿灯放上天空的时候,段成式正和韩湘在一起,所以绝对不可能是他干的。

"这究竟是怎么回事?"韩湘喃喃。

四目相对,韩湘和段成式都在对方眼中看到了两个字——阴谋。

有人精心策划了这一切,步步为营,借段成式之名将《辛公平上仙》的故事昭示天下,包藏深不可测的祸心。

段成式低声说:"我反反复复想了好多遍,都不能确定《辛公平上仙》中描述的一切到底是真是假,是已经发生的还是即将到来的,皇帝他……"

"你还有工夫替皇帝操闲心!"韩湘急道,"还是先想想你自己该怎么办吧!按照如今这个势头,要不了多久《辛公平上仙》的故事就会传入禁中,圣上看到了肯定要追查出处。鬼花间名声在外,不日就会查到你的头上!"

段成式道:"不怕!我盘算过了,就算圣上拿着《辛公平上仙》来质问我,我也可以推得一干二净,只说什么都不知道,被人栽赃了便是!"

"这……能行?"

"怎么不行?虽然纸上画有鬼花,可谁能证明文章是我写的,鬼花是我画的呢?散布出来的文章都是刻印的,无从索骥。至于鬼花,任何人只要去一趟鬼花间,便能按照竖屏上的图样描下来,再落到这些纸上,目的无非是为了陷害我!"

韩湘说:"圣上会问,为什么偏偏要陷害你?"

"因为我喜好奇闻逸事,所以最容易栽赃在我的头上!"

"这样真能蒙混得过去?"

"只能赌一把了。"

"且慢,"韩湘问,"原稿在哪里?"

"原稿……我藏起来了。"

"藏哪儿了?"

段成式憋红着脸不说话。

"好吧,你不用告诉我藏在哪里。但你必须立刻去毁了原稿。"

"我把它藏在鬼花间了。"段成式支吾着问,"非得毁掉它吗?《辛公平上仙》的故事太诡异太特别,太惊心动魄了。我觉得我这一辈子里,恐怕都难再碰上这样的故事了。"

"我怀疑你这一辈子还能有多长!"韩湘抬腿便走。

"去哪儿？"

"荟萃楼啊！赶紧去把原稿烧了！"

段成式刚要跟上，忽然又停下脚步，侧耳倾听。

"快走啊！"韩湘叫他，"怎么啦？"

"我好像听到了一阵咳嗽声，有点儿耳熟……哦，不是不是，肯定是我听错了。"段成式摇了摇头，随韩湘匆匆奔了出去。

直待他们的背影消失在穿廊尽头，李复言才如鬼魅一般从房中闪出。

他来到李弥的面前，叹道："世人皆苦，唯你已跳脱红尘。幸哉？悲哉？"

李弥只管定定地看着他，呆滞的目光像平实的镜面，悄然映现出一张饱含辛酸的面孔。

慢慢地，就连这张脸也在他的双眸中化成了一片虚无。

7

恰如上元节时的大安国寺，今天的西明寺被拥挤的人群和喧哗的人声所包围。韩湘与段成式横穿西明寺前的人群，心中的焦虑却比上元节那日更甚。增多了数倍的金吾卫执仗守卫，仍然挡不住汹涌的人潮。大安国寺门前数人死伤的记忆早被抛诸脑后，人们只知，佛祖留在世间的舍利子会带来无上的福祉，洗脱所有罪孽。

可是韩愈在《谏佛骨表》中明确指出，佛骨本是死者的遗骸，只能证明佛祖已死。死去的佛祖又如何为活着的世人带来福佑呢？

韩湘突然明白了，为何叔公的一份《谏佛骨表》，会令皇帝暴怒到差点儿将他开刀问斩。皇帝的理由是，叔公的劝谏没错，但不该诅咒他死。

诅咒皇帝的不是叔公，而是另有其人！叔公为了谏言遭到惩罚，只因他在无意中揭露了皇帝的恐惧!原来一切皆源自于皇帝的恐惧,更可怕的是,皇帝的恐惧显然未得到消解,反而愈演愈烈了。就像落入陷阱的野兽,虽然还在竭力挣扎,末日将来的预感却越加汹涌。

终于到了东市。

快到日暮时分,街上的行人反比靖安坊少。韩湘和段成式直奔荟萃楼而去,还差一条横街时,韩湘突然停步,用力一拽段成式,将他拖到一堵粉墙后面。

探头望出去,横街的对面就是荟萃楼张灯结彩的正门了。只见门前停着数匹高头大马。一位紫袍将军正在神策军的簇拥中,杀气腾腾地迈进荟萃楼。酒客们纷纷抱头鼠窜而出。

段成式捏紧了拳头,牙齿咬得"咯咯"响。

"吐突承璀!"

两人望着彼此失去血色的脸。吐突承璀是皇帝最信任的奴才,他在这个时候亲自出马闯到荟萃楼,不可能是为了其他事。

韩湘问:"你把那东西……藏得好不好?"

段成式目不转睛地盯着荟萃楼,没有回答。

韩湘的心一下子沉了底。

"原来你在这儿啊!"忽然一个人蹿过来,"我到处找你,都快急疯了!"

是郭浣!

"我今天刚听阿母说,圣上在宫中大发雷霆,不知什么人给他看了《辛公平上仙》,圣上气得、气得……"郭浣的圆脸涨得通红,语无伦次地说,"阿母拿了一页回来,我见到鬼花就知道不好,段成式,你这回惹上大麻烦了!"

段成式问他:"圣上命了吐突承璀查办此事吗?既然已经认出鬼花,他们怎么不去我家抓人?"

"我爹爹已经去过了……"郭浣擦着汗道,"所以我才知道你不在家，我担心你直接撞到吐突承璀手上，又赶到荟萃楼来堵你。谢天谢地，总算碰上了！"

段成式厉声问："我爹娘怎样？"

"这你放心。金吾卫只是守在府门外，不许任何人随意出入，怕有人给你通风报信。也是为了在你回家的时候，可以直接逮住你。"

韩湘和段成式面面相觑，看来要不是他们先赶来荟萃楼，在段府门口就被金吾卫抓个正着了。

"段成式，你逃吧！"郭浣从怀里掏出一块铜牌，就往段成式的手里塞，"我偷了我爹的腰牌，你先找个地方躲一躲，等暮鼓敲过，城门关闭以后，你用这个腰牌出城，他们绝对想不到的。"

"那你怎么办？"

"我不要紧的。"

段成式将铜牌推回去："谢谢你，我不需要这个。"

"你要干什么？"

"一人做事一人当。我这就去见吐突承璀！"

"你！"郭浣跺脚，"那家伙是个怪物，你斗不过他的！"

韩湘也拦道："段郎莫要冲动，吐突承璀进去很久了，看来要找出原稿并不容易。你何必急着去自投罗网呢？"

段成式镇定地说："他肯定找不到的，我藏得非常好。但这无济于事，我相信吐突承璀绝对能拿出一份以我的笔迹书写的《辛公平上仙》，呈给圣上。他今天来荟萃楼，只是做个样子。能找到原稿最好，找不到他也有办法。"

郭浣说："吐突承璀敢伪造证据？圣上英明，怎会被他轻易蒙蔽！万一识破了，这个欺君之罪他吐突承璀担得起吗？"

"对于军国大事，我相信圣上的睿智决断。可是这件事……"段成式摇了摇头，"将心比心，你们说说看，如果你们是圣上，看到《辛公平上仙》的内容，还能保持头脑冷静吗？"他冷笑了一下，"我现在算是彻底想明白了，这件事情从头至尾就是一个大圈套。我段成式也不知得罪了什么人，竟使出如此阴损歹毒的招数来陷害于我。逃？普天之下莫非王土，我还能逃到哪里去？我也不想逃。如今要做的，就是绝不能再牵连其他人，特别是我的爹娘！"

从荟萃楼前传来人喊马嘶，吐突承璀阴沉着脸迈出大门。

段成式朝郭浣和韩湘点了点头，便大踏步地向神策军走去。

郭浣还想跟着往外冲，被韩湘牢牢拖住："你此时出去只会火上浇油，帮不上段郎分毫的！"

两人眼睁睁地看着段成式被神策军押住，吐突承璀率众大摇大摆地离去。

"咳！"郭浣一拳砸在墙上。

韩湘的心中也好似滚油烹灼，困惑、懊恼和没来由的恨都混在了一起。见郭浣快哭出来了，又想安慰他几句："你也别太着急了。段郎聪明绝顶，绝不会坐以待毙的。在我看来，此事尚有转圜余地。段郎如能面见圣上，只要把事情的经过原原本本地说出来。我们都能看出他是遭到陷害的，圣上怎会看不出来？"

"可是段成式的话根本没有证据啊！"

"证据？"

郭浣红着眼圈说："其实，自从上回骊山行猎之后，段成式就变得奇奇怪怪的。我追问了他很久，开始他怎么都不肯说实话，只让我帮忙去吏部查，有没有两个县尉叫辛公平和成士廉的。"

"哦！"韩湘顿悟，"怎么样？查到了吗？"

"我想了好多法子找关系，总算查到了吏部在元和年间的全部记录，根本没有这样两个县尉。"

"那……再往前呢？"

郭浣瞥了他一眼："当时段成式和你一样，也叫我往前查。我就不干了，非要他讲清楚是怎么回事，他才把骊山夜猎那晚的经过说了，还给我看了《辛公平上仙》，差点儿把我给吓死。"

韩湘情不自禁地叹了口气。郭浣虽不及段成式的天资聪慧，但在大是大非上，却比段成式更有头脑。段成式成天浸淫在妖魔鬼怪的传说之中，对人情世故失去了一点必要的敏感。

郭浣继续说："我又去查了从贞元到永贞的吏部名单……"他的嗓音中带着丝丝恐惧，"也没有这样两个人。"

韩湘明白了郭浣的意思：即使段成式将他的奇遇和盘托出，对皇帝也是毫无说服力的。骊山、华清宫的废墟、两个根本子虚乌有的县尉，所有这一切都更像是段成式的胡言乱语，或者虚假的托词。

看样子，这次段成式真的在劫难逃了。

韩湘喃喃："至少，你我都相信他说的是真话……"

"我们信没用啊！"

"别急，别急。"韩湘道，"仔细想想，还有什么可以帮到段郎？"

郭浣一拍脑门："对了，他还让我查过一个人来着。我刚刚找到些线索，没来得及跟他说呢。"

"什么人？"

"段成式说他在华清宫里遇到一个人，正是那人把他送上马车，载去见的辛公平。"

"对。应该也是那人去鬼花间留书给段成式，与他订下华清宫之约的。"

"段成式说那人自称李谅。所以我也查了李谅的来历，但查了好久都没结果。"

韩湘催促道："究竟查没查到？"情况紧急，郭浣怎么倒变得啰唆起来了？

"直到昨天，我试探着对阿母提起这个名字，谁知她立时变了脸色，问我怎么知道这个人的。我想法搪塞了过去，她才告诉我——"顿了顿，郭浣道，"永贞元年时，有一个名叫罗令则的人谋反，李谅是罗令则的逆党，二人都被处决了。"

"处决了？"

郭浣点头道："李谅曾在先皇时任了区区几个月的度支巡官、左拾遗。当今圣上登基后，便将他贬为彭城县令。于是他便怀恨在心，与逆贼罗令则相互勾结企图谋反，最终因为阴谋败露被杀了。"

"难道说……段郎真的遇上鬼了？"韩湘都觉得毛骨悚然了。

"不知道。阿母只告诉我，此人名谅，字复言。其他的我就一概不知了。"

韩湘呆住了。

8

当韩湘回到韩府时，天已经完全黑了。

耳房中亮着一盏油灯，仆人见到韩湘回来，忙开门将他迎进去，嘴里说叨着："我以为郎君今天不回来吃晚饭，所以没有准备。"

"算了。"韩湘道，"我也没胃口。李二郎呢？"

"吃过了，已经伺候他睡下了。"

"李复言呢？"

"您的那位朋友啊？他什么都没吃。唉，这人也怪，除了郎君在时，几乎不吃饭，真不知是怎么活下来的……"

韩湘打断他："你还记得他是何时来府中当门客的吗？"

仆人瞪大眼睛："门客？不是吧，阿郎从来没有这个门客啊。"

韩湘盯住他："你怎么不早说？"

"我……我一直以为他是郎君带回来的朋友啊。"仆人一脸无辜。

"没事，没事。"韩湘从仆人手中接过灯笼，迈进黑沉沉的院子。

刚回来时散落一地的杂物早收拾起来了，院中更显空旷。长长的穿廊上，为了节省并不点一盏灯笼。在今天这样没有月光的夜晚，黑得几乎伸手不见五指。

这座韩府就像死了一样。

西厢的房门半掩着，烛光摇摇，从门下的缝隙里透出来。

一条长长的人影来到门后，停下来。韩湘也在门外站定。双方无声地对峙片刻，"吱呀"一声，门敞开了。

李复言道："韩郎回来了，找我吗？"

韩湘点头。

"请进。"李复言指着坐榻，"韩郎，坐？"

韩湘站着不动："李兄在我家中待了多久？"

李复言咳了几声，方道："却是记不得了。"

"记不得了？难道李兄不是上元节前几天来的吗？这么切近的事情，都记不清了？"

"等韩郎到了我的年纪，就会发现越是切近的事越容易忘记，越久远的往事反而记得越深刻。"李复言意味深长地说。

韩湘冷冷地问："你究竟是谁？"

"在下李复言，韩夫子的门客。"

"我叔公并无这样一位门客。"

李复言沉默着，既不承认也不否认。

"复言是否李兄的字，而不是名？"

李复言的唇角一扬："原来韩郎连这都打听到了？"

"不可能！你不可能是李复言！"韩湘厉声道，"李复言早就死了！"

李复言微微点头："看来，韩郎什么都知道了。"

韩湘跨前一步，直视对方道："我只知道曾有一个李姓、名谅、字复言的人参与了罗令则逆党的谋反，早在永贞元年时就被处决了。"顿了顿，补充道，"那是整整十五年前的事情！"

李复言长声喟叹："那件事我倒是记得清清楚楚。一转眼，十五年就过去了……"

"你！"韩湘咬紧牙关，"你当真是鬼？"

"人与鬼所差的不过是一口气，何必分得那么清楚呢？"

"说得有理！"韩湘道，"好，我就当你是死于十五年前的李复

大唐悬疑录 4：大明宫密码　139

言的鬼魂。烦请你告诉我,你到底想做什么?"

"我做什么了吗?"

"你为何要陷害段成式?"

"陷害?我只是给他提供了一个鬼故事。那位小郎君不是最喜欢这样的故事吗?"

"可那是一个诅咒君王的故事,段成式已经因此被神策军抓走了!"

"怪我吗?"李复言满脸讥笑。

韩湘气愤不已:"你为什么要这样做,段成式与你何冤何仇?"

"韩郎刚刚提起我的死……"

"你的死?"

李复言凄恻地说:"好好查一查那段往事吧!你就会懂得我的所作所为,只是一个枉死者从地狱里发出的悲号——冤哪!"最后的两个字从他口中吐出时,仿佛挟带着满腔血泪,竟使韩湘不由自主地打了个寒战。

韩湘定了定神,又道:"永贞元年段成式才刚出生,就算你是蒙冤而死,也与他无涉呀。你为什么要害他?"

李复言悠悠地回答:"我就是要害他。"

"你!"韩湘气结,"好吧。既然你都承认了,就随我去京兆府走一趟。我才不管你是人是鬼,只要你把刚才的这番话,再对京兆尹大人说上一遍!"

他伸手去拉李复言,哪知刚碰到对方的袖管,指尖上便掠过一阵刺骨的凉意,不由自主地又把手缩了回去。

李复言"嘿嘿"地笑出了声。

韩湘突然想道:这个不知是人是鬼的李复言,在给段成式设下圈套的同时,又跑来韩府中住下,只能说明在他的计划中,还有针对叔公韩愈的一环!他问:"你为什么要到韩府里来,是在打别的鬼主意吗?"

"我是鬼，不打鬼主意，还能干什么？"

韩湘的右手情不自禁地搭到剑柄上。李复言扫到他的动作，脸上的笑意更深了。

韩湘厉声问："你是不是还想害我的叔公？"

李复言发出一阵猛烈的呛咳，好像要把肺都咳出来似的，勉强喘息着说："我在府中的这些日子……韩郎一直与我在一起，我做了什么……难道韩郎看不见吗？"

韩湘决定不再恋战："行了，就请李兄跟我走一趟吧！"

"好，好。"李复言果真晃晃悠悠地朝外走去，"我会按照韩郎的要求，告诉京兆尹，段成式的故事是从我这里听来的。与此同时，我也会告诉京兆尹，我的故事是从韩夫子这里听来的。"

"你！"韩湘简直被他气疯了，高声斥道，"京兆尹才不会相信这种鬼话！"

"难道他宁愿相信我是鬼？"

韩湘一愣。

"韩夫子因佛骨之争遭到贬谪，故对圣上怀恨在心。他在《谏佛骨表》中已经出言不逊，诅咒了圣上。此番又编造出《辛公平上仙》的诡异故事，并借段成式之口使其广为流传，你觉得——这个故事，京兆尹会相信吗？"

韩湘咬牙切齿地说："不会！"

"但他一定不敢隐瞒，必会将这番说辞一五一十地报予圣上。那么，圣上会不会相信呢？"李复言满脸阴笑，"什么才是圣上最忌讳最憎恨的事呢？我相信，凡被《辛公平上仙》牵扯的人，不论是谁，圣上都不会放过。所以，只要你敢把我送去京兆府，我便张口乱咬，能咬谁就咬谁，定要将这长安城闹得血雨腥风，殆无宁日！"

韩湘气得再也说不出一个字来了。

"总之，要么将我送去京兆府，这样便会牵连更多人；要么放过我，但是你的朋友段成式所说的话，就会被当作抵赖罪行的胡言乱语，任谁都别想救他了。"

韩湘"噌"的一声拔出佩剑："我就不信逼不出你的实话！就算你是鬼，我韩湘子手中的这柄剑，亦能杀得！"他挺剑对准李复言的胸口，"你想不想再死一次？！"

李复言呆了呆，突然怪叫着朝门外冲去："快来人哪！救命啊！"

"站住！"韩湘提剑紧追。

两人一前一后奔上穿廊。眼前一片黑暗，只有前方布袍掀动时的灰色影子依稀可辨。也许李复言真的是鬼，平时看起来病体衰弱，此时却跑得极轻极快，韩湘反而东碰西撞、磕磕绊绊，前面的脚步声却越来越远了。

正在焦急之时，突然射来一道红光。

"郎君？你们在做什么啊？"是仆人听到响动，提着灯笼找来了。

韩湘大叫："快拦住他，别让他跑了！"

仆人闻言截住李复言。两人相互推搡起来，灯笼落地，火焰迸现。韩湘几步赶到，仆人已被李复言掐住脖子，正在拼命挣扎着。

韩湘高高地举起剑，喝道："快放手！"

扭曲的红光中，李复言的面孔狰狞似魔。仆人已经在翻白眼了，喉咙里发出绝望的"咯咯"声。

韩湘的剑刺了出去。

鲜血绽开，染红了李复言的灰布袍。他连吭都没吭一声，就倒了下去。

仆人尖叫："哇呀，杀人了呀！"

韩湘扑上去。满手的血，还是温热的。李复言翕动着嘴唇，艰难地说："韩郎……快、快走……离、离开……长安……"脖颈上的最后一丝搏动停止了。

韩湘自语："我杀人了？"

"可不是嘛郎君！这可如何是好呀！"

韩湘凝视着这张青白色的脸——李复言的确是人，不是鬼。不过现在，他已经死了。他是韩湘平生所杀的第一个人，而且韩湘看得清清楚楚，他是自己将胸膛送上来的。

韩湘从未想过有一天真会动手杀人，更想不到此时此刻心如刀绞，似乎刚刚葬身在自己手下的，并非一个居心险恶的仇敌，而是一位离散多年的挚友。自己本应助他、护他，却阴差阳错地杀了他。韩湘直觉到，即使有朝一日能够解开李复言身上的谜团，这份憾恨也必将缠绕自己终生了。

子时，一驾马车无声无息地出了长安春明门。走出一段路后，又悄然停靠在终南山的暗影中。

马车里，韩湘对郭浣拱手道："多谢了。"

郭浣豪气地说："谢什么。腰牌反正偷都偷了，不用多可惜。"

"京兆尹那里不会察觉吗？"

"没事，我这就给他放回去，他什么都不会知道的。"郭浣又道，"亏得今天晚上我在段府里，本想看看有什么可以帮忙的，你正好能找到我，否则你也通不过夜禁，跑到安兴坊我家里去。"

"是啊，我的运气还不错。"韩湘苦笑着说，"你不会觉得我当了逃兵吧？"

"怎么会！君子不立于危墙之下，这可是圣人的道理啊！"顿了顿，郭浣又懊恼地说，"偏是段成式这家伙死脑筋，否则我连他也一块儿送走了。"

"你可知他现在何处？"

"听说吐突承璀原要把他带进宫去审问，可是圣上命先押在大理寺了。"

"在大理寺好点儿吧？"

"那当然。真要落到吐突承璀的手里，十个段成式也扛不过去。"

韩湘点头："想必圣上也知道这一点。"

"对。我爹也说了，就算是看在死去的武相公的分上，圣上也得手下留情的。"

"所以说,段成式心里还是有数的。"韩湘勉强笑道,"这个鬼精灵,知道自己不至于吃大亏,所以才肯自首。要不然,他肯定跑得比兔子还快。"

"呵呵,就是。"郭浣也挤出一抹比哭还难看的笑。

韩湘又道:"我在想,段郎一口咬定辛公平的故事是听来的,虽说没有办法证明,但别人也没有办法证明他在胡说。所谓鬼神之事,本来就扯不清楚。要不怎么都说宁可信其有,不可信其无呢。"

郭浣一拍大腿:"对啊!况且咱们圣上,本来就特信这些个。"

韩湘正色道:"但你要尽快设法通知段成式,绝对不能提起李谅的名字!"

"为什么?"

"因为一旦提起这个人,就会牵扯出多年前的往事与恩怨,便再也不能推到鬼神上去了。"

"可是……"

"你听我说,陷害段郎绝非李复言一个人能够完成的,他肯定还有同党。我们对他的同党一无所知,也不知道他们下一步会采取什么行动。但有一点是可以肯定的:他们的目标应是武家和韩家无疑,我们只有查出背后的关系和隐情,才能真正帮助段郎洗脱冤情,也才能避免今后的祸端。"

郭浣频频点头:"应该怎么做呢?"

"让段成式在圣上和吐突承璀面前继续装傻充愣,把辛公平的故事编得越邪乎越好。反正世人皆知段郎喜好妖魔鬼怪的传说,说得再离谱都没关系。我已把李复言的尸首藏在韩府后院了。你回去之后,赶紧找机会去一趟,将尸体运到妥当的地方保存起来。我家中的仆人会帮忙。我已嘱咐过仆人,等尸体运走后,他自会去潮州投奔叔公。然后你再想办法找一找永贞元年办理过罗令则谋反案的人,但凡能找到一个当年旧人,就带去认尸,辨一辨死者到底是不是李谅。"

"我明白了。"郭浣想了想,又问,"万一找不着当年的旧人呢?"

"实在找不到,就找个合适的地方,把他安葬了吧。"韩湘长叹一声。

交代得差不多了,两人都陷入沉默。韩湘看了看坐在对面的李弥。折腾到现在,他仍然是一副超然物外的模样,仿佛什么都没看见也什么都没听见,只是沉浸在他自己的世界里,右手中依旧牢牢攥着那支破烂不堪的金簪。

韩湘叹息:"要不是为了他,我留下来又何妨。可是万一我出了事或者被抓,他怎么办?既然静娘把他托付给了我,我便要负责到底。"

郭浣问:"韩郎打算去哪里呢?我这里若是得了消息,怎么告诉你?"

"我将去太原府投奔裴相公,你有消息可以送到那里去。"

"成。"郭浣撩起车帘向外望了望,"不早了,我得回去了。"

郭浣下车时,韩湘又叫住他:"郭郎,如果有机会见到裴炼师,请你务必转告她,我带着李弥走了,让她放心。"

"没问题。"

"还有……麻烦你也给段成式带一句话。"

"什么话?"

"请你告诉他,'鬼花不语,频笑辄坠'是我听过的最动人的故事。我相信他定能平安渡过此劫,因为万物有灵,段成式生来就是为它们写故事的人,所以它们也一定会护佑他。"

第三章
水如天

1

在长生院香气氤氲的暖阁中只待了一小会儿，柳泌的额头就开始冒汗了。暖阁四周，椒壁芬芳，厚厚的暖帘层层叠叠，挡住严冬的寒气。尤其是铜炉中燃着的"瑞碳"，十分稀罕。这种木炭由西凉进贡而来，色青坚硬，燃烧时无焰而有光，热气逼人，所以整个暖阁中可以用"温暖如春"四字来形容。

郭贵妃从屏风后走出，仪态万方地落座后，便半真半假地嗔怪起来："你们也太没眼色了，没看见柳国师都出汗了吗？怎不为国师宽衣？"

宫婢连忙上前，小心地伸出双手："国师，请除去大氅。"

柳泌一惊，不由自主地拢了拢鹤羽大氅的前襟："不必了，我还是穿着吧。"

郭念云嫣然一笑："柳国师是在圣上那里冻怕了吧？"

柳泌不答。

郭念云问："我怎么听说，这样数九寒冬的天气里圣上还要用冰？柳国师可知否？"

"知道。"柳泌傲慢地回答，"那是因为圣上服了贫道炼制的仙丹，体内阳气充裕，自然不畏严寒。"

"哦？国师的丹药如此神奇，倒是令人惊叹。只是国师的道行至深，为何自己却会怕冷呢？"

柳泌"哼"一声："贵妃有话便明说吧，不必含沙射影。"

"含沙射影？"郭念云沉下脸来，"我郭念云自小就没学过什么叫作含沙射影！有话明说？哼，我是怕柳国师你担当不起！"

"请贵妃赐教！"柳泌竟也毫无惧色。

"我听说圣上服丹后腹内燥热难耐，才需用冰的寒气加以克制，难道这就是你所说的阳气旺盛吗？而且，圣上从一日一丹，增至如今一日三丹，又是怎么回事？"

"这些问题，贵妃何不直接去问圣上呢？"柳泌仍是一副有恃无恐的样子，"自从贫道为圣上献炼丹药以来，朝野内外各种非难不绝于耳，不但对丹药的好处视而不见，还一味谗言说贫道的丹药有害于圣上。我如果没有领会错，贵妃的话也是这个意思吧？"

"你没有领会错。"郭念云盯住柳泌。

"贫道还是那句话，是圣上每天在服丹。丹药究竟有益还是有弊，圣上比任何人都清楚。贫道在三清殿中炼丹，出不得大明宫一步。如果贫道所献的丹药有半点儿瑕疵，圣上随时可以要了贫道的性命。可是圣上仍然对贫道恩遇有加，却又是为何呢？"

"因为你的丹药有鬼。"

柳泌怒目圆睁："请贵妃明示！"

郭念云一字一句地说："因为你在金丹中放了致人上瘾的药物，从而使圣上须臾离不开你的丹药，也就离不开你。而你，因此才能保下这条狗命，甚而加官晋爵飞黄腾达。你这个国师的封号，就是用荼毒圣上的龙体换来的！"

柳泌大惊失色！他在大明宫中起起落落，一直遭到各种非议、嫉妒、怀疑乃至憎恨，这些柳泌都知道得清清楚楚。但他始终坚持一点，只要控制住了皇帝，便能立于不败之地。现如今，就连最

大唐悬疑录4：大明宫密码 147

有实力把柳泌像只臭虫般碾死的吐突承璀，不是也对他敬而远之了吗？柳泌以为自己在大明宫中再无后顾之忧，却万万没有想到，今天突然又跳出来一个郭贵妃！

大明宫中人尽皆知，郭念云素与皇帝面和心不和，柳泌根本不信她会发自真心地关怀皇帝。那么她今天说的这番话，究竟想达到什么目的？高傲到目空一切的郭贵妃，从来对柳泌不假颜色，为什么会突然针对起他来了呢？

无论如何，对于郭念云的可怕指控，柳泌必须反击。

他义正词严地说："贵妃如果没有真凭实据，那就是血口喷人！"

"我没有证据。"

柳泌嚣张地笑起来。自己在丹药中做的手脚无人能够识别，即使御医们察觉有问题，也只能口说无凭。早在三年前，吐突承璀就企图从丹炉和药物中查出端倪来，结果不也是徒劳无功吗？果然郭念云只是诈人而已。

郭念云摩挲着怀中的香熏暖炉，悠悠地问："国师就不担心吗？"

柳泌挑衅地反问："贫道有什么可担心的？"

"圣上服了你的金丹，假如哪天真的羽化升仙了，国师将如何自处呢？"

柳泌瞠目结舌：郭念云连续语出惊人，到底想干什么？

郭念云欣赏了一会儿柳泌惊骇的模样，方道："柳国师道行深厚，深谙炼丹秘术，一定能算出圣上升仙的吉日、良辰吧。"

此话一出，柳泌几乎要被吓瘫了。

郭念云还不肯放过他："究竟是哪一天哪一个时辰，柳国师能不能告诉我呢？我也好有所准备。"

"贵妃娘娘！这种话可不能乱说，柳泌吃罪不起啊！"

"国师怎么了？为何突然如此慌张？"

"贵妃娘娘刚才的话一旦传扬出去，贫道可是要被千刀万剐的啊！"

"那也不一定。"

"啊?"柳泌惊惶地看着郭念云。

"圣上升仙而去,人间自不会缺了皇帝。"

柳泌汗如雨下,再也说不出半个字。

良久,郭念云才用厌倦的语气道:"柳国师先下去吧。我以后有事,再请你来。"

"是。"柳泌面色惨白,躬身退了出去。

郭念云顿时感到头晕目眩,全身乏力得像要虚脱了似的。

到头来,她还是说不出口。

好在柳泌已经被慑服了,郭念云在心中安慰着自己,所以,晚点儿再说也来得及。她只是没有想到,这个念头酝酿已久,但真到提起时,仍然感到了剜心刺骨般的痛,而非原先以为的恐惧。

难道,自己对他仍存有一丝情分吗?

不。即使很久以前曾经有过,这一丝情分也早在年复一年的猜忌和冷漠中消耗殆尽了。她对他的仇恨,累积了那么久那么深,难道还不足够赋予她勇气,支撑她去采取必要的行动吗?

绝对是必要的!

过完年皇帝才满四十二岁,正是春秋鼎盛之时。少阳院中的太子并不受到重视,因为在众人看来,皇帝体魄强健,精力旺盛,至少还能在位十年。这么长的时间里,储君之位尚存变数。

但对于郭念云来说,正是这种不确定快要把她逼疯了。

就在不久前,皇帝刚刚罢免了宰相崔群,再度令郭念云对太子的地位感到了极大的不安。崔群是朝中以清廉正直著称的宰相,一直很受皇帝的器重。前太子李宁去世之后,皇帝举棋不定了很久,好不容易才决定立郭念云所生的李恒为太子,还特意吩咐庶长子澧王上了一篇推让表。当时崔群便谏道,只有对自己应得的才需推让,如果本不应得就谈不上推让。澧王是庶子,太子之位本来就轮不到他,所以上推让表是多此一举。

崔群的这番仗义执言颇令皇帝难堪。其实崔群算不上郭系人马，也从不对郭家趋炎附势。他支持立郭念云所生的嫡子为太子，完全是基于宗法体制的正统，所以才更显得难能可贵。

然而前不久，就是这样一位忠直又能干的宰相，仅仅由于替皇帝上尊号的争论便遭到了贬谪。当时，宰相皇甫镈主张加"孝德"二字，崔群却认为已有的"睿圣"二字包含了孝和德的意思，没必要再重复。本来只是很小的意见分歧，竟令皇帝勃然大怒，很快就找了一个理由，罢免了崔群的相位，打发他去当湖南观察使，逐出京城了。

朝野对此有诸多议论。有说是皇甫镈小人谗言，成功地排挤掉了朝中对手；也有说是皇帝素来对"孝"字最敏感，崔群这回直言没有掌握好分寸，犯了皇帝的大忌。但郭念云却嗅到了别样的危险气息。

她知道，皇帝对太子李恒从来就没有满意过，那个该杀的吐突承璀也一直在私下撺掇皇帝，废了李恒的太子位，重立澧王为太子。吐突承璀是皇帝的头号心腹，他敢于运作此事，只因为他看透了皇帝内心深处的想法。换句话说，皇帝是在利用吐突承璀之口，将自己不可告人的企图暴露出来。

罢免崔群，除了别的原因，一定还有为换储而扫除障碍的目的。

正当郭念云惴惴不安时，又由佛骨引发了吐蕃囚犯的案件。对旁人来说，这或许只是一起未遂的解救人质案，但对于郭念云来说，却是心底的恐惧与伤痛再次被血淋淋地撕开。

二十多年前的噩梦重演，从金仙观到太极宫的密道中，再现了几乎一模一样的过程。虽然她侥幸地死里逃生了，对于皇帝乃至先皇的恨，却从此深种在郭念云的心中，发枝开叶，渐渐长成了一棵参天大树。

想当年她才刚嫁给广陵郡王李纯不久，便有了身孕，然而她却没有保住那个孩子。备受打击的郭念云因而在德宗皇帝的安排下，进入金仙观修道，平复心情。

然而金仙观下的地道直通太极宫中三清殿下的地牢，地牢里还关押着吐蕃重犯论莽热，这个绝密在当时只由先皇掌握着。论莽热意外逃脱，在金仙观中大开杀戒，郭念云差一点儿就成了吐蕃人的刀下鬼，先皇自然不可能未卜先知，所以只能说他顾虑不周，好心办了坏事。幸亏郭念云毫发无伤，案发后便重回广陵王府做她的郡王妃去了。

然而失去长子的伤痛，却没有在金仙观中得以抚平，反而愈演愈烈。险些命丧刀下的恐惧与丧子之痛紧紧缠绕在一起，成了她心中永远的伤疤。尤其当郭念云因为自己封后和儿子立嫡备受挫折之后，心中渐渐形成了一种可怕的猜疑：自己的小产以及金仙观的劫难，根本就是皇帝与先皇父子针对自己的恶毒阴谋。

因为要利用郭家的势力，所以才娶郭念云为正妃。但又不想让她再度诞下嫡长子，以防下一代皇帝的身上流着郭氏的血，外戚的力量太过强大，难以控制。所以才有了金仙观中所发生的一切，甚至想取走她的性命！

在郭念云的反复琢磨中，这个想法渐渐成了无可争辩的定论。她不去想，最初正是因为自己一蹶不振，才决定进入道观，也不去想吐蕃人怎么可能与东宫相互勾结，更不去想李纯父子即使再包藏祸心，也不可能用放走论莽热为代价。毕竟，大唐还是他们的天下。

所有的道理她统统不管。郭念云就是要把人生中所有的失意、悔恨和不满全部怪罪到皇帝的头上，唯如此，她才能够心安理得地恨他，一直恨下去。

金仙观的惨剧再度上演，更让郭念云感到是上天在提醒自己，应该彻底抛弃对皇帝的幻想了——他绝不会让她的儿子登上皇位的。罢免崔群只是第一步，只要他想换储，就一定能有条不紊地、坚决而持续地实施他的计划。就像他花了整整十五年，终于把那些桀骜不驯的藩镇一个一个地收服，让天下重归于李唐一统。

除了权力和智慧，皇帝的意志力才是最令人生畏的。郭念云深知，自己和儿子不是他的对手。

她曾经一心巴望,儿子能安安稳稳地当着太子,有朝一日名正言顺地继承皇位。现在她明白了,这是不可能的。除非先下手为强,在皇帝换储之前就夺下皇位!

那也就是说,皇帝必须尽快死掉。只要皇帝死时,还是郭念云的儿子在当太子,就没人能够阻止他即位。可是才刚四十出头,又一向健康的皇帝怎么会突然死亡呢?

郭念云相信,一切皆有可能。

但必须策划周密,因为皇帝暴卒必将引起朝野震动,到时候追查起来,决不能留下任何把柄。当然,即使真被查出什么来,郭念云也是不怕的。因为那时坐在龙椅上的,已经是她的儿子了。只是有些话好说不好听,就像今天的皇帝,再怎么铁血强硬,却在一个"孝"字之前屡屡失态,终究于颜面有害,于权威不利。

所以郭念云下定决心,大逆不道的事情就让自己来做吧。太子无须介入,甚至不必知道。这份恩怨本来就是她与李纯两人之间的。

天赐良机。在太液池边无意间看到的一幕,再加上陈弘志透露的信息,使郭念云的心中飞快地形成了一个计划。这个计划太过大胆而狠毒,把她自己也吓坏了,以至于当她步步为营,成功地将柳泌装入彀中时,却在最后一刻犹豫了。

她没能说出口的计划是:让柳泌直接在丹药中下毒。

郭念云认为,柳泌的丹药迟早会要了皇帝的命,自己只不过是让这个过程加快速度。柳泌是个聪明人,应该懂得皇帝一死,自己的靠山就倒了,如今飞扬跋扈结下太多仇家,到时候根本不需要任何证据,光用唾沫星子就能淹死他。所以柳泌应该感激郭念云,为他指出了一条生路。

圣上升仙而去,人间自不会缺了皇帝。

只要柳泌立下汗马功劳,继任的皇帝就不会亏待了他。

尽管没有明说,但他们今天还是达成了共识。对于郭念云来说,这就够了。

2

皇帝派来玉晨观的内侍,向裴玄静捧上一把纯金的钥匙。

"圣上命我将金匮的钥匙交给炼师。"

"给我?"

"圣上口谕,宋学士对凌烟阁异象的解释尚不足信,命裴炼师继续调查。"

裴玄静愣住了。

"裴炼师?"

"妾遵旨。"裴玄静双膝跪倒,从内侍手中接过沉甸甸的钥匙。

"裴炼师请起。"内侍又道,"圣上已经传旨给凌烟阁的守卫,任何时候炼师都可以出入。马车已在外面候着了,请炼师即刻去凌烟阁查案。"

裴玄静将金匮的钥匙藏入怀中,登上了马车。

皇帝为什么要让自己介入凌烟阁一案呢?会不会是宋若昭要求的?也可能是自己曾进入过凌烟阁,被柳泌或者神策军们通报给了皇帝,于是皇帝便想利用自己来验证宋若昭的说法?

不管怎样,宋若昭在凌烟阁异象案中究竟隐藏了什么,是否与《推背图》有关——这些都是裴玄静感兴趣的。裴玄静始终相信一点:从哪里开始,还要在哪里结束。所有秘密皆如是。既然皇帝给了机会,裴玄静不会放过。待胸有成竹之后,再考虑下一步该怎么办。

神策军果然已接到指示,将裴玄静放入凌烟阁后,便退了出去。裴玄静听到关门落锁的声音——自己被关在凌烟阁里了。

裴玄静径直来到中隔前。正是午后时分,薄薄的阳光投在中隔上,画了一条金色的斜线。她欺身向前,没费多大力气,就在中隔靠近中央的位置,找到了一个小洞。

乍一看像是虫蛀出来的洞，但边缘又整齐得很不自然。无巧不成书，阳光画出的金线恰好穿洞而过，直直地落在前方的柱子上，变成了一个拳头大小的光圈。细密的灰尘在光圈中悄然起舞。裴玄静盯着灰尘看了一会儿，又绕着柱子转了一圈。这一圈还没有转完，她的目光便被柱子上的一小块污痕吸引住了。

裴玄静伸出手指探了探，有点儿黏。她索性凑上去，朝污迹呵了口气。不出所料，再摸时黏度增强了。

这是有人在柱子上抹了胶。凌烟阁中灰尘较多，陆续粘在胶上，便形成了这块污迹。几天过后，胶都变干了，污迹也比较淡，轻易发现不了。

小洞、胶迹和小剪纸，都证明在凌烟阁中充满了人为的蛛丝马迹——造成异象的根本不是鬼神，而是人。

裴玄静回到金匮前，取出那枚小小的金钥匙，将锁打开。

金匮的盖子比裴玄静想象的重，掀开后，首先看见的是第一象，卦曰："甲子，乾为天。"

图上画着：一个男子身披桷叶，两只手里分别托着日月，坐于石上。画面另一侧的竹苇上，站着一个女人。谶曰："初劫世千变，战争无了时。遇着秋兰草，方是追成时。"七言诗中写道："自从盘古分希夷，虎斗龙争事是悲。万代兴亡谁能记，试从唐后定兴衰。"

宋若昭提到过，第一象是整个《推背图》的总纲。从"甲子，乾为天"的卦语中就能看出来。图示也很容易理解：人分男女，而男子手托日月，说明阴阳分明，乾坤若定。至于谶和诗，说的都是兴亡更替，承袭天命。所以《推背图》的第一象不需要特别的解释，因是总论和概括。

裴玄静将第一象取出放到旁边，紧接着便是第二象了，卦曰："乙丑，天风姤。"

图上画着许多鲤鱼。裴玄静数了数，恰好十八条。画面中央竖着一柄宝剑。宝剑的前方游着一条鲤鱼，两条鲤鱼被宝剑穿过，身上还画着斑驳的血迹。其余的鲤鱼都游在宝剑的后方。谶诗是这样写的："枝叶方生根，东风起复翻。将不磨二剑，十八子称尊。"

"十八子称尊？"裴玄静默念着，心中疑云顿生。

按照宋若昭的说法，推背图除了一头一尾的第一象和第六十象，分别作为开始的概论和结束的总结，其余的五十八幅图均为预言。第三、四、五象已经有了较为确切的解释。宋若华又将第九象解释为藩镇作乱和武元衡遇刺。但是，宋若昭为什么没有提到第二象呢？

就连普通人都能一眼看出，十八子，便是个"李"字。鲤鱼，更是"李"的谐音，所以本朝禁吃鲤鱼，老百姓在江中捕到鲤鱼都必须放生，凡有胆敢贩卖鲤鱼者，被抓住了还得挨六十大板。

所以，第二象明显是对李唐国祚的预测。尤其是七言诗写着："江中鲤鱼三六子，重重源源泉渊起。子子孙孙二九人，三百年中少一纪。"其中的鲤鱼、三六子仍然代表李氏。"重重源源泉渊起"一句，肯定是说李唐江山源自高祖李渊。而后面的两句"子子孙孙二九人，三百年中少一纪。"则直白得有些令裴玄静害怕了。

"子子孙孙二九人"很像是指李唐传代的位数，但"二九人"究竟是说二十九位皇帝，还是十八位皇帝，抑或还能解释成别的数字，尚无法断定。至于"三百年中少一纪"这句，几乎明示了李唐江山将要绵延近三百年。"少一纪"是指少十二年吗？

宋若昭没有提到第二象，会不会是因为第二象所预测的正是李唐江山的气数与命脉，意义太过重大，所以不敢去解释它？

裴玄静心想，可能还有一个原因：如果对《推背图》的解释只能是已经发生的事实的验证，那么除非到了大唐覆灭之时，才能给第二象一个明确的答案。

"三百年中少一纪？"裴玄静暗自琢磨，今年是元和十四年，大唐建国至今正好二百零一年了。三百年，似乎还是很遥远的未来。如果"少一纪"指的真是少十二年，那也就意味着二百八十八年，对于活在今天的人们来说，都不可能亲眼看见，因而并不那么重要。

这么想着，她又觉得心中释然多了。

再往下看，依次便是第三、四、五和第九象。裴玄静盯着第九象发起呆来，武元衡遇刺的往事勾起了许多回忆，齐齐涌上心头。

良久，裴玄静清醒过来。抬头一看，那道投在中隔上的阳光更加偏斜。冬天日落得早，她得抓紧时间了。

再往下翻，便是第三十三象。对着两个变成红色的字，裴玄静又想了好久，却始终没有灵感。

"裴炼师，天快黑了。"神策军在外面敲门，"是不是该走了？"

裴玄静答应："知道了，马上就好。"刚才全神贯注于《推背图》上，不曾注意到窗户上已经全黑了。她下意识地瞥了一眼立在金匮旁的烛台，和凌烟阁中的其他陈设相匹配，烛台的下部为青铜，上部为青瓷，均施以蓝白彩釉，全无金银之类奢华的装饰，显得朴实而端庄。烛台上插着一支没有点过的红烛。

突然，裴玄静震惊地回过头去——凌烟阁中早就一片黝黯了，为什么自己能一直毫无障碍地观看《推背图》？

却见金匮之中，幽光莹莹，从《推背图》的下面亮出来。

裴玄静的心都快跳出来了，连忙将《推背图》全部从金匮中取出。顿时，一块圆形的玉片似的东西显露出来，像是被人随意丢弃在金匮里的，正是它在静静散发着柔和的荧光。

裴玄静小心地将它拣出来，轻轻薄薄的，分明就是一块玉。当她将它从金匮里取出时，它的光泽明显变暗了。裴玄静再把它放回去，亮了些，取出来，又暗了。

她明白了！这个玉片和夜明珠有着异曲同工之妙。在暗处会发光，到了明处则黯然。

是谁把它放在金匮里的呢？难道是为了研读《推背图》时用来照亮吗？

不可能。宋若昭说过，研读《推背图》都在白天，根本不需要额外的光线。况且，阁中四周都竖着烛台，金匮的左右两侧也有，万一需要照明，也不必采用如此奇异的手段。

她轻轻摩挲着玉片，指尖不经意地触到了一些凹凸不平，好像有什么粘在表面上。

裴玄静恍然大悟！

她把《推背图》按原样放回金匮，锁好。玉片藏入怀中，想了想，还不放心，又将金匮两旁的蜡烛都点亮了，才招呼守在门外的神策军。

神策军打开门时，屋内一片亮堂。

暮色苍茫，裴玄静在神策军的护送下，回到玉晨观中。

直到夜深人静时，裴玄静才在烛光的掩护下，悄悄取出玉片。尽管不够明显，仍然能够看到玉片的周围，笼着一层轻烟似的微光。

是有人将它粘在了正对中隔和金匮的柱子上。白天粘上时，完全不会引人注意。但入夜后阁中一片漆黑时，玉片发出的光便足够在窗上显影了。

中隔的那个小洞上方，裴玄静还发现了一根扯断的丝线。这条丝线上，原来就应该系着那片两棵树的小剪纸。

凌烟阁窗上的第三十三象，至此便真相大白了——

玉片在黑暗中放光，光投到中隔上。中隔的小孔前悬着剪纸，上有一枯一荣两棵树，其形状经由小孔再投到窗上，放大了数倍，便成了他们在外面看到的情景。

当众人打开门时，火把灯笼大放光明，玉片之光立刻消泯。宋若昭及时取下玉片，藏到身上，待之后打开金匮向裴玄静解释《推背图》时，再伺机将它丢了进去。但她毕竟只有两只手，且在众目睽睽之下，所以只来得及扯下剪纸，扔在地上。按她的估计，地上的一个巴掌大小的薄纸片肯定会被忽略掉，却还是被裴玄静发现了。

其实在裴玄静发现剪纸和中隔上的小洞时，心里已经有了初步的推测，所缺的只是光源。现在，一切都清楚了。

凌烟阁窗上的第三十三象显影，是宋若昭费尽心机安排出来的。她只要偷偷将四件东西带入凌烟阁即可：夜光玉片、剪纸、丝线和鱼胶。这几样东西都不大,很容易藏在身上。

夜光玉片在黑暗中才能发光的神奇特性,是这个计策能够成功的关键一环。裴玄静记得,当时宋若昭要求距离凌烟阁最近的神策军熄灭火把,才使第三十三象在凌烟阁的窗上完美地呈现出来。

裴玄静将夜光玉片放在手心掂弄着,如此稀罕的宝物,恐怕也只有皇宫大内才能找得到。以若华、若茵和若昭历来所受的皇恩来看,三人中的任何一个都有可能获赐此物——或许还是宋若华的可能性最大吧。

至于这张玲珑秀气的剪纸呢?

裴玄静猜想,多半是心灵手巧的宋若茵的作品。宋若茵死在整整三年前,所以这张剪纸应该是她很早就制作出来的。看来宋若昭还是说谎了。宋若华奉命解读《推背图》,并没有对柿林院中的妹妹们保密。她肯定曾把其中的一些画默写出来,和妹妹们共赏共猜,只要不出大明宫,也算不上违背皇命。而宋若茵把它们做成剪纸图样,亦符合她一贯标新立异的性格。

以此类推,第九象的"猿猴戏火球"显影,会不会也是宋若昭用相同的方法制造出来的?

内侍又来传旨了,皇帝召裴玄静即刻前去清思殿。

已过半夜三更。

3

陈弘志带着裴玄静绕过云母屏风,皇帝背朝外站着,面前的长案上正是那具微缩精巧的凌烟阁模型。模型的旁边多了一件原先没有的东西——金匮。

裴玄静的心中微微一动,这么说自己在凌烟阁查看过金匮后,皇帝就命人将它取来了。为什么?宋若昭不是说过,《推背图》是不可以离开凌烟阁的吗?

"大家,裴炼师来了。"

裴玄静跪下叩首。她低着头,视线落在青绿色江山海牙纹的地毯上,看见皇帝缓缓转过身来,鞋尖朝向自己。

"你进过凌烟阁了。"他说。

"是,遵陛下的旨意,妾进阁查看过了。"

皇帝"哼"了一声。

裴玄静等着他非难自己前两次未经许可进入凌烟阁,不料皇帝却问:"感觉如何?"

"陛下是问妾对凌烟阁的感觉?"

"嗯?"

裴玄静稍作迟疑,答道:"和妾想象的不太一样。"

"哪里不一样?"

"我心目中的凌烟阁是至阳、至刚、至光明的所在。可我没想到……还是在其中发现了阴暗。"

少顷,皇帝方道:"阴阳互体、黑白共生本是道家的精髓,你身为修道者,连这个道理都不懂吗?"

"是妾愚钝。"

"不,你并不愚钝,而是太执着了。"皇帝道,"那就说一说吧,你所发现的阴暗是什么?"

裴玄静沉默着,她尚无法确定皇帝的真实意图,不愿轻易开口。

"宋若昭失踪了。"

裴玄静惊骇地浑身一震,不由自主地抬起头来,与皇帝的目光不期而遇了。

自从被关进大明宫后,这还是她头一次真正地与皇帝对视。刹那间,裴玄静便觉通体恶寒,仿佛跌入冰河。

"你有什么要对朕说的吗?"

裴玄静抖得连一个字都说不出来了。

皇帝看了一眼陈弘志，他立刻心领神会地向陪立在侧的内侍们示意，几个人悄无声息地上前来，从屏风旁抬起盛满冰块的于阗白玉大盘，带着一缕袅袅的寒雾退了出去。

片刻之后，裴玄静才感到自己的体温渐渐回升，全身的血液又能流动起来了。

"真有那么冷吗？你的嘴唇都发紫了。"

"陛下不冷吗？"

皇帝没有回答，尽管他的嘴唇也泛着青紫。

裴玄静想起永安公主说过的关于皇帝服丹的话，心中骤然涌起一股难以形容的复杂情绪。

又过了一会儿，她听到皇帝说："朕在问你话。"

"是。"裴玄静道，"陛下，宋学士是什么时候不见的？"

"三天前。"

那也就是《推背图》第三十三象于凌烟阁窗内显影的第二天。那夜，裴玄静和宋若昭在柿林院前分手时，宋若昭曾说过，第二天一早将面见皇帝，向他汇报对凌烟阁异象的分析。

宋若昭面见皇帝，并将金匮的钥匙交还之后，清思殿外的侍卫们目睹她沿着太液池的南岸，朝柿林院的方向走去。巨大的水晶冰面上反光耀眼，宋若昭的身影消失其中，再也没有出现。

宋家小妹若伦在柿林院中空等一天一夜后，才通报了皇帝。因宋若昭袭了宋若华的女尚书之职，在宫中女官里位列头等，她的失踪绝对算得上是宫中大事。于是皇帝下令神策军和内侍省在宫中遍寻宋若昭的踪迹，可是找了整整三天，至今一无所获。宋若昭就像一缕轻烟似的，消失得无影无踪了。

而皇帝在遍寻三天无果之后，才命裴玄静进入凌烟阁做了一番调查，随后便将存放《推背图》的金匮取来清思殿收藏。因为他担心《推背图》再发生什么意外，那将是不可承受的损失。

"一点儿痕迹都没找到吗？"裴玄静不可思议地问。

"没有。生不见人，死不见尸。"

皇帝的语气再次令裴玄静感到寒意刺骨。她抬起头来问："陛下，宫中曾发生过类似的事情吗？"

"据朕所知，从来没有过。"

"陛下，让我试试吧。"裴玄静说，"我愿意来寻找宋四娘子的下落。"

"哦？你居然也会主动请缨？"皇帝嘲讽地说。

"是的，陛下！四娘子失踪前夜就与我在一起，曾和我有过一番长谈。也许我能帮上一点儿忙。"

沉吟片刻，皇帝说："不，此事不需要你，朕交给神策军去办。"

"神策军？他们找了三天都没有结果。"

"那就再找三天，三十天。"

"可是陛下……"

皇帝呵斥："教训过你多少次了，朕说话的时候，不要打断朕！"

裴玄静猛地一个激灵，头脑好像清醒些了。佛骨案后皇帝对李弥网开一面，给予了特别的恩遇，这使他得到了裴玄静发自内心的感激。就本性而言，裴玄静终究是一个心地善良并且懂得感恩的人。像她这样的人，爱一个人固然不轻易，但恨一个人更难。最近裴玄静甚至开始想，自己对皇帝的恨是不是太固执太偏狭了。不论是崔淼的死，还是禾娘与李弥的噩运，裴玄静都把它们归咎于皇帝，但她知道自己并没有多少真凭实据。

裴玄静心里明白，自己所恨的与其说是皇帝这个人，不如说是他所代表的绝对的权力。正是这种至高无上、天命所归的权力，将人命视为草芥，随意践踏弱小者的尊严，剥夺他们的自由、希望乃至一切，却连申诉的机会都不给。

最可怕的是这种权力以家国天下的名义行事，因而无人能与其争辩。没有人是永远正确的，唯独在与这种权力相结合时，就可以为所欲为，杀伐予夺，不需要承担任何良心的谴责。

在与皇帝打交道的过程中，裴玄静时刻感受着这种权力所带来的可怕压迫，但与此同时，她也能感觉到，皇帝同样被这种权力所裹挟，他所承受的压力也许超过了天下任何人。

她知道他有多么强大，他是万人之上主宰众生的天子，但裴玄静还是试图从人的角度去理解他。每当这样做的时候，她对他的恨意便会有所松动，她的人生也就显得不那么黑暗了。

可是现在，宋若昭的失踪令一切又恢复了原状。

裴玄静认为，这一次宋若昭肯定凶多吉少了。

首先，宋若昭要逃出大明宫是不可能的，况且她绝不会将小妹若伦单独留下。偌大的一个大明宫，如果想刻意藏身某处的话，以宋若昭的聪明应该可以办得到，但她何必如此呢？宋若伦才刚十六岁，性格单纯怯懦，一向依赖姐姐们惯了，半分主见都没有。从皇帝的说法来推断，宋若伦对宋若昭的下落肯定一无所知，否则以她的那点儿胆量，绝对瞒不过皇帝的眼睛。现在宋若伦的天已经塌了，今后的命运更加堪忧。但凡有一点儿办法，宋若昭都不会让唯一的妹妹落到这步田地，除非——她自己遭遇了不幸。

所以说，宋若昭的失踪绝不是什么好事。很可能她已经死了，也可能她正在生死的边缘挣扎，而裴玄静作为她最信赖的朋友，却根本不知该如何施以援手。

为了自保，宋若昭选择做一个无心的人。即便如此，无心的宋若昭还是未能幸免。

裴玄静的心又一次被无能为力的恨浸透了。

多少次了，从《兰亭序》的谜题开始，她执着地寻找真相，解开了一个又一个谜，随之而来的却是一个又一个噩运。武元衡、王义、禾娘、宋若华、宋若茵、贾桂娘、王质夫、李弥、崔淼、宋若昭……她眼睁睁地看着这些自己或尊敬或怜惜或同情或挚爱的人离她而去，而自己所追求的真相不仅没有帮到他们，反而成了索命的绳圈，穿心的利箭！

不，她再也不会犯傻了。

裴玄静沉思的时候，皇帝保持着沉默。如果裴玄静注意去看，一定会发现皇帝的脸上阴晴不定了很久，仿佛在竭力克制自己的情绪。冰块移出去之后，皇帝只能用意志力来压抑腹中时刻翻滚的燥热，这对他来说谈何容易——应该是越来越困难了。

终于，皇帝勉强用平稳的语调说："宋若昭之事不必再提。你只说说对凌烟阁异象的解释。"

裴玄静紧张地思索起来，要怎么说才合适呢？

第三十三象"一枯一荣"的显影，裴玄静能够肯定是宋若昭一手制造出来的。其实在那夜的长谈中，宋若昭几乎已经向裴玄静承认了这一点，并暗示这么做是为了保护自己和妹妹。裴玄静也毫不犹豫地向她表示了支持。所以，即使今天裴玄静推测出了宋若昭伪造异象的全部过程，也找到了相关的证据，却仍然必须以"鬼神之说"来搪塞皇帝。

别着急，别着急。裴玄静命令自己，冷静下来想一想，宋若昭为什么非要用制造异象的方式来保护柿林院？

异象一共发生过三次。第一、二次显影是《推背图》第九象的"猿猴戏火球"，裴玄静并未亲眼看见，而是听宋若昭叙述的。第三次便是第三十三象的"一枯一荣"，裴玄静和宋若昭、柳泌等人在一起亲眼所见。也正因为人在现场，裴玄静才能及时发现剪纸和其他蛛丝马迹。

等等！裴玄静的心头一亮：即使宋若昭制造了第三次异象，就能推断第一、二次的异象也是她制造的吗？

裴玄静的心狂跳起来，她发现自己忽略了一个重大的问题：剪纸是不会动的！

宋若昭不可能用同样的办法制造出"一枯一荣"和"猿猴戏火球"这两种异象。因为即使她能够搞到"猿猴戏火球"的剪纸，也没有办法让它动起来！

第三十三象和第九象的显影,最大的区别就在于"动"与"静"之间。

宋若昭用自己的方式解决了光源和显影的问题,但是她的办法制造不出猿猴嬉戏和明珠发火的活动效果。

第一、二次显影用的光源肯定是蜡烛。而且,这两次显影时凌烟阁中是有人的!

裴玄静想起曾经看过的皮影戏,如果要让窗上的影子动起来的话,皮影戏的方式或可一用,但必须有人在后面操纵。所以她推断第一、二次显影时,应该是有人在阁中点起蜡烛,再操控猿猴和火球的皮影,远远望去,绝对能造成"猿猴戏火球"的异象。而且策划者对宫中的规矩了如指掌,深知众人在看到异象后,绝对不敢立即冲进阁中,所以阁中之人有充分的时间熄灭蜡烛,收拾好皮影,在众人到达之前安然离开凌烟阁。

这个人绝不是宋若昭。宋若昭从大明宫到太极宫去一趟都颇为不易,更别说在夜间。制造第三次显影时,宋若昭必须小心翼翼地,在众人的眼皮底下费尽心机地布置机关,她根本不具备制造第一、二次显影的条件。

但是,宋若昭为什么非要制造出第三次显影呢?还一再向裴玄静强调,这三次显影都是鬼神所为?难道是为了掩护制造第一、二次显影的人?还是为了把大家的注意力从第九象的"猿猴戏火球"转移到第三十三象的"一枯一荣"上去?

裴玄静觉得头痛欲裂,好不容易想明白了三次显影的原理,却反而走进了死胡同。不仅离真相越来越远,离她真心想要帮助的人,似乎也越来越远了。

偏偏她不能再闭口不言了,皇帝在等她的回答。

4

她的面前有两种选择：一、坚持鬼神之说，把宋若昭和柿林院从凌烟阁异象案中撇得清清楚楚，但也就此堵住了继续追查的路；二、向皇帝坦承自己的判断，即宋若昭为凌烟阁第三十三象显影之元谋，并请皇帝允许自己接着调查第一、二次异象的真相。宋若昭的失踪很可能与此有关，顺着这条线索也许还能找到宋若昭的下落。

裴玄静感到左右为难。

宋若昭生死未卜，裴玄静生怕自己的任何轻率之举，都将给宋若昭，乃至柿林院带去灭顶之灾。

裴玄静咬了咬牙，终于下定决心道："禀报圣上，经过妾的反复查对，凌烟阁异象并非出自人为。因此，因此……"

"因此你的结论和宋若昭的一致？"皇帝紧锁眉头。

裴玄静横下一条心："是的。妾同意宋四娘子的看法，凌烟阁中的异象均为神迹。"

当自己没有能力抉择的时候，裴玄静决定遵守承诺。裴玄静认为，宋若昭一定掌握着更多内情，所以自己不应该冒险违背她的意愿。宋若昭明白地表示过，只有将凌烟阁异象诉诸鬼神，才能保护她，保护柿林院。

几年前的《璇玑图》一案，让裴玄静眼睁睁地看着宋家姐妹凋零大半。今天，裴玄静的心境已大为不同。对她来说，皇命不再是不容置喙必须遵从的，她也不会再像当初那样只知道坚持真相，结果反而助纣为虐。

良久，皇帝叹息一声："你也这么认为？"

裴玄静刚想回答，却立即意识到皇帝是在自言自语，果然，他又接着喃喃地说："那么说，《推背图》的红色变字也是神迹咯？"

《推背图》的红色变字！

裴玄静差点儿叫出声来——对呀，宋若昭伪造第三十三象的显影，正是为了让《推背图》第三十三象的红色变字也成为神迹！

《推背图》第九象的含义已经十分明确，而第三十三象的意义却扑朔迷离，更由于那两个红色的变字显得越发蹊跷了。很有可能，宋若昭最在意的秘密就埋藏在"青龙变化白头兔"和"天军东南木易来"这两句诗中。

裴玄静小心翼翼地问："陛下也知道红色的变字？"

"唔？"皇帝盯着裴玄静，"宋若昭都对你说了？"

"她提到了第三十三象中的'青龙变化白牛兔'一句，因为'牛'字变成了红色的'头'字，这句诗就成了'青龙变化白头兔'。"

"对此，她有什么想法吗？"

"我们讨论过，但暂无结论。"

"暂无结论，暂无结论！"皇帝铁青着脸说，"永远就用这四个字来搪塞朕！"他一指裴玄静，厉声道，"你！既然宋若昭失踪了，就由你来接替她吧！"

"妾？接替她……什么？"

"宋若昭和你都坚持说凌烟阁的三次异象均为神迹，《推背图》第三十三象的'青龙变化白头兔'和'天军东南木易来'也是神迹，那么你就给朕解一解，这一连串的神迹究竟是何含义吧！"

裴玄静不由自主地抬起头来，她终于开始明白了，自己怎么又会被卷进来。从大明宫到太极宫，从三清殿到凌烟阁，从"猿猴戏火球"到"一枯一荣"，她仍然被一股强大的力量操控着。想来，自己才是那只猿猴皮影吧，一举一动都在对面这人的手中。

躲是躲不开的。何况，还有宋若昭的生死未卜。裴玄静现在越发觉得，陈弘志对自己的劝告太正确了。与其坐以待毙，不如主动出击。正是因为接手了佛骨案，才能救出李弥，也才能揭开金仙观地窟的秘密。而今天的凌烟阁和《推背图》之谜中，又牵连着宋若昭的一条性命，自己更当义不容辞。

她想了想，答道："其实，对于三十三象的含义，我和四娘子有过一些推测。"

"说。"

"我们认为，这一象预示的是永贞元年的帝位更替。"裴玄静刚说完这句话，立即惊讶地看到，皇帝的脸上出现了自己从未见过的表情。

她不知该怎么形容这种表情：是悲伤？恐惧？还是震撼？裴玄静原本只是实话实说，并没有多想什么，但就在皇帝面色剧变的一刹那，她突然意识到，自己刚刚冲破了一重最险恶的魔障——

《推背图》第三十三象所预言的，正是皇帝此生最忌讳的往事。

所以宋若昭才失踪的吗？也许她有了什么进一步的发现？也许她对皇帝说了什么不该说的话？

接下去自己也必须加倍小心、步步为营了，否则不仅帮不到宋若昭，还有可能连自己的性命都葬送了。

过了好一会儿，皇帝才用略微沙哑的声音问："何以见得第三十三象所预言的，正是永贞之事？"

裴玄静字斟句酌地回答："第三十三象卦曰：风泽大过。在《易经》中此卦表示大的过渡。《推背图》是预测国运的，所以大的过渡当指朝代变迁。而永贞元年中，从德宗皇帝到先皇，再从先皇到陛下，短短一年之中皇位在三位帝王之间传递，当可称之为'风泽大过'。"顿了顿，她又道，"此外——就是那幅图。"

"图？"

"图上画着一棵枯树和一棵荣树。我们推测，枯树指的正是先皇。先皇登基时即身患重病，如同一棵大树已经枯朽。与之形成鲜明对照的茂树却生机勃发，我和四娘子都认为，荣树所指的正是陛下。"裴玄静停下来悄悄观察皇帝，见他的脸上浮现出一层悲意，似乎并没有受到冒犯的愤怒，便继续往下说，"永贞元年时，陛下接受先禅位登基，正当年富力强之时，就如一株参天大树茂叶华发，充满了勃勃生机。所以……"

"所以……朕现在老了。"

裴玄静低头不语，皇帝的这句话无须也不能回应。自从谈起永贞元年的往事，皇帝的反应就越来越奇怪，似乎突然变得多愁善感起来，都不太像他这个人了。

皇帝问："那么，诗又该作何解释呢？"

裴玄静暗自思量，关于第三十三象，皇帝肯定还知道得更多。他是不是又设下了圈套，引自己往里钻呢？

不入虎穴，焉得虎子。况且箭在弦上，现在要回头也来不及了。

裴玄静说："陛下，关于诗，我们的想法是：第一句'要知太岁在何处'中的太岁意指太岁星君，也就是天干地支中的六十花甲子。"

"说下去。"

"第二句诗原先是'青龙变化白牛兔'，对这一句，我们想不到贴切的解释。但当'牛'字变成'头'字后，白头兔就非常容易理解了。白头兔也就是白兔。而青龙和白兔，对应天干地支的话，就是乙卯和壬辰。"

皇帝蹙眉沉默，似在认真思考裴玄静的话。

"陛下，永贞元年，岁在乙酉。诗中的青龙和白兔，即乙卯和壬辰，应该是指永贞元年的某月或者某日，并且很可能和那一年中的帝位更替有关。"

裴玄静再次停下，等待皇帝的反应。沉默像巍巍巨石一般压在殿堂上，也压在她的心上，让她喘不过气来。

"乙卯。"皇帝终于开口了，"先皇是元和元年正月乙卯日驾崩的。"

裴玄静一惊。想了想，又轻声问："已经不是永贞了？"

皇帝重复："已经不是永贞了。"

裴玄静试探着说："这么想来，如果诗中的乙卯是日，那么壬辰也应该是日。"

"不。"皇帝斩钉截铁地说,"朕想不起来在那年的壬辰日发生过什么大事。"他盯着裴玄静,强调说,"特别是与帝位更替有关的大事。"

"哦,那也许是妾想错了。"

皇帝高声招呼:"陈弘志!"

"奴在。"

"你速去史馆传朕口谕,把永贞元年的起居注、实录和内传全部调出来。"

"是。"

皇帝转向裴玄静:"永贞元年只不过是短短的一年而已,朕命你对照那一年的史实纪要,给朕一条一条、一天一天地查!必须把'青龙变化白头兔'的意思解出来!"

裴玄静愣了愣,道:"除了这句诗,还有第三句,'天军东北木易来'变成了'天军东南木易来','北'字变成了'南'字,对此妾尚无心得……"

皇帝打断她:"朕说得还不够清楚吗?不管是'白牛兔',还是'白头兔';不管是'东北',还是'东南',朕命你解,你就必须解,一字不漏、一五一十地全部解开!"

"如果我解不开呢?"

"你说什么?"他从牙缝里挤出这四个字,忍无可忍的暴戾之气向裴玄静直击而来。从李弥获救之后,她对皇帝产生的所有微妙的感激乃至同情,都在这一刻彻底烟消云散了。

他是皇帝,但首先是她的仇人。她怎么可以忘记呢?

"如果我解不开,就会成为又一个宋若昭,对吗?"

"宋若昭?"皇帝一下没明白裴玄静的意思,"宋若昭失踪了。朕正在命神策军寻找……"他住了口,注视裴玄静,"你在怀疑朕?"

裴玄静沉默。

大唐悬疑录 4:大明宫密码　169

皇帝冷笑起来："一个宋若昭，也值得朕说谎吗？"

"一个崔淼，也值得陛下说谎吗？"

"砰"的一声，案上的青瓷茶盏被皇帝扫落在地，砸了个粉碎。

转眼间，陈弘志就趴在地上收拾了残片，躬身而退时还不忘悄悄扫了裴玄静一眼，似乎在说：差不多就得了，你还铁了心和上头这位对着干啊！有什么好处呢！

少顷，皇帝用恢复了平静的语调说："不管你心里怎么想，都必须为朕做事。认命吧。"

5

永贞，是一个多么奇异的年号。

在仔细阅读了史官送来的实录和内传后，裴玄静首先有了这样一个感觉。

实际上，那一年开始的时候，德宗皇帝还在位，因而被称为贞元二十一年。正是在那年元日的朝会中，德宗皇帝因没有见到重病的太子而落泪，后感不适，很快便告不治。正月二十三日，德宗皇帝于大明宫会宁殿驾崩。三日后，太子李诵即位，也就是先皇。但先皇早在贞元二十年的秋天便因风症而卧病在床，已逾数月，是抱病勉强登基的。所以登基之后一切从简，也没有宣布改元，仍然沿用贞元二十一年的年号。当年八月，先皇因病体难撑，宣布禅位给当今圣上，自称太上皇。当今圣上即位后，才将当年的年号改为永贞。于是贞元二十一年才正式变为永贞元年。第二年，皇帝再度宣布改为元和。所以，永贞这个年号总共只使用了短短一年。甚至就连这一年中，也有一个月是从德宗皇帝那里借来的，而从八月到十二月的五个月，又是当今圣上慷慨赠予自己父亲的。真正属于先皇的永贞，只有从二月到八月的区区六个月。

皇帝显然也认识到了这一点，所以命史官送来的资料除了永贞一年的，还包括了贞元二十年和元和元年的。他似乎下定决心要让裴玄静查出个究竟来。

读完了文豪韩愈亲自撰写的《顺宗实录》，裴玄静的心中很不是滋味。

王叔文、柳宗元、刘禹锡、吕温……当这一个个令人敬重的名字出现在史书上时，却伴随着恶毒的诋毁和责骂。裴玄静看到，他们为国除弊的努力被无情地击溃，仕途挫败之余，还要蒙受个人名望的屈辱。更叫人唏嘘的是，打击不仅仅来自可恶的宦官、心怀叵测的藩镇，还来自同样为裴玄静所深深敬仰的韩愈、武元衡等人。

裴玄静终于明白了，为什么短命的永贞会成为许多人心中不能揭的疮疤。因为在那段时间里，他们的良心经历了太过剧烈的震荡，所有的伪装都被卸下，使他们看清了深藏在彼此内心的龌龊，也看清了这个光辉王朝中最阴暗的角落，看清了用"家国天下"装饰起来的自私与卑鄙。

那么许多罪孽，不是用"一朝天子一朝臣"这一句话就可以掩盖过去的。

人性不可考验。永贞，偏偏就是集中拷问人性的一年。可悲的是，在这场试炼中，没有最终的胜利者。

裴玄静把思绪收回《推背图》第三十三象的谜题上。

遍览面前的记录，裴玄静只找到了一个发生在壬辰日的事件，并且与帝位更替相关。

永贞元年十月十八壬辰日，皇帝下令处死了一个名叫罗令则的人。

从手上寥寥数语的记载中，裴玄静读到：永贞元年的十月，山人罗令则秘密奔赴秦州，妄称自己得到太上皇的密旨，要求陇西经略使刘澭在德宗皇帝下葬的日子起兵，废黜矫称内禅、擅自登基的当今圣上李纯。刘澭没有上罗令则的当，而是拘禁了他。罗令则被押解到长安，遭到大理寺严刑拷问，之后皇帝下令将其连同党羽一起杖打而死。

裴玄静直觉，这个事件相当蹊跷。

首先，她翻遍了手头的资料，提到罗令则的唯有这一处，关于他的身份背景，也只有两个字：山人。山人是什么意思？裴玄静琢磨，通常是指修道者或者隐士吧。那就等于说，这个罗令则没有官职，也非豪门贵戚。他就像是从石头里蹦出来的，突然便声称携有太上皇的秘密旨意，行起谋反之事来。

从罗令则的身份来看，他根本不可能有机会见过太上皇，所以应是矫诏。但一介草民竟有如此胆量，也实在令人讶异。朝廷严刑逼供，罗令则是否供出了同党呢？记录里没有详写，只说皇帝下令将他连同党羽一起杖毙了。同党的名字倒是提了一个：彭城县令李谅。

裴玄静找到了李谅曾被先皇任命为左拾遗的记载。这说明，李谅是有可能和先皇说得上话的。但是，他又怎么会和一个山人混在一起谋反呢？难道李谅因遭贬而心生怨恨，诈以太上皇的名义谋反？这也未免太过分了吧。永贞之后，"二王八司马"皆遭贬谪，其中包括柳宗元、刘禹锡这样的名士。王叔文甚至直接被当今圣上赐死，都没有一个敢出来造反的。贬谪，毕竟还有翻身的希望，谋反，就是拼命。不被逼到绝路上，谁会出此下策呢？

裴玄静不理解李谅的行为，更看不懂罗令则究竟是何方神圣。一个毫无根基的山人敢于矫诏谋反，他到底是怎么考虑此事的风险的呢？难道他真的以为自己会成功吗？从他直接去找陇西经略使刘澭的支持来看，其所作所为可谓丧心病狂。

罗令则和李谅的谋反，到底是一群亡命徒的疯狂之举，还是另有隐情呢？

另外，这个事件对先皇是否有影响？虽然事件被描述得与先皇毫无关联，但既然有李谅参与其中，恐怕皇帝不会不起疑心。而且，罗令则是以皇帝篡位的名义起事谋反的，说明至少在当时，这是一个能够引起共鸣的理由。

何止当时，其实直到现在民间都流传着一种说法——先皇是被迫禅位的。先皇病重属实，但未必就到了必须退位的地步。先皇在太子位上苦熬了二十六年才即位，他会舍得仅仅过了六个月就放弃吗？实录里有这样一段记载：德宗皇帝刚驾崩，因太子卧病日久，内外忧心帝位空悬。为了安定人心，卧床好几个月不能下地的太子竟然支撑着站了起来，登上九仙门召见诸军使，方平息了所有非议。由此可见，先皇谋求皇位之心有多么迫切，竟能使一个瘫痪的病人站立行走。如此拼命才得到的皇位，他会在仅仅半年之后，就那么轻而易举地拱手交出吗？这实在不符合人之常情。

所以永贞内禅在世人眼里，始终不尽合理，不尽可信。

有没有可能，罗令则的确是奉了先皇的密旨呢？

裴玄静不敢再往下想了。青龙和白兔，乙卯和壬辰，循着这条思路下去，裴玄静害怕终将遇上一个无法承受的谜底。实际上，她已经和这个谜底多次擦肩而过了："真兰亭现"离合诗所指向的丰陵；王皇太后至死不肯泄露的玉龙子的下落……前几次她都阴差阳错地避开了，但这个谜底一直如影随形地纠缠着她。

再看《推背图》的第三十三象，老树枯萎倒地，新树在它的残枝中荣发。假如第三十三象真的预言永贞之事，那么这幅画便活生生地描绘出一个事实：老皇帝拖着病体倒下，新皇帝踩在他的身上崛起。

青龙和白兔会不会是说：史载先皇崩于元和元年的正月乙卯日，但其实，早在永贞元年十月的壬辰日，罗令则谋反案发之时，先皇就已经"死"了？

不，必须到此为止了。

裴玄静决定，在没有进一步佐证的情况下，绝不再向这条思路迈进，太可怕了。

还是看一看另一句诗吧。

七言诗第三句的"天军东北木易来",变成了"天军东南木易来"。"北"字变成了"南"字,这个变化把裴玄静彻底弄糊涂了。从五行来说,东北方为木,所以原诗写天军自东北方向,有木同来,是合乎逻辑的。然而改成"南"字后,因东南方为火,这句诗就不通了。

既然想不通,就再看第四句——"此时换却家中土"。家中土?裴玄静心头一动,通常来说,家中土指入葬。"换却家中土",似乎有迁墓的含义在里面。

她翻起面前的实录,在这里写着:元和元年正月乙卯日,先皇崩于兴庆宫咸宁殿。裴玄静记起在兴庆宫时,汉阳公主曾经提到过,先皇在永贞元年八月禅位后,便移居到兴庆宫中,还曾在勤政务本楼上会见过倭国来的遣唐僧空海。汉阳公主特别说过,就是在那次会见空海之后,先皇便一病不起,没过多久便驾崩了。

奇怪的是,实录里还记载着,先皇是在太极宫的太极殿发丧的。以裴玄静所见,从大明宫到太极宫的距离不近,从兴庆宫过去则更远。为什么要移殡到太极宫去发丧呢?这样做既没有必要,又不符合规制。

莫非"此时换却家中土"是暗指这个?

在永贞前后的实录上花了一整夜的时间,裴玄静没有得出任何明确的结论。

凌晨时分她方才蒙眬睡去,很快又被钟声惊醒。裴玄静按照规矩做了早课,朝阳渐渐地从窄小的窗牖探进来,把面前的席子染成温暖的金黄色。

她又沉浸到《推背图》的谜题里。也不知过了多久,突然"嘭"的一声,有什么东西穿廊而入,直接砸到窗上!

她向外一望,原来是只彩球。在廊下弹了几下,滚到门边便不再动了。

裴玄静欠身将它捡起来。

"炼师!"一个胖乎乎的少年跑到廊下,涨红着脸向她伸出双手。

裴玄静觉得他有些面熟,却想不起来在哪里见过,便朝他微笑一下,将彩球递过去。

"多谢裴炼师。"他欠身致意。转身的一刹那,从袖中掉出一个小纸团来。

裴玄静观察周围,确认没人注意,才迅速捡起纸团揣入袖中。

当少年再朝这边望时,裴玄静已经从廊檐上消失了。他想,她一定把纸团收好了。

裴玄静关拢窗扇,借着从窗格中透进来的日光,迅速浏览了一遍纸上的内容。

这一惊非同小可。

她从没想过会读到如此奇特的文章——《辛公平上仙》。

乍一遍读下来,裴玄静根本不能判断这个故事究竟是疯子的呓语,还是胆大包天的想象,抑或是黑暗恐怖的事实。

她只觉得心跳如鼓,许多零乱的想法在脑子里四处乱撞,又似乎都在拼命地要向她揭示什么。太多的假设、线索、推论和谜团,全都围绕着《辛公平上仙》这个故事打起转来。经验和直觉都在告诉她,长久以来的迷雾即将被冲破,而这则写在皱巴巴的纸上的故事——《辛公平上仙》,就是那道划破夜空的闪电。

裴玄静激动得全身发冷。

"裴炼师!裴炼师!"有人在窗外低声叫她。她移到窗边,隔着窗棂看到刚才那双明亮的眼睛。

"你是谁?"

"裴炼师,我是郭浣呀!段成式的朋友。"

"郭浣?我记得你!"裴玄静想起来了,三年前,段成式和十三郎身陷金仙观地窟时,正是这个孩子把金吾卫连同皇帝带去的。原来他已经长得这么大了。

"裴炼师,看过《辛公平上仙》了吗?"

裴玄静警觉地反问:"你是从哪里弄来的?"

"哎呀,炼师,这是段成式写的呀!"

"段成式?"

"对!唉,其实也不是他自己写的,是他听别人说的。喏,就是那个辛公平讲给他听的故事,段成式记下来的。"

裴玄静恍然大悟。不错,也只有段成式会对这类故事感兴趣,并且将它描述得那么栩栩如生。

"可是裴炼师,段成式让这个故事给害苦了!"

"怎么害苦了?"

郭浣遂将《辛公平上仙》经祈愿灯广为散发,又由纸上的鬼花印记引到段成式的身上,进而遭到吐突承璀逮捕的经过说了一遍。因为心急和紧张,他说得七零八落,但裴玄静全都听明白了。

郭浣说:"段成式现在被拘押在大理寺中,吉凶难测。我不知道该怎么办了。裴炼师,你能不能想想办法救他?"

裴玄静沉默着。

"炼师?"

"你怎么会想到来找我的?"裴玄静问,"是段成式让你来的吗?"

"不,是我自己想到的!上回的佛骨案,就是裴炼师帮忙才破的。所以我想来想去,这次恐怕还得请炼师出手。恰好今天宫中有一场马球赛,就在麟德殿前面的球场上。我借口来玉晨观找永安阿姨要一个得胜符……"郭浣啰里啰唆地说着,鼻子尖上都冒汗了,"段成式是我最好的朋友,我绝不能看着他受伤害。"

"我明白了。"

"哦,对了。前几天我已经把韩郎送出长安城了,他说京城恐怕要出大事,担心李弥再遭不幸,所以就带着他去太原投奔裴相公了。"

"是这样……那太好了。"这么说李弥和韩湘都安全了。她少了这份后顾之忧，当可全力以赴了。

"我该走了。裴炼师——"郭浣的声音越发焦急起来。

"郭公子，我还需要时间好好想一想。你还能再来吗？"

"我会想办法的。"郭浣道，"一切都拜托炼师了！"

6

写着《辛公平上仙》的纸已经在烛焰上燃成了灰烬，但它所带来的巨大冲击，仍然令裴玄静双手颤抖，久久无法自持。不，单单《辛公平上仙》还不至于把她惊吓到如此地步。《辛公平上仙》中的弑君情节固然可怕血腥，真正让裴玄静震惊的，却是那把匕首！

故事里说：一个没有面孔的阉人将一把匕首捧到皇帝的面前。匕首亮出寒光，夺去了皇帝的性命。还特别描述了匕首的样子：前后一样宽，就像一把特别的直尺。

裴玄静平生只见过一把匕首是这样的——纯钩。

聂隐娘曾经明明白白地告诉她，类似形状的匕首，世上唯有纯钩。

还有一个理由让裴玄静断定，故事中提到的匕首就是纯钩，那便是她自己的梦。

裴玄静曾经不止一次地梦见过，自己手持纯钩杀死了皇帝。虽然与《辛公平上仙》中的情节不尽相同，但至少有两点是相似的：第一，皇帝被刺杀；第二，凶器正是纯钩！

绝不会仅仅是巧合。但如果不是巧合，那又会是什么呢？她不相信有人能窥伺自己的梦境，更不相信自己能够预知一场谋杀。

裴玄静认为，假如杀死皇帝的凶器的确是纯钩，那么这很可能是一桩已经发生过的血案。

理由正是：波斯人李素！

李素在清思殿前触柱而亡前，曾经明白地告诉裴玄静，皇帝在寻找纯勾。他甚至隐晦地提到，正是长吉将纯勾带给裴玄静的。

长吉和这可怕的一切有什么关联！裴玄静的心又剧烈地跳荡起来。纯勾是长吉留给自己唯一的念想。它代表的是矢志不渝的情爱与相知啊，怎么可能会是一件凶器！但裴玄静也不得不承认，长吉将这把匕首作为信物交给自己，从一开始就是令人困惑的。作为一名文弱书生，又贫困潦倒，怎会拥有一把稀世罕见的宝刃。裴玄静早就不止一次地问过自己这个问题。

她还没有找到答案，但是从李素临死前的话能够推断，纯勾原藏于宫中，不知如何流失出宫，又不知如何为长吉所有，长吉将它作为爱的信物赠予了自己。而自己在两年前，为了取回玉龙子，又让崔淼将纯勾转交给了聂隐娘。

纯勾现在应该就在聂隐娘的手中。但裴玄静更关心的是，如果将纯勾的这一系列前尘往事和《辛公平上仙》，乃至自己的梦境放在一起考虑，就只能得出一个结论：纯勾的确曾经取过一位皇帝的性命！

被纯勾所杀的皇帝究竟是谁呢？

完全是下意识地，裴玄静把"一枯一荣"的剪纸放到面前，却又不敢再往下想了。她只能命令自己，先把思路引向明确的事实，而不要轻易得出任何结论。

《辛公平上仙》中还有一处细节引起了她的注意——阴兵迎驾时走的路线：队伍经丹凤门，直入大明宫中。侧行至光范门，穿宣政殿，再往东一拐，从崇明门进入内廷。

以裴玄静对大明宫的了解，前面的路线没问题，但是穿过宣政殿以后，队伍往东拐到崇明门再入内廷，就不尽合理了。因为宣政殿就位于第三道宫墙前，所以穿过宣政殿以后，阴兵已然进入内廷，没有必要再向东直行，再过一次崇明门更是多此一举。

正常的路线是经过宣政殿以后，一直往北过紫宸门。紫宸门的正北面就是紫宸殿。紫宸殿两侧分布着内廷的各个寝殿和便殿，皇帝通常在这些殿宇中休息或就寝。另外，上仙时宫内正在举办夜宴，所以应该是在一处相对比较大、能够举行宴会的殿中。据裴玄静所知,大明宫中最常用来宴筵的是麟德殿。但麟德殿位于太液池的西面,所以阴兵更不应该朝东走了。

难道是说故事的人对大明宫不够熟悉,所以弄错了?不对。裴玄静直觉,炮制出《辛公平上仙》的人不仅对大明宫了如指掌,而且刻意设计了这条错误的路线,把某种他想表达的意思隐晦地埋藏其中,就等有心之人来发掘。

自己会是他等待的有心人吗?

裴玄静预感到,那么久以来的困惑、懊悔、仇恨和痛苦,很快就要有个了结了。刹那间,恐惧消失了。她只觉得心如石硬,念比冰寒。该来的总会来,在大明宫中煎熬了整整两年,终于要等到这一天了。

裴玄静在心中默念:"天军东南木易来,此时换却家中土。"

这一则《辛公平上仙》的故事,真像是特来帮她解开《推背图》第三十三象之谜的。

崇明门就位于大明宫内廷的东南面。天军,也就是阴兵没有走东北面的光顺门,也没有走正北的紫宸门,而是绕道东南,经崇明门杀入大明宫,取走了皇帝的性命。

为什么一定是东南呢?

东北为木,东南为火。

原先的"东北木易来",可以拼出一个"杨"字来。可是"东南木易来",岂不是变成了一个"炀"字?

杨——炀!

把这两个字放在一起,几乎没有其他解释了。

裴玄静喃喃自语:"隋炀帝杨广。"

有了这个人名,第三十三象的"一枯一荣"图示,顿时变得清晰了。隋炀帝杨广弑父夺位的故事,是小孩儿都听过的。后继者年富力强,踩着前任者的尸体上位。血腥而冷酷的弑君篡位,就是《推背图》

第三十三象的预言!

然而,《推背图》是对唐立国以后的预言,所以第三十三象绝非实指隋炀帝之史事,它借喻的又是唐以后的哪位帝王弑父夺位呢?

永贞。永贞!

裴玄静再怎么命令自己冷静,此时也不禁牙齿相扣起来。

她想起自己曾对"此时换却家中土"一句的猜测,似乎是指先皇驾崩在兴庆宫咸宁殿,却迁殡至西内太极宫的太极殿发丧……所以《辛公平上仙》中那位被杀的皇帝,会不会正是先皇?

《辛公平上仙》描述的是发生在大明宫中的刺杀案。但先皇禅位之后就移居兴庆宫,并死在那里的咸宁殿。如果《辛公平上仙》暗指的是先皇被杀,为什么又要描述成在大明宫中呢?

除非——那位神秘的辛公平就是想要引起混淆。因为直接说兴庆宫的话,就等于将这个秘密大白于天下,连一点儿余地都不留了。而且,段成式听到兴庆宫,就会立即认识到《辛公平上仙》的实质,也就不会把它当成一个鬼故事记录下来,甚至有可能去向皇帝告发。所以讲述《辛公平上仙》故事的人,采用了巧妙的曲笔,让外人一时无法参透它究竟是写实,是演绎,还是纯粹的想象。

但是,阴兵入宫的路线刻意偏差,皇帝举行宴会的殿宇位置也不正确,所有这些错误的细节都在提示,弑君的场所其实并不在大明宫中!

长安城中三座大内,《辛公平上仙》避开了兴庆宫和太极宫,避免直指先皇之死,也因为在天下万民的心目中,唯有"如日之升"的大明宫,才能代表大唐皇帝的无上荣耀,才是大唐唯一的、真正的皇宫。

全明白了。

裴玄静明白了,为什么宋若昭千方百计要把第三十三象中的红色变字解释为神迹,因为她和她的小小柿林院根本无法承受如此可怕的真相。宋若昭一定是知情人!她从第三十三象的变字中窥伺到了杀身之祸，为了自保，只能铤而走险在凌烟阁中制造出第三十三象的显影。因为只有这样，她才能说服皇帝一切都是鬼神所为。也只有这样，她才能把自己和柿林院彻底摘出去。

毕竟在凌烟阁发生异象之前，最后一个开启过金匮，研究《推背图》的人正是宋若华。

现在裴玄静更加确定了，所有的一切都和鬼神没有丝毫关系！

是有人在暗中主导。裴玄静还没有证据断言，《辛公平上仙》和《推背图》第三十三象的变字背后是同一股力量，但分别来看，二者都有着脉络分明的计划和坚决有效的执行。

就从自己亲历的凌烟阁异象来说。第一、二次凌烟阁中发生"猿猴戏火球"异象，彼此相隔十天。制造这两次异象的人能够自由出入凌烟阁，说明其在宫中自有路数，能够弄到戒备森严的凌烟阁的钥匙，也可能在负责守卫的神策军中有内应。总之，前两次的显影十分完美，猿猴不仅出现在凌烟阁的窗户内，而且连蹦带跳，相当活跃。

这两次显影的目的，就是引起众人的注意，并最终引起皇帝的注意。

之所以选择第九象"猿猴戏火球"，一是因为此象才为宋若华所解，二是因为皇帝耗尽了大半生的心血致力于削藩事业，绝对不敢对此掉以轻心。

果然，两次显影发生后，皇帝特意造访凌烟阁，并打开金匮检查《推背图》，看到了第三十三象中两个红色的变字。

《推背图》第三十三象尚未得到破解，对皇帝来说，其含义本是模糊不清的。但是第三十三象的诗句发生了如此诡异的变化，使皇帝对它所预言的内容产生了极大的关切。于是他召来宋若昭，命她揭开凌烟阁异象之谜，同时解释第三十三象的两个变字。

皇帝之所以找了宋若昭，表面上因为《推背图》原先就由宋若华负责解释，宋若昭袭了大姐的女尚书之职，从才学和职务来说都是第一人选。但除了这些理由，还有一层深藏不露的原因：皇帝怀疑第三十三象的变字是宋若华所为。

不是吗？除了宋若华，谁还有机会接触锁在金匮里的《推背图》？写在纸上百年的字，怎么可能突然发生变化？

若非鬼神之力，就只能是人为。如果是人为，宋若华当然就是第一个怀疑对象。

只不过她已经死在三年多前，即使真是她干的，她的动机也死无对证了。皇帝命她的妹妹宋若昭接手此事，恰恰是出于这一层疑心。

以宋若昭的冰雪聪明，怎么会想不到这些？

第三十三象的变字究竟是否宋若华所为，裴玄静还无法下结论。可是，通过这两个红字的变化，第三十三象确凿无疑地预言了一桩弑父弑君篡位的凶案，难怪宋若昭会那么恐慌。

宋若昭知道，皇帝早晚会了悟到第三十三象变字的含义，也必然会因此而暴怒。到那时，他必将所有的罪责和愤怒都倾泻到宋家姐妹的身上。毕竟，她们是最弱小也最容易惩罚的。宋若昭必须保护自己和小妹，但与皇帝争辩宋若华是否有罪没有丝毫意义。宋若昭能够想到的唯一的办法，就是把一切都推诸鬼神。

只有凭借神明的威力，她才有机会和皇帝的淫威一搏。毕竟，皇帝还只是天子，如果是上天要揭露其罪行，他还是会感到心虚的吧！

宋若昭下了大赌注：在凌烟阁中巧设机关，让第三十三象于众目睽睽之下显影。同时，她还成功地把裴玄静争取到了自己这边，与她商定共同向皇帝撒谎，一口咬定凌烟阁的三次异象均出自鬼神之力。那么以此类推，《推背图》第三十三象的两个变字自然也是天意——是天意要把皇帝弑杀先皇的血腥罪行，通过变化后的《推背图》第三十三象揭露出来！

然而宋若昭还是失踪了。

裴玄静悲愤地想，她们终究还是太天真了。宋若昭肯定遭遇了不测。凶手无外乎两种可能：一、制造前两次凌烟阁异象的人；二、皇帝。

裴玄静认为：皇帝的嫌疑更大！

除非宋若昭查明了制造凌烟阁前两次异象的幕后黑手，对其造成了威胁，否则没必要除掉她。留着宋若昭，就是为了让她顶罪的。她死了便失去了价值。从宋若昭最后一晚与裴玄静的谈话来看，她仍试图以鬼神之说来掩盖真相，说明她还未找出幕后黑手的真实身份，否则的话，以宋若昭的聪慧和对裴玄静的信任，至少会给她留下些线索，以备不时之需。

所以最大的可能就是，第二天早上宋若昭面见皇帝时，说漏了嘴，让皇帝看出了破绽。皇帝怀疑宋若昭已经识破了自己的罪行，就断断不能让她活着返回柿林院了。

然后，他又召来裴玄静继续破解第三十三象，甚至把宫中的史册都交给她研究，就是想看看她究竟了解到什么程度。

现在看来，裴玄静手中掌握的玉龙子的去向，反而成了她的护身法宝。包括"真兰亭现"离合诗的来历，这个谜底也从宋家姐妹转移到了裴玄静的手中。在了结宋若昭以后，皇帝只需集中精力对付裴玄静一人即可了。

裴玄静这样一个微末的女子，又被拘禁在大明宫中，不管她发现了什么秘密，都不可能对皇帝造成任何威胁。所以他尽可以慢慢地与她周旋，将她玩弄在股掌中。摧折她的信念，压迫她的意志，终有一天，让她的智慧全部为他所用。到那时候，从《兰亭序》开始的一系列阴谋将被彻底揭开，幕后真凶的面目也会暴露无遗。

所以皇帝是在用自暴罪行的方法，试图引出一个针对自己的惊天杀局吗？

而裴玄静就是他的诱饵，从一开始就是！

从找回武元衡的金缕瓶开始，直到诱杀崔淼，一切都在皇帝的盘算之中。唯有玉龙子的真假出乎了他的意料。哦不，还有纯勾！皇帝至今都不知道，纯勾曾经就在裴玄静的身边，这才是他最大的失算。

如果他早知道这一点,裴玄静根本活不到今天。

裴玄静已经可以确定,皇帝正是用纯勾杀死了自己的亲生父亲!

《辛公平上仙》和变字后的《推背图》第三十三象,所揭露的都是这同一桩凶案。有知情人终于决定打破沉默,将皇帝的罪行披露出来。但此人的心思相当狡诈,竟将段成式、宋若昭和裴玄静这些无辜者全部搅入局中,要用他们的性命铺出一条血路。

她现在该怎么办?

7

永安公主趾高气扬地迈入门槛,可一进到屋内,她的高傲姿态就瓦解了。

裴玄静向榻上让她:"公主殿下请坐。"

"不,我就站在这儿。"永安脸色煞白地站在门边,死活不肯再向内迈一步。

她颤声问裴玄静:"你……全都知道了吗?"

最近她们彼此回避,同在玉晨观的屋檐下,却是老死不相往来的姿态。今日一早,裴玄静在廊上与永安擦肩而过时,把一个小纸团塞进她的手中。纸团上写着:"永贞真相,午时来访。"

字条送出后的几个时辰,裴玄静是在等待中度过的。她想起几年前自己初到长安时,就阴差阳错地被武元衡选定为解谜人,身负着连自己都参悟不透的重大使命,却仍一心只想着奔向昌谷,去做长吉的新娘。启程之日,叔父为自己准备了简单的嫁妆,告诉她说:去做你想做的事,将结果交给上苍。

兜兜转转到如今,裴玄静终于明白了一个道理:上苍既不像想象的那么公正,也不像想象的那么善良。上苍捉弄每一个人。

从现在开始,她将不再相信任何人,也不再屈从于上苍的安排。

即使结局早就注定。

凭借《辛公平上仙》和变字后的《推背图》第三十三象，裴玄静得出了皇帝弑父的结论。但这个结论毕竟太骇人听闻了。裴玄静反复思考后，还是觉得不能仅靠推理就给皇帝定罪。她还需要真凭实据。

证物本来就在她的手里——纯勾。但现在纯勾已经归属了聂隐娘。自从蔡州一战之后，裴玄静再也没有听到过聂隐娘的任何消息。她大概真的已经退出江湖了。如果纯勾从此随着聂隐娘消失匿迹，裴玄静倒不觉得遗憾。

纯勾是一件凶器，但对裴玄静来说，它更是爱的信物，是人生最初的也是最真的一段情感的见证。她至今想不通，是什么原因使纯勾以那么奇特的方式来到自己身边，但既然它已经离开了，那么相忘于江湖，或许才是她与它最好的道别。

换句话说，裴玄静情愿不要纯勾来做证物。

她还有证人，至少一个。

从永安公主的言行中，裴玄静敏感地觉察到她对先皇之死的内情有所知晓。永安公主对皇帝的恐惧和憎恨，绝不单单是被逼和亲所致。裴玄静还认为，永安公主肯定也知道纯勾，说不定还知道纯勾曾经辗转到长吉的手中，所以才会在听到裴玄静与长吉的婚约时那么诧异。

裴玄静决定，直接把永安公主约来。

她写下语焉不详的字条，只要永安公主的心里有鬼，就一定能读懂。

永安公主果真来了，带着惊惶至极的神色，站在门口随时准备逃跑似的。

"你都知道了？"她又问了一遍。

裴玄静缓缓地点了点头。

"你知道什么了？"公主的话中已经带了哭音，形容更显凄怆。

那终究是亲生父亲的惨死啊！

裴玄静单刀直入地问："先皇不是病逝的吧？"

永安公主倒退半步，后背重重地撞在门上。她就那么直挺挺地靠在门上，泪水从一双瞪得大大的眼睛中缓缓淌下来。

裴玄静说："公主殿下——"

"不！你别过来！"永安公主喝道，"你说，你是怎么知道的？"

裴玄静斟酌着开口："是公主……"

"你胡说！我什么都没有说！不是我说的！"永安已经在喊叫了。

"公主殿下请低声！"裴玄静不得不阻止她，"您这样会让人听见的！"

"不是我说的！不是我告诉你的！不是！"

突然，永安公主一转身便跑了出去。

玉晨观中的宫婢们眼睁睁看着，尊贵的公主殿下像个疯婆子般毫无仪态地一路狂奔而去。

永安公主离开还不到半个时辰，裴玄静就被传唤至清思殿。站在高高的御阶上，她回首望了一眼太液池。水晶盘一般的冰面上出现了数道长长的裂缝，从上向下俯瞰时，有点儿触目惊心的感觉。

迎面吹来的风已不似前些天那么寒冷了。裴玄静深深呼吸，肺腑中感到一丝微妙的暖意。又一个春天即将到来，周而复始，不可阻挡。她对自己微笑了。

这次，皇帝没有命人取走于阗大玉盘。于是清思殿中不仅比户外更寒冷，甚至比这个冬季中的任何一天都更寒冷了。裴玄静走进肃穆无声的大殿时，仿佛听见满殿的屏风和帷幕都在酷寒中簌簌发抖。她在御榻前笔直地跪下，龙涎香立即将她围绕起来。

"永安告诉朕，你都知道了。"

"永安公主？"裴玄静一愣，随即便释然了。为了给自己脱责，永安公主居然干脆向皇帝告发了裴玄静。恐惧会使人做出任何极端的事情，裴玄静一点儿都不感到意外。以永安公主的自私和怯懦，出卖谁都会毫不犹豫。

她平静地回答："是的，陛下。"

抬起头看到皇帝的脸色，裴玄静吃了一惊。他比前几天见时又憔悴了许多。在裴玄静的印象中，只有身患重病的人才会如此急剧地衰败下去。她又看见从玉盘中散出的袅袅冰雾，心还是不由得颤了一颤。辉煌如日的大明宫中，皇帝周围正在发生的事情，远比她所设想的险恶得多。

或许这就是报应吧。想到这一点，她的内心便恢复了平静。

"你都知道什么？"

"公主殿下说什么，就是什么。"

"她说你知道了永贞旧事。"皇帝的语气很奇特，并不特别恼怒，反而有些悲凉。

裴玄静垂首不语。

"你是怎么知道的？"

"是陛下让妾知道的。"

"朕？"

"是陛下给妾看的永贞实录和内传，此外便是……天意。"

直到此刻，从永安公主到皇帝的种种表现，已经完全佐证了裴玄静的判断，她对自己的推理确信无疑了。在永安公主离开之后，裴玄静就从头至尾地思考过了。皇帝迟早要召见自己，要求解释第三十三象变字的含义。如果直接把皇帝弑父的罪行揭发出来，裴玄静将断无生路。

她不怕死，甚至还有些期待。从元和十年的那个盛夏开始，才不到五年的时间里，她先失去了长吉，又失去了崔淼，最后连纯勾都失去了。两年前怂恿永安公主砸碎假玉龙子时，裴玄静已经做好了赴死的准备。但是禾娘和李弥下落不明，以及崔淼最后嘱托给她的身世之谜，才使裴玄静又在大明宫中坚持了两年。像囚徒一般活着，没有尊严没有未来更没有自由，这样的生对裴玄静毫无吸引力。

她早就受够了。

令她感到安慰的是,韩湘把李弥带走了。想想真是可笑,现在她只欠皇帝一个人的了。

何不趁此机会,将一切都做个了断呢?

没想到永安这么快就出卖了自己。不过她仍然可以抓住机会,最后再做一些事——

裴玄静想帮助段成式摆脱噩运,还想逼出崔淼的身世之谜。关于崔淼的身世,皇帝曾经派曾老太医给过她一个答案,但裴玄静根本就不信。时间太仓促,也许不能两者均达成,但哪怕做到其中之一,也可以对自己有所交代了吧。值得庆幸的是,在她和永安公主的谈话中,谁都没有直接说出那两个字:弑父!所以就还有余地可以周旋。

裴玄静拿定了主意,眼前似乎铺开一条坦途。这条路通向真相,亦通向彼岸,通向永恒不灭的信念。

裴玄静昂起头,朗声道:"陛下,天意昭示,先皇不是因病驾崩的。"

"哦,那是因为什么?"皇帝的声音也相当平稳。

"妾不知。"

"你不知?"

"妾只有对天意的解读。"

"说。"

"《推背图》第三十三象在凌烟阁中显影,其诗变了两个字。经过妾的推研,变字后的诗说明:先皇诏称崩于元和元年乙卯日,为了掩饰他的真正死因,曾经发生过迁殡这种违背祖制的事情。就像……"她一咬牙,坚决地说下去,"就像当年隋炀帝弑父篡位,同样的罪行在本朝再度发生了。"

很久很久,清思殿中都是一片静默。裴玄静好像听见冰块在于阗玉盘中融化的咝咝声,又像是血液凝结发出的声音。最后她才听清楚,那是仙人铜漏不停滴答——时间在流逝。

"你是在说,朕就是隋炀帝?"

"不!"裴玄静叩首,"这只是妄解读的天意而已。"

又是一阵令人窒息的静默,漫无止境。

突然,皇帝道:"先皇并非因病驾崩,你说得没错。"

裴玄静不由抬起头朝皇帝望去,恰好看到一抹狞笑在他的唇边悠悠荡起。

"上天的昭示嘛——上天总是对的。"他俯瞰着她,"现在朕就告诉你,先皇究竟是因何驾崩的。"

一张笺纸轻飘飘地落在裴玄静的面前。

"看吧。"他命令。

裴玄静捡起纸,只看了一眼,便觉天旋地转。

那是崔淼的笔迹,潇洒不羁,风流自信。写的应该还是一份药方,但又与皇帝已经恩赐给她的那些药方不同。那些方子都是写在宫中专用的粉笺上的,而这张方子却写在一张普普通通的黄纸上。

皇帝问:"认出来了?"

"这也是崔郎给皇太后写的方子吗?"

"不,这张方子是崔贼逃出长安之前,留在西市的一间药铺里的。"

"宋清药铺!"裴玄静惊呼。

"没错,就是宋清药铺。崔贼伏诛之后,宋清掌柜畏惧国法,将这张药方上交给了大理寺,然后又由大理寺呈给了朕。"顿了顿,皇帝问,"你不想知道,这是一张什么样的药方吗?"

"请陛下明示。"

"是毒药。"

"毒药?"

皇帝一字一句地说:"这是一种无色无嗅、不易察觉的稀有毒药。先皇就是被这种毒药害死的!"

裴玄静的头脑瞬间一片空白，但旋即又清醒过来："永贞之时，崔郎只是一个十来岁的民间少年，怎么可能毒杀先皇！此事断不足信！"

皇帝冷然道："崔贼之母曾为宫中女医，有祖传验方数种。其中之一就是这种毒药。她对先皇下毒后，害怕罪行败露，便设法从宫中逃离了。她在外生下孽种，又将药方传给了他。而他，再企图以这些验方阴潜入宫，为害皇太后。被皇太后识破后，仓皇逃走。最终被诛于裴爱卿的箭下，只能说是天理昭昭，死有余辜！"

裴玄静的眼前一片漆黑，经历过长吉和崔淼的死，她以为自己已经能够承受任何剜心之痛，不料还会这样……强咽下从喉头泛起的腥咸，裴玄静定住心神，没有瘫软晕倒，反而更加挺直了身躯。

她抬起头，重复道："我不信。"

皇帝一哂："哼，只要是朕的话你统统不信，对吗？"

"不，是陛下的话不通！"裴玄静朗声道，"首先，崔淼的母亲既为宫中女医，为什么要用祖传的秘方害死先皇？难道她就不怕事情败露吗？第二，大明宫戒备森严，一个女医怎么能够逃得出去？第三，她生下崔淼并传给他验方，那么崔淼为了保命应该远离京城隐匿身份才是，为什么千里迢迢跑来自投罗网，还企图杀害与他无冤无仇的皇太后？这种行为用丧心病狂都是无法解释的，根本就没有道理啊！最后，王皇太后明明从崔淼的验方中认出了他的身世，如果按照陛下所说，皇太后应该恨透了崔淼才是。但她却放走了崔淼，这又是为什么呢！"

皇帝凝视着裴玄静："你越来越让朕感到惊异了。你的这些问题，朕本来完全可以置之不理，但是看在你的急智和冷静上，朕倒有兴趣回答一二。"

直到现在，他的神态都很平静，平静得完全不能匹配正在说的话题。他们在谈论弑父、弑君、仇恨和迫害，但是皇帝的表情和语气中只有无边无际的厌倦。他仿佛厌倦得连气愤的劲头都提不起来了。

丹药带来的燥热，被于阗白玉大盘散发的寒气暂时压制住了。皇帝自己也能清晰地感觉到，身上的热力正在不断消失，血液流动得越来越迟缓。他最近常常会想，等到热力褪尽，血液凝冻的那一刻，生命也将弃自己而去吧。那便是摆脱尘世中的一切烦恼，飞升极乐的时刻了。

皇帝心里明白，这个过程已经无人能够阻挡，包括他自己。

他看着裴玄静，多么秀美的一张面孔啊，竟也被痛苦侵蚀得不成样子了。但她仍然不肯放弃。皇帝觉得，自己对她的最后一点耐心即将耗尽。他不是不能接受质疑甚至顶撞，即位这十几年来，皇帝虚心纳谏的名望甚至已经超过了太宗皇帝，但裴玄静对他的冒犯是完全不同的。

许多年来，皇帝心中的痛苦无法言说，任何人都不能与他分担。只有裴玄静意外地闯入了他的痛苦地界，而且离核心的伤口那么切近。她明明是在挑战他最虚弱的部分，却还要摆出一副倔强不屈的样子，仿佛她在维护的是人间正义。

必须让裴玄静也尝一尝他所经历的痛苦，她才会懂得人间正义的代价！

"那么朕就一个个来回答吧。"皇帝极其耐心地说，"首先，女医是被人指使毒害先皇的。既然有背后主谋，那个人当然用尽了威逼利诱的手段，迫使女医就范；其次，同样也是在幕后主使的安排下，女医得以潜逃出宫；第三，崔淼对其母的罪行很可能所知寥寥，说不定想要通过手上的祖传验方飞黄腾达，但当被皇太后识破以后，便起了杀心；第四，皇太后以仁爱为念，虽然认出了崔贼，却不想因母之罪株连其子，所以才暗示他离开。可是崔贼呢？反以为得计，人虽逃出京城，还将杀人毒方留在宋清药铺中。之后又跑到淮西前线，利用你的身份谋取信任，企图放走吴元济，若不是裴爱卿和李愬将军早有预料，朕在淮西打了这么多年的战事几乎功亏一篑！"长篇大论地说到这里，皇帝终于露出了愠怒的表情，但依旧控制着语调，不紧不慢地道出，"不诛崔贼，天理难容。"

他注意地观察裴玄静，期待看到她的崩溃，痛哭流涕或者哀告求饶，那样他所受的煎熬或许会有所缓解。

但他还是失望了。

在裴玄静睁得大大的双眸中，连一丝水汽都没有。她直视着皇帝，只说出了一个字："不。"

"不？"皇帝实在感到不可思议了，"什么意思？"

"陛下所说的都是谎言，妾不相信。"

"你凭什么这样断定？"

"就凭陛下所说的，和崔郎所说的截然不同。陛下是皇帝，崔郎是草民——妾宁愿相信草民！"

"你！"腹中的燥热急剧翻滚，连冰的寒气都克制不住了。皇帝不得不从御榻上站起身来。嗬，他这一生中见过的最冥顽不化的恶徒都及不上跪在阶前的这个女子。为了维护一个江湖郎中，她竟敢与天子为敌。对于这种人，光靠杀都不能令皇帝安心了。

皇帝向前连迈两步，直接站在裴玄静的跟前："说，你以为的真相究竟是什么？"

直到这一刻他还在怀疑，她真的敢说出口吗？

裴玄静扬起纸一般煞白的脸，口齿清晰地说："妾相信先皇并非病故，也不是因中毒晏驾的。所谓的幕后主使根本就不存在。先皇，是被陛下亲手杀害的！"

眼前掠过一道寒光，原来是皇帝抽出佩剑，直指她的咽喉。

裴玄静闭起眼睛。

许久，殿中只回荡着铜漏的"滴答"声。忽然"轰隆"一声巨响，御案的一角被皇帝硬生生地砍断了。他叫起来："陈弘志！"

"奴在。"黄衣内侍犹如幽灵一般从帷帘后面闪出来。

"将她截舌。"

陈弘志没听明白："大家？"

"朕命你将裴玄静截舌。"

"截舌？！"这一次陈弘志听懂了，顿时吓了个魂飞魄散，双膝一软就跪了下去，匍匐于地连头都不敢抬。

皇帝居然没有发火，又说了第三遍："裴玄静亵渎君王，朕命你将她的舌头割去。"

"陛下！"裴玄静高声道，"请陛下杀了妾吧！"

皇帝盯着她。终于坚持不住了吗？

"你想死？"

"只要陛下留着妾的性命，就算不能说话，妾还是可以写。就算不能写，妾还是可以想！"

皇帝调转目光，对陈弘志道："你还要朕说几遍？"

"是……大家。"

皇帝乏力地摆了摆手："就在偏殿办吧，利落点儿，不要弄得到处是血。"

8

刚醒来时，她以为自己已经死了。但阴曹地府怎么会有光呢？她分明看见，面前的土墙上有一片裁剪得窄窄的白色，还会像水波一般轻轻摆动。

原来是月光。

裴玄静伸出手去，轻轻地抚摸这片皎洁的月光。它的形状多么像纯勾，就连摸上去的感觉也很相似，清洌中带着某种神秘莫测的吸引力，冰冷彻骨却又使人流连。她记得聂隐娘曾经说过，纯勾不沾滴血，所以不管杀了多少人，背负多少血债，刀身上永远闪耀最清白的寒光，就如月色一般纯洁无瑕，故曰"纯"。

假如有可能，她真想亲口告诉长吉，自己是多么喜爱他赠予的这件信物。现在她已经知道了,那是一件凶器,却拥有世间最美丽而高贵的名字。长吉的诗不也如此吗?用最迤逦的词句描摹最凄惨的命运。他将丰盛的才华献给了游荡在黑夜中的鬼魂。纯勾,就是那道劈开永恒之夜的月光。

她不知自己现在被关在何处,像是一间全封闭的牢房,唯一的光亮就是那片月色,从头顶上方的一小片孔洞照进来的。那应该是一扇给犯人通气用的天窗,覆在上面的木栅缺了一长条,月光便乘隙而入了。

在这片清光之上,她看见了那几句诗——长眉凝绿几千年,清凉堪老镜中鸾。秋肌稍觉玉衣寒,空光帖妥水如天。

裴玄静微笑起来,还是长吉,用一首诗便道出了她的归宿。躺在海底,仰望着天光透过水面,不正是她现在的样子吗?她曾经困惑过,为什么长吉将自己描述为沉默千年的仙女,原来他那双诗人的慧眼早就穿透时光,跨越生死,看到了今天!啊,她是多么欢喜,终于可以像长吉所期望的那样,隔着镜花水月观看人世,从此再无一言。

忽然,土墙上的月光被什么东西遮掉了一大半。裴玄静有些着急,撑起身想回头看一看,疼痛瞬间爆发了。麻木已久的身体骤然清醒过来,从头顶到胸口再到脚尖,每一寸肌肤仿佛都被硬生生地撕裂开,满嘴咸腥难忍,她"哇"的一声呕了出来。

殷红的鲜血溅到土墙上,那片月光仿佛也跟着晃了晃。

"哎呀,把你弄脏了。"裴玄静在心里念叨着,忙抬起胳膊去擦。这才发现衣袖上满是血迹,低头看看前襟,也被污染成了黑红色的一片。

陈弘志吓破了胆,行刑时搞得一团糟。裴玄静却异常坚忍,甚至坚持到清醒地看着陈弘志将半片血肉模糊的舌头捡起来,放在金盘里送去给皇帝过目时,才晕厥过去。她不记得自己是否有过喊叫挣扎,也许吧。但当剧痛袭来时,她的心中变得清明而平静。她终于可以体会崔淼中箭时的感受了。

痛苦，再一次将她和他连接在一起。

她觉得自己求仁得仁，即使现在死去亦无悔无憾。裴玄静不明白，皇帝为什么还不杀了自己，但也并不太在意，死亡即将到来，只不过是早一天晚一天的事，没什么可着急的。她更不在乎失去舌头，她已经说完想说的话，再没别的可说了。

哦，还是有一个小小的遗憾的。最终，她仍然没能彻底查明崔淼的身世。她终究还是对不起他。但是从皇帝对崔淼再三的诋毁中，裴玄静依旧窥出了一些端倪。崔淼的身份，绝不会是皇帝一口咬定的那么卑微和低贱。裴玄静已经非常了解皇帝了，以他那么极端傲慢和自尊的性格，对于真正的卑贱者，即使让他提一个字都会觉得自贬身份，根本无法忍受。而他却对她反复提到崔淼，虽然口口声声"崔贼"，更让她看出了欲盖弥彰的虚伪。现在裴玄静愈发觉得，王皇太后认出崔淼后将他赶出长安这件事，深深地刺痛了皇帝。不管皇帝所说之事是否属实，不管崔淼的母亲是否犯下弑君大罪，事实上都与崔淼没有半点儿关系。王皇太后的做法才是为君者的仁爱与气度，皇帝却一路追杀崔淼，无非是因为其中牵扯了他自己都不敢面对的罪行。

正是这桩罪行，使崔淼成了牺牲品，但他是无辜的。虽然崔淼的冤屈将不可能被伸张，至少裴玄静可以为了他，当面驳斥皇帝的谎言。为此她宁愿失去舌头，乃至生命。

裴玄静已经感觉不到疼痛了，整个身体仿佛都不再属于自己。她仰面躺在地上，也不觉得寒冷。冬天就快要过去了吧？

"唉——"一声长长的叹息，在她的近旁响起。

微光亮起，有人点燃了一盏小油灯。

牢里还有别人？裴玄静不由自主地往墙边挪了挪，咬牙支撑着靠墙坐起来。

油灯的光，照出一张陌生男人的面孔。脸上没有胡须，却遍布与年龄无关的衰朽，双眸死气沉沉，显得格外苍老。

"不要害怕。"他对裴玄静说。是阉人的嗓音，不过，没有阉人的气味。他身上的衣袍也是裴玄静从没见过的样式。

"别怕，我不会伤害你的。"他又温和地重复了一遍，"我在这里等了一会儿了，就等你醒来，说几句话便走。哦，我的名字叫李忠言。"

李忠言？裴玄静没有听说过这个人。

"我是丰陵的陵台令。"

丰陵！她好像突然明白了什么。但是，陵台令可以离开山陵吗？裴玄静听说过，为皇家守陵者终生不得离开陵园，出陵园一步即是死罪。

李忠言也在端详裴玄静，尽管唇边结着大块血疤，嘴也肿胀得不成样子，整张脸算得上惨无人形，但仍然能看出原先的秀美，还有眉宇间的聪慧和倔强，都令他心有戚戚。

这么多年来，李忠言第一次从心底里感到了踏实。他预感到，自己所谋划的一切终将走向既定的结局。为此，他已经等待了太久，久到把生命完全耗尽了。

现在，所有的棋子都摆到了最合适的位置。今天，他只要完成最后一步，就可以彻底放手了。日升月落，春华秋实。他在丰陵中悟出这么一个道理：世间万物皆有灵，只要让它们各就其位，事情便会自然而然地运转下去。到时候，任何人力都阻挡不了。

他向裴玄静点了点头："裴炼师的事情，我都听说了，更对裴炼师的勇气钦佩不已。有些往事，我亦略知一二，但恕不能透露。我只有一句话可以对炼师说——你没有错。"

她以为自己已经身经百战了，在最绝望和最痛苦的时候都不曾流过一滴泪，可是她万万没想到，在听到这个初次见面的宦官说出这句话时，自己的眼眶竟然一下就湿润了。隔着模糊的水雾，裴玄静看着李忠言的脸。不需要再多的言语，她仿佛已经能够与他心意相通。为先皇守陵的，一定曾是先皇身边最亲近的人。对于先皇的死因，他的话比任何人都更可信。尤其她还从他的声音中，听出了无法用言语形容的深切的悲哀。

所以，她并不是孤独一人。她所坚持的真相，还有别人也在坚持。尽管在对手面前，他们的声音弱小得几乎没有人会听见。但是她知道，他知道，就足够了！

"我还有一句话，想说给裴炼师听。"顿了顿，李忠言又道，"我想请裴炼师务求生，莫求死。"

裴玄静一震。

李忠言惨然而笑："像裴炼师这样的人，应该活下去，活下去就有希望。死，还是让给我吧。"

裴玄静想开口问为什么，旋即才意识到，自己什么话都不能说了。

"多谢裴炼师了。"李忠言说罢，俯下身向裴玄静行了一个大礼，便起身离去了。

李忠言走出囚室时，恰逢一阵夜风卷起旌旗，在头顶上扑棱棱地响。漫天乌云被吹散了一角，明月再现身姿，将皎洁的清光洒了一地。列队守候在外的神策军也可以看得清清楚楚了。

吐突承璀迎上前来。李忠言与他相视一笑，两人的脸上都露出如释重负的表情。

"看见了？"吐突承璀问。

李忠言点了点头。

"怎样？"

"不错。"

"只是……不错？"

李忠言略显无奈地回答："你我心里有数就行了，何必说出口呢。"

"就是嘛！"吐突承璀眉飞色舞起来，"我告诉你啊，第一次在裴度府上见到她，我很是吃了一惊呢。"

李忠言只是"哼"了一声。

"我不敢对圣上明说，就拐弯抹角地提了提。谁知道，圣上还真上心了。"

"你不就希望这样吗？"

吐突承璀只当听不懂李忠言的嘲讽，继续兴致勃勃地道："圣上是在贾昌的院子里第一次召见她的。见过之后，圣上就下令把那院子给拆了，还让我把东墙上的字拓给你。记得吗？"

李忠言自然懂得他话中的含义，却有样学样，对吐突承璀的暗示置之不理，反问："现在将她关在这个地方，也是同样的原因？"

"这个嘛……"吐突承璀犹豫了一下，叹道，"谁叫她非要和圣上作对呢？其实圣上对她已经够容忍的啦。这次她说了那么十恶不赦的话，圣上都没舍得杀她。"

"十恶不赦的话？"李忠言举头眺望东方，黑漆漆的天边只有一颗金星闪耀着。少顷，他方淡淡地说："那话你我难道没有说过？只不过是在心里说罢了。"

"我可绝对没有啊！"吐突承璀顿时急得青筋直暴。

李忠言好笑地问："也没么想过？"

"当然没有！你们都不了解圣上，可是我相信他！他绝对不会做出那种事！"

李忠言沉默。

吐突承璀对李忠言道："行了，想看的都让你看了。现在该说了吧。"

李忠言不慌不忙地说："不忙。我们这就回丰陵吗？"

"你还想去哪儿？"

"中间能不能在东宫停一下？我想最后再去看一眼。"

吐突承璀沉吟："倒是顺路。不过……"终是面色一寒，"我看还是算了吧。天这么黑，就算到了东宫外头，也看不见什么的。"

他示意军卒，将一辆马车赶过来。

"该上路了。你我一起，咱们边走边说？"

"好啊。"李忠言微笑，"到丰陵时天就大亮了。"

车轮"咕噜噜"地转起来。皇宫中的甬道修得比任何地方都平坦,马车行进得格外平稳。李忠言掀起车帘向后望去,皎洁的月光下,那座孤零零的祭天台通体雪白,仿佛玉石雕琢而成。在它最初建成的时候,没有人会想到它将成为一座牢房。更没有人会想到,有朝一日它会收藏起一切秘密的根源。

"别看啦。"吐突承璀说,"马上就进夹道了。"

李忠言放下车帘。

贴着皇宫外墙修筑的夹道,以太极宫的西端为起点,一路向东,沿大明宫的南侧直抵长安城的东墙,再从那里向南经过兴庆宫,然后跨越整个长安城,一直抵达最南端的芙蓉园。穿过芙蓉园,就是乐游原了。

李忠言神往地想,从乐游原下经过时,但愿能够听到青龙寺的钟声。如此,他这一趟也就圆满了,他这一生也就圆满了。

车帘外突然变亮了,随着马车行进渐渐暗下去,然后又亮起来,周而复始。李忠言对此再熟悉不过——夹道两侧的砖墙上每隔一丈,便有一盏长明灯,不分白天黑夜地点着。所以夜间在夹道中行进时,就有这种时明时暗的效果。

吐突承璀坐在对面盯着他:"说吧。"

"我就是辛公平。"

"你?"吐突承璀并不显得惊讶。

"是我。《辛公平上仙》这整件事都是我干的。"

"就你一个人吗?"吐突承璀夸张地扬起眉毛,"不可能吧。"

"倒是还有一位帮着联络。"

"是谁?"

李忠言问:"你还记得李谅吗?"

"李谅?是不是那个彭州县令李谅?"吐突承璀的脸色一变,"他不是在罗……哦,在永贞元年的谋反案中被处死了吗?"

李忠言道:"他有个兄弟还活着,后来设法找到了我,说是想为兄长报仇。我便让他帮我实施辛公平之计。我告诉他，当年武元衡任御史中丞时，李谅的罪名就是武元衡拍板定案的，所以报仇应该针对武家。"

吐突承璀惊叹："你好……歹毒啊。"

李忠言一笑："怎么？难道你希望我说出陷害罗令则和李谅的真正元凶？"

吐突承璀阴沉着脸不吭声了。

少顷，李忠言道："总之，他一口就答应了。"

"他是自己去丰陵找你的？"

李忠言点了点头。

"好啊！还真把皇家陵园重地当成西市了，想进就进？"吐突承璀勃然大怒，"那帮饭桶，看我不狠狠地收拾他们！"

李忠言劝道："百密尚有一疏。你呀，就别为难把守陵园的神策军了，长年累月待在那种地方，是个人都会变得麻木的。况且，陵园里的人绝对出不去，这一点守军们看得还是很紧。但偌大一个丰陵中，尚有几百号活人，总需要运送粮食蔬果进去，故而对进园的人有时盘查得并不太严格。"又笑了笑，"至少我是绝对不能跨出陵园一步的。对此，吐突将军大可放心。"

"不对啊！"吐突承璀皱眉道，"我听段成式那小子供称，他是在骊山上见到辛公平的，你人既然出不得丰陵，又如何能去骊山？"说着，不禁上下打量李忠言，"你究竟捣的什么鬼？莫非学会了分身术？"

李忠言大笑起来："我要是有那个本事就好咯。哪有那么玄乎，其实说穿了，就是一点儿障眼法加迷魂阵而已。"

"障眼法加迷魂阵？"

"很简单。我之所以约段成式在骊山行猎的时候与他见面，就是为了避开长安城的宵禁。当时他被蒙上头，由马车一路载着去往的正是丰陵。"一边说，李忠言一边从怀里掏出了一把假胡子，往下颌处比了比,冲着吐突承璀微笑。

"哈哈,对啊!"吐突承璀猛拍大腿,"我明白了!从骊山去丰陵反而比从长安去更近,一个晚上足够来回。而且都是在夜间的深山里行路,凭耳朵听不出任何区别。段成式会以为,马车带着自己在骊山里兜圈子,实际上都跑那么远了。"他看着李忠言,"可你费这么大劲却又为何?随便派个人给他讲《辛公平上仙》的故事不也一样吗,干吗非得你自己讲给段成式听,这也太冒险了吧?"

"任何人都讲不出我的感受来。"李忠言正色道,"在我的心中,《辛公平上仙》里所发生的一切,都是真实的。"

"你——唉!"吐突承璀长叹一声。

"况且,我也想亲眼见一见段成式。"

"见他?为何?"

"当你想害一个人的时候,至少得先看他一眼吧。"

吐突承璀感触良多地说:"那个段成式嘛,不过就是个少年人。"

"是啊,一个聪明、正直、前途无量的少年人。"李忠言微笑着说,"是个好孩子,所以吐突将军就别再为难他了。我还想拜托吐突将军去恳请圣上,就说段成式只是落入了我的圈套,无辜受到陷害。圣上对武元衡的感情那么深,段文昌又是现今朝廷中的股肱之臣,放过段成式乃皆大欢喜的好事,何况,那孩子本来就没有罪。我原本光想着要翁债孙还,如今想来,还是太过分了。"

"这就心软了?"吐突承璀怪里怪气地问。

"人之将死,其言也善嘛。都到了此刻,我不想多作孽了。"

"哼,当初却为何挑中他下手?"

"一则,这孩子喜欢志怪传说,用鬼故事引诱他,很容易就上当了。二则,几年前我布局离间圣上和武元衡,本来进展得很顺利。哪知道藩镇横插一脚,抢先砍掉了那厮的头颅!我总觉得让他死得太便宜了!"说到这里,李忠言突然满面狰狞,足见恨意之深。

"你……就那么恨武元衡?"连吐突承璀也有点儿惊到了。

"当然恨！恨透了！"李忠言咬牙切齿地说，"永贞之时，柳宗元和刘禹锡先后去请他帮忙，他不答应。先皇让我去对他说，他还是不答应！当时韩愈等人都在看武元衡的动向，如果他肯站出来，先皇何至于那么快就被迫退位，'二王八司马'也不至于落到最终的惨况！所以在我的心中，武元衡堪称罪魁祸首！"

"唉，你这么说就太偏激了嘛。我虽极厌恶武元衡的为人，还要替他说两句。"吐突承璀道，"先皇登基之时已是风中残烛，偏偏'二王八司马'还肆意胡为，非要推行他们那套所谓的变革措施，把朝中的老臣几乎得罪光了。在当时的情势之下，武元衡选择敬而远之，也是情有可原的啊。"

"情有可原？那会儿先皇还在位呢！他这么做，根本是对君主的背叛！"

吐突承璀正色道："武元衡选择的是向当时的太子、如今的圣上效忠。事实证明，他的选择是真正明智的。你必须承认，如果任由'二王八司马'那班人折腾下去的话，朝堂只会越来越乱，人心更将纷杂，对大唐有百弊而无一利。其实到后来，先皇自己也认识到了这一点。否则，怎会那么快就决定禅位呢？"

李忠言脸色铁青地沉默着。

吐突承璀又道："圣上即位以来，殚精竭虑、呕心沥血，花了整整十四年的时间，终将天下强藩悉数剿灭，如今只剩下一个平卢李师道还在苟延残喘，被灭是早晚的事。圣上一直对我说，削藩成功之后，他就要着手完成另外一个心愿，在边境上平定吐蕃，进而收复河朔失地，把大唐失去的陇右疆域重新夺回来！"他注视着李忠言，一字一顿地说，"先皇想做却没有能力做、来不及做的事情，正在圣上的手中一点儿一点儿变成现实。我相信，先皇的在天之灵亦会感到慰藉。而你，为什么非要执着在当年的恩怨中呢？"

良久，李忠言回答："你知道我在执着什么，你也知道圣上在执着什么。"

9

马车正行进到一段阴暗处,吐突承璀的脸在黑暗中显得格外苍白。他问:"你方才提到几年前曾设计离间圣上和武元衡,指的是什么?"

"真兰亭现。"

"真兰亭现?"吐突承璀难以置信地瞪着李忠言,"连那首离合诗也与你有关?哎哟,不会是你自己作的吧!"

"怎么可能?"李忠言笑道,"我要是有那点儿才学,早就当上枢密使啦。我告诉你吧,其实那首诗是拼出来的。"

"拼出来的?"

"你还记不记得,当年咱们在东宫的时候,先皇以太子身份常常召集各色文人墨客,乃至僧道等江湖异士,在一起做一些品诗论画、谈禅论玄的风雅之事。有一阵子,先皇对离合诗特别感兴趣,那些人就争着作离合诗展才,还相互比赛,热闹了好长一段时间。离合诗本属游戏之作,大家作完乐完后就扔到一边去了,渐渐地兴致没了,便再无人提起。我呢,倒是打心眼里羡慕他们的聪明才华,悄悄地把这些诗都抄录了下来,自己也想学着作,可是最终连半首都没凑出来。后来我到了丰陵,每天闲来无事,脑子里又总是转悠着东宫的旧时光,便把这些个离合诗又翻了出来,常常读读再练练,只为了消磨时间。"

"只是消磨时间?"

"起初确实如此,但渐渐地在我的心中形成了一个想法。因为我偶然在那堆离合诗里,发现了'兰'和'亭'这两个字。"顿了顿,李忠言问吐突承璀,"你可知道,这两个字的离合诗是出自谁人手笔吗?"

"谁？"

"斓妘洛水梦，徒留七步文。蓬蒿密无间，鲲鹏不相逢。这四句诗离合出一个'兰（蘭）'字，它的作者正是武元衡。"

"武元衡？"吐突承璀大吃一惊，"竟然是他？"

李忠言讥讽道："何必大惊小怪？你又不是不知道，武元衡当年也曾在东宫走动过，虽然不及柳宗元与刘禹锡他们几个与先皇的关系亲密，但也绝对不像他后来所表现出的那样，与东宫之间泾渭分明，界限划得那么清楚。所以我恨他，尤其是在这一点！不知你听说过没有，后来权德舆曾经发起过一次离合诗会，武元衡刻意不参与，显得格外清高。在我看来，实在是欲盖弥彰得可耻！"

吐突承璀直听得眉飞色舞，嘴里却道："你如此诋毁武相，不厚道！"

"随你怎么说吧。"李忠言道，"我记得武元衡当时作完此诗，还提到他最爱曹子建的《洛神赋》，故而把这个典故写入诗中。不信你再去问问段成式，他的外公是不是特别推崇曹植的诗赋。"

吐突承璀点头，又问："那么'亭'字呢？又是何人所作？"

李忠言沉默了很久，吐突承璀快等得不耐烦了，才听他用无限惆怅的语气说："亮瑾分二主，不效仲谋儿。仃伶金楼子，江陵只一人。'亭'字的这四句离合诗，乃出自先皇亲笔。"

吐突承璀惊得张大了嘴巴。

李忠言说："你不觉得吗？'真兰亭现'十六句离合诗中，唯有'亭'字这四句最具帝王之气。尤其是'仃伶金楼子，江陵只一人'，直指当年萧绎为了夺取皇位而剪除手足兄弟，最后落得孤家寡人，江陵城破后自己也被杀的惨痛后果……先皇作此四句诗，何尝不是在借古讽今，感叹李唐皇家中亲情沦丧，父子兄弟之间自相残杀！"

"哎哟！"吐突承璀忙不迭地去捂李忠言的嘴，"求求你别再乱说了！"

李忠言将他的手打落："你放开！我都是要死的人了，你就让我说个痛快吧。总之没有旁人能听见就是了，你怕什么！"

吐突承璀喘着粗气道："那……另外两个字的离合诗又是打哪儿来的？"

"'真'字的四句：克段弟怼休，颍谏孝归兄。惧恐流言日，谁解周公心。则是白居易写的。他曾作过的《放言五首》，其三中有句曰：'周公恐惧流言日'，用的是同样的典故。"

"最后一个'现'字呢？"

"觐呈盛德颂，豫章金堇堇。琳琅太尉府，昆玉满竹林。又是金又是玉的，足见闺阁之风，乃出自女子手笔。"李忠言冷笑着问，"在大明宫中，除了咱们的女尚书宋若华，还有哪位闺阁能作出如此佳句呢？"

"宋若华啊！"吐突承璀惊讶得无以言表。

少顷，李忠言道："其实我抄下来的离合诗远远不止这几句，但恰恰是这十六句，组成了'真兰亭现'四字。当我在丰陵拼出'真兰亭现'后，心中便形成了一个计划，专用来对付武元衡！"

"你当真那么恨他？"

"当然，原因我方才已经讲过了。元和一朝，武元衡简直就是踩着永贞的尸骸上位的。不可否认，他在削藩一事上功不可没。可是元和十年时，圣上欲召回柳宗元和刘禹锡等人，明明有重新启用他们的意思，却被武元衡阻挠，又都落了空。我知道武元衡在怕什么。他就是不愿意永贞旧人重新站在朝堂之上，站在他的对面。因为到那时，过去的恩恩怨怨就会被重新翻出来，他武元衡一手遮天的风光日子也就到头了！"

李忠言的话字字诛心，吐突承璀不禁长声喟叹。其实武元衡活着时，吐突承璀同样对其怨恨不已，因为武元衡占去了皇帝太多的信任，也因为他想方设法阻止宦官攫取更多的权力，首当其冲最受伤的就是吐突承璀。然而吐突承璀也不得不承认，武元衡所做的一切绝非出自私心。平心而论，武元衡的确是最忠实于皇帝的臣子。

大唐悬疑录 4：大明宫密码 205

所以对于李忠言的刻骨仇恨，就连吐突承璀亦无法苟同，当然，现在已无必要就此争论了。

吐突承璀思忖着问："我还是想不通，何以一首离合诗就能离间武元衡和圣上的关系呢？"

李忠言得意地说："我设法将离合诗送到了皇帝的案头。"

"是哪一个帮你做的？"吐突承璀又露出一脸凶相来。

李忠言不慌不忙地回答："魏德才。"

"魏……"吐突承璀不能相信李忠言的话。栽赃到一个死人头上，还是一个臭名昭著的死人，再容易不过了。但是……他狐疑地打量着李忠言，考虑了一下，决定暂时不追究这些细节了。不管李忠言安插在皇帝身边的人究竟是谁，今天过后，有得是时间和机会收拾他们。目前李忠言谈兴正浓，务必要让他不停顿地说下去，说得越多越好。

于是吐突承璀问："你认为圣上看到离合诗会怎么做？"

"他会非常担心。圣上未必能立刻解出'真兰亭现'这四个字来，但一定能看出此诗别有深意，代表着有人在暗处觊觎什么。所以，圣上定会找最信任的饱学之士来帮忙。"

"于是圣上便……找了武元衡？"

李忠言微微一笑："我认为圣上有两个人选，其一是武元衡，其二就是宋若华。"

吐突承璀恍然大悟："有道理！因此你特意选择了他们二人的诗句放在其中？"

"因缘际会而已。"李忠言道，"只能说在若干年前的东宫诗会中，就已经埋下了后事的种子。按照我的盘算，不管圣上找了武元衡还是宋若华，此二人见到这首离合诗后定会惊惧万分。因为首先，这里面有当年他们在东宫与永贞党人唱和的证据。尽管元和以来，他们二人都竭尽所能与那段往事切割，然一旦旧事重提，圣上再怎么信任他们，心里也会相当不舒服，从而生出嫌隙。其次，以他们二人的才学，应能立刻离合出'真兰亭现'四字，但对于这四个字背后的含义，却又肯定疑虑重重。所以他们只能向圣上撒谎，声称自己一时无法破解此诗，请求圣上将这个谜题全权交给他们去办，从而争取主动，便于攻守。"

吐突承璀直摇头："真没想到，你这家伙居然盘算得这么深了！"

"我在丰陵成天无所事事，还不是盘算这些。"

"好好。"吐突承璀问，"你要报复的人是武元衡，为什么还要扯上宋若华呢？"

"算她倒霉，写了'现'字的离合诗，正好能用得上。不过，宋若华本来也不是什么好人。永贞期间，她也曾在暗中支持禅位。当年德宗皇帝将她召入宫中，先皇对其避之唯恐不及，故而宋若华怀恨在心，挑了先皇最艰难的时候落井下石。"

吐突承璀无语。他算是看明白了，在李忠言的眼中，所有在永贞期间不愿和摇摇欲坠的先皇绑在一起坠入深渊的人都是叛臣逆子，都该千刀万剐。

他长叹一声："都让你料准了，圣上果然找了武元衡。武元衡也确实如你所想的，请求圣上把此事全权交由他来办。"

"天助我也，没过多久藩镇居然用一只金缕瓶去行贿武元衡，而武元衡为'真兰亭现'所困，正在揣摩《兰亭序》里藏着的秘密，就赶紧把金缕瓶收下了，还对圣上隐匿不报。如此一来，就算圣上原来没有多想，这下也对武元衡起了疑心。"

"等等！"吐突承璀皱起眉头，"你的意思是说，没有武元衡帮忙，圣上自己便离合出了'真兰亭现'四字？"

"当然。圣上参加过东宫的诗会，也玩过离合诗，所以我想他只要稍微花一些心思，肯定能解得开。而一旦解开，他就会立即联想到太宗皇帝伪造《兰亭序》的秘密。对于圣上来说，《兰亭序》的秘密牵扯立储之事，又隐含皇家的人伦悲剧，正是他最大的心病。而武元衡藏下金缕瓶，且对离合诗的含义隐而不报，你觉得，圣上会对他有什么看法?"

吐突承璀问:"难道圣上早就知道太宗皇帝伪造《兰亭序》的秘密?"

"是王叔文和王伾二人率先查得了这个秘密,所以先皇很早就知道了,但严令他们秘而不宣。只是后来在先皇打算立太子时,王叔文和王伾担心从此失去权力,就祭出这个秘密,企图以此来阻止先皇立当今圣上为太子。"

"没错。"吐突承璀点头道,"圣上对二王恨之入骨,就是因为他们曾经力阻先皇册封圣上为太子。"

"是的,也正因此先皇才痛下决心,仅仅在位六个月就将皇位禅让给了圣上。因为他知道,再任由二王那么闹下去,势必对朝局造成致命的打击。而他自己的病势一天比一天沉重,已经没有能力控制他们了。"顿了顿,李忠言摇头道,"扯远了,这些事情你都很清楚,无须我赘言了,还是说回离合诗吧。"

"我明白了!你把离合诗送到圣上案头时,正值圣上为重新册立太子而烦恼。《兰亭序》的秘密将引出'立嫡以长'之说,很容易被人加以利用。所以武元衡在此事中的态度大可斟酌。"吐突承璀看着李忠言,竖起大拇指,"时机选得妙啊!"

"可是,武元衡到底在想什么呢?"吐突承璀又纳闷起来。武元衡对皇帝的忠心不容置疑,再加上清高的个性,从不对太子之事妄加评论,所以连吐突承璀都不相信他会与郭念云一派相勾结。以武元衡的睿智和他对皇帝的了解,应该很快就能醒悟到,此事将对自己造成威胁。要想维持皇帝对自己的信任,最简单的办法就是把一切对皇帝和盘托出,才能显得光明磊落,心不藏奸。他有什么必要将"真兰亭现"和金缕瓶都藏匿起来呢?后来甚至还把一个纯粹的外人裴玄静卷进来,以至于连皇帝都不得不亲自出马收拾场面——武元衡究竟所为何来?

"我认为,武元衡是想借机查出先皇的死因。"李忠言肃然道,

"他从'真兰亭现'离合诗中嗅出了不一样的味道,故而产生了一些可怕的联想。"

吐突承璀瞠目结舌:"不不不!武元衡绝对不会有那种忤逆的念头……"

李忠言反问:"那他为何专程来丰陵探听我的口风?"

"武元衡来过丰陵?什么时候?"

"就在他收受了金缕瓶之后不久。"

"哦?他对你说什么了?"

"总之是与先皇驾崩有关的话,你还要我再说下去吗?"

"……算、算了!"

李忠言冷笑:"武元衡还是挺厉害的,竟推断出了离合诗与丰陵、与我有关。可惜现在已经死无对证了。哼,遇刺算便宜了他,否则倒真有一场好戏可看!"

"他得了什么便宜,头颅至今没有找到呢。"

"所以说啊,位极人臣又怎样,到头来连个全尸都没有。"李忠言用悲喜交加的语气道,"至少在这一点上,我肯定会强过武元衡。"他的目光停留在吐突承璀青白相间的脸上,微微一笑,"你也要早作打算。"

吐突承璀色厉内荏地说:"我?我怎么了?"

李忠言但笑不语。

马车停下来,有人在车外说话:"将军,丰陵到了。"

两人都坐着没动,只是静静地看着日光透过车帘照进车内,在内壁上画出闪烁不定的线条。车外传来晨鸟啾啾,说明严冬正在远去。

良久,吐突承璀方道:"还有一件事,眉娘在福州等的人……"

"你应该猜得到吧。圣上肯定也能猜到。"

"可是……"

李忠言直视前方的车壁,目光却无比悠远。他是在凝望一段往事,一段刻骨铭心的记忆。

"永贞元年冬,倭国遣唐僧沙门空海求得先皇敕书一封,允其提前结束遣唐使命,返回倭国。先皇赐沙门空海主船一艘、副船两艘及所有船员装备。这些船只满载着二百多部佛经及阿阇梨附属物,送沙门空海返回倭国。"顿了顿,李忠言道,"不过你我都知道,船上还有唐人。"

"我知道。"吐突承璀承认,"但那个唐人并没有登船,却由明州港掉头西行了。"

"因为他想回长安,而你们自然不会让他回来。"

吐突承璀叹道:"他那是回来找死啊!本来圣上都打算放过他了。你想啊,如果他真到了倭国,难道还派人渡海追杀过去不成?"

李忠言平静地说:"先皇一心指望他能平安抵达倭国,可又担心他待不了多久就想回来,所以才嘱咐眉娘在自己驾崩之后,请求出宫返乡,专程到福州去等待倭国来船。先皇准备了一封手书给眉娘,如果在十年内见到他回来,就把手书交给他。"

"信里写了什么?"

"我怎么知道。先皇并没有给我看过。不过我猜想,应该是一些指点吧,关于回到大唐以后该怎么做。"

"做什么?谋反吗?"

"谋反?谋反的罪名不是已经被你们安上了吗?人也被活活杖毙了。先皇千算万算,唯独没有算到,他根本就未曾登船,而是死在了大唐!"李忠言直视着吐突承璀,一字一顿地道,"我告诉你们,从来就没有任何阴谋。皇帝根本无须惧怕,却偏偏怕得要死。只因他怕的不是阴谋,而是——他自己的良心!"

吐突承璀激灵灵打了一个冷战。

"好了。"李忠言轻轻拍了拍自己的双膝,"我所知道的都说完了,也该上路了。"他露出满足的微笑,"我等这一天已经等得太久,实在是迫不及待了。"

"等等。"吐突承璀拦道,"最后一个问题,那个李谅的兄弟现在何处？"

"我不知道他现在哪里，你也不必再多花力气去找他。此人身上带着十几年前的旧伤，本就是苟延残喘，活一日算一日罢了。我估摸着，很可能他现在已经死了。就算不死，无非再多挨几日，你放过他，就当给自己积点儿阴德吧。"

见吐突承璀仍然满脸怒容，李忠言忽道："我听说，圣上这段时间越发离不开柳国师的仙丹了？"

吐突承璀一愣。

李忠言微微欺身向前，道："我就是辛公平，我已经看到了圣上上仙之日。只是我想问——当阴兵闯入大明宫的那一天，吐突将军该如何自处呢？"

吐突承璀将牙齿咬得"咯咯"作响。

李忠言向他靠得更近一些，声音压得低低的："好歹你我也算几十年的交情了，今日我便给你最后一句忠告：如若不想让永贞的惨况在自己的身上重演，就必须在未来的新君那里早作打算。你当初力挺澧王上位，少阳院里的太子和长生院里的郭贵妃都已将你视为眼中钉。一旦他们得势，你想想自己会落得什么下场吧！圣上保得了你一日，保不了你一辈子！我言尽于此，吐突将军好自为之吧！"

当李忠言的背影消失在狭窄的墓道深处时，吐突承璀下令："封门。"

神策军推着小车，轮番把混合着水银的泥浆灌进墓道，直至墓道中已经没有任何空隙，才合力将沉重的石门关拢。

吐突承璀呆呆地注视着严丝合缝的墓门。很久很久，他的眼前仍然晃动着李忠言的笑脸。在他的记忆里，李忠言从来没有笑得这么舒心过。

第四章
龙涎香

1

为了隐蔽行藏，韩湘带着李弥专挑冷僻小道，花了比平常多一倍的时间才抵达北都太原。太原又名并州，是高祖李渊的发迹之地，同时也是大唐面向广大北方的屏障要塞，其战略意义不言而喻。目前担任北都留守的，正是皇帝最信任的宰相裴度。

既然是北都，地理位置比长安要往北不少。北方的时令似乎总比南方快上半步。当韩湘来到太原城附近时，已经能够见到枯枝中萌发的新芽，早春的气息侵入肺腑，让他生出一种恍若隔世的感觉。

太原城中井然有序，虽不如长安恢宏壮丽，也比不上洛阳旖旎繁华，但街上行人的神态看起来更沉着也更安逸些。

长安的人和事，仿佛已经十分遥远了。

韩湘来到北都留守府求见裴度，没多久即被引入二堂。对于韩湘来说，裴度本是熟稔的长辈，今日一见更是百感交集，抢前几步拜倒行礼，眼眶一下子就红了。

他没有半点儿隐瞒，便将自己从蓝关山道上受叔公韩愈之命，回到长安后遇到种种事端，一五一十地对裴度讲起来。

裴度听得很专注，只有当谈及李谅的时候，才第一次打断韩湘。

"李谅,字复言?"裴度沉吟道,"我记得这个人。当年他受到罗令则谋反一案的牵连被杖毙。恰好他的夫人正怀有身孕,受到刺激后难产而死,可谓家破人亡了。"

"竟然是这样……"

裴度叹息一声:"更令人痛心的是,不久后便有证据表明,李谅的罪名完全是被捏造出来的,也就是说,他是蒙冤而死的。"

韩湘喃喃自问:"难道我真的杀了一个冤魂?"

"怎么可能?人是不能死第二次的。"裴度慈爱地看着韩湘,"我倒想起来了,李谅似乎还有一个兄弟。"

"兄弟?"

"是的,也同李谅一起被抓,遭到严刑逼供要他指认其兄谋反,他宁死不从,受刑讯而亡了。"

韩湘怒火中烧,一拳砸到案上:"天理何在?王法何在?"

裴度平静地说:"据老夫所知,天理和王法并非一直都在,但是,它们终究都会在。"

韩湘愣住了。

少顷,裴度又道:"我听你的描述,这个自称李复言的人身有痼疾,却不肯延医治疗,还声称有冤屈。所以我在想,此人会不会正是李谅的那个兄弟?"

"可他不是已经死了吗?"

"李谅是明正典刑的。他的兄弟只是证人,被刑讯逼供之后,我估计尸体就被随意丢弃在野外了事,未经仔细查验。说不定他的命大,又活了过来。"

"这么看来……"韩湘越想越有道理,"倒是很有可能!他死里逃生,蛰伏多年后来到长安,就是为了报当年之仇!"转念又一想,"可是他要报仇,怎么报到段成式和我的头上了?"

"因为李谅案当时的御史中丞,即案件的主审官员正是武相公。"

"什么!"韩湘惊道,"我不信武相公会做出那等伤天害理的事来！"

"他没有做。"裴度的语气有些奇怪，"当时真正办理案件的人是吐突承璀。"

韩湘目瞪口呆。

"实际上，事后为李谅平反的才是武相公。"

韩湘明白了。本应负责案件的御史中丞武元衡靠边站，吐突承璀却越俎代庖，草菅人命，而武元衡只能在事后略作补救。此案背后操纵者的身份不言而喻了。"李复言"却只知向当年的主审官员复仇，想必叔公也是因为和武元衡的密切关系，被一并当成了复仇对象。

是"李复言"错了吗？韩湘悲哀地想，不，他没有错。即使武元衡和韩愈并未实际介入此案，但他们不也是袖手旁观，冷漠地看着好好的一个官员和他的家人被活生生地逼死了吗？而"李复言"明明已将自己装入彀中，却在最后关头以死相逼，意欲使自己免遭吐突承璀的毒手。相形之下，他的行为要高尚得多，也宽宏大量得多。

韩湘的心刺痛难忍。只因自己无意中给予的友善，"李复言"便放弃了复仇，而自己却亲手杀死了他。

韩湘好不容易才控制住自己，没有当着裴度的面落下泪来。

过了好一会儿，韩湘才能继续往下讲。裴度再没打断过他。官衙的钟敲午时，韩湘正好说完了最后一句话。裴度立即便问："李弥在哪里？"

仆人把李弥带上堂来。如今他的样子已十分整齐，只有眼神依旧呆滞得吓人，对裴度慈爱的问话也没有丝毫反应。

韩湘说："他什么人都不认得，也完全不会讲话了。"

裴度长叹一声，目光落到李弥的手上。早已变形的金簪从握紧的拳头中探出来，指缝间滑落几缕丝线，很难分辨出原先的颜色了。

裴度曾听裴玄静讲述过这支金簪背后的故事。他知道，这是一位父亲对女儿充满歉疚的爱。他更知道，这位父亲正是为了救自己流尽了最后一滴血,永远失去了和女儿团聚的机会。而自己,却从未替那个可怜的女孩做过任何事,任由她被残酷的命运吞噬。这支金簪中凝结着女孩的结局,将永不为人所知。很可能眼前这个痴呆的少年是知道的,但少年拒绝把那一切说出来,为了替女孩维护最后的尊严,他决定从此不再对这个世界说一个字。

裴度不由得闭了闭眼睛。作为一位帝国的宰相,他深知"家国天下"这四个字本就意味着牺牲,再多的鲜血也不会令他的信念有丝毫动摇。可是今天,他仍然感到了剧烈的心痛——

这样真的对吗?

也许,裴玄静的话是有道理的。真相就是真相,不该因为任何观念而改变。没有真相,就没有正义,更没有救赎。

裴度吩咐仆人为李弥准备住处,好生照顾他,又对韩湘道:"你也累了,就在留守府里住下吧,好好休息。"

"是。"韩湘答应着,又问,"京城那边的事情怎么办?"

"京城的什么事?"

韩湘让裴度给弄糊涂了:"好多事啊!段成式怎么洗脱冤情,《辛公平上仙》的幕后策划者到底想干什么,他们的阴谋是否会危害到圣上,所有这些事情都关系重大,必须立即采取行动啊!"

"采取行动?"裴度叹道,"只怕鞭长莫及啊。"

"啊?"

裴度轻轻地拍了拍韩湘的肩膀:"听老夫的话,少安毋躁。我想,长安那边很快就会有消息传来了。"

韩湘度日如年地熬过了三天。第四天的傍晚时分,终于等到了裴度的召唤。

刚一踏进裴度的书房,韩湘就被裴度的面色吓着了。

他不由自主地厉声问:"裴相公,出什么事了?"

裴度指着书案:"长安来函,你读一读吧。"

将书信匆匆扫过一遍,韩湘几乎不能相信自己的眼睛:"截、截舌!"

"怪我,都怪我啊!"裴度哑着喉咙说,"我不该任由玄静陷入宫中而置之不理,只是一味抱着幻想,指望她会在宫中磨砺了性情,并最终改变想法。可叹啊,这些都只是我的一厢情愿!"他痛心疾首地连连摇头,"我早该料到会有今天!"

韩湘急问:"为什么?为什么圣上要对静娘下如此毒手?她做错了什么!"

"你没看见信上写的吗?因为玄静说了大逆不道的话,所以才会被处以截舌之刑……"顿了顿,裴度惨然一笑,"唯一的好消息是,《辛公平上仙》一案告破,段成式洗脱罪名,算是不幸之中的万幸吧。"

"什么大逆不道的话?什么大逆不道的话?"韩湘还在一个劲儿地翻看书信,"这里没写啊!我不明白,静娘到底说了什么话呀!"

"我想……我知道她说了什么。我还知道她为什么要那样说。"裴度沉痛地说,"玄静她恨我,更恨圣上!"

"恨您?恨圣上?"

"因为她亲眼看见我射杀了崔淼,并且她相信,正是圣上命我这样做的。她之所以在宫中隐忍两年,目的就是要查明崔淼的死因。她想弄明白,崔淼这个江湖郎中到底犯了哪条死罪,竟使他不得不死。这一次,她一定以为找到了答案,所以才会不顾一切地忤逆圣上,因为她要为她所爱之人鸣冤啊!唉,就像……李谅的兄弟要为他的兄嫂鸣冤一样。"说到这里,裴度看着目瞪口呆的韩湘,长声喟叹,"我只道玄静是个执着的孩子,愿意寻根究底,却不想她还如此刚烈。我真的很后悔,没有早一点儿告诉她——崔淼没有死,他还活着。"

"崔淼还活着?"韩湘的脑子乱作一团了。

"我的那一箭从城头射出,被崔淼胸前的假玉龙子挡了一挡。假玉龙子从中裂开,箭矢插入他的胸膛,崔淼受了重伤,但没有当场毙命。按照圣上的旨意,我原应该再补上一刀,割下他的头颅才是。可是就在那一个瞬间,我改变了主意。"

裴度没有说明，究竟是什么原因导致他留下了崔淼的性命。他只告诉韩湘，发现崔淼尚有一口气之后，他便命人将崔淼藏了起来，另外从淮西战场上找到一具年纪和相貌近似的士兵的尸体，将其头颅砍下带回长安。当时裴玄静疟症复发，再加目睹崔淼中箭所受的刺激，病得人事不知，所以才侥幸瞒过了她。回到长安之后，皇帝根本没有兴趣查看崔淼的头颅，就命裴度将它处理掉了。

"如此一来，崔淼已死遂成定论。但实际上，我将他转送去了洛阳，悄悄找人为他医治。"裴度解释道，"崔淼的伤势非常严重，不将他带入长安，一则是怕走漏了风声，二来他的身体也承受不了长途旅行。到达洛阳之后，崔淼的情况仍然几经反复，很长时间都处在生死的边缘。所以，我也一直没有对玄静提起。恰好那时，圣上迁我为北都留守，我认为是个很好的机会，可以远离长安这个是非之地。我原计划带着玄静一起来太原，再把崔淼也安排到这里来救治。可是万万没想到，玄静自作主张搅乱了回鹘和亲，被圣上没入宫中……"

平复了一下心情，裴度继续说："玄静奉旨入宫，我固然大为不舍，但也觉得她的行为太过失当，无法偏袒。玄静是以陪同永安公主修道的名义进宫的，今后还有机会离开。故而我思之再三，赞成了圣上的决定。玄静的性格有时的确太过执拗，我以为让她在宫中过一段与世隔绝的生活，静心修道，约束性情，同时把过去的事情逐渐淡忘掉，对她终究是件好事——可是，唉！"

事与愿违固然令人伤感，但裴玄静会有今天的遭遇，确实出乎了所有人的预料，更粉碎了裴度的美好愿望。

裴度告诉韩湘，到太原后不久，自己就命人将崔淼接来，为他多方延请名医，最终救回了他的性命。等崔淼真正恢复健康时，距离蔡州之战已经过去大半年了。在崔淼卧病期间，裴度始终没有和他照过面。对于崔淼的各种问题，仆人们遵照裴度的吩咐一概置之不理，同时对他保持着严密的监控。

直到崔淼基本痊愈，对这种囚徒般的生活再也无法忍耐时，裴度才与他展开了一次严肃的长谈。正是这次谈话使裴度震惊地发现，崔淼的身世大有玄机。

2

裴度叹息着说："当初，圣上正是以崔淼身世的名义，命我将其诛杀的。"

在裴度收到的旨意中，皇帝明确指出崔淼之母是大明宫中曾经的女医官，名叫药兰。药兰出身于一个不为人知的神医家族。该家族早从汉朝起即为御医，后来又历经各朝皇家所用，自大唐建国便一直在长安宫中侍奉。药家的医术相当精湛，但因从不在民间行医，所以其名不扬，就连他们的姓——"药"也是由汉家天子所赐，其本姓反倒无从考证了。

药家医术的核心是一本世代相传的神奇方书，药家就像保护性命一样保护着这本书。历朝历代都有人打过这本书的主意，巧取豪夺却统统失败。因为除了方书本身，药家还有一套记录和解读药方的特殊办法，所以即使有人拿到了方书，不会读照样没用。但药家也因此遭到皇家的拘束，世世代代都不得踏出皇宫半步。

到了药兰这一代，整个家族只剩下她一脉单传。又因药兰是个女子，所以时常在后宫走动。东宫太子多病，王良娣经常向药兰请教调理补宜的方子，两个年龄相仿的女子因此结下私谊，王良娣也跟着药兰学到了一些皮毛的医术，并且记住了药家常用的几个方子。

许多年后，正是凭借这几个方子，王皇太后认出了崔淼的身份。

裴度道："崔淼自己的回忆也证实了，他应该就是药兰逃离长安后生下的儿子。问题在于，当年药兰为什么要出逃？"

按照皇帝的说法，药兰企图在太子的药中下毒，被识破后仓皇出逃。皇帝甚至一口咬定，先皇之所以沉疴不起，即位不久就因病重禅让，又仅过了数月便驾鹤西去，这一切都要归咎于药兰的毒药。

韩湘问："这么说药兰下毒成功了？那她就是没被识破啊，为什么还要逃？"

裴度颔首："问得好。关于药兰毒害先皇的说法，还存有其他疑点。你想一想崔淼的年龄，他出生于贞元七年，也就意味着药兰逃离皇宫的时候肯定早于贞元七年。而此时距离先皇病逝还有足足十五年。试问，天下有什么毒药会等到十五年后才发作呢？"

"就是！"韩湘赞同，"所以先皇之死和药兰不可能有直接的关系。如果药兰当年真的下了毒，也肯定是被发现了的。但若是那样，她怎么可能逃得出去呢？"

"除非有人帮她。"

"帮她？谁？"

裴度道："你倒不如换一个问题思考，是什么人让药兰下毒？"

韩湘思忖道："药兰只是一名宫中女医，没有理由毒杀太子。此事必有幕后主使，会是什么人呢？"他抬起头看着裴度，期望从宰相的脸上找到答案。

裴度面沉似水，韩湘心中的疑团却像冰封的湖面即将融开……

太子之位意味着未来的最高权力，在历朝历代都是一个相当危险的位置。既然是最高权力，就必然有人想争夺；既然是未来的，就说明尚无明确保障，人人都有机会。

夺嫡，也许不是毒害太子的唯一理由，但绝对是需要最先考虑的那个理由。

大唐建国至今，多任太子均难逃被废被杀的可悲下场，正是惨烈的夺嫡斗争的结果。先皇在太子位上整整二十六年，是大唐迄今为止坚持时间最久并最终登基的储君。在这漫长的二十六年中，他曾几度面临重大的危机，而这些危机都和一个人分不开——舒王李谊。

舒王李谊是昭靖太子李邈之子,也就是德宗皇帝的侄子、先皇的堂弟。李谊年幼时父亲就亡故了,德宗皇帝对他特别怜惜,亲自抚养他,后来干脆将他过继过来。在德宗皇帝的几位皇子中,舒王李谊排行第二。

先皇为嫡长子,太子地位本该牢不可破,但德宗皇帝对李谊异乎寻常的偏爱却成了最大的阴影。舒王李谊得到的各种封赏均超过太子,由德宗皇帝特许,连外出的仪仗都在东宫之上。泾原兵变时,德宗皇帝仓皇出逃奉天,命舒王做开路先锋,却让太子断后。后来还以舒王战功卓著为名,加封他为天下兵马大元帅。虽然这只是一个荣誉称号,但从来专封太子,所以当舒王得此封号时,有关德宗皇帝即将废掉太子、改立舒王的传闻更加甚嚣尘上。德宗皇帝似乎还嫌不够乱,干脆让舒王从十六王宅中搬出,到大明宫里与自己毗邻而居。

所以说,先皇的二十六年太子生涯,始终笼罩在舒王的夺嫡威胁之下。虽然二人都行事谨慎,从未公开撕破过脸,但如若当年真有人想要害死太子,舒王确实有最大的嫌疑。

难道,药兰是奉了舒王李谊之命?

想到这里,韩湘又担心起来,自己的这一连串推测会不会太想当然了?须知宫闱秘史,向来不足为外人道也。先皇和舒王都已作古十几年了,自己怎敢在没有半点儿实证的情况下,去贸然臆测多年前可能发生过的一次谋杀?

他迟疑地对裴度说:"裴相公,假如药兰奉命毒杀先皇,那就应该是幕后主使者帮她逃走的吧?"

裴度却道:"你的心思还是太单纯了。试想,药兰没有完成使命,幕后主使者是应该放她走呢,还是应该杀她灭口?"

韩湘不吭声了。宫廷斗争从来都是这个世上最血腥的斗争之一,药兰既被卷入,不论成功与否,等在她面前的只能是死亡。但是她却活着逃出了皇宫,她是怎么办到的?

裴度沉声道:"我认为,当年帮助药兰逃走的应该是王皇太后。"

"王皇太后?"这可是韩湘想破脑袋也得不出的结论。

"据我推断,当年药兰奉命在为太子治病时下毒,但她并没有那么做,而是选择将内情告诉了对她友善的王良娣。"

"药兰为什么要这样做?"

"你将心比心地想,向太子下毒不论成败,最后都免不了被灭口的下场。药兰的家族在皇家侍奉了那么多代,只要有一次卷入权力斗争的旋涡,恐怕都保全不下来。所以我相信,他们除了世代传承的医术之外,肯定还有世代传承的自外于权力是非的祖训,但不知为什么,药兰作为家族仅存的继承人,却被卷了进去。我想,很有可能她在最后关头幡然醒悟了。另外,先皇和王皇太后都以仁爱著称,先皇在东宫二十余年,谨言慎行,王良娣亦温柔敦厚。他们的德行,药兰想必都看在眼中。从内心来说,她肯定也不愿意伤害这两位好人,于是下决心向太子夫妇求助。"

韩湘连连点头:"对!所以当王皇太后从崔森的药方认出他时,还是放他走了。因为从某种程度来说,药兰其实算得上救了先皇,是有恩于王皇太后的。但是——"他又困惑地住了口。如此说来,药兰更是有恩于当今圣上的,他又何故非要将崔森斩尽杀绝呢?

韩湘心念一动,试探着问:"既然药兰已经成功地逃离了皇宫,还怀了身孕,按理说应该躲起来生产才是,怎么会孤身一人在外投宿,落得在客栈中艰难生产的困境呢?她的……夫君怎么没有陪伴在她的身边?"

裴度沉默良久,神色却从愠怒不平渐渐转为无尽怅然。

他终于开口道:"在那次崔森和老夫的长谈中,不仅言及王皇太后与其生母的渊源。他还提到了两件事。这两件事亦与他的身世密切相关,却比方书之谜更加费解。第一,崔森提到在母亲留给自己的方书的最后一页,潦草地书写着几个字:春明门外,贾昌。而他,正是因为这几个字的指引,才千里迢迢赶赴京城,投宿在春明门外贾昌老丈的小院中，并且在那里遇到了玄静。崔淼一直以为，找到贾昌就能找出自己父母的线索，结果却令他大失所望。而据我所知，安史之乱以后贾昌就在春明门外拜师礼佛，再也没有踏入过宫禁，所以他不可能与药兰有什么关联。"

韩湘越发摸不着头脑了，但又觉出裴度的话中另有深意。

裴度继续说："在长安时，玄静对我讲述了你们寻找玉龙子的经过，提到杨贵妃的婢女贾桂娘乃贾昌的妹妹，当年这兄妹二人是玄宗皇帝和杨贵妃最信赖的人。所以玄静怀疑，玄宗皇帝曾将索取玉龙子的密语交代给贾昌。而先皇在东宫时，特意为贾昌建院，又设法供养他，所以玄静又大胆地推断，先皇正是从贾昌的口中获知了索取玉龙子的暗语。单从这条线索来看，'春明门外，贾昌'这几个字所指示的，会不会是玉龙子呢？"

"莫非药兰也知道玉龙子？"韩湘瞠目结舌，"她要玉龙子干什么？"

"问得好。一名女医无端卷入夺嫡的斗争，玉龙子和她有什么关系呢？"

"说到'夺嫡'，"韩湘嗫嚅道，"这玉龙子倒是能起些作用的。"

还是那个人——舒王李谊。舒王和先皇明争暗斗了二十多年，有过好几次取而代之的机会，却最终与皇位擦肩而过。方书上的字是不是表明，李谊也在寻找玉龙子，并且已经找到了贾昌的头上？也可能是，药兰从王良娣那里打听到了贾昌，却在最后关头倒戈，并没有将这个秘密告诉舒王，使舒王痛失了夺取玉龙子的良机？

韩湘觉得脑袋都快要裂开了，这么多纠缠复杂的往事，怎样才能拨云见日呢？

"还有一件事，并非崔淼特意提起，而是他无意中说到的。"裴度有些欲言又止起来，"说到他的姓名时，崔淼解释'崔'是随了养父的姓，'淼'则是养父根据母亲临终的遗言'水'，替他起的。"

水？

韩湘琢磨，药兰是想给儿子起一个与"水"有关的名字吗？假如药兰并非出身宫廷，韩湘倒会推想她的家乡是否在水边，但药家世世代代都在宫中，这一猜想似乎并不成立。水，会不会只是药兰在濒死时，干渴难忍的呓语呢？

"圣上在册封太子时，改过名字，你记得吧？"

"改名？"韩湘一愣，"当然记得。"

大唐皇帝在册封为太子，或者即位时，有改名的惯例。有些是经过周易测算后，改一个更加"顺天应人"的名字；有些是因为皇帝的名字将为全天下之尊者讳，所以从方便臣民的角度，改一个更容易避讳的字。比如，现在的太子原名"宥"，册封太子后改名为"恒"。再比如当今圣上原名"淳"，册封为太子时才改为"纯"。他这一改，所有的同辈兄弟们也必须跟着改一遍。比如郯王本名"涣"，改成了"经"；莒王初名"浼"，改成了"纾"……

韩湘大惊失色地看着裴度——皇帝自己，以及兄弟们的原名都是"水"旁的，之后才跟着皇帝一起改成了"纟"旁！裴度为什么要提到这一点？他在暗示什么？

裴度迎着韩湘惶恐的目光，迟缓而有力地点了点头。

"崔……崔淼是皇家的人？"韩湘仍然不敢相信自己的猜测。

这一次，裴度既没有点头，也没有摇头。

韩湘呆坐着，再也不知该说什么了。

世代侍奉宫廷的神医世家，为何在最后一名女传人时，打破了不参与宫廷斗争的祖训？王良娣为何要帮助一个受命毒杀自己丈夫的女子逃跑？又为何在很多年后，同样放走了她的儿子？药兰怎么会珠胎暗结，又为何在穷乡僻壤生产？她的方书最后一页上，怎么会记下与皇家有密切渊源的贾昌的名字？她为什么至死不肯透露儿子的身世，却要给他起一个带"水"的名字？

最后，也是最关键的一个问题：皇帝为什么非要将崔淼置于死地？

韩湘只能想到一个答案：崔淼的父亲就是那个与先皇斗了一辈子，却最终落败的人——舒王李谊！

不知过了多久，韩湘才勉强从真相的惊涛骇浪中挣脱出来，喃喃地问："裴相公，崔淼他……还在这里吗？"

裴度苦涩一笑："就在那次谈话后不久，崔淼便离开了。一年多来，我一直在设法寻找他，然而至今音讯皆无。"

"您把他的身世告诉他了？"

"当然没有。"裴度嗔道，"我还没有老糊涂。"他叹了口气，"我只能把圣旨上的那套说辞，对他讲了一遍。"

"他相信吗？"韩湘心道，以崔淼的聪明，怎会轻易接受那么拙劣的解释？

"他没有明确表示信或者不信，只是在我提到他留在宋清药铺里的方子时，才坚称说：此方绝非什么无色无嗅的毒药，而是一种可以使人丧失神志，任由他人摆布的熏香。他将熏香的配方留给宋清掌柜，只是想以此难得的奇方作为酬答，感谢宋清掌柜一直以来对自己的照顾，不料反而给掌柜的引来祸端，所以深感懊恼。"顿了顿，裴度又苦笑着说，"除此之外，他对自己的所谓身世毫不在意。他真正在乎的是——"

"静娘。"韩湘脱口而出。

"是的。他只想知道玄静的下落。"

"您是怎么对他说的？"

"我不忍骗他，便如实告诉他说，圣上命玄静入宫修道去了。我这样说，也是为了打消他的其他念头。"裴度叹道，"崔淼对玄静固然是一片赤诚，但他毕竟还有理智，应当明白宫禁意味着什么。纵然他有天大的本事，当初能入得兴庆宫见到王皇太后，已纯属侥幸，仍然凶险异常。同样的事情，他不可能再做一遍。所以对玄静，他只能死了这条心。"

韩湘黯然地说："您就是想让他死心。"

"可是，看来我还是失败了。那次谈话之后，崔淼颇安静了一段时间，似乎在静心考虑将来。然而就在某一天的清晨，仆人突然来报说，崔淼不见了。原来他的安静都是装出来的，只是为了迷惑我，诱我放松警惕。其实，他一直都在研究出逃的办法，最后终于成功遁走了。"

"也许他是想通了，从此隐匿江湖，过自己的日子去了？"

裴度看着韩湘："你觉得呢？"

韩湘无言以对。

是啊，崔淼绝对不会放弃的。谈到执着，他和裴玄静犹如一对双生子。

崔淼必然又重回了亡命徒的生涯。只是这一次，他将如何突破森森宫禁，去拯救心爱的人呢？

3

仿佛仅仅过了一夜，太液池就融冰了。

其实上元节后，照在太液池上的阳光就一天比一天耀眼。从池边走过时会发现，水晶盘似的池面上爆出细细的裂纹，一簇一簇的，宛如菊花盛放。又过了几天，若干细纹连成了长条，最长的甚至能从太液池的这边一直贯通到另一边。

风也越来越暖了，接连好几个夜晚，在太液池上方的清思殿中，于万籁俱寂里总能听到清晰入耳的"窸窣"声，从池面传过来。

早起梳妆的宫娥们比往日多了一份期待。在黎明的昏暗中，她们打开门窗，清晨的寒气刺骨扑来，使精神为之抖擞。举目望去，一座座宫院中亮着的黄色烛光，在晨昏中摇曳生姿，又让她们感到温暖的诗意。

曙光很快就升起来了。最早的一群宫娥来到太液池边时，惊喜地发现：闪耀了整个冬天的水晶盘荡然无存了。太液池上碧波荡漾，别说冰块，连冰屑冰碴都没有。宫娥们如同目睹神迹，激动地拍手雀跃起来："冰化了！冰化了！春天来了！"

欢叫着开心着，忽然有人看见水中漂浮着什么东西，被初生的朝阳映照得光彩灼灼——难道是仅存的一块冰吗？

它向池边缓慢地漂过来。大家好奇地聚拢过去，想看一看这块"冰"的究竟。

突然，有人尖叫起来："啊，是、是人……死人！"

一具冻得如同冰雕般的尸体，在太液池的碧波中载沉载浮。

退朝后，皇帝召几位重臣在延英殿中商讨剿灭平卢李师道的最后战略。从元和元年开始的削藩战事，已经持续了将近十五年。在皇帝的铁血意志之下，天下藩镇一个接一个归顺朝廷。平卢李师道为形势所迫，也不得不上表，表示愿意割让三州以换取朝廷收兵。皇帝本着息事宁人的态度，原已打算接受他的条件，谁知李师道又出尔反尔，声称下属反对割让三州，反悔了。

皇帝震怒，决定再不姑息，不惜一切代价也要将平卢藩镇这最后一块难啃的骨头拿下来。就在今日的延英召对中，最终确定了征讨李师道的"制罪状"的内容，并且下令宣武、魏博、义成、武宁和横海五军共同出兵平卢。

返回清思殿时，皇帝仍然沉浸在兴奋之中。他深知这将是削藩的最后一战，并且他坚信，此战必胜！

元和十四年的春天即将到来，也许不需要等到元和十五年，就可以完成登基之初立下的誓言了。这样想着，皇帝在兴奋之余，又感到了一丝惶惑和空虚，甚至还有一种莫名的恐惧。

当他在清思殿中看见宋若昭的尸体时，这种来源不明的恐惧变得格外具体而鲜明了。

急冻使得尸体保存完好，宋若昭的面貌栩栩如生，睡着了似的安详。她的胸口插着一柄长剑，也冻得直挺挺的，如同旗杆般屹立不倒。

紧急前来的大理寺卿结结巴巴地陈述看法:"宋、宋学士的面容安详,衣衫整齐……说明她死前没有挣扎,所以不可能是失足溺水而死的。她的口鼻中没有泥沙,又排除了投河自尽的可能,而应、应该是死后才被抛尸湖中……由于冻的时间太久,胸前伤口周围找不到血迹,故无法判断剑究竟是在她死前,还是死后插入的……"大理寺卿咽了口唾沫,实在有些难以为继,却还得硬着头皮往下说,"由于尸身一直藏于冰面之下,直到今日融冰才浮出水面……"

皇帝不耐烦地打断他:"你就简单地说,宋若昭究竟是怎么死的,死于何时?"

"臣、臣……"大理寺卿的舌头不利索,身子更在不自觉地发抖。侍立在侧的陈弘志向他投去半是鄙夷半是同情的目光。从去年开始,朝臣们只要到清思殿面圣,都会在朝服里面多加一件棉袍,以免被冻坏。今天大理寺卿是被临时召来的,来不及准备,所以只穿着平常的衣服,在清思殿中待了这么一会儿,大概整个人都快冻僵了,比躺在地上的宋若昭强不了多少。

"快说!"皇帝的耐心即将耗尽,后果不堪设想。

"请陛下恕罪!"大理寺卿纳头便拜,"宋学士的死状实在太过奇特,臣一时无法确知宋学士的死因,亦……无法断定她的死亡时间。陛下!"

皇帝沉着脸摆了摆手,大理寺卿逃也似的退下了。

宋若昭是在向皇帝分析凌烟阁异象的原因,从清思殿离开后失踪的。正是宋若昭的失踪,将裴玄静再次带到皇帝的面前。从凌烟阁的三次异象到《推背图》第三十三象的两个红色变字,裴玄静用一连串令人眼花缭乱的推理,最终道出皇帝弑父的罪行!

裴玄静因言获罪,被处以截舌之刑,结果又引出了李忠言。最终,皇帝才是真正的胜利者。他终于除掉了这个心腹大患,并且查明了从离合诗至今的所有疑团。其实皇帝很早便开始怀疑,李忠言才是大明宫内外一系列谜案的始作俑者。对于皇帝来说,杀掉李忠言是一件轻而易举的事情,但是他只要不开口,就无法排除所有隐患,故而皇帝对李忠言一直隐忍不发,就为了找到一击致命的机会。没想到,还是裴玄静担当了这个最关键的角色。裴玄静直言犯上,说出了李忠言想说而不能说的话。他感到心愿已了,不想再牵连更多的无辜,决意向皇帝自首。

李忠言和裴玄静,掌握着足以摧毁皇帝的秘密,但是,现在他们都不能再说话了。

至于《辛公平上仙》,从表面上看毕竟只是一个鬼怪故事,恐怖有余,含义却晦涩难解。上元节时散布出去的,绝大部分都被收回销毁了,即使尚有若干散落民间,亦不足为害。在对段成式的处理上,皇帝相当宽宏大度。他的形象不仅没有受到损害,反而更显光辉睿达。所有相关之人都心悦诚服,连裴度都未置一词。

宋若昭失踪已逾旬月,皇帝几乎将她淡忘了。谁知一切尘埃方才落定,她的尸体竟又冒了出来。

假如宋若昭的死因明确,那么不论是自杀还是他杀,都会令皇帝感到彻底心安。偏偏宋若昭以如此诡谲的形象出现,好像专为提醒皇帝:事情还没有完。

难道,他还忽略了什么?

内侍上前来搬运宋若昭的尸体,皇帝突然制止:"且慢,朕还要再看一看。"

他缓步踱到尸身近前。因为清思殿中的温度比户外还要低,所以宋若昭的尸体在地上安放了许久,仍然清清爽爽的,既没有融化出水渍,也看不到一点儿血迹或者污痕。

皇帝恍惚觉得,面前躺着的并不是一具女人的尸首,而是一条冰冻的大鱼。这个联想让他感到隐隐的恶心,又有一种极其怪异的熟悉感。

他好像在哪里见过这番情景?

忽然，皇帝浑身一凛！他快步绕到云母屏风的后面，条案上并排摆放着凌烟阁的模型和收藏《推背图》的金匮。

"陈弘志！"他吩咐，"取金匮的钥匙来。"

"是。"陈弘志立即捧上黄缎覆面的漆盘，皇帝掀开黄缎，拿起钥匙，看了陈弘志一眼。后者垂首侍立，毕恭毕敬地等待着。

"退下吧。"

陈弘志迅速闪到屏风外面去了。

皇帝深吸了一口气，插入钥匙，打开金匮。

最上面的正是《推背图》第三十三象，两个红字赫然抓住他的目光。老树枯萎、新树茂盛。皇帝厌恶地移开视线，将它从金匮中取出来。

接下来是第九象和第一象，也被他取出放在一边。

然后是《推背图》的第二象。首先进入视线的是——鱼。

皇帝的呼吸沉重起来。这幅图他看过太多遍了，所以宋若昭的死状一下子便勾起了他的联想。没错，正如同这第二象上的画面——一柄长剑从鲤鱼的身上穿过。

在宋若昭冻得僵硬的尸身上也插着一柄剑，而她自湖中浮起的样子，又多么像一条死鱼。

这是什么意思？

宋若昭死得如此离奇，难道是继凌烟阁的三次异象之后，又一次神灵的启示？

皇帝不敢相信自己的眼睛了。因为他分明看到，第二象的诗上也有红色的字！

这怎么可能？将金匮搬入清思殿时，他曾把《推背图》又从头至尾地阅览了好几遍。除了第三十三象之外，所有的图和诗都没有任何问题。尤其是这幅他最最在意的第二象！

但是现在皇帝分明看到，在第二象的七言诗中，第三句和第四句里都出现了红色的字。

这首七言诗是整个《推背图》中皇帝唯一能倒背如流的。

"江中鲤鱼三六子，重重源源泉渊起。子子孙孙二九人，三百年中少一纪。"

可是现在，第三句的"九"字变成了红色的"五"字，第四句中的"三"字变成了红色的"二"字。

于是这首诗就变为："江中鲤鱼三六子，重重源源泉渊起。子子孙孙二五人，二百年中少一纪。"

静候在屏风外的陈弘志听到一声咆哮，像极了野兽濒死时绝望的惨叫！陈弘志惊得原地蹦起，本能地叫着："大家！"向屏风内直冲进去。

陈弘志被眼前的情景吓呆了。

4

浣花溪从葱茏林木中蜿蜒流出，清透的溪水中映着蓝天白云，映着溪畔的绿树和茅舍，仔细看，还能找到极远处雪山的倒影。

成都城南本是清幽之地。浣花溪因杜甫草堂而闻名，后来薛涛也搬到这里居住，建有一座小小的别墅。隔溪眺望，可见简朴的木檐探出在稀疏的花篱上方，一堵矮矮的泥墙挡住了绝世芳华。

薛涛避世多年，仍不时地有仰慕者来探访浣花溪。来的人多了，溪头便逐渐聚起几家小酒肆，高挑的酒幡老远就能看见。薛涛毕竟年过五十了，平日里深居简出，从不会晤外人，又时常遁入深山修道，所以即使有人登门拜访，也全都吃了闭门羹。来者皆为文人骚客，还算懂得"相濡以沫，不如相忘于江湖"的道理。因此后来，大家干脆就在溪头的酒肆里坐一坐喝上几杯，聊一聊薛涛的香艳故事，发一通感慨再题上几首歪诗，最后遥望一眼溪水深处，便兴尽而归了。

不过今天来的这位胡服公子,似乎有些与众不同。

他刚在叶家酒肆里坐下,女掌柜叶三娘的眼睛就黏上了。俊朗的相貌和潇洒的气度尚在其次,最打动叶三娘的,是他眉宇间的郁结。好歹也算是阅人无数,干练精明的叶三娘心中陡然生出些没来由的柔情,只想帮他化开那双眉峰间的愁思。

她端着最好的酒上前招呼,谁知人家不要酒,只要茶。

叶三娘笑道:"公子这等风流人物,却不饮酒,岂不煞风景。公子是嫌小铺的酒不够好吗?可是我这叶家铺子里的酒,连当年的韦夫子、武相公,如今的段翰林,元大才子都赞不绝口呢。"

"哦?"公子上下打量叶三娘,"娘子才多大年纪,就见过那些人?"

叶三娘涨红了脸,辩道:"我是听我爹说的。"

公子笑了:"看来我必须尝尝娘子的酒了。"

一杯酒下肚,他忽然呛咳起来。叶三娘慌了手脚,看他的样子也不像是不胜酒力的文弱书生啊。

公子止了咳,冷笑道:"娘子勿要慌张。不是你的酒不好,是我一年多前得了场大病……太久不曾饮酒,有些不习惯了。"

他说着又干掉一杯酒,果然不再咳嗽了。

"请问娘子,薛炼师在家吗?"

"我不知道。"叶三娘没好气地回答。

"你天天守在这浣花溪畔,怎会不知道?"公子注视着从酒肆旁流过的溪水问,"这是怎么回事?"

叶三娘顺着他的目光望过去,心中蓦地一紧——碧绿见底的溪水中漂来几缕殷红,正随着水流悠悠旋转着。

"这……"她支吾道,"是有人在杀鱼吧?"

公子朗声大笑起来:"你这样说才是大煞风景呢。"他扬起脸,"你再闻闻,多么淡雅的花香,可不是杀鱼的腥气!"

"噢,也是啊……"叶三娘讪笑。

"我猜是木芙蓉碾出的汁吧?"公子道,"莫非薛炼师又开始制薛涛笺了?可我怎么听说,她自从与元微之情断之后,就再也不制薛涛笺了呢?"

叶三娘冲口道:"肯定不是薛炼师。"

"那是谁?难道薛炼师的家中还住着别人?"公子微眯起一双桃花眼,看得叶三娘芳心乱跳。

"怎么会!公子莫要瞎说。"

"好。"公子摸出一枚铜钱放在桌上,"娘子既不肯说,我只好亲自去探一探咯。"

叶三娘忙道:"公子!唉,我就实话告诉你吧,薛炼师不在家,你去了也见不着人。"

"娘子方才为何不说?"

叶三娘的脸一红:"我们这几家酒肆就靠薛炼师的名声做生意,所以她就算不在家,我们也不会说的。况且,薛炼师不见生客的规矩在外,客人们都只是远观而已。"

公子点头:"娘子这么说,我再非要去一探究竟,倒显得我不通风雅了。"

叶三娘抿嘴笑道:"公子怎会不通风雅。"

公子也笑道:"那便请娘子赐笔墨,我也按照规矩办,酒喝了,景赏了,再题诗一首在上头,这趟浣花溪之行便圆满了。"

叶三娘赶紧捧出笔墨砚台,公子满饮一杯,举笔在墙上龙飞凤舞地写下四句诗,随即回首对叶三娘道:"娘子看看,我这首诗写得怎样?"

"哎哟……"叶三娘露出窘态,"我不识字呀。"

公子笑而不语,放下笔,便潇洒地迈出酒肆,朝溪谷外翩然而去。

叶三娘躲在酒肆外的一棵枝杈如盘龙的大树后眺望,终于等到公子的背影完全看不见了,吩咐过店里的小伙计,便悄悄地从后面出了酒肆,快步朝浣花溪的深处走去。

她来到薛涛的小院外，在院门上轻轻敲了几下。很快门就开了。叶三娘冲着门缝里头说了几句话，又急匆匆地返回酒肆去了。

又过了片刻，院门再次打开。一个全身罩着黑纱幕离的人影躲躲闪闪地从门内钻出来，手里还牵了一头灰色的毛驴。那人观察了一番周围，见无异状，便骑上驴子向浣花溪外而去。

才走了没多远，从身侧的树后传来吟诵声："劝君莫惜金缕衣，劝君惜取少年时。有花堪折直须折，莫待花落空折枝。"

黑纱幕离下的人惊得在驴背上东张西望。胡服公子从树后闪身而出，挡在灰毛驴的面前，微笑道："这叶三娘的话真是连半句都不能信，她明明是识字的嘛。"

"是你！"驴背上的人猛地掀起面纱，仍然不能相信所看到的，"怎么会是你？你不是死了吗？"

"你不是也死了吗？秋娘？"

杜秋娘"嘤咛"一声，从驴背上斜斜地栽下来，正好被崔淼揽入怀中。

粉墙下的长条木案上，铺着已经浸透了木芙蓉花汁的白纸，被太阳一晒，越发香气馥郁熏人心醉。旁边的青花大瓷缸里，还剩了一半的木芙蓉花瓣。崔淼啧啧赞叹："原来薛涛笺是这样制成的，我今天可算大开眼界了。"

杜秋娘已脱下幕离，身上却还是那套方才逃跑时的藕色布裙，黑发上扎着村姑的花布巾子，没有插一件首饰。怎奈天生丽质难自弃，洗净铅华之后反更显得明眸皓齿，娇艳动人。崔淼看着她向自己款款走来，不禁会心一笑。

杜秋娘却噘起嘴："崔郎要找我就直接来嘛，何苦吓死人。"

"我没有要找秋娘啊。"

"你？"

崔淼笑得十分狡黠："我的确是来探访薛炼师的，只是见那叶家娘子言语闪烁，似乎有诈。便临时起意，在墙上题了那首《金缕衣》，不料竟然把秋娘惊出来了。哈哈，实属意外之喜。"

"真的是意外吗？"杜秋娘喃喃，"实在没想到，这辈子还能再见到崔郎。"

崔淼仍是那副玩世不恭的口吻："我说过，崔某生来便与佳人有缘。"环顾周围问，"薛炼师的确不在家吗？"

"薛姊姊到青城山中修道去了，她一去就要待好几个月的。"

"你不跟着去吗？"

"我？"杜秋娘翘起樱桃小口，"我可受不了那种日子。"

"你就受得了现在的日子？"

杜秋娘垂眸不语。

崔淼轻声问："很寂寞吧？"

"那又能怎样。"

"所以就做薛涛笺来打发时间？"崔淼摇头叹息，"可惜了秋娘的天姿国色，更可惜了秋娘的才情和歌艺，直如深谷幽兰，独开独谢，再美也无人欣赏，更无人共鸣。秋娘真的甘心这样过一辈子吗？'劝君惜取少年时'，秋娘，这可是你自己写的诗哦……"

"别说了！"杜秋娘颤声道，"别人说这种话也就罢了，崔郎怎么也这样说？你又不是不知道，我为了能过上自由自在的生活，都已经死过一次了。"

崔淼追问："现在你自由了吗？"

杜秋娘的脸色发白了。

"算了，不说这些了。"崔淼道，"你也真是沉不住气，如果来者不是我，你现在会是何等状况？薛炼师若在家，定不会让你如此莽撞行事。"顿了顿，他又微笑着问，"你来成都投奔薛炼师，也有一年多了吧？跟着人家这么些日子，就没学到半点儿虚怀若谷？"

杜秋娘惊奇："你连我什么时候来的都知道？"

"猜的。"

"怎么猜的？"

崔淼一指盛放木芙蓉花瓣的瓷缸："木芙蓉秋天开花，所以这些花瓣是去年收集的。薛炼师早已摆脱人间的情怨纠葛，与元微之情断后再不制薛涛笺，她绝不会破例。应当是你在百无聊赖中，向她请教制笺的方法。既然从去年秋天就收集了木芙蓉的花瓣，那么，你一定是早于那个时间来到浣花溪的，我说得对吗？"稍待片刻，他温柔地问，"秋娘，离开长安后的日子很艰难吧？"

两人在花篱下并肩而坐，从这里抬头望向天际，可以在层层云霭之上看见更白的云朵，那其实是雪山之巅的冰峰，层峦叠嶂直入九天。

雪域冰山就像一座竖立于天地间的巨大屏风，在它的照应之下，人世显得格外安逸，也更加无足轻重了。

杜秋娘悠悠地道："唉，怎么说呢？我原以为，身上带着这么多年卖笑的积蓄，银钱上绝无忧虑，日子总是过得去的。可是三年来，我每天都生活在惶惶不安中，不管离长安有多远，总害怕有朝一日会被人识破了身份。我再也不敢唱曲，连琵琶都不敢拨弄了⋯⋯独自漂泊了将近两年，我实在过不下去这种浮萍似的日子，觉得人生一点儿希望都没有，差点儿都想一死了之。后来我在街上看到道姑，就寻思着要不然也学她们，干脆出家吧。出家固然清苦，总好过漂泊不定。可是我这样子，去了哪家道观，人家不会盘问呢？我试了好几次，不管我怎么说谎，总是立即被识破。不肯收留尚且事小，我担心如此一来二去的，又把我的行踪暴露出去。正在山穷水尽之际，突然灵光一现，想到了同为乐妓出身，却早已遁世修道，仙踪缥缈的薛涛炼师。我想来想去，只有她这里尚可一试，便投奔过来。总算老天爷怜悯，我来到浣花溪时，恰好碰上薛姊姊在家。我一见到她，便将自己的经历一五一十毫无隐瞒地全都说了。薛姊姊二话没说，就把我留下了。唉⋯⋯"杜秋娘长篇大论地说到这里，方才深深地叹息一声，"从那时起，我总算过了一年多的安生日子。我打心底里羡慕薛姊姊的飘然物外、离尘出世，便恳求她教导我。可是，她又总说我凡心未定、尘缘未了,就是不肯收我为徒,连去青城山修炼也不带着我。所以春分以来,我就独自一人待在这浣花溪头,每天从早到晚,连个说话的人都没有。"她娇嗔地抱怨,"要多无聊有多无聊,我都快闷死了!"

崔淼微微点头:"你后悔了。"

"后悔?当然没有!你休要胡说。"

"你方才的话不就是这个意思吗?难道我理解错了?"

"我没有后悔诈死,我只是……过不惯如今的日子。"

"那就是后悔。"崔淼淡淡地说,"有些东西,只有失去了才会觉得珍贵。秋娘,你更爱过去的生活,而不是现在的。"

"我是没有办法呀!"杜秋娘辩白,"我当然喜欢在平康坊的日子,自由自在,想唱就唱。若是碰上不顺眼的恩客,想不唱就可以不唱。但你是知道的,正因为这种好日子难以为继了,所以我才……如果我不诈死逃跑,眼看就要被弄进宫中去了。"

"进了宫也照样可以弹琴唱曲,有人欣赏,不比现在这样好吗?"

杜秋娘狐疑地看着崔淼:"你什么意思?"

"我只是有些糊涂了,不知秋娘更爱的究竟是自由,还是知音?"

杜秋娘目光中的疑虑更深,但她仍然思索了一下,反问:"如果我两样都想要呢?"

崔淼干脆地说:"这不可能。"

"为什么?"

"因为秋娘的知音只能是男人,而男人又总是最自私的。"

杜秋娘惊诧地瞪着崔淼:"你……崔郎,你说话怎么阴阳怪气的?你真的是来访薛姊姊的吗?"

崔淼将两手一摊:"那你说我所为何来?"

杜秋娘的一双美目瞬了瞬,忽然问:"裴炼师呢?她怎么没和你在一起?"

"裴炼师……"

"对啊,那位天仙一般的炼师,崔郎的知音不是她吗?"

崔淼脸上的隐痛再也掩饰不住了,冷笑一声道:"说来好笑,她倒是入宫去了。"

"裴炼师进宫了?"杜秋娘大吃一惊,"为什么?"

"因为她以为我死了,便应皇帝之召,入宫修道去了。"

"天哪!"

少顷,崔淼才道:"所以我现在也是有自由,而无知音了。"

"崔郎……"杜秋娘情不自禁地抓住他的衣袖,"究竟发生了什么事?"

崔淼叹了口气:"一言难尽啊。总之都过去了,如今我已是无牵无挂孑然一身,正在四处游历之时,恰好来到成都附近。因我曾与薛炼师在青城山中有过一晤,便想到浣花溪来一访故人。没想到,却遇上了秋娘这位故人。"他向杜秋娘展颜一笑,"今天,秋娘能否再为我唱一次《金缕衣》?"

杜秋娘星眸闪耀:"千金一曲《金缕衣》,人间已再难闻。但为崔郎,我愿献此曲。"

初夏夜。星光下的浣花溪波光粼粼,去年的木芙蓉和今年的青草香混合在一起,促织躲在院墙下鸣叫。

杜秋娘正在对镜梳妆。她淡扫蛾眉,颊贴圆靥,鬓边插了一枚碧玉钗。崔淼从院中采来一朵带露的紫薇,为她簪在玉钗旁。杜秋娘娉婷而立,金粉色的披帛自玲珑的香肩委地,随着她的步履摇曳生姿。

顷刻间,艳冠长安的名歌妓又回来了。

杜秋娘正要抱起紫檀琵琶,崔淼笑道:"等等,再有一样东西,就完美了。"

"什么?"

"香。"

杜秋娘道:"薛姊姊不爱熏香,总说败坏了草木的自然之气,久而久之,我也忘了这回事。"她对着崔淼嫣然一笑,"崔郎难得来一趟,少不得把那样稀罕东西拿出来一用了。"

"什么稀罕东西?"

杜秋娘打开妆奁,从中取出一个小包裹,轻轻掀开外面包裹的金黄色绸缎。崔淼一看,却是一小块黑乎乎泥巴似的东西。他皱了皱眉:"这是……熏香?"

"崔郎好眼力。"杜秋娘笑道,"可知这是什么香?"

崔淼摇了摇头。

"这就是龙涎香。"

"龙涎香?"崔淼一哂,"秋娘的身边竟有龙涎香,是从哪儿来的?"

"是……他赐给我的,就这么一小块,只有他在的时候,才可焚此香。"

崔淼点头:"好啊,托秋娘的福,今天我也做一次……"他咽下后面的话,却从杜秋娘的手中接过绢包,在案上轻轻敲了敲,又从妆奁中找出一把小小的银篦刀,自那块黑乎乎的龙涎香上刮下数小碎片来,投入镂空缠枝的香炉中。

两人都默默地注视着香熏炉中透出的火光,明明灭灭,须臾,屋里便飘荡出一股奇异的香气。

"好闻吗?"杜秋娘轻声问。

"不好说。"崔淼答,"太特别了,极尊贵又极悲哀的感觉,实非人间该有的。"

"崔郎也这么觉得?"

崔淼若有所思地说:"这香气让我想起一个人。"

"谁?"

"王皇太后。"

杜秋娘愣愣地看着崔淼,他却还以狡黠的一笑:"是不是也让你想起了什么人?"

杜秋娘的脸登时变得酡红,仿佛饮下一口烈酒,她横抱琵琶,嗔道:"你管我想谁呢,听曲吧。"

长安城中千金难觅的《金缕衣》,在千里之外的浣花溪畔响起来。

5

一曲终了,龙涎香气却似乎变得更加浓郁,在他们的身边形成化解不开的包围,又仿佛要吸走他们的魂魄。

崔淼举起酒杯:"花有重开日,人无再少年。来,秋娘且与我痛饮这一杯吧!"

杜秋娘将杯中之酒一饮而尽,明眸如星辰般湛亮。她轻声道:"崔郎方才的话不对,并非所有男人都自私。据我所知,就曾有人既得到了自由,也得到了知音。"

"哦,什么人那样幸运?"

"我听薛姊姊说的,那人是她最好的朋友,名字叫作傅练慈。"

"傅练慈?我好像听说过这个名字。"

"崔郎也知道她?"

"二十多年前的京城名妓,恍若三年前的秋娘,对吗?"

杜秋娘满脸惊诧:"崔郎怎么什么都知道?"

崔淼忍俊不禁地说:"我早说过,全天下的佳人都是崔某的知己,不论是过去的还是现在的,抑或是将来的。"

"呸!瞧把你得意的。"杜秋娘佯斥,"我知道了,你一定听过白乐天的那首《琵琶行》的故事。不过薛姊姊告诉我,《琵琶行》表面上看起来是写一名老大嫁作商人妇的歌妓,其实那位惊才艳艳的琵琶女就是傅练慈。她是在看过白乐天为她所作的《琵琶行》之后,感觉生无可恋,兼心愿已了,便投水自尽了。薛姊姊还说,世人并不知道《琵琶行》背后真正的故事。"说到这里,她又朝崔淼投去含情脉脉的一瞥,"崔郎这么灵巧的人儿,多半是打听到了《琵琶行》的真正内情。"

"只听说了一些大概。"崔淼不以为然地笑起来,"方才秋娘的话,倒是引起了我的好奇心。不知崔某是否有幸,能听秋娘讲一个缠绵悱恻的故事?"

"故事可讲,但并没有那么缠绵悱恻。"

杜秋娘将紫檀琵琶搁在身边,悠悠道:"我听薛姊姊说,那傅练慈生得美貌绝伦,又擅奏五弦琵琶,技艺之精湛,多年前的长安城中,无人能与她相比。傅练慈二十来岁时,有一位西川富商斥巨资为她赎了身,纳她为妾,傅练慈随富商来到成都,从而与薛姊姊相识成了好友。后来,傅练慈厌倦了为人妾的日子,便让那富商给她一纸休书,又返回长安去了。她在曲江旁买下一座宅院,重新弹起琵琶,没过多久声名再起,为了能进她的院子一睹芳容,长安城中的王孙公子恨不得浪掷千金,而她却只挑想见的才见。崔郎你说说,她是不是活得特别潇洒自在?"

崔淼含笑不语。

杜秋娘叹了口气:"按说,她本可以一直这样潇洒地过下去,可是偏偏遇上了一个人。就因为那个人要专宠她,曲江旁的院子只能重门深锁,傅练慈的琵琶从此也只能弹给他一个人听,狂蜂浪蝶们都跑了,所有的真心假意也统统散去。按照傅练慈一向的言行,大家都推想她是被迫的,甚至还在暗暗盼望着,有朝一日她能突破束缚,重新变回那个豪放不羁、自由自在的性情女子。可是,所有的人都失望了。"

直到此时,崔淼冷淡的目光中方才闪出一星亮泽。他问:"难道说,傅练慈是心甘情愿放弃自由的?"

杜秋娘没有回答他的问题,继续道:"她在曲江旁的宅院中过着足不出户的日子,销声匿迹了整整十年。最好的年华就这样一掷而去,却没有丝毫留恋。直到贞元二十年,那个专宠她的人逼她离开长安。"

"哈！霸占了人家整整十年，到头来就一脚踢开？"

杜秋娘笑了笑："也可以这么说吧。傅练慈不愿意走，但那个人的命令她更不敢违抗，最后只能无奈地返回成都。因为她心意彷徨，一路上走走停停，足足三个月后才游荡到成都。这时，已经是永贞元年的元月。"

又是永贞元年。

崔淼凝视着香熏炉中的火光，不知在想什么。

"又过了一个月，新皇即位的诏书传到西川，傅练慈才明白自己为什么会被赶走。"杜秋娘道，"再过半年，先皇因病禅位，不久便驾崩了。傅练慈从此定居在成都，彻底过起了隐姓埋名的日子。直到元和十一年的秋天，她将那人所赠的紫檀琵琶交给白乐天后，便投江自尽，走完了这一生。我觉得，她应当走得了无遗憾。"

崔淼将目光转回到杜秋娘的脸上："恕我愚钝，秋娘所谓的自由与知音兼得，指的就是傅练慈吗？可为什么在我听来，她的人生是个纯粹的悲剧？"

"悲吗？"杜秋娘怅然地说，"崔郎有所不知，像我们这种身份的女子，对于幸福的祈盼自与良家女子不同。我们并不奢望天长地久，也从不敢想什么相夫教子、举案齐眉。何况，贫贱夫妻百事哀的日子，我们还不见得能过下去。比如薛姊姊吧，与她有过情缘的人，并无一个能修成正果，所以这就是我们的命啊。但是没关系，只要曾经得到过一份真心，就足够了。崔郎你想，当初如果傅练慈被纳入宫中，即使得了一个妃子的封号，从此却只能在深宫中耗尽一生，再不见天日。这与她为他独守宅院，根本就是两回事。所以，那人在登基之前放她走，在我看来，便是最难得的情义了。"

沉默片刻，崔淼道："恕我直言，从男人的立场来看还是自私，不过换一种方式罢了。"

"你！"杜秋娘大为扫兴，愤愤地说，"和你说不清楚！"她伸腿下榻,谁知刚踩到地上,却像踩到一堆棉花。身子晃了晃,便重新软倒在榻上,头上冒出冷汗。

"崔郎,我的头好晕,怎么……"杜秋娘向崔淼伸出手,可是他的轮廓越变越虚,渐渐化成一团迷雾。她摸不到也抓不住,只能颓然倒下。

崔淼一手搂着杜秋娘的娇躯,一手推开房门,初夏的清风瞬间灌入,冲破了屋内的重重郁结。

一个黑衣人从门外姗姗而入,身上却带着星辰点点。"这是什么?"崔淼在她的肩头随手一捻,原来是一枚萤火虫。

"怎么磨蹭了这么久?"聂隐娘只要一开口,便是万年不变的凌厉语气。

崔淼对着掌心轻轻吹了一口气,目送着萤火虫飞进夜色中不见了,才轻笑道:"我也不知为什么,今天的香起效比平时慢,结果她就絮絮叨叨地说个不停,把几辈子的心里话都说出来了,听得我十分尴尬啊。唉!迷魂香就是这点不好,把人迷晕了不算,还会诱人说出清醒时说不出口的话,我却未必次次都想听。"

"少矫情了,我看你听得十分畅快嘛。"聂隐娘可不会对他客气,扭头嗅了嗅,"味道很特别啊,这就是迷魂香气吗?"

"不,这是龙涎香。"

"龙涎香?"

崔淼掀开香熏炉的盖子,用银签子拨动着香灰道:"我知道了,应该是龙涎香的缘故,使混在其中的迷魂香起效变慢了。而且,龙涎香气把迷魂香的味道完全掩盖了,我原先还有些担心会被她发现呢。"

在他说话之际,聂隐娘已经麻利地把杜秋娘五花大绑起来,还在嘴里塞了团丝帕。饶是崔淼的迷魂香厉害,这么折腾杜秋娘居然都没醒。

"走吧?"聂隐娘把杜秋娘往肩上一搭,又在门边驻足道,"要不要给薛炼师留个信？否则她不知道发生了什么事。"

"算了。不留信，薛炼师就会当是杜秋娘自己走了。"崔淼伸手拿起榻上的紫檀琵琶，笑道，"这件好东西还得带上。"

院门前，已有一辆马车在静静等候。待聂、崔二人将杜秋娘弄上车后，斗笠遮面的车夫轻轻一松缰绳，马车便在星月的指引下，悄无声息地向浣花溪头驶去。

走了好长一段时间，聂隐娘打破沉默，说道："原来龙涎香的味道是这样的。"

"隐娘也知道龙涎香吗？"车内月光朦胧，只能隐约照出崔淼的轮廓，看不清表情。

"我只听说过龙涎香之杀。"

"龙涎香之杀？这名字有趣，是什么意思？"

聂隐娘道："龙涎香之杀，指的是永贞元年前后发生的一系列刺杀案。"

崔淼看着聂隐娘，笑得有些邪魅。

"你笑什么？"

"我觉得，龙涎香之杀这几个字，和隐娘倒挺般配的。"

"非也。龙涎香可不是寻常刺客能有的。"从聂隐娘的冰冷语调中竟透出一丝罕见的敬意，"之所以叫作龙涎香之杀，是因为刺客每杀一个人之后，都会在现场焚起龙涎香。龙涎香气弥久不散，而且与众不同，绝对不会引起混淆。"

"所以，刺客是用龙涎香作为标记咯？"

聂隐娘反问："龙涎香可是一件稀罕之物，崔郎以为，刺客为何非要用龙涎香做标记呢？"

"龙涎香又名天子之香，莫非……刺客是代表皇帝而行刺杀？"崔淼一拍大腿，"多半就是！普通人怎么搞得到龙涎香？"

聂隐娘点头道："我告诉你龙涎香之杀中被刺者的身份，崔郎就更清楚了。据我了解，当年死于龙涎香之杀的有金吾卫大将军郭曙、西川节度使韦皋，还有……舒王李谊。"

"等等，等等。金吾卫大将军、西川节度使、舒王！这可都是一等一的达官贵人啊！他们竟然都死于刺杀？"

"对，而且都死于龙涎香之杀。也就是说，他们都是被皇帝派出的刺客暗杀的。"

"哪位皇帝派出的刺客？"崔淼看着聂隐娘的眼睛，"难道是……先皇？先皇为什么要杀这些人？还要用暗杀这种见不得人的手段？"

"这个问题我就没法回答了。但据我所知，先皇在东宫当了二十多年的太子，他的储君位置一直受到舒王李谊的威胁。金吾卫大将军郭曙是郭子仪之子，把持着京畿重地的防务，和舒王李谊曾为同袍，所以关系特别亲密。至于西川节度使韦皋，曾经是西川的一代枭雄，由于他在和吐蕃的战争中立了大功，吐蕃内大相论莽热就是他抓捕到的，所以他居功自傲，从来不把朝廷放在眼里。先皇登基之初，就是韦皋头一个上表，称先皇身患重病，口不能言，无法视政，应该让位给更加贤良适当的人。"

"他居然敢上这样的表章？"崔淼忍俊不禁，"先皇熬了二十多年才当上皇帝，龙椅都没坐热呢，就要把人家赶下台去，这个韦皋也太嚣张了吧。他这么闹图什么呢？再怎么折腾也轮不到他当皇帝，莫非是为他人作嫁衣裳？"

"韦皋肯定是想拥立他属意的皇帝。至于谁是贤良适当的人选，韦皋没有直说，崔郎不妨猜一猜？"

"让我猜？"崔淼思忖道，"我想想，能够将先皇取而代之的无非两个人：一个是当今圣上，还有一个就是舒王李谊？至于韦皋想拥立的是谁，我还真不敢胡乱揣测。"

"有什么不敢的。结局你都知道了——龙涎香之杀所到之处，韦皋头一个丧命，接着是金吾卫大将军郭曙，最后便是舒王李谊。此三人一除，先皇即宣布退位，内禅于太子。于是，咱们英明神武的当今圣上便顺利登基,开始大展宏图了。"

"哈!我知道隐娘为何对龙涎香之杀特别感兴趣了。"崔淼恍然大悟,"若非龙涎香之杀,大唐很可能就不是今天的样子了。"

聂隐娘冷冷地说:"先皇孱弱,即使在位也坚持不了多久,暂且不提。但是当初如果舒王即位,因他得位不够名正言顺,肯定希望拉拢各方势力来支持他,所以我预料,他绝不会像当今圣上这样戮力削藩。"

"微波有恨终归海,明月无情却上天。"崔淼打了个哈哈,劝道,"藩镇大势已去,隐娘何必执着。你我皆凡人,还是随波逐流罢了。"

聂隐娘似笑非笑地说:"崔郎想要随波逐流,为何不早说呢?也省得我们夫妇跟着你这般穷折腾。"

崔淼尚未答话,横躺在车座上的杜秋娘却"哼"了一声,缓缓睁开双目。当她发现自己四肢被绑,嘴里也堵了东西,不禁拼命挣扎起来,还发出"咿咿呀呀"的声音。

"休要乱动!"聂隐娘说,"识相的就帮你除掉嘴里的东西。"

杜秋娘看看崔淼,又看看聂隐娘,狂点头。

聂隐娘将她口中塞的丝帕一把扯下。杜秋娘大口喘息了几下,冲着崔淼叫起来:"崔郎,救我呀!"

聂隐娘斥道:"叫什么叫!再叫还把你的嘴堵上!"

崔淼朝杜秋娘摊了摊手:"秋娘,你还是乖乖地躺着吧,不要吵不要闹,便可少受点罪,咱们还有很长的路要走呢。"

"崔郎,你……"杜秋娘这才认清了现实,双眸闪现泪光,"原来、原来你是故意……"她倔强地昂起头,"你们到底想干什么?"

聂隐娘道:"告诉她吧,迟早要说的。"

崔淼向杜秋娘俯下身,压低了声音道:"秋娘,我们送你回长安去。"

"回长安?"

"是的,回长安。"顿了顿,崔淼补充,"我们还要将你送进大明宫去。"

杜秋娘瞪大眼睛:"为什么?崔郎、隐娘,你们这是为什么呀?当初不是你们帮我逃离虎口的吗?现在为何又要把我送回去?我不明白,这究竟是为什么呀!"

"为什么?"聂隐娘冷哼道,"就因为你面前的这位风流郎君,要用你去和皇帝做一场交易。"

"交易?"

"他要用你去换回他的心上人。"

"崔郎的心上人?"杜秋娘愣愣地看着崔淼,忽然叫起来,"啊,裴炼师!崔郎,你是为了裴炼师吗?"

月光如水在车内流动,照出崔淼冰霜一般的面容。

杜秋娘难以置信地喃喃:"真的是这样……"

崔淼苦涩地笑了笑:"秋娘不是遗憾缺少知音吗?到了大明宫中,你就可以继续弹琴唱曲,也会有人欣赏了。"

"不!我不要!"杜秋娘尖叫起来,"天底下哪有这样的事情!我豁出命才逃出火坑,现在怎可又去自投罗网!我不去!我不去!"

"这……"崔淼怔了怔,狠下心道,"便由不得你了!"

"天哪……"杜秋娘的眼泪夺眶而出,难以置信地来回看着聂隐娘和崔淼的表情,终于颓然倒下。片刻,她又支撑起身子,顽强地说:"你们打错主意了。当今圣上是什么样的人,怎会与你们议价。不可能的!就算你们把我送进宫去,也绝换不回裴炼师,不过多一个人送死罢了!"

崔淼厉声道:"若是没有静娘,你早就死了!那次的诈死之计,其实她已看出端倪,但出于同情和义气,当然也是为了……保护我,她才毫不犹豫地对皇帝撒了谎,使你能够逃出生天。如今她有难……"

杜秋娘一下愣住了:自己的命竟是裴玄静救的?这是真的吗?

崔淼苦笑道:"秋娘,我只能恳求你,帮帮我们。秋娘的大恩,我亦会用命相报就是了。"

杜秋娘气狠狠地说:"谁要你的命!就算我入宫去,你怎么就能肯定,圣上一定会答应你的条件!"

"休要再多费口舌了。"聂隐娘插言道,"道理我都对他讲过无数遍了,可他就是不听。这个人已然鬼迷了心窍,不到黄河他是不会死心的。所以我劝你也死心吧。"

崔淼沉声道:"你们说得都没错,我当然知道,用秋娘去和皇帝做交易,很可能一无所获。但是,我再没有其他办法了。"

车外仍是漆黑的长夜,万籁俱寂中听着车轮滚滚,仿佛宿命一般不可阻挡,令人生畏,但也及不上崔淼的话语更加决然,更加无奈。

"我花了差不多半年的时间,想尽了办法,最终才想出了这个计策。然后我又花了半年多的时间,才找到了秋娘——你的下落。转眼之间,一年就这么过去了。"他的声音变得嘶哑,"我已经浪费了太多时间,不能再等,也不想再等。无论如何,我都必须行动了。秋娘,眼下只有靠你,才可能进入大明宫中,见到静娘。至于别的,我现在根本不能去想。"

6

截舌后的第二十天,裴玄静应皇帝召见,离开牢房,再度站到了光天化日之下。

一早就有宫婢来帮她洗漱更衣。除了在兴庆宫中,裴玄静还没遇到过这样满头银丝的老年宫婢,服侍人的手法倒是十分娴熟,默默无语地帮裴玄静收拾得干干净净。最后,老宫婢举起一面铜镜,让裴玄静照一照自己的样子。

镜子里的这个女子还是自己吗?裴玄静用陌生的眼光打量着铜镜中的面孔。伤口愈合之后,从五官轮廓上几乎看不出变化。新换上的雪白道袍将她的脸色衬得越发晶莹无瑕,而那双一直给人留下深刻印象的明眸变得愈发深邃,在黯淡的铜镜中像两颗漆黑的珍珠。

"娘子真好看啊。"老宫娥直到此时才说了第一句话。

裴玄静有些意外地朝她瞥了一眼,老宫婢又把头低下了。

走出门,便看见前方大片空地上那座孤零零的祭天台。长安三大内,裴玄静都已经到过,她见惯了金碧辉煌,也曾为残破凋敝而黯然神伤。但眼前这一大片寸草不生的荒芜,却是三座皇宫中绝无仅有的。

如果不是祭天台前仍然站着几名神策军,简直不能相信此地属于皇宫。其实祭天台下的地牢已经空了,根本不需要守卫。那几名神策军是专门来看管裴玄静的。

自从受刑之后,裴玄静就被送来太极宫中,关押在三清殿旁残存的下等奴仆的房舍中。除了那几名远观的神策军守卫,整个太极宫西隅的这片狭长地带中,就只有裴玄静这一名囚犯。

很显然,皇帝不希望再有任何人见到裴玄静,所以才做此安排。

她倒觉得十分安逸。

裴玄静上了马车,撩起车帘,看到老宫婢弓着身子,向南去了。

南面是掖庭宫。

掖庭宫中都是最低等的宫婢,其中不少是犯官的女眷,也有犯错遭罚的宫婢甚至被打入冷宫的嫔妃。没入掖庭便意味着终身为奴,很少有人能从掖庭宫走出来,掖庭便是她们人生最后的归宿。所以,打破惯例的上官婉儿才会被称为人中翘楚。

裴玄静注视着老宫婢远去的背影——她因何没入掖庭?又是什么原因使她从掖庭宫中被挑选出来,专门来为裴玄静梳妆?还有,她为什么要说那句话呢?

裴玄静的思绪被拂面而来的春风打断了。将近一个月没有出门,天地已经换了一副模样。暖风和煦,杨花和柳絮在空中簇拥起舞,惹得她的鼻子微微发痒。

春天来了。

只有清思殿仍停留在严冬。龙涎香气与冰块散发的寒气交融在一起，香者更香，寒者更寒。

裴玄静入殿跪拜，良久，才听到皇帝说："宋若昭的尸体找到了，就在太液池中。"

她抬起头。仿佛初遇一般，他们都用全新的目光打量着彼此。裴玄静几乎认不出皇帝来了。

二十天不见，皇帝老了十岁，于阗大玉盘中的冰霜好像全部凝结到了他的鬓边。尤其让裴玄静感到震惊的是，他的神态变了。在裴玄静的印象中，皇帝是她所见过的最傲慢的人。这一点儿也不奇怪，因为他是天子，自然可以睥睨天下。但是裴玄静第一次见到皇帝时，便从他的傲慢中看到了一种敢为天下先的勇气和决心。他的傲气是进取的，是胸怀社稷者的野心万丈。正是这种特殊的傲慢，使皇帝看起来相当年轻。

他真的不像一位守成的君主，而更像一位开疆拓土的战士。他的所作所为也证明了，这是一位从不停歇地"打江山"的皇帝。这样的皇帝怎么会老呢？即便是死，也只能战死在沙场上。

在贾昌的小院中第一次见到"李公子"时，裴玄静便感叹于他的高傲与锐气。从那时起，裴玄静就对皇帝始终抱持着矛盾的感情。她憎恨他将天下人视为草芥，毫无怜悯的冷酷，但也敬佩他对于自身使命的坚持。正是这种相互矛盾的情感，导致了她在面对他的淫威时，一直自相矛盾的行为。她反抗他，但又服从他，均源于她在内心敬重他，同时又厌恶他。

今天，就在裴玄静踏进清思殿前的那一刻，甚至在她听到他说"宋若昭死在太液池中"的那一刻，她都坚信这种矛盾不复存在。对于皇帝，现在她的心中只有恨，再没有别的了。

可是不对啊，为什么皇帝变成了这个样子？他的狂傲呢？他的强硬呢？他的坚韧呢？

裴玄静惊骇地发现，当皇帝失去斗志以后，就仿佛失去了生命的根基。令她既恨又敬的东西同时消失了，如今在御榻上坐着的，几乎是一个老人。头一次见到皇帝时，裴玄静不相信他已年满四十岁；今天见到皇帝时，裴玄静同样不敢相信他还未到四十五岁。

出了什么事？

他不是一切尽在掌握，把最后的威胁都排除掉了吗？

皇帝说话了："朕有样东西，要给你看。"

在云母屏风的后面，皇帝打开金匮，示意裴玄静上前来。

摆在最上面的是《推背图》第二象。

裴玄静的目光停驻在七言诗上，那两个红字格外鲜明，不容忽略。

"看清楚了？"

裴玄静点了点头。

"宋若昭给你看过整部《推背图》？"

裴玄静又点了点头。

"那你可知，第二象预示着什么？"

裴玄静看着皇帝。

他的唇边泛起一抹苦笑："从《推背图》被撰写出来以后，第二象所预示的内容就一直不可言说，因为它代表的是——大唐的国祚。没有人敢解读第二象，也没有任何一位皇帝敢让人去解读它，哪怕是太宗皇帝本人。其实它的寓意不言而喻，从朕登基的第一天起，《推背图》第二象就是朕的信心来源。"他问裴玄静，"你还记得第二象的谶诗原先是怎么写的吗？"

裴玄静记得。

但是皇帝没有等待她的回应，他虽面对着裴玄静在讲这番话，其实是在自言自语："原先的谶诗是这么写的：'江中鲤鱼三六子，重重源源泉渊起。子子孙孙二九人，三百年中少一纪。'解读这首诗太容易了。江中鲤鱼是指李家，重重源源从高祖皇帝而起。子子孙孙二九人，指的是帝位在李家子孙中代代传承，也许是二十九代，也许是十八代。至于'三百年中少一纪'就更好解释了。三百年,是指大唐将有绵延三百年的国祚,而少一纪呢,或许是指三百年少十二年……"他住了口,沉思片刻,才又道,"朕不知道其他人的看法,但朕一直这样解释《推背图》的第二象,朕对此笃信不疑!"

裴玄静听懂了:为什么皇帝说《推背图》第二象给予他信心。因为按照他的解读方式,大唐国祚将近三百年。不管是三百年少一年,还是少一个月,少一天,大唐从现在算起,还有起码一百年的国祚!谶诗第三句的帝位传承,也佐证了这个推测。从高祖皇帝开始至今,如果不算武周的则天女皇,那么当今圣上恰好是大唐的第十一位君主。不论大唐的帝位将传承二十九代还是十八代,都还在方兴未艾之时。

当人人都以为大唐已经风雨飘摇时,皇帝却几乎以一己之力擎起整个江山,正因为他拥有最坚定的信念:大唐距离分崩离析的那一天,还远着呢!而他自己在帝王序列中所处的位置,也恰好位于中间,承担着转折的重任。

如果从现在开始算,大唐还有不少于一百年的国祚,那么皇帝的一切付出都是有意义的。因为他正在把一个帝国从深渊中带出来,重新攀上高峰。从安史之乱开启的持续衰败的局面在他的手中得以扭转,只有这样,大唐才能够浴火重生,再延续一百年!

"可是它变了!"皇帝指着金匮中的第二象,声嘶力竭地说。

是啊,谶诗变了。从二九人变成了二五人,从三百年变成二百年!

太可怕了。裴玄静完全理解了皇帝的绝望。二五人,解释为二十五位帝王尚可,但如果解释成十代传承呢?而三百年变成二百年,则更加直白并且逼迫太甚。现在的谶诗等于在说:大唐将亡,亡于当下!

"你与宋若昭一起勘察过凌烟阁异象,她说那一切都是鬼神之力,包括《推背图》的变字。你也这样认为吗?是吗?"皇帝的问话仍然像过去一样咄咄逼人,但是裴玄静分明感觉到了他的恐慌和虚弱。

她直直地望向他。

皇帝仍然在喃喃自语:"宋若昭死了,一柄宝剑穿胸而过,正如第二象中的鲤鱼……她怎么会死成那副怪样,难道也是鬼神之力吗?"他盯着裴玄静,"假如凌烟阁异象真乃鬼神所托,就是为了让人发现第三十三象的变化。那么,宋若昭死成第二象中鲤鱼的样子,也是为了叫朕留意到第二象的变化吗?"

裴玄静垂下眼帘,不忍再看皇帝。

他冲着她低吼:"你没有听见朕的问话吗?回答朕!"

她只好又抬起头来。皇帝却连连摆手道:"不,你回答不了,是朕错了,错了。你走吧,退下吧。"

7

刚一踏出清思殿,裴玄静便觉全身融暖。春光总能给予人希望。可是——她驻足回首,望着眼前的这座宏伟宫殿,心中竟有一丝恻然:多么可惜,它再也不能接纳春天了。

皇帝将她召来,并不是为了问她话。因为他比任何人都清楚,裴玄静现在什么话都不能说了。他要她来,是他自己有话要说,再不说出来就要发疯。然而普天之下,这些话他竟然只能说给她听。

从皇帝的状况来看,《推背图》第二象的变字已经实实在在地打击到了他。而且事属绝密,他没有办法找任何人来探讨这个问题,纾解自己的恐惧,所以只能在绝望中越陷越深。

裴玄静还不知道发现宋若昭尸体的具体日子,但从皇帝的语气来判断,距今至少有十天了。所以这十多天来,皇帝都在反复咀嚼着变化后的第二象。裴玄静完全可以想象出,他是怎样一遍遍地否定,又一遍遍地确定——自己将要成为亡国之君。

然而，大唐的现状并没有一样能够支撑这个预示啊。藩镇一个接一个被剿灭，大唐从上到下都认定当今圣上是一位不可多得的明君。就连裴玄静也不得不承认，皇帝是大唐中兴的希望，怎么会变成一位亡国之君呢？

普天之下，没人会相信皇帝将成为亡国之君，即使这个预言出自《推背图》。但是皇帝自己却信了，为什么？

裴玄静回到牢房。门关上之后，屋里就只有从木窗栅的缝隙中投入的微弱光线了。尽管如此，她还是觉得这里比清思殿中温暖太多，而且，会越来越暖。这样想着，裴玄静忍不住微笑起来。

皇帝为什么会相信《推背图》变字后的第二象？

因为有凌烟阁的三次显影再到第三十三象的变字，一环扣一环地证实了，这一切都是天意。当《推背图》被挪进清思殿后，凌烟阁不再显影，而宋若昭从太液池中浮出的尸体，又成了第二象变字的征兆。

宋若昭已死，对此裴玄静早有心理准备。她还一直以为，是皇帝杀了宋若昭。如今看来，倒是自己错怪了皇帝。恰恰是宋若昭之死，成了用《推背图》第二象来诅咒皇帝，暗示皇帝将为亡国之君的关键一环，那么她是如何死的呢？

会不会是自杀？不，以裴玄静对宋若昭性格的了解，以及她力求自保的种种行为，都说明宋若昭绝对不想死。实际上，她百般挣扎，千方百计就是想从《推背图》的阴谋中摆脱出去，但还是失败了。最终，宋若昭也被牢牢地编织进了这张大网，并给了皇帝最致命的一击。

皇帝之所以相信改变后的《推背图》第二象，是因为有第三十三象变字的铺垫。裴玄静脱口而出的"弑父"，就是以《推背图》第三十三象的变字为依据的。所以，紧接其后的第二象变字，应该昭示了弑父弑君的后果，是天道轮回的报应！

皇帝相信了，也就等于承认了"弑父"的罪行。

现在，裴玄静几乎能够断定《推背图》这张网究竟是谁织就的了——李忠言。

而且她相信，李忠言肯定已经死了。

截舌后，他来看望她，并向她暗示了自己的下场。

李忠言用自己的死，布下了滴水不漏的棋局的最后一着。由于他的死，即使之前皇帝对《推背图》第三十三象的变字有所怀疑，也不能将第二象的变字再归咎到他的身上。

李忠言巧妙地利用了宋若昭和裴玄静，向皇帝施以最残酷的诅咒——弑君者必遭反弑，皇帝篡夺的帝位将在他自己的手上粉碎。即使这个预言在现实的衬托下显得相当荒谬，但对于心中有鬼的皇帝来说，足够使他崩溃了。

然而，李忠言又是如何掌握到《推背图》的绝密内容，并且设计出这样一个连环相扣的阴谋呢？裴玄静记起来，宋若华曾经向自己暗示过"真兰亭现"离合诗出自丰陵，说明宋若华对李忠言此人早就有所警惕，也许她受到了李忠言的胁迫？当然还存在一种可能性，所有这一切根本就是他们二人合谋的。金匮中变字的第三十三象，就是宋若华在死前放入的。

如今宋、李二人皆已离世，真相将永远不得而知，并且不再重要。

裴玄静更想通了，李忠言为什么要来见自己那最后一面。他要从丰陵来到太极宫中，必须经过皇帝的首肯。也就是说，他是抱着必死的决心而来的。他来见裴玄静，不仅为她在自己的设局中遭受的一切表示歉意和感谢，最重要的是，他是来坚定她的决心。

一句简简单单的"你是对的"，就让裴玄静心甘情愿地成了他的同谋。

皇帝的直觉没有错。在他即将被《推背图》压垮的关头，找来了裴玄静。因为她最有机会戳穿《推背图》的阴谋，但是李忠言以死换来的最后一面，成功地堵住了她的嘴。

所以裴玄静只能让皇帝失望了。也许，想到他正在堕入无底深渊，她甚至还有一点儿报仇雪恨的快意吧。

他可以随随便便地夺走别人的生命，也可以随随便便地粉碎别人的希望，现在，就让他也尝一尝这种滋味吧。

裴玄静决定不再去想皇帝。她还有一件更有意思的事情要做。

她从袖囊中摸出一块小石子，这是刚才回来时她故意在廊檐下绊了一绊，悄悄从地上捡起来的。就着微弱的光线，裴玄静找到了墙壁上的那个位置，用石头上的棱角在墙上轻轻摩擦起来。她摩擦得非常小心，却又胸有成竹。

将近傍晚时，屋中已经暗得什么都看不见了。裴玄静不再摩擦墙面，而是闭目养神，耐心地等待着万物沉睡的时刻。

三更天了。

有人在很远处敲更，此地太空旷，所以更声传来时仍然很清晰。裴玄静撑起身来，将自己搁在榻上的一件襦裙蒙到窗缝上。她知道一直有人在监视自己，但已夜深人静，那些人多少会放松警觉，只要这间小屋没什么明显的动静，监视者也乐得眯一会儿。

怕的是光，一点儿点儿也不行，所以必须将窗缝全部堵上。

屋里现在伸手不见五指了。裴玄静凭着感觉解下衣带，从最里层挖出一块小小薄薄的玉片。顿时，华光绽放，照在裴玄静磨了一整天的墙面上。

除去了表面的灰泥和污垢，墙上的小图便暴露出来。起先，裴玄静只是无意中发现墙上有几处污泥脱落的地方，露出了后面的画作。她进而推想，墙上应该有着完整的图画，所以用手试着剥了剥，果然不出所料。但裴玄静没有继续行动。一则，有工具才能事半功倍；二则，她不想让监视的人发现。因为从显露出来的一小部分画面上，裴玄静已经看到了一条翻腾在海里的蛟龙。

玉片发出的光芒明亮而柔和，照彻了斑驳的墙面。现在，裴玄静能够清清楚楚地看到那一连串的画：海面上的风起云涌；蛟龙激浪；三只在怒涛中挣扎的小船，还有……泣血成珠的鲛人。

画面中的内容应该和金仙观地窟里的壁画一模一样。裴玄静虽未曾亲下金仙观地窟，但从段成式等人的描述中，她知道地窟中的壁画画幅巨大，而且色泽鲜明，笔触生动，气韵天成，令人神往。然而裴玄静在牢房墙上发现的这些壁画，小而潦草，没有设色，只用石青的颜料草草画就，就像是作画者事先所作的草样。

对，就是草图。

金仙观地窟中的壁画作者，一定曾在这间小屋居住过，并且在墙上画下了"鲛人降龙"故事的最初设想。

他是谁？他是如何产生这些瑰丽浪漫的想象，又为何要将它绘制在地下，一个永远不见天日的地方呢？他创作出那么奇妙的画卷，完成了一个不可多得的杰作，却似乎并不希求世人的欣赏？

裴玄静有些担心被人发现，正打算将玉片重新藏起来，突然，她又在草图的边缘发现了一些墨迹。

这次不是画，而是字。

蝇头小楷，和裴玄静擦拭后残存的污迹混在一起，差点儿就被忽略掉了。

裴玄静几乎把脸贴到了墙面上，才勉强辨识出来——

最左边的一列写着："壬子年，蛟奴一岁记，草图成。"

第二列："癸丑年，蛟奴二岁记，海船。"

第三列："甲寅年，蛟奴三岁记，蛟龙。"

第四列："乙卯年，蛟奴四岁记，鲛人降龙。"

第五列："丙辰年，蛟奴五岁记，泣血成珠。"

裴玄静用手按住胸口，否则心就要跳出来了。她看见了什么？这分明是那个神秘的作画者所写的编年志，记载着从壬子年开始到丙辰年，整整五年绘制成金仙观地下壁画的全过程。

此人不但有一手绝世画技，书法也相当精湛，寥寥数字的小楷写得优雅端丽。

但是，从第六列起字体却变了，歪歪扭扭，几不成型。写的是：

"丁巳年，蛟奴六岁了。"

蛟奴？裴玄静猜测，那应该是一个孩子的乳名吧。时人给孩子起的乳名中，常带一个奴字，比如花奴、凤奴。高宗皇帝李治的乳名就是雉奴。但"蛟"字不会用在女孩的身上，所以这个蛟奴应当是个男孩子。

裴玄静惊喜地想，是了，在六岁时，这个叫蛟奴的男孩学会了写自己的乳名。

她情不自禁地伸出手指，轻轻触摸这行稚嫩的笔迹。

丁巳年，那应该是代宗皇帝的大历十二年——整整四十二年前。

多么奇妙啊，她竟与一位四十年前的男孩在此相遇了。许是为了纪念他的降生和成长，孩子的父亲才在地下绘制了令人惊叹的磅礴画卷。

嗯，肯定是父亲作的画。有机会学画的女子太少，完成金仙观地窟中的巨幅壁画所需要的体力，也不是一个女子所能承担的。

这位画师父亲，一边在地下作画，一边在这间小屋里抚养他的孩子。

蛟奴很聪明，因为紧接着的第七列，他的字迹就端正了许多："戊午年，蛟奴七岁，爹爹走了。"

爹爹走了？裴玄静的心里"咯噔"一下。走了是什么意思？孩子还只有七岁，做父亲的为什么要离开？难道是因为，画成了就不能继续留下吗？

右边还有最后一列字，是更显成熟的笔迹："己未年，蛟奴八岁。太子殿下赐名：罗令则。"

裴玄静将玉片藏回衣带中。

在无边无际的黑暗中睁大双眼，她看见了——

玄宗皇帝师从的真人罗公远有一位再传弟子，俗家名为罗义堂。罗义堂曾被代宗皇帝封为国师，在太极宫中的三清殿为代宗皇帝炼丹。大历五年时，一场雷击引来天火，三清殿付之一炬，罗义堂也在火海中失踪，传说他已火解成仙。

看来罗义堂并没有成仙，而是躲到了祭天台下的地牢里。每当夜深人静时，他便悄悄回到这间下等宫奴栖身的小屋，来看望自己的儿子。

不知是因为在金仙观地窟中绘制了"鲛人降龙"的瑰丽画卷，便给这孩子起了"蛟奴"的乳名，还是因为这孩子，特意绘制了壁画。

蛟奴七岁时，罗义堂走了，原因不得而知。先皇将蛟奴接去抚养，给他起名罗令则。

永贞元年末，罗令则因矫诏谋反之罪，被当今圣上诛杀。

原来山人罗令则，就是永安公主口中，那个由先皇抚养长大的道士的儿子。

8

元和十四年夏，宪宗皇帝展开了削藩的最后一战：夺取平卢。

元和十二年李愬发奇兵雪夜入蔡州，一举剿灭淮西吴元济后，各藩震慑于朝廷的威势，纷纷归顺。成德节度使王承宗将儿子送到长安为质，以示投诚。曾经相互勾结刺杀了武元衡的河朔三镇淮西、成德和平卢，一直都是诸藩中最桀骜不驯的，如今也只剩下平卢李师道一个光杆了。

起初李师道上表割让三州，并送儿子进京入侍。皇帝为百姓生计，接受了他的求和。谁知李师道出尔反尔，在朝廷派出使者到平卢宣诏受降时又公然反悔，皇帝忍无可忍，下诏削去李师道的官职，并命魏博、宣武、义成、武宁和横海共五大节度使共同征讨平卢。

自从宪宗皇帝削藩以来，就数这次讨伐难得的顺利。参与作战的藩镇人心已归服，所以仗打得特别卖力，其中尤以田弘正率领的魏博军为翘楚。元和十四年霜降之时，宪宗皇帝采纳了裴度的建议，诏令田弘正取道杨刘渡过黄河。田弘正奉命率军过河后，直捣郓州，一举击败平卢大将军刘悟。很快，朝廷派来的李愬、李光颜和田弘正对郓州形成三军合围之势，李师道逼着刘悟出兵迎战。刘悟知道田弘正的厉害，不愿贸然出击送死，李师道便怀疑他有叛心。内外交困之下，刘悟决心倒戈，回兵郓州斩杀了李师道父子，拎着两颗脑袋向田弘正求降。

至此，平卢藩镇平定。宪宗皇帝从即位伊始便发起的削藩战事，终告全面胜利。

安史之乱后，藩镇割据就成了大唐帝国最大的顽疾。王化之外的藩镇，民风日益悍野，目无伦常，是从盛唐文明巅峰的大倒退，也是大唐人心向背的极大损失。藩镇割据的大唐，犹如浑身长满了毒瘤，处处溃烂不遂，任其发展的话，朝廷就等于被动等死。但削藩战争要消耗已经极其羸弱的国力储备，江南等赋税重地的百姓被盘剥得一干二净，民怨四起。一着不慎，甚至有可能将大唐重新拖入全面战乱、分崩离析的可怕境地。

正因为削藩面临这么多不利因素，从代宗、德宗到顺宗的几代皇帝，均心有余而力不足，最终将这副重担压到了宪宗皇帝的肩上。

元和君臣，终不辱使命。经过将近十五年艰苦卓绝的努力，跋扈河南、河北三十余州六十年的诸多藩镇，从此尽皆听从朝廷约束。诚然有武元衡、裴度、李愬这样的良将贤相为削藩立下汗马功劳，但若没有宪宗皇帝的"慨然发慎，能用忠谋，不惑群议"，诸事仍然不可能成就。

平卢既平，在时人心中，宪宗皇帝绝对称得上是安史之乱后，大唐最英明有为的君主了。

仲夏的傍晚，长安城内的暑气久久不肯消退，滚滚雷声在天边隐而欲发，闷热更甚。城东春明门外的旷野上也是乌云压顶，连一丝风都没有，未见得比城内凉快半分。

城门还未关闭,仍有车马匆匆赶来入城,但碍于将下未下的雷雨,行进的车马明显要少于往常。终南山的阴影下,大片简屋陋舍逼仄地挤在一起,家家户户都敞着门窗透气。这里不像城中有金吾卫巡街管束,不少人干脆坐到门外乘凉,男女老少不分彼此。

只有一个院子的门从早到晚锁得严实,大家都道此处已许久无人居住。暮色更深了,当空中打响第一声闷雷时,一条黑色身影从院墙上一跃而入。

崔淼立即迎了上去:"怎么去了那么久?"

聂隐娘一边擦着额头上的汗,一边回答:"难得故友重逢,本来还要留我夜饮叙旧的,我就是怕你心急,找了个借口离开,已是失礼。"又盯了崔淼一眼,"崔郎何时也变得这么沉不住气了?"

崔淼没有回答,却向东北方向仰起脸来。一道接一道的闪电撕开夜空,闷雷滚滚,空气几乎凝滞不动,但就是不下雨。

"我第一次见到静娘,就是在这样一个雷雨夜。"他说。

聂隐娘也抬头望着天空:"我方才还去了一趟贾昌的院子,那里只剩下一座白塔,什么都没有了。"

乌云翻滚的天际,每一道霹雳闪过之时,大明宫的轮廓都会在龙首原上瞬时突显,带着力压千钧的威严。

聂隐娘道:"这场雨憋了一场天,还不知能不能下来。"

崔淼看着她,问:"都谈好了吗?"

"谈好了。"聂隐娘回答,"田弘正因平定平卢立下首功,圣上已加封他为检校司空、同中书门下平章事,从此便可以着紫袍了。明日圣上将在麟德殿中设宴,亲自召见他。"她终于忍不住"哼"了一声,"真没想到魏博也能有如今之荣耀。"

"大势所趋,隐娘该为之欣喜。"

聂隐娘冷笑起来:"当年田季安统领魏博时,荒淫无道,田弘正看不惯他的恶行,曾私下串联我,希望我夫妇二人能助他除掉田季安,夺取节度使之位。我虽厌恶田季安的为人,但觉得朝廷对魏博虎视眈眈，我们更不应该内讧，所以就乘着田季安排我去刺杀刘昌裔的机会，转投在刘帅麾下。不久便听说田季安暴卒，田弘正乘其子田怀谏年幼，夺下了节度使之位，又向朝廷派去的特使裴度投诚。从那以后，魏博便由一头猛虎摇身变成了朝廷的一条忠犬，现如今更因替朝廷效力，剿灭其他藩镇而受到嘉奖。崔郎真的认为，我会为此而喜悦吗？"

崔淼反问："难道隐娘不愿意看到四海归心、天下一家的局面？"

"不愿意。"聂隐娘干脆利落地回答，"我本出身藩镇，更愿意看到一个欣欣向荣的自主的魏博。"

"但这已经不可能了。"

"是吗？咱们等着瞧。"

"不谈这些了。"崔淼岔开话题，"田弘正看到隐娘突然去访，没有起疑心吗？"

"没有。我们从小一起长大。当年我虽未助他，却也没有去向田季安告发他，所以他对我还是相当信任的。"聂隐娘一笑，"更重要的是，他对我所提之事极为热心。"

"哦？我还怕他不相信杜秋娘在我们手上。"

"他知道我不是乱开玩笑的人。"聂隐娘直视着崔淼道，"我已和田弘正约定，明日他入麟德殿召对之时，将把杜秋娘献给皇帝。"

这就是崔淼苦苦筹划了一年的计划。

聂隐娘又道："田弘正不仅没有怀疑，反而喜出望外。只因他早就听说过，之前皇帝削藩成功，叛臣家眷没入宫闱时，其中就有特别出众者受到皇帝宠幸，还生下了皇子。田弘正如今圣眷正隆，一心想着要锦上添花，能够讨得皇帝更多的欢心。我们此时送上杜秋娘，正中他的下怀。"

这个计策能够成功的关键还在于：藩镇在长安的进奏院遍设眼线，掌握着从皇帝到达官贵人们的各种动向，其准确和详尽的程度甚至超过了长安本地人。聂隐娘和崔淼在商议这个计划时，最担心的是田弘正不了解杜秋娘对皇帝的重要性,多加解释的话又会显得累赘,反而令人生疑。没想到今天聂隐娘刚一提到杜秋娘,田弘正就已知道她曾为长安头名歌妓,连对皇帝曾暗地里宠幸她都早有所闻。于是聂隐娘便顺水推舟地告诉田弘正,杜秋娘在元和十一年诈死离开长安后,生活颇不顺遂,故而心生悔意,想回京城来见皇帝向他认错呢。恰好二女在途中巧遇,聂隐娘便将她护送来了长安。

聂隐娘对田弘正说,这将是魏博再向皇帝献媚的绝佳机会。而自己多年来远离魏博,一直感觉对魏帅有所亏欠,也想借此稍作补偿。田弘正完全可以装作对皇帝的隐私一无所知的样子,只是进献一名出色的歌姬而已。这样连皇帝的面子都顾及到了,却又拍了一个最到位的马屁。对皇帝来说,曾经软玉温香在怀的美人千里迢迢来向自己负荆请罪,纵然是有一副铁石心肠,恐怕也会化了吧。

谈到这里,刚刚荣登三品大员的田弘正冲着聂隐娘抚掌大乐:"此等美事,岂有不成全之理。"于是一拍即合。

头顶上忽然"轰隆"一声巨响,憋了一整天的大暴雨倾盆而下。

聂隐娘与崔淼奔进屋时,榻上的杜秋娘目光炯炯地看着他俩。

崔淼说:"定了,就在明天。"

杜秋娘沉默。

崔淼来到榻前,迟疑了一下,低声问:"你……愿意吗?"

"哼,现在想起来问我愿不愿意了?"杜秋娘道,"千辛万苦地把我从成都弄回长安来,我就算不愿意,现在说还有用吗?"

崔淼说:"秋娘,此中曲直我都对你说明了,如今也不想再重复。我知道这样做对你不公平,但除此之外别无他法。崔某在此谢过了。"说着对她深深一揖。

杜秋娘仍然拉长着一张脸:"你先别急着谢我,明日见到皇帝后,我自己还生死未卜呢。"

"这倒不怕。"崔淼笑了笑,"我相信秋娘之魅,无人能够抵挡。"

"算了吧。我有何魅?裴炼师能让崔郎生死与共,才是女子的真魅力。可叹我杜秋娘风光一时，到头来却连一个真心人都没有。"

轮到崔淼沉默了。

少顷，杜秋娘又道："裴炼师与崔郎对我有救命之恩，杜秋娘虽是烟花女子，却也懂得义气二字。如今二位有难，我自当舍命相助，没什么可多说的。只是有一点，明日我即使入了宫闱，见到了裴炼师，也只能带句话给她。别的，我就真的无能为力了。"

"并不需要秋娘做别的，只要秋娘告诉她——我还活着。"崔淼的声音控制不住地颤抖起来，"请秋娘务必对她说，我就在春明门外的老地方等她，会一直等下去。"

"你傻啊！就算我说了，她也未必愿意出宫！"

"她会的。只有我知道她为什么要进大明宫。所以还要请秋娘告诉她，不必再寻根究底，我什么都不想知道，只要她平安归来。"

"可她怎么能出得来？"

"没关系，我等着就是了。"

"你——"杜秋娘愣了片刻，又恨恨地说，"虽说没有你们帮忙，我可能早就在宫中了。如今在外逍遥了三年，也不算亏。但我既得了自由，现在又亲手将其葬送，只为替你们传句话，我怎么想都觉得不值！"

"我觉得值。"

杜秋娘一咬樱唇："你就不怕我去向皇帝告发你？"

崔淼笑了："如果那样，说不定我死前还能见她一面。此生足矣！"

"你……"杜秋娘再也无话可说，一赌气从榻上下来。

"去哪儿？"聂隐娘挡住她。

"去外面透透气！"

"外面在下大雨。"聂隐娘拦道，"还是早点儿睡吧。明天见皇帝，总得有个好脸色。"

"睡不着！"

聂隐娘顺手一拽，把杜秋娘摁回到榻上："睡不着就好好打扮打扮，晨钟一响我就带你进城。"

雷声不绝于耳，一道接一道凌厉的闪电在窗外划过。突然，一道寒光直接打到眼前，把杜秋娘吓了一大跳。凝神再看，原来是聂隐娘从靴筒中抽出一把匕首，引刀出鞘，昏暗的房中顿时随之一亮。

聂隐娘若有所思地说："明日入宫，不能携带兵刃，这把纯勾还是得留下来。"

"关于这把匕首，我还打探到了一些内情。"聂隐娘对崔淼说，"静娘曾经说过，纯勾是李长吉给她的定情信物，但我却发现，它实际上出自宫中。"

"皇宫里的匕首吗？"杜秋娘好奇地端详着纯勾。

"长吉取自宫中？"崔淼思忖着道，"据我所知，李长吉做过一段时间的奉礼郎，有机会出入宫禁。但以他的官职和身份，应与这样一把宝刃没有瓜葛。"

"据我推断，纯勾是有人带出皇宫后，再交给长吉的。"

"谁？"

聂隐娘道："前朝的大宦官俱文珍。在德宗皇帝时，俱文珍就是权势熏天的大宦官。永贞期间，他以先皇病重为由，极力推举太子监国，传言连先皇禅位的诏书都是俱文珍召集一干翰林所拟，所以当今圣上刚一登基，便将俱文珍封为神策军右卫大将军，知内侍省事，与吐突承璀受到的宠信程度相仿。但后来不知怎么的，俱文珍却突然失宠，还遭到以吐突承璀为首的其他宦官群起而攻之。俱文珍只能称病自愿离宫，不久在外病死。特别奇怪的是，俱文珍虽没有儿女，与族中亲戚也断了往来，以他做了一辈子宦官的积蓄，晚年当能殷实无虞。但他最后却死在长安城的崇义坊中，一处破烂不堪的租屋里面。恰好，长吉在长安为官时十分拮据，也租住在同一所房舍里。"

"还有这等事？"崔淼原本满腹心事，却也被聂隐娘所说的故事吸引住了。

"我曾去过崇义坊的那个地方,还几乎遭了暗算。记得吗?就在原先想送她出城的那一晚。"聂隐娘朝杜秋娘一指。

"我听韩湘说过,你们遇上了会邪术的昆仑矮奴。"

"哼,说明皇帝也找到了那里。"聂隐娘冷笑道,"你想,皇帝总不会是关心李长吉吧?"

崔淼说:"有没有可能……俱文珍栖身于崇义坊中,正是为了躲避皇帝的追杀?"

"很有可能啊。"杜秋娘插嘴,"像他那么有地位的人,一定得躲到最穷陋的地方,才不容易被发现嘛。"

"那他为什么不离开长安?"

"也许他确实有病,没法走远,所以只得在崇义坊中暂时安顿下来。"

崔淼点头道:"有道理。但是俱文珍万万没有想到,竟有一位朝廷官员也住在那个破烂地方。"

聂隐娘说:"谁会想到长吉竟困顿如此呢?更要命的是,长吉肯定认出了俱文珍!"

"对!"崔淼越听越来劲,就连黯淡的目光也恢复了些许往日的亮度,"所以俱文珍若想继续躲藏的话,就必须请长吉帮自己隐瞒。为了达到这个目的,也许他向长吉透露了一些宫闱秘闻,也许他还指望着长吉能帮他逃出长安。然而贫病交加,再加上担惊受怕,没多久就一命呜呼了。"

"于是……"聂隐娘的目光落到纯勾上,"他将这把匕首留给了长吉。"

崔淼小声叫起来:"我明白了!当初武元衡会找上静娘,多半也是因为查得长吉拿到过纯勾!可是……这把纯勾到底有何蹊跷?"

"原先我也想不通这一点。"聂隐娘慢吞吞地道,"纯勾的确是一把不可多得的宝刀,身为刺客一眼就能看出它的价值,也想不惜代价地得到它。但这只是一个刺客才会有的欲望,对于普通人来说,纯勾上的宝石已经全部剥除,本身并不值多少钱。皇宫中的宝物何止千万,传世名剑想来也不会少,失去一把纯勾又有什么大不了呢,非要千方百计地去寻?"

她从怀中摸出一张纸,轻轻放在桌上:"直到今天,我在田弘正处看到这个,才大概猜出了其中的道理。"

杜秋娘先抢到手里,念道:"辛公平上仙……这是什么意思?"

崔淼将蜡烛移近,两人凑在一起读起来。须臾,崔淼惊道:"这说的是刺杀皇帝啊!什么人竟敢编造这样的故事?"

聂隐娘答非所问:"这里面提到的匕首,前后一样宽,像一把直尺的奇怪形状,你们不觉得眼熟吗?"

不约而同地,崔淼和杜秋娘凝视横陈于烛光下的纯勾,它的寒光亮过烛火,亮过闪电,仿佛能照彻人世间一切罪恶。

"我听他们说,这则《辛公平上仙》的故事是今年上元节时,从数个祈愿灯上散布出来的。后来朝廷派出金吾卫四处搜罗,民众禁不住惊吓,纷纷将捡到的上交,也有偷偷撕毁或者烧掉,总之无人敢于私藏。"说到这里,聂隐娘微微一笑,"但魏博进奏院是不怕的。我今天去见田弘正时,他便给我看了这个。我觉得有趣,干脆趁他不备夹带了出来,也让你们开开眼界。"

崔淼的眼波一闪:"田帅为什么要给隐娘看这个?"

"最近圣躬不豫,京城中传闻四起,说什么的都有。其中便有一个说法,指上元节时自天而降的《辛公平上仙》乃为凶兆。因此田帅才给我看了这个,让我明天见到圣上时,不要唐突。"

杜秋娘忙问:"皇帝的身体不好吗?怎么不好了?"

"这我可不清楚。"聂隐娘瞥了她一眼,"明天秋娘就能见到皇帝了,到时候自己去问便是。"

杜秋娘顿时面红耳赤。

崔淼点头道:"这么看来就太有意思了。先不去管《辛公平上仙》由何人炮制,至少有一点很明确,纯勾应当是一柄刺杀皇帝的凶器！"

聂隐娘问："是已经杀过，还是即将要杀？"

她的口气使杜秋娘情不自禁地打了个寒战。

崔淼说："也许……都是。"

"可惜，这将成为一个永久的谜团了。"聂隐娘冷笑。

9

将近四更时，雷雨方止。长安城中晨钟声响起，杜秋娘最后一次揽镜自照。镜中的容颜娇艳无双，正是长安公子们豪掷千金仍难得一见的绝世美貌。

"该走了。"聂隐娘替她戴上帷帽，坐进停在院中的马车。

崔淼将手搭在车辕上："隐娘——"他欲言又止。

"放心吧，我们会按计行事。"聂隐娘道，"你只在此等候便是。"

"我跟你们一起去吧，请隐娘的夫君留下，我代他赶车好不好？"崔淼的双眸灼灼闪耀。

"不行。你曾在皇宫走动过，万一被人认出来呢？"聂隐娘的语气罕见的温柔，像在安慰不懂事的兄弟，"哪怕只是怀疑，都会令我们功亏一篑的。不可冒险。"

可是她的话不起作用，崔淼的双手仍然在车辕上握得死死的。隔着车帘，杜秋娘看不到他的表情，却恰好能看到他手背上暴起的青筋，心中煞是不解——不是都说得好好的，崔淼即使去了也帮不上任何忙，反而容易闹出乱子，怎么到临出发时又变卦了？难道，他不相信自己和聂隐娘吗？

正在胡思乱想，耳朵里突然听到一声闷响，抓着车辕的手松开了。杜秋娘掀起车帘一看，崔淼直挺挺地躺在泥地里，已然失去了知觉。

"呦，这是作甚？"杜秋娘话音未落，就被聂隐娘一把拖回车内。

"别乱动,坐好!"

马车左右一晃,徐徐驶出院子。

"他没事的,就这么乖乖地躺着挺好。"聂隐娘道,"这家伙果然心思敏锐,竟被他看出了我的念头。"

"你的念头?什么念头?"

聂隐娘不答,杜秋娘却见她的手中赫然出现了纯钩,不觉一惊:"你不是说今天进宫面圣时,不能带着它吗?"

聂隐娘似笑非笑地看着她:"我们都会被搜。但是不会有人搜你。"

"我?"

聂隐娘指了指她抱在怀中的琵琶:"这把琵琶是你的心爱之物,曾用它为皇帝弹奏过多次,琴音也深得他的喜爱,对吗?"

"对啊……"

"那好,就把纯钩藏在琵琶套中,由你抱着一起上殿吧。"

"为什么?"杜秋娘大惊失色,"啊!你不会是想要、要……"

"不好说。"聂隐娘轻轻地笑了笑,"实话告诉你,我还没有决定。"

"太荒唐了,隐娘怎可如此轻率!"杜秋娘真的吓坏了。

"轻率?不,瞬间决定一生,我这一辈子都是这么做的。"

马车正排在入城的队伍中,赶着最早一班的人流进入长安。夏季日出早,东方已拉出第一道晨曦。一夜雷雨过后,清晨的空气难得凉爽,龙首原上空的那方彤云说明,今天将是一个灿烂的大晴天。

金吾卫一辆一辆地放马车通行,浑然不知其中一驾不起眼的马车中,两个女子正在讨论刺杀大唐的皇帝。

经过盘查时,杜秋娘紧张得全身汗湿,抱着琵琶的双手一个劲儿地颤抖。她的头脑中一片混乱,无法想象今天等待着自己的将是什么。她甚至有种冲动,想在金吾卫盘问时跳出马车,叫喊救命,也许还能逃过此劫!

最终，她什么都没有做，任马车波澜不惊地进了城。

马车向前行进了一小段，聂隐娘才又开口了："我最初刚当上刺客时，便有过刺杀皇帝的念头。为了魏博去刺杀其他藩镇的节度使，怎比得上为了魏博去刺杀皇帝来得痛快？不过，这种事情也只能想想，我毕竟连见到皇帝的机会都没有，又谈何刺杀呢？岁月蹉跎，转眼天下藩镇尽已归服朝廷。这些年来，皇帝真是一点儿时间都没有浪费。时至今日，就连魏帅也要以一条走狗的身份走进大明宫，去向圣上摇尾乞怜了。哼，却没想到，我的机会也来了。"

"你在说什么呀？我听不懂……"杜秋娘无助地喃喃着。

"对于一个刺客来说，刺杀皇帝不啻为最高的目标。我聂隐娘当了一辈子的刺客，想要给此生一个交代。"

"那就非要刺杀皇帝吗？你这样做，会连累我们所有人的！"

"我没说非刺杀他不可。"聂隐娘的语气半真半假，让人捉摸不透，"纯钩是一件不可多得的宝刃，但也得有配得上它的被刺者。否则，我留着纯钩又有何用？《辛公平上仙》的故事说明了，纯钩就是用来刺杀皇帝的！如今我的手中有纯钩，又能上殿面见皇帝。十步之内，只要我想杀他，谁都拦不住！"她的双眸中放出奇异的光彩，"你懂得对于一个刺客来说，这是何等的诱惑吗？"

杜秋娘不可思议地看着她："可就算你杀了皇帝，又能改变什么呢？天下藩镇俱已归服，难道皇帝死了，你们就又能造反了不成？"

"假如十年以后，当然不可能再翻盘，但如果皇帝现在就死了，你看着吧，那些刚刚归顺的藩镇一定会群起而反之。十五年削藩，靠着皇帝的铁血意志方有所成。一旦没了他，还不知会怎么样呢！"

"造反就那么有意思吗？"杜秋娘气喘吁吁地问，"我真不明白，做大唐的子民有什么不好，为什么非要做叛臣逆子？"

"你当然不会明白，可是我们明白。"

眼见哀求没有结果，杜秋娘强硬起来："行，你明白你的，别扯上我好不好！我是为了报答崔郎和裴炼师的救命之恩，才答应舍身入宫的。现在可好，连我的命也要搭上了，凭什么呀！"

聂隐娘呵斥："先别急着叫屈！第一，我说了我未必会刺杀，要待上殿之后看了皇帝的言行再作决定；第二，就算我真的刺杀了皇帝，我聂隐娘向来一人做事一人当，绝不连累他人。"

"怎么可能！纯勾是我带进去的，我能脱得了干系吗！崔郎肯定也得受到牵连，更别谈再见裴炼师了。聂隐娘，你只图一人痛快，却要伤害到那么多人，你于心何安？！"

"既为刺客，首要断人伦六亲之念。"聂隐娘一哂，"这种话就不必说了。"

"我不愿意！"

"你别无选择。"聂隐娘的语气冰冷似铁，"做，你尚有一半的机会全身而退；不做，我现在就杀了你。"

杜秋娘瘫倒在车座上。

到达皇城前的天街时，一轮旭日已经从东方升起。在承天门前与田弘正的人马会合后，再由金吾卫引导着，沿皇城外侧向龙首原而去。越往东走，朝阳的光芒越灿烂，当他们终于停在建福门前时，隔着车帘都能感觉到前方金光闪耀，如上九天凌霄。

大明宫到了。

此后的路程对于杜秋娘来说，就如梦境一般恍惚。她不记得自己经过了多少道宫墙，也不记得路过了多少座崇殿，她甚至连怎么一路走去最后站到麟德殿前都浑然无觉。她只看见铺天盖地的金色，连呼吸的空气好像都闪着金光。

她想，我要晕了，我走不动了，我就快倒下了。

当麟德殿的三重宫阙和两座楼阁伫立在前方时，侍卫将他们挡住，让在殿外等候。杜秋娘长长地透过一口气来，心中只觉得奇怪，自己居然活着走到了这里。

田弘正应召入殿去了。

不知过了多久，一名黄衣内侍到殿前宣召聂隐娘和杜秋娘二人。

杜秋娘跟在聂隐娘身后，亦步亦趋登上高高的御阶。

殿门前，一名金甲侍卫拦住她们的去路。先搜过聂隐娘，又来到杜秋娘的面前。

他命令："摘下帷帽。"

不知从何处伸过来两只手，直接将杜秋娘头上的帷帽除去了。

她不由自主地抬起头，双手紧抱琵琶。纯勾就藏在琴套的内侧，绝不会滑出来，但她仍然下意识地拼命抱着。她感到聂隐娘从旁边射来的目光，比纯勾的刀锋还要锐利。

侍卫会搜身吗？会检查琵琶吗？杜秋娘紧张得快要失去知觉了。她迷迷糊糊地想，也许搜了更好，那样就彻底解脱了。

她并不知道，对面的侍卫内心同样忐忑。只因他清楚地回忆起来，自己曾经如何期盼一睹美人的芳容而不得，又曾如何在为微服寻花问柳的皇帝值守时，忍不住想入非非意乱情迷。他从来没有想到过，有朝一日美人就站在自己的面前，离得这么近，只要伸出手去便能一亲芳泽……

他激灵灵地打了一个冷战，清醒过来——不可造次！

金甲侍卫向后退了半步，让出通道。

聂隐娘无声地微笑了。

两名女子，一个黑衣劲装，一个襦裙飘逸。当她们并肩进入麟德殿时，立即吸引了所有的目光。

聂隐娘率先跪下，杜秋娘也跟着跪在她的身旁。

杜秋娘没有看清殿中的任何人和物，只是腾云驾雾地走进去，又稀里糊涂地跪下来。脑海中唯一的念头竟然是：有没有到聂隐娘所说的十步一杀的距离呢？

一个声音在说话，这个声音是她记得的。

她情不自禁地循声抬头，望了过去。

杜秋娘惊呆了。那个头戴冕旒、身穿龙袍正在讲话的人是谁？是皇帝吗？为什么和她记忆中的完全不同？

声音是对的，面孔是对的，姿态和表情也都是对的。但合起来的这个人却又是杜秋娘完完全全陌生的。

那个多次造访过她的宅院，曾与她耳鬓厮磨，乃至肌肤相亲的人是他吗？

杜秋娘幡然醒悟过来：是，她一直都知道那个人是皇帝。但事实上与她相会的从来就不是皇帝，而是"李公子"。所以，当初她宁愿用诈死来逃避的人，又是谁呢？

她好像头一次用这样的眼光来检视自己的内心。

杜秋娘还没来得及思考完这个问题，高高在上的皇帝却站起身，自御座上缓缓走下。

他先来到杜秋娘跟前，但只是不易察觉地停了停，便又向聂隐娘走去，站在她的前方。

皇帝说："聂隐娘，朕第一次知道你，是从嘉诚公主的信中。"

聂隐娘跪得笔挺，朗声答道："嘉诚公主是妾一生中最敬佩的人。"

"敬佩她什么？"

"公主以千金之躯下嫁田绪，终其一生都在完成自己的使命，最后薨于魏博。"聂隐娘的声音中充溢着罕见的情感和毫不掩饰的崇拜，"在妾的心中，嘉诚公主是世上最勇敢的女子，一位伟大的战士。"

"朕听说，你也是一个勇敢的女子？"

"妾不敢当。"

"你既然如此崇敬嘉诚公主，却为何不肯接受她临终的嘱托？"皇帝的话锋突然一转。

"公主要求我辅佐田季安，但此人阴险残暴，我不愿意。"

"哦，那么田弘正要将田季安取而代之时，你为何也不肯相助？"

"妾虽不能应嘉诚公主之命，但也不能负她。"

"不，这些都不是理由。朕认为，你身为魏博大将之女，身怀绝技，却背弃魏博转投刘昌裔，乃是因为在你的心中，不论田季安还是田弘正，都偏向朝廷。而你却是彻头彻尾只忠于魏博，目无唐廷。朕说得对吗？"

面对如此尖锐的指责，聂隐娘毫不动容，竟然反问皇帝："是嘉诚公主这样告诉陛下的吗？"

更让人匪夷所思的是，皇帝竟然也承认了："正是。嘉诚公主在给朕的绝笔中写道，魏博已不足为患，唯一的隐忧就是你——聂隐娘。她告诫朕，不要小看了这个女刺客，如有机会必将除之。"

聂隐娘仰起头，直视着皇帝。

"但是朕问自己，为什么要除掉你？你能给朕造成什么损害呢？什么都不能。"

聂隐娘道："陛下有一点说得不对。妾从未背弃过魏博。过去没有，将来也永远不会。为了魏博，妾随时可以赴死。"

"很好。那么朕便问你，归顺大唐的魏博和桀骜不驯的魏博，有何区别？"

"桀骜的魏博只有魏帅，归顺的魏博还有皇帝。魏帅再不好，我们看得见。而皇帝却离得太远。"

"此刻，朕就在你的面前。"

片刻的沉默，聂隐娘道："妾可否问陛下一个问题。"

"可以。"

"陛下会怎样对待魏博的百姓？"

皇帝露出微笑："这还需要问吗？魏博是大唐的魏博，魏博的百姓是朕的子民。你觉得，朕会怎样对待自己的子民？"

"请陛下明示。"

"朕将无为而治。"

"无为而治？"

"无为而治乃治国的最高境界，贞观和开元的盛世都是与民生息、无为而治的成就。朕一直心向往之。然而直到今天，朕才有了无为而治的条件。正是为了达成这个条件，嘉诚公主以及许许多多的人，付出了包括生命在内的一切。这么说，你能听懂吧？"

良久，聂隐娘道："妾还想请问陛下，嘉诚公主是您的……"

"嘉诚公主是德宗皇帝的妹妹、先皇的姑姑、朕的姑祖母。"皇帝庄严地说，"好了。聂隐娘，你可以退下了。"

聂隐娘向上深深稽首。没有人知道，她是在拜别面前的天子，还是一位已逝去多年的和亲公主。

直到聂隐娘奉旨退出殿外，杜秋娘才如梦初醒。她突然意识到，刚才皇帝和聂隐娘的那段长长的对话中，他们之间始终仅有一步之遥。

杜秋娘眼前一黑，晕倒在大殿上。

第五章
蘋花梦

1

杜秋娘是被龙涎香"吵"醒的。这股香气醇厚而霸道,一下子便冲破了盘桓在她脑际的重重黑幕。

杜秋娘睁开眼睛,首先看到的便是从博山香炉中升起的袅袅香烟,在头顶上变幻出不可名状的形态,无声地穿梭于一层又一层的华贵帷幕之中。

我在哪儿?

她撑起身来,环顾四周,可是金色的帷帘一直垂到地上,只有烛光从帘外影影绰绰地透进来,好像还有人影在晃动。

她伸出颤抖的手,掀开帷帘的一角。

杜秋娘惊讶地看到,紧靠榻前的檀木圆几上搁着一个碧色的玉盘,盘中盛着一汪清水,纹丝不动。盘底的中央,一只蹲伏在莲叶上的青蛙栩栩如生。她有些好奇,便朝水中探出一根玉指。

哎呀,冰凉刺骨!

"你在做什么?"

杜秋娘吓得全身一颤。

这个声音她太熟悉了,所以连抬头看一看说话者的勇气都没有,只好缩在榻上发抖。那人却掀帘而入,自自然然地在她的身旁坐下。

"你在做什么?"他又问了一遍,语气是温和的。

杜秋娘支支吾吾地回答:"妾、妾想看看里面有没有……鱼。"

"鱼?"他好笑地说,"哪来的鱼?这盘中之水是由冰融化的,不是用来养鱼的。"

"冰?"她又气喘吁吁地问,"床榻前为什么要放冰?是因为天气太热吗?可是殿中十分凉爽啊……"

没有回答。身旁的人一味沉默着,寂静压迫得她几乎窒息。杜秋娘终于忍无可忍地抬起头来。

她看见了——"李公子"。

换上便服的皇帝又恢复了杜秋娘记忆中的模样,正在默默地打量着她。见杜秋娘朝自己望过来,他微微一笑,说:"你一点儿都没变。"

也不知怎么了,杜秋娘竟激动得热泪盈眶。她赶紧低下头去,不想让他看出来。

"我呢?你看我有没有变化?"

"也没、没变……"

她的下巴被一只手轻轻托起。

"都没好好看过,怎么知道变不变,瞎说。"

杜秋娘只得瞪大双眼,可是皇帝的五官太过标致,离得越近越失真,而他那切近的气息更令她头晕目眩,无法自持。

"说吧,为什么要回来?"皇帝突然问。

"妾、妾想……"

"想什么?"

在杜秋娘的嘴边,既有一路上准备得滚瓜烂熟的回答,也有此时此刻突然涌上心头的真心话。不可思议的是,这两者居然完全相同,但她就是说不出口。

"这个问题很难回答吗?"皇帝戏谑地说,"那就换个问题——

这是什么?"

暗影憧憧的帷帐中划过一道寒光,顿时把杜秋娘从神魂飘荡的状态中彻底唤醒了。

她恐惧地注视着皇帝手中的纯钩。

"这是从你怀抱的琵琶套中搜出来的。你怎么会有这种东西?还藏着它上殿面圣?"

皇帝的表情和语气都很平静,杜秋娘却怕得全身颤抖起来:"妾……"她语不成句。

"你想杀朕?"从他变换自称的这一刻起,所有的柔情蜜意都消失了,现实就如他的话语一样,遍布杀机。

"不!"杜秋娘本能地叫起来,"不是妾!是、是聂隐娘!"

"聂隐娘?"

"对,都是她逼妾的!"杜秋娘面红耳赤地辩白,"是她强迫妾把匕首藏在琵琶套中。因为她说,上殿之时任何人都将被搜身,唯有妾、妾会是个例外……"

"你是例外?"

杜秋娘抬起泪光盈盈的双眸,哀求地看着皇帝:"我不愿意,她就要杀妾。妾实在是没有办法啊……请您相信我,我说的都是真的。"

"明白了。"皇帝微微颔首道,"你的意思是,想杀朕的人是聂隐娘。"

"是。"

"而且她还胁迫你,利用你的特殊身份,将凶器带到了麟德殿上。"

"是的……她说,十步之内,取人首级如探囊取物。"

"原来如此。"皇帝沉吟道,"可是,朕在殿上与聂隐娘有一番对谈,当时朕就站在聂隐娘的面前,与她相距不过一步,她为何始终没有出手呢?"

"我不知道。"

大唐悬疑录 4:大明宫密码 277

皇帝盯着杜秋娘："抑或是你在说谎？根本就不是聂隐娘要你私藏凶器。要杀朕的人——就是你。"

"妾没有！"杜秋娘又急又怕，泪水夺眶而出。

"说！匕首是从哪儿来的？"

杜秋娘哭着回答："妾说过了呀，真的是聂隐娘给我的……"

"胡说！她怎么可能有这把宝刃！"

"妾不知道！妾真的不知道！"

心中的恐惧升到了顶点，杜秋娘终于意识到自己的处境有多么险峻了，简直就是生死一线。世人均道皇帝冷酷多疑，但在她过去的印象中，他虽精明高傲，却也有温柔细腻的一面。难道是她错了？难道她从来没有见识到他的真面目……

"再给你一次机会。"杜秋娘听到皇帝在说，"为什么要回来？"

她抬起泪水恣肆的面庞，隔着水雾，他的五官看起来柔和多了，似乎还带着几分情思缱绻。杜秋娘含泪道："妾回来是因为……我想念李公子。"

良久，皇帝才说："哦？那当初为什么要走？"

杜秋娘忽然又冷静下来，横竖就是一个死罢了，没什么大不了的，自己不都死过一回了吗？既然从不把自己看成寻常女子，为什么还要言不由衷呢？她杜秋娘这一生，只想坦坦荡荡地做自己，要死要活，看着办吧。

她脱口而出："其实当初，我只是想吓吓陛下。"

皇帝询问地挑起眉毛，"哦？"

"妾就是想看一看，如果妾死了，李公子会不会伤心难过？"见皇帝露出不可思议的表情，杜秋娘的眼波在他的脸上悠悠一转，"最初妾以为，是李公子要用扶乩木盒毒杀妾，妾既痛心又害怕，便决定将计就计……妾也曾担心过李公子洞若观火，能够看透妾的花招，不料陛下竟然信了。后来妾才知道，是我错怪了李公子……"

过了好一会儿，皇帝才道："简直是胡闹。"

杜秋娘听他的语气还算平和,便壮起胆子道:"胡闹又怎样?否则,妾永远都不会知道李公子对妾是否真心!"

"你冒着生命危险,犯下欺君之罪,就为了知道这个?"

"妾当然想知道啦。"杜秋娘索性使出最拿手的好戏——撒起娇来,"李公子是不一样的人嘛,全天下的女子都只能等待陛下的垂青和恩宠,却不敢企盼陛下一分一毫的真心。可杜秋娘偏是不甘。"事到如今她已经豁出去了,反而对答如流起来。

"你得到答案了?"

"没有。"她懊丧地低下头。

"你这又是何必呢?"他的话音中竟有着意外的柔情。

杜秋娘情不自禁地抬起眼帘,瞟了他一眼,赶紧楚楚动人地把头低下了。

"你以为朕就那么容易骗吗?"

杜秋娘的心又是一颤。

"元和十一年中和节那天,你乘马车自春明门出城而去。当时与你同行的,正是聂隐娘,对吗?"

杜秋娘惊愕地瞪着皇帝:"你?"

"朕全都知道。"

"啊!"

他的手轻轻拂上她的面颊:"朕一直在青龙寺目送你离去。那个中和节,朕过得不太愉快。准确地说,是颇为伤心。"他的动作和语气都很温柔,却依旧带着清醒和孤高的风度。

杜秋娘的心狂跳起来,曾经在平康坊中令她痴迷的一切,在今日的大明宫里,再度不费吹灰之力地征服了她。她低声问:"为什么不拦妾?为什么要放妾走?"

"因为……"皇帝沉吟着说,"正如你方才所说的,全天下的女子都只能等待朕的垂青与宠幸,而你却用诈死来逃避朕,这让朕颜面何存?"他笑了笑,"没错,朕可以轻而易举地把你拦下,更可以轻而易举地将你纳入宫中，但在朕的后宫中尽是这样的女人，并不缺少你一个。所以当时朕就想，不如放她去吧。她既然那么讨厌朕，硬把她留在身边也没意思。"

杜秋娘忙道："妾并没有讨厌李公子，哦不是，是陛……"该改口了，她却无法启齿。

"其实在宫中，你不该称朕为陛下，而是称大家。"

"大家？"杜秋娘唤了一声，觉得怪怪的，忍不住扑哧一笑。

"有什么可笑的。"他嗔道。

"是，大家。"杜秋娘的笑颜终像春花一般绽放开来，夺目的光彩把整个帷帐都照亮了。

"现在可以说实话了吧？你究竟为何而来？"

杜秋娘正色道："妾说的都是实话。聂隐娘胁迫妾藏械入殿，妾如果不从的话，就只有死路一条。但是她也说了，未必会行刺杀之事。于是妾便抱着万一的侥幸，跟她进到大明宫中。因为妾始终觉得，弑君大罪，即使对于聂隐娘这样的刺客来说，也是最艰难的决定。她固然可以将生死置之度外，但是由此引发的天下动荡、社稷危难她岂能坐视？聂隐娘终究不是一个丧心病狂之徒。再说天下藩镇俱已归顺，此乃大势所趋，以她的一己之力，是不可能颠覆的。所以妾坚信她刺不出这一刀。她之所以要逼着妾走这一遭，无非是想给自己一个交代罢了。"

"你这番话说得倒颇有些见地。"皇帝似笑非笑地看着她，"不过，你还没有回答朕的问题。"

杜秋娘的脸腾地涨红了，噘起嘴不说话。

"既然说到聂隐娘，你就把整个经过都讲一遍吧。"

他对她终究还有怀疑，对此杜秋娘并不意外。她定了定神，道："当初妾诈死还魂之后，须设法出长安城，崔淼郎中就找了聂隐娘来帮忙。他们好像在藩镇时就认识了。元和十一年中和节那天，聂隐娘将妾送出长安，又一路陪妾到了洛阳。在那里妾便与她分手了。

从此妾独自一人浪迹天涯，东躲西藏了整整两年，虽然银钱上无忧，但这种漂泊不定、无亲无友的日子，过得实在没有滋味。最后妾到了成都，找到浣花溪畔的薛涛炼师，想拜她为师修道，跳出红尘，偏偏她又不肯收妾做徒弟。"说到这里，她悄悄地瞥了皇帝一眼，见他听得十分专注，脸上没有丝毫不悦，甚至还有一抹怜惜之色，心中更加安稳，便继续道，"妾再也不想流浪了，就在浣花溪边赁了一所小院住下，总算过了几天安生日子。谁承想，就在旬月前的一天，聂隐娘突然闯进妾家，不由分说就把我绑了出来。上路之后，她才告诉妾，因魏博节度使田弘正立下军功，被皇帝召入京城封赏。而她虽出身魏博，却从未替魏博做过事，所以这次就想用妾来锦上添花，让田弘正把妾献给皇帝，从而赢得皇帝更多的欢心。一路上妾哭也哭了，闹也闹了，还想法逃跑过。唉！可是落入了聂隐娘之手，妾当真是插翅也难飞啊，最后只得认命了。况且……"她停下来，再一次向皇帝投去情意绵绵的目光，"况且妾在这三年中饱尝了漂泊之苦，才懂得知心之人可遇而不可求。想当初杜秋娘最风光的时候，围绕在身边的既有达官贵胄，亦不乏风流才子，可到头来真正的知音也只有……"

沉默片刻，杜秋娘又道："直到今日入宫前，聂隐娘才说出了她的刺杀大计。妾吓得差点儿晕厥过去，却也只得照她的话办。可是正像妾方才所说的，妾始终不信聂隐娘真的能出手，事实也如妾所料。"

"如果她出手了呢？"皇帝冷冷地问。

"如果……"杜秋娘直视皇帝，"如果她真的出手了，妾也将断无生路。所以妾会拼死不让她拿得琵琶套中的匕首，妾想过，在大殿上哪怕能拖延一瞬，也就足够了。"

"朕听明白了。"良久，皇帝才道，"并不是聂隐娘利用了你，而是你利用了聂隐娘——回到朕的身边。"

杜秋娘垂眸，轻轻地吁出了一口气——他终于信了。

皇帝伸出手臂揽过来,她顺势靠进他的怀中,沉醉地闭上了眼睛。

"你在这个时候回来,朕很高兴。"皇帝轻声说。

杜秋娘不懂他为什么要强调这个时候,但既然他说很高兴,她便也高兴极了。

"你会后悔吗?"他又问。

杜秋娘摇了摇头。

她曾经后悔过,但是现在不会了。她只有一点儿小小的遗憾——自己到底还是欺骗了他,好在欺骗的成分很少。在那段长长的表白中,她只隐瞒了和崔淼以及裴玄静有关的部分,其他全都是真的。况且她坚信,这些极为有限的谎话绝对不会伤害到他。否则,又怎能骗得过精明如斯的皇帝呢?

唯有她的真挚女儿情,才能说服他的这颗帝王之心。

"知道朕为什么喜欢你吗?"皇帝在她的耳边轻声问。

杜秋娘摇了摇头。

"因为你很有勇气,一旦明白了内心所求,便会不惜一切代价去寻求。你不是贪生怕死之人,与那些庸脂俗粉更有着天壤之别。"

杜秋娘被赞得心花怒放,却故意道:"妾知道了,喜欢妾就是因为妾傻,不懂得惜命。"

"喜欢你,因为你和朕是一样的人。"

杜秋娘无言以对了。

"话都说完了。"皇帝拍了拍她的手背,"弹一曲琵琶给朕听吧。朕想了很久了。"

"是。"杜秋娘忙道,"妾的琵琶呢?"

"不用那把琵琶了,朕另外给你一把好的。"皇帝指了指榻旁的架子。

杜秋娘向他嫣然一笑,溜下榻去。她光脚踩在丝毯上,脚底感到从未体验过的细腻柔滑,整个人都变得轻飘飘的,恨不能立即起舞。架子上放置着一把紫檀五弦琵琶,杜秋娘好奇地将它抱起来。

紫檀木的琴身闪着悠远的光华，琴弦也一看便知是有年头的了，镶嵌在琵琶上的片片螺钿却像崭新的一样绚丽，美不胜收。

她轻轻拨了拨弦，一阵比珠玉更玲珑，比月光更剔透的琴音便在帷帐中响起来。

杜秋娘又惊又喜："这把琵琶是……"

"你猜。"

"莫非……是杨贵妃用过的那一把？"

皇帝微笑着点了点头。

杜秋娘喜不自胜地抱着琵琶回到榻上，正要弹奏，又停下来。

皇帝问："怎么不弹？"

杜秋娘目光炯炯地看着他："我在成都时听薛涛姊姊说起过一把琵琶，不知是否就是这一把？"

"哦？她说了什么？"

"她说，曾经有一个和妾命运相仿的歌妓，也拥有过一把杨贵妃的琵琶。那个歌妓和妾一样幸运，得到了一位真正的知音。他赠予她琵琶，与她共度了十年的好时光。最后，当他发现自己不能再给予她庇护时，便忍痛放她离开，让她去过自由自在的新生活。"杜秋娘说得太投入太激动，完全忽略了皇帝越来越难看的脸色。

她无限神往又动情地说："正因为薛炼师告诉妾的这个故事，才使妾看清楚了妾与……李公子的情弥足珍贵。今天妾又知道了，我也曾被忍痛放走过，可见妾已得到了最真的真心……"

"够了！"一声怒喝把杜秋娘震呆了。

皇帝拍案而起，暴怒使他的面孔扭曲变形，足以令人魂飞魄散。他飞起一脚，将榻边盛放玉盘的案几踹翻，盘中的清水泼洒在丝绒地毯上，水滴像一颗颗珍珠般闪闪发光。

"大家！"

杜秋娘惊愕地看到，不知从哪里钻出来好多宫婢和内侍，呼啦啦地跪了一地，各个都像末日来临似的簌簌发抖。

皇帝狂叫:"冰!冰呢!"

"来了!来了!"一个年轻内侍快步奔入,率领众人抬着装满冰块的大木桶,手忙脚乱地捡起玉盘往里装冰块。

皇帝向前迈出一大步,不慎踩到了地上的水,脚下一滑,便直挺挺地倒了下去。

2

在大明宫中度过了两个寒暑,秋天是裴玄静最爱的季节。

与大千世界中的秋天相比,大明宫中的秋季少了硕果丰盈的满足,代之以多思的静谧和旷达。在这座宏伟的宫殿中,四季的变迁格外显著,秋季带给人的无奈感也更加鲜明。如火如荼的春夏离去得多么迅疾,令人无限惆怅。好在肃杀的冬季尚未到来,所以尽管大势已去,却还来得及再三回顾,汲取勇气去面对前方的漫漫长夜。

她在叔父的身上也看到了这份萧瑟的秋意。

裴度应召回京的第二天,便在大明宫中见到了裴玄静。

他端详了侄女好久,才说出第一句话:"玄静,叔父应该早些来看你的。"

从勉强压抑住情感的语气中,裴玄静听到了叔父的弦外之音,但她只以淡淡一笑回应——自己一切都好,无须挂虑。

裴度说:"圣上刚刚与我长谈过了。他说,他很后悔对你所做的事。"

这句话倒是出乎意料,裴玄静抬起双眸。

"他还让我来问一问你,是否想离开大明宫?"顿了顿,裴度道,"玄静,我与圣上相处了这么多年,还是头一次听到他在言语中隐含歉意。所以我想,过去的事情就让它过去吧。如果你想出宫,现在就告诉叔父,我将去恳求圣上。我相信,我们是有机会的。"

许久，裴度都没有等到裴玄静的回答。虽然现在的她只能沉默，但沉默也有拒绝与认同的区别，裴度当然能分辨得出来。于是，他提起了另外一个话题："李弥在我这里很好，我已当他是我的亲侄儿，你尽可以放心。"

裴玄静默默拜谢。抬起头时，脸上仍然风平浪静。

"柳子厚去世了。"

她的表情中终于起了一丝波澜。

裴度长叹一声："圣上已经颁发了召回子厚与梦得的诏书。可惜啊，诏书还未到柳州，子厚就病故了。所幸梦得已在回京的路上，不日便能抵达。子厚临终前修书给梦得和退之，托孤于他们二人。他的两个儿子，今后就将由梦得和退之分别抚养了。柳子厚一生怀才不遇，最终又走得如此凄凉，怎不叫人悲从中来。他去世前不久写了一首诗，我读给你听听吧。"

秋风中，檐下的铁马轻轻奏响，伴和着裴度的吟诵："破额山前碧玉流，骚人遥驻木兰舟。春风无限潇湘意，欲采蘋花不自由。"

他说："读过子厚那么多的诗文，这是最让我感到心痛的一篇。"

"没能为子厚做些什么，是我的终生遗憾，且无可挽回了。"裴度又道，"但我还是要说，圣上对他们的处置没有错。如果能够再来一次的话，我还是会支持圣上的决定。有些事的确很残酷，甚至令人发指，却不得不为之。玄静，我不是在为自己，更不是在为圣上辩护。我所说的只是事实，是政治的代价，是家国天下的取舍与无奈。"

裴度将一沓纸和一支笔轻轻推到裴玄静的面前："玄静，你有什么话要对叔父说的，就写下来吧。"他的嗓音因为颤抖而显得格外苍老。

裴玄静注视着面前的纸笔，眼前浮现的却是元和十年的夏天，自己和崔淼在宋清药铺的后院见到柳子厚的情景。她永远记得在那张清癯的脸上，写满了沧桑与不平。正是这份锥心之痛，使她不愿去理解叔父此刻的表态。她更觉得，所有的遗憾和忏悔都无济于事，

大唐悬疑录4：大明宫密码 285

因为对于死者来说，什么都太迟了。

裴玄静没有动纸笔，因为她实在无话可说。

裴度等了许久，见裴玄静始终毫无动静，心中自是明镜一般。有些事情，是到了该挑明的时候了。

"玄静，有件事应该让你知道了。"裴度沉声道，"崔淼——还活着。"

裴玄静蓦地抬起双眸，直勾勾地盯住裴度。

裴度迎着她的目光，温和而确凿地点了点头。

裴玄静口不能言，但急促的呼吸和瞬息万变的神情足以让裴度看出，这一刻她的内心是多么激动。

裴度安抚地拍了拍她的手背。

"正如你原先所猜想的，假玉龙子替崔淼挡住了致命的一箭，但他仍然身负重伤，很长时间都命在旦夕。所以我先将他送到洛阳治伤，后来又转往太原。本来是想待风波平息之后再告诉你的。唉！怎奈人算不如天算，后来所发生的一切都出乎了我的预料，也超出了我的控制。对此，我真的非常懊悔。玄静……"裴度嘶哑地说，"是叔父对不起你。"

裴玄静却连连摇头，用力抓住裴度的胳膊。

裴度明白她的意思，叹道："不过，崔淼在一年多前离开了太原，至今不知所终。"

裴玄静又愣住了。

裴度道："此事机密，我亦不敢大张旗鼓地寻找他。我认为，最好的办法就是设法让你离开大明宫，自己去寻找他的下落。我相信，你一定能够找到他的。"

裴玄静伸手取过纸笔。

裴度焦急地等待着，却见她的动作又停下来，面颊上刚刚泛起的两抹红晕又迅速地褪去了。

"怎么了，玄静？"

裴玄静干脆把笔搁下了，垂下头，不让裴度看到自己的表情。

裴度的心头一紧："你不相信叔父的话吗？"

裴玄静一动不动。

是的，她不相信。如果叔父当初向自己隐瞒了崔淼未死，为何今天又突然坦白呢？江湖郎中崔淼的生或者死，之所以重要，无非是因为他的身世。而在这段隐秘身世的背后，更隐藏着先皇的死因！

裴玄静多么希望崔淼还活着，她在内心极度渴望相信叔父的话，但她不相信叔父本人。她怀疑叔父在此时提到崔淼的真正意图，是为了混淆她在先皇之死上所作的判断。如果崔淼真的活了下来，并且逃之夭夭了，那么叔父选择在此时告诉裴玄静，甚至与皇帝达成共识，放她出宫去寻找崔淼，就很可能又是一个利用她设下的圈套。

裴玄静已经被欺骗了太多次。以她的智慧，本不应该轻易上当，但正因为谎言总是来自于她最尊重的人，所以才会一次又一次陷入泥潭。

裴玄静不会再轻信任何人，因为她已经付出了太多代价。

裴度发出一声苦涩至极的叹息："叔父不怪你，是叔父失信在先。但是玄静，这次你一定要相信叔父。我知道你心里最在意什么。然而大内之中，耳目众多，此刻不及详谈。有关崔淼的情况，我另外只告诉了韩湘一人。他说了，如果你需要，他随时可以陪你一起上路，寻找崔淼。"

裴玄静仍然没有任何反应。

裴度只觉心力交瘁，沉默良久，无奈地道："我该走了。玄静，你好好想一想吧，但也不要想得太久。我方才已经说了，今天圣上召见我时特别提到了你，罕有地表示出了悔意。所以我认为，只要你能够争取到圣上的谅解，是完全有可能离开大明宫的。"顿了顿，又字斟句酌地说，"我已经两年多没有见到圣上了。这次见他，发现情形远比我想的还要糟糕许多——我有一种非常不祥的预感。我原先一直以为，削藩大业有成，大唐的一切都在方兴未艾之际。以圣上的年龄和体魄，只要再给他十年时间，就一定能完成中兴伟业，使大唐重现昔日辉煌。可是现在……唉！总之你一旦想清楚了，务必要当机立断。切记，时候不等人。"

裴度朝桌上最后看了一眼，白纸上空空如也，笔尖连墨汁都没沾上。在宦海屹立多年不倒的宰相心中，感到了非同一般的失落。

他失落，不是因为失去了最疼爱的侄女的信任，而是因为他深知谎言不可避免。那些不愿说谎的人纷纷死去，可是他多么希望，他的玄静能够活下去。

"玄静，叔父对不住你。"裴度对她说完这最后一句话，便起身离去了。

大明宫宏伟的宫殿环绕下，一个踽踽独行的苍老身影，在逆光中渐行渐远。裴玄静头一次发现，叔父是一个真正的老人了。

3

元和十四年的深秋十月，勉强维持了数年安定的大唐和吐蕃边境上，一场战事激烈地展开了。

吐蕃节度使论三摩及宰相、中书令等人率领十五万大军进犯大唐，将边境上的盐州重重包围。毫无疑问，这场战役是由年初吐蕃囚徒论莽赞之死直接引起的。论莽赞在太极宫的地牢里被关押了多年，其间虽然吐蕃一直有侵夺大唐领土的狼子野心，但投鼠忌器，始终不敢大举进犯。元和十四年的上元节，乘着奉迎佛骨的机会，吐蕃奸细联合波斯人在长安城中策划了一场轰轰烈烈的救援行动，最终却功亏一篑。论莽赞死于李弥之手，波斯人李景度也被炸身亡。由此，吐蕃终于决心与大唐彻底翻脸，经过几个月的筹备，在边境展开了一场血腥的厮杀。

盐州刺史率领边军殊死据守，战事异常激烈。

加急战报送入京城，大明宫中却异乎寻常的平静。皇帝将御敌的重任交给几位宰相，允许他们全权处理，自己却称病把上朝都免了。

在皇帝即位以来的十四年中，这是绝无仅有的现象。

这么多年来皇帝一心勤政，又值年富力强，所以极少因病罢朝。然而自从元和十四年迎佛骨之后，皇帝的身体每况愈下。入秋以来更是连续罢朝，常常一连数日不露面。

这天，他却单独召见了裴玄静。

在清思殿中见到皇帝时，裴玄静方才领悟到叔父所说的不祥预感是什么意思。她在御榻之上所见的，已是一个病入膏肓之人。

虽然早有思想准备，裴玄静仍不禁暗暗心惊。其实上一次见面时，她就已经看出皇帝在忍受病痛的折磨，但那时的他还心有不甘，尚在挣扎。今天看起来却十分平静，仿佛对于即将到来的一切已能坦然接受，乃至无动于衷了。

裴玄静跪下行礼，面对着两股袅袅升腾的烟气，一股是龙涎香，还有一股是冰雾。

"你有话要对朕说？"皇帝的声音还算清晰有力。虽然面容相当憔悴，但他仍然一丝不苟地端坐着。到底是六岁时就自居的"第三天子"，即使身染沉疴，也绝不会像普通人那样疏懒，依旧保持着君王的仪态。

陈弘志将一个黑漆托盘放到裴玄静跟前，盘中有一沓黄麻金纸、一支毛笔和一碟研好的墨汁。

"有什么话，就写下来吧。"

裴玄静提起笔，似有千钧之重，迟迟不能落下。

裴度走后，她思考了很久。诚如裴度所说，她不该放过这个难得的机会。要想离开大明宫，这一生中她很可能只有这一次机会了。苍天垂怜，如果崔淼确实活着，也许他们仍有重逢的那一天。

然而她真怕，这是又一个险恶的圈套。

思量再三，裴玄静还是决定求见皇帝。曾经，对天子的敬畏蒙蔽了裴玄静的眼睛，使她对皇帝的话笃信不疑。但现在她不会了。裴玄静决定再与皇帝面对面地较量一场，从而判断出他的真实意图。

然而此刻她却意识到，自己仍处于极端的劣势。因为不能说话，所以无法通过你一言我一语的对谈来作试探。呈给天子的文字一旦写下来，就必须严肃规整，容不下曲折迂回，也没有任何余地。

裴玄静迟疑着。

"怎么了？"皇帝的语气颇不耐烦，"如果没想好就先退下吧。朕的身体不适。"

裴玄静咬了咬牙，提笔书写起来。写毕，她朝陈弘志看了一眼，后者立刻双手捧起呈了上去。

"请陛下勿服金丹。"

皇帝望着这几个娟秀的字，露出困惑的神情："你想对朕说的，就是这个？"

裴玄静点了点头。

"没有别的了？"

裴玄静又摇了摇头。

"朕还以为你是来求朕，放你出宫的。"皇帝凝视着裴玄静问，"你想出宫吗？"

裴玄静再次摇头。

"真的不想？为何？"

裴玄静又拿起笔，在纸上飞快地书写。

这次皇帝读到的是："妾在世间已无牵挂，故无意出宫。"他一哂，将黄麻金纸随手抛下。

"裴玄静，你实在是太聪明了。"皇帝慢悠悠地说，"魏博田弘正入京献功，朕将裴爱卿也召来长安，他却借此机会为你求情，对朕絮絮叨叨地讲了很久。朕不愿薄他的面子，便敷衍他说，如果你真的想出宫，就自己来对朕说。没想到他还当真了。不过，朕更加没有想到的是,你来见朕,却不提出宫之事。"他收起笑容,"朕再问你最后一遍,想不想朕放你走?"

裴玄静将握紧的双拳藏在袖笼之下,再一次坚定地摇了摇头。

"很好,那就这么定了。"

少顷,皇帝又道:"知道朕为何说你聪明吗?因为朕绝对不会放你出宫,所以你不求朕是对的。你说过那些诋毁朕的、大逆不道的言语,朕怎么还会放你走呢?难道让你去民间继续造朕的谣吗?你虽不能说话了,可是还能写字。你离开了大明宫,朕要怎么才能放心呢?难道要把你的十指也都切掉吗?你说呢?"

他注视着裴玄静,似乎想要欣赏她的绝望表情,但她的脸上什么都没有。

"你也不要灰心。"皇帝的语气又变得戏谑起来,"只要朕活着一天,是绝对不会允许你踏出大明宫半步的。但是……哪天朕上仙了,便将不再理会这些人间俗务。到了那个时候,你仍有机会重获自由。"

皇帝将目光移回裴玄静所写的第一张纸上,若有所思地问:"你要朕不服金丹,是不想让朕升仙吗?"

这一次,裴玄静既没有摇头也没有点头。

皇帝盯住裴玄静:"你应该劝朕多服金丹,早日上仙才对。"

裴玄静又在纸上写了几个字,由陈弘志呈上去。

皇帝念道:"金丹有害?"他没有显露出丝毫诧异的表情,反而笑了出来,"何不干脆写金丹有毒呢?"

就在这时,陈弘志捧上一个小小的金匣,哭丧着脸道:"大家,该、该服丹了……"

皇帝看着瑟瑟发抖的内侍,裴玄静突然发觉这场面实在滑稽。想必是皇帝严命陈弘志按时提醒自己服丹,所以陈弘志见时候一到赶紧奉上金丹,可这时候也未免赶得太凑巧了,倒像是他故意要逼皇帝服毒似的。

皇帝缓慢地站起身，陈弘志连忙伸手搀扶。

"不用。"皇帝将他的双手挡下，又朝裴玄静点点头，"你来。"

裴玄静跟着他来到云母屏风后面，金匮静悄悄地待在长案上。一抹日光隔着屏风落在上面，给它增添了几道朦胧的花纹。

"这些日子，朕每天都要看它一遍。"皇帝掀开盖子，示意裴玄静上前来。

她一眼便看到放在最上面的《推背图》第二象，两个红字格外刺眼，皇帝的目光也死死地盯在上面。

"朕一直在祈祷在盼望，它还会变回去。"皇帝的语气有些凄怆，"既然是神明的征兆，就应该还有改变的余地。但是……"他摇了摇头，"这么多天过去了，它一直没有再变。"

他看着身旁的裴玄静："假如第二象始终如此，朕就要成为亡国之君了。对吗？"

裴玄静很清楚，皇帝并不需要自己的回答。现在和裴玄静交谈的每个人都会陷入类似的状况。因为面对的是一个"哑巴"，所以不能期待她的回答。但他们又都深信，她能理解自己所说的每一个字，即使得不到回应，也会滔滔不绝地说下去，越说越多……

"时至今日，朕已经不抱希望了。鬼神之事，宁可信其有，不可信其无。"他对裴玄静说，"《推背图》的预言屡经证实。你却根据第三十三象的变字，将朕说成是弑父弑君的凶手。今天朕就再对你重复一遍，你的解释是错误的。"

"朕知道你会说，你只不过是解释了神明的征兆，但是神明会不会弄错了呢？假如神明因此怪罪于朕，进而改变了第二象……"皇帝的声音终于颤抖起来，身体也开始摇晃，不得不用双手撑住长案的边缘。他再也无法掩饰内心的恐惧，由权威和意志支撑的强硬形象到了崩溃的边缘。

"第二象必须恢复原样！朕也绝不会当亡国之君！"皇帝说罢，用尽全力将金匮合上，"如果没有别的办法，朕就亲自去向神明说清楚!"

沉重的闷响在殿中久久回荡,震得裴玄静有点儿晕眩。

皇帝仍用一只手扶着长案,另一只手摊开来,露出掌心的金丹。

他古怪地笑了一下:"朕服此丹已有些时日了,金丹到底是有益、有害还是有毒,朕的心里最清楚不过。但是这些都不重要,最重要的是早日上仙。"

言罢,他将金丹送入口中。

裴玄静垂下眼帘。

她知道此役自己胜得有多么险。终局将近了,可为什么她的心中没有半分胜利的喜悦,也没有半分报仇雪恨的畅快,所有的只是无穷无尽的悲凉。

4

他们来了!

皇帝猛地抬起头,空无一人的大殿上,红烛的火苗飒飒而动,但他知道那不是风,而是——杀气。

他们终于来了!

他下意识地握紧拳头,屏息凝神,死死盯着前方,直到那里渐渐幻化出一个人形。此人宦官打扮,脸上只有一张面皮,没有五官。

果然和《辛公平上仙》中的一模一样。

不,还是有所不同的。阴兵并没有如《辛公平上仙》中所说的,在麟德殿举行宴会时进入,而是直接闯到了他的寝殿里来。

无脸宦官一步一步向皇帝逼近。

"你是谁?"皇帝问,"你是李忠言吗?"

无脸宦官全然不理会他的问话,倏忽之间已迫近皇帝的跟前,与他面对面了。

皇帝惊恐地看见，无脸宦官的手中出现了一把匕首——纯勾！

"不！"他惊恐地大叫起来。

纯勾划出一道锐利的闪光，劈头而来。情急之下，皇帝也不知从哪里来的勇气，伸手一把擎住无脸宦官握刀的手腕，与他争夺起来。

纯勾当啷落地！

皇帝扑上去，双手扼住无脸宦官的咽喉，使出了浑身的力气……

"大、大家！饶命啊……"有人在嘶喊，声音断断续续的。

是吐突承璀！皇帝猛地撒开双手，吐突承璀这才缓过一口气，紫涨着脸拼命咳嗽。

"怎么是你？"

"是我啊，大家！"吐突承璀喘息道，"大家召唤奴来。奴一进殿，便见大家在伏案休息，不敢打扰，谁知大家突然就扑了过来。哎哟，奴差点儿就……"

皇帝颓然倒下："哦……是朕做了一个噩梦，"看看吐突承璀，"你没事吧？"

"奴没事，没事。"吐突承璀整理了衣袍，重新向皇帝跪拜，抬起头时声音中已带了哭腔，"大家，您这到底是怎么了呀？"

皇帝苦笑着摇了摇头："没什么，朕……只是累了。"突然紧张地左右四顾，"纯勾呢？纯勾在哪里？"

"在这儿呢！"吐突承璀从御案上捧起匕首，托举到皇帝面前。

皇帝这才大大地松了一口气："在就好。"

他靠在御榻上闭起眼睛，吐突承璀大气也不敢出地在旁侍立，神色悲伤又畏惧。

良久，皇帝轻声道："真没想到，最后竟是杜秋娘将纯勾带回到朕的身边。"

"是啊。"吐突承璀小心翼翼地应道，"奴已照大家的吩咐，从野狐落里带出了郑琼娥，让她去伺候杜秋娘了。"

"嗯。杜秋娘对宫中的规矩一无所知，有郑琼娥陪着她，朕就放心了。"

皇帝睁开眼睛，示意吐突承璀扶自己坐起来。

"那件事，你准备得怎么样了？"他问。

吐突承璀回道："朝中的大部分重臣都已达成共识，就等着大家下决心了。"

皇帝不语。

吐突承璀试探："要不要先把诏书拟起来？"

皇帝瞥了他一眼："不急。"

"是。"

少顷，皇帝冷笑一声："朕又不会即刻就升仙，忙什么。"

"大家！"

"你不要怕。"皇帝道，"《推背图》第二象的'姤'卦，从则天皇后之后就有共识了——李唐不宜立后。朕对郭氏是有亏欠，但郭家势力太隆，朕不得不防。大唐决不能再有一个武则天了！元和十年朕立恒儿为太子，实乃妥协之计。所以元和十一年时，乘着《璇玑图》一案，朕便已经明确地告诉了郭氏，朕绝不会立后，让她死了这条心。朕原以为，还有足够的时间教养太子，并使其疏远郭家。如实在办不到，亦可换储，却不想朕自己……没有时间与郭氏慢慢周旋了。太子必须换，但只能一击成功，否则澧王将断无生路。所以此事愈急，反而愈要缓图之，你明白朕的意思吗？"

"奴明白。"

皇帝又闭起眼睛，良久，悠悠道："这几天，朕一直在回想永贞元年的件件往事。"

吐突承璀屏息倾听着，神情越发哀戚了。

"从朕获封为太子，再到先皇内禅、朕即位的那几个月，如今想来还是惊心动魄，后怕不已。当时只要有一着不慎，别说皇位，朕恐怕也已经万劫不复了。"皇帝睁开眼睛，看着吐突承璀道，"你还记得吗?当时那几起'龙涎香之杀'帮了大忙。"

"奴当然记得。只是,那几起刺杀究竟是何人所为,至今都是一个谜啊。"

皇帝点了点头:"你说……会不会和玉龙子有关?"

"玉龙子?"

"是啊。现在我们才知道,那时先皇的手里有玉龙子。玉龙子可以号令天下道门,而那几件刺杀从长安到洛阳再到成都,肯定是由不同的刺客分别完成的,却做得那般井然有序,又都以龙涎香为号。所以朕这几天突然想到,会不会这些刺杀都是道门中人所为?"

"大家是说——先皇持玉龙子为令,命道门派出刺客,以成龙涎香之杀?"

"你觉得呢?"

吐突承璀深吸了一口气:"奴以为,大家说得有理!"

"可惜啊,如今朕的手中却没有玉龙子。"说完这句话,皇帝沉默了许久,不知在想什么。

突然,他撑起身道:"陈弘志呢?你去把陈弘志叫来,朕要服丹。"

吐突承璀一惊:"大家,现在还不是服丹的时候。"

"朕头痛得厉害!你叫他来!"

吐突承璀一动不动。

"你怎么回事?"

"大家!"吐突承璀扑通跪倒,颤声道,"大家,求您不要再服丹了!"

皇帝面无表情地看着他。

吐突承璀哀哀奏告:"大家,这十几年来您为了大唐殚精竭虑、日夜操劳,别人或许不知,奴可全都看在眼里!奴不懂什么《推背图》,只知道大家对家国百姓,无可指摘!若是没有大家,大唐别说能有今日之气象,只怕早就危在旦夕了!奴只听说识时务者为俊杰,大家却是逆势而为,硬生生地撑起了大唐的天。莫说什么神明的指示,在奴看来,神明根本没有资格评判您!大唐离不开您啊!大家!"他越说越激愤,眼角迸泪,索性"咚咚咚"地磕起响头来。

"行啦,朕知道你的用心。"皇帝却怪异地笑起来,"裴玄静来过了,居然和你说的是同样的话。"

吐突承璀抬起头,直勾勾地盯着皇帝。他的额头上已然一片青紫,看起来又可笑又可悲。

"朕原以为,她是来求朕放她出宫的。谁知她竟然表示不想出宫,还劝诫朕勿服金丹。"皇帝冷哼一声,"哼,假如她提出要出宫,她现在就已经死了!裴玄静确实聪明过人,甚至超出了朕的想象。"

吐突承璀一时没弄懂皇帝的意思,不敢接话。

"明日你就把她从太极宫接回来吧。那里过于破陋,显得朕待人太刻薄了。今后,还是让她住在玉晨观里。"

吐突承璀迟疑地应了一声。

"还有一件非常重要的事情,朕要嘱咐你。"皇帝忽然放低了声音,吐突承璀赶紧往前凑了凑。

"待朕升仙之后……"顿了顿,皇帝道,"你便立即杀掉裴玄静,必须由你亲自动手。记住了?"

吐突承璀浑身一凛,忙道:"是,奴遵旨。"

"但是,只要朕尚有一口气在,任何人都不准动她。"

5

裴玄静又回到了大明宫中的玉晨观。

永安公主远远地站在廊檐下,一言不发地看着裴玄静走进自己的屋子。秋风乍起,黄叶纷纷飘落。因为无人打扫,裴玄静的屋前铺了一层厚厚的落叶。走在石子铺就的甬道上面,裙下发出簌簌的轻响,竟成为这段时间以来,她对世间万物最真实的感受。

严冬将至。这个冬天一定会很漫长，漫长到永远不会终结。

裴玄静知道，和大唐皇帝的对决即将迎来终局。她甚至已经能够确认，自己将赢得最后的胜利。尽管这是一场险胜，更是一场惨胜。

层层叠叠的尸体为她铺就了这条胜利之路，裴玄静不会辜负他们。

其实，当裴玄静推断出李忠言所布置的一切时，也曾有过疑惑：既然他苦心孤诣地筹划了十几年，已经能够将离合诗直接摆到皇帝的案头，那么就算要杀掉皇帝，也并非不可能的。但他为什么没有那么做？

直到现在，裴玄静才完全理解了李忠言的意图。复仇，固然是李忠言唯一的目的，但在李忠言看来，直接杀掉皇帝未免太便宜他了。李忠言不想让皇帝痛痛快快地死，相反，他要折磨皇帝，从所有的方面打击他。李忠言巧妙设局，小心实施，一步一步地让皇帝失去最仰仗的臣子、最信赖的女官，乃至手足和妻儿的亲情，直至成为真正的孤家寡人，最终失去健康和最令世人钦佩的意志力。

在皇帝当着裴玄静的面吞下金丹时，他的崩溃已经一览无余。

皇帝支撑不了多久了。

李忠言才是《推背图》变字的幕后主使，包括凌烟阁的第一、二次显影，也肯定是他策划的杰作。宋若昭心里明白，却有苦说不出，因为即使向皇帝告发的话，也无法使柿林院置身事外，宋若华的干系总是洗不掉的，甚至会被认定为同谋。以皇帝的多疑和冷酷，等待宋若昭和小妹若伦的仍然是灭顶之灾。所以宋若昭只能拼命强调鬼神之力，甚至自己动手安排了第三十三象的显影，希望能从这个必将导致不幸的可怕乱局中摆脱出来。但最后，她连自己的命也没能保住。

裴玄静认为，杀死宋若昭的还是李忠言。按理说，致无辜者于死地，应使裴玄静感到愤怒，但现在她的良心也似乎有些麻木了。况且，李忠言已经用自戕的方式赎了罪。他临死前去看望裴玄静，让她认识到，他也只是一个可怜人。在先皇的陵寝中苟活了十几年，支撑他的唯一力量就是对皇帝的恨。时至今日，裴玄静完全理解了他。

不得不说，李忠言精心打造的复仇大计十足血腥。他在临死前，将它转交到裴玄静的手中，因为他相信，她一定会帮自己完成。

假如皇帝没有犯下弑父的罪行，他就不会像现在这样恐惧和绝望。李忠言所设计的，正是用皇帝自己的良心来行杀戮。其最高明之处在于，皇帝将用自己的死来认罪。

一切的一切都证明，皇帝是罪有应得的。

当裴玄静认定裴度在用崔淼的生死欺骗自己时，便也抛弃了最后一丝幻想。

裴玄静相信，崔淼死了，绝不可能还活着。当初亲眼看见裴度射杀崔淼，裴玄静仍然竭力摒弃对叔父的恨。现在她不再做这种努力。事实上，当她目送叔父远去时，心中也没有太多的恨，而是一种解脱。

今日的大明宫中，再无一位生者使裴玄静留恋，她只想亲近那些死去的人们。他们的面目在她的心中栩栩如生，裴玄静认定，自己与死者谋面的时候不远了。

短促、轻微的敲门声打断了她的思绪。

"裴炼师！裴炼师，快开开门啊！"一个女声在门外轻唤，紧张得连声调都变了，但变不了的甜美和娇嗲，却令裴玄静感到似曾相识。

原来已经入夜了。裴玄静这才发现屋里一片漆黑，忙摸索着将手边的一支蜡烛点亮。被关押在太极宫的这些日子里，她已经习惯了白天黑夜都生活在黑暗中，忘记了人是需要光明的。

烛光如豆，在她面前划出一个红色的光圈。

门外的人还在叫："裴炼师，你在吗？"声音愈发焦急。

裴玄静举着蜡烛来到门前，将门打开。

"啊，裴炼师，终于见到你了！太好了！"杜秋娘惊喜地低叫，"我们还是进去说话吧，不能让人看见了。"

她想往门里挤，却被裴玄静挡住。

"怎么了？"杜秋娘端详着裴玄静的脸，"裴炼师，我是特意来找你的呀！"

裴玄静沉默。

杜秋娘说："哦，你是不是觉得我不应该在这里啊？哎呀，说来话长呢。我是偷着来找你的，求求你还是先让我进去吧。"

裴玄静仍然一动不动。

"裴炼师，你怎么不说话呀？"杜秋娘突然想起来，"呀！难道他们说的是真的？你真的被圣上……他……"

裴玄静这才默默地点了点头。

"天哪！"杜秋娘的眼中猝然泛起泪光，"这要是让崔郎知道了，岂不得心痛死……"她一语未了，就被裴玄静用力拽进屋中。

杜秋娘尚在晕头转向，裴玄静已飞快地关上门，取过纸笔唰唰几下，递到她的面前。

纸上只写着两个字：崔淼？

杜秋娘捂着胸口道："我的老天爷，怎么会变成这样啊！"她抓住裴玄静的胳膊用力摇撼，"裴炼师，你听我说，崔淼还活着！正是他设计将我送进大明宫来的，就是为了来找你！"

裴玄静脸色煞白地盯住杜秋娘，目光中仍然充满疑问。

杜秋娘稍微定下神来："裴炼师你别急，此事原委容我从头讲起，你若是有什么想问的，就写在纸上吧。"

于是她娇叹一声，将崔淼到浣花溪头的薛涛别墅寻找自己，又与聂隐娘夫妇一起来到长安的始末原原本本地说了一遍，最后道："裴炼师，我杜秋娘虽是风尘女子，却素来羡慕侠义风范。当初蒙了崔郎和裴炼师二位的救命大恩，这次二位有难，我自当相报不在话下。只是入宫的这些天来，我一直不敢轻易打听裴炼师的下落，所以才耽搁到了今天。好不容易得知炼师在此，恰好圣上他……"她突然住了嘴，脸上泛起一阵莫名的红晕，"圣上命人传话给我，说今天身体不适不叫我过去了，我才得了这么个空，偷偷地溜出来找炼师。"

杜秋娘总算说完了，便愣愣地瞅着裴玄静，等她在纸上写几个字，或者至少显露出一些表情来。但裴玄静就像入定了一般，蜡烛的红光将她的面庞照得莹泽如玉，在杜秋娘看来，比记忆中的她更加美丽，简直超凡脱俗，宛然若仙了。

杜秋娘怯生生地问："裴炼师，你是犯了什么错吗？还是惹圣上不开心了……"

裴玄静突然拿起笔，在纸上原先的"崔淼"二字后面，加了两个字：已死。

"嗯？"杜秋娘愣了愣，"我说过了呀，崔郎没有死，现正在春明门外，等着炼师前去相会呢。"

裴玄静把写了字的纸凑到烛火上。火焰迅速燃烧，片片黑灰像蝴蝶般起舞。

杜秋娘若有所悟："裴炼师，你不相信我的话？"

裴玄静与她眼神交错。

杜秋娘几乎跳了起来："裴炼师，我骗你做甚！我都诈死远离京城了，如今又巴巴地自己送上门来，难道就为了对你说几句谎话吗！我吃饱了撑的啊！"见裴玄静仍是一副不为所动的样子，杜秋娘真火了，"好，反正我是把话带到了，也算对得起你们，对得起我自己的良心了！别的，我管不着了！"

她作势起身要走，裴玄静连看都不朝她看一眼。杜秋娘又气呼呼地卷起袖子，将悬在玉腕下的一个小香囊解下来，恨恨地扔到桌上。

"这是崔郎中叫我带给你的。我留着也没用，你拿去吧！"

裴玄静还是不动。

杜秋娘简直气得火冒三丈，从桌上捡起香囊，一直送到裴玄静的鼻子底下："我杜秋娘做事向来仁至义尽。喏，崔郎中说了，这里面盛的是什么迷魂香料，你或许会用得着。还有……"她又从香囊外侧的小袋中摸出一颗丸药来，"还有这种小药丸，说是比普通的鸡舌香更管用，只要含在舌根底下，就不会被迷魂香所害。装了十多粒，你慢慢用！崔郎还说，此香的味道会被龙涎香所掩盖，可以用这个方法掩人耳目。好了！该说的都说完了！反正他再三要我向你强调，他不在乎自己的什么身世，只想你平安归去！"

她本已不再抱希望，却意外地看到裴玄静猛地抬起头来，双眸中燃起两团烈火。

裴玄静张了张嘴，像要说什么，转而又去握笔。

就在这时，门上突然传来急促的敲击声，有人在门外低声叫："秋娘快出来，圣上派人来传你了！"

杜秋娘顿时吓得面无人色。裴玄静抢步过去将门打开，惨白的月光照着一个窈窕的身影——是郑琼娥。

见到二女出来，郑琼娥忙道："传话的公公等在清晖阁的前堂，我谎称娘子已经睡下了，请他稍待片刻。快走吧，再耽搁就要引起怀疑了！"

杜秋娘赶紧跟上她，走了几步，又问："你怎么找到这儿来的？"

郑琼娥道："我见你这些天一直在打听裴炼师的情形，刚才又一个人偷偷地溜出清晖阁，朝玉晨观的方向而来。我便猜你多半是来找她的。"

杜秋娘圆睁双目："你在监视我？"

"哎呀！"郑琼娥急道，"我是担心秋娘呀。"

"你还看到什么？听到什么了？"

"我什么都没看见！什么都没听见！"

杜秋娘厉声道："我警告你，休想用这件事来要挟我！如今圣上心里最在乎的人是谁，想必你也看得出来！"她虽入宫才没几天，对嫔妃之间的争斗早有耳闻,况且过去在平康坊中也免不了争风吃醋,所以极为警觉。郑琼娥人长得太美,身份又特殊,杜秋娘心中对她本就相当忌惮,不想今天还是落了把柄在她手里。

郑琼娥听得一愣,随即苦笑道:"秋娘放心吧。裴炼师曾对我有恩,就算是看在她的分上,我也不会去乱说的。况且娘子如今圣眷正隆,我又何苦以卵击石呢。"最后这句话说得饱含辛酸,又有一种看破红尘的淡然。

杜秋娘不禁愣了愣。郑琼娥抬起手,轻轻将她鬓边的一支凤钗插好,柔声道:"好好定一定神,他是最精明的,千万不能让他看出破绽来。"

两个女子的身影消失在夜幕中。裴玄静独自呆立在屋子中央,心中却掀起了一阵又一阵惊涛骇浪。

崔淼真的还活着!

杜秋娘说的是实话,叔父也没有说谎!

刚刚搭建好的复仇之塔瞬间便土崩瓦解了。为什么,为什么现在才让她得到这个消息!

6

皇帝时日无多了。

没人敢于公然提出这个话题,但它就像是无孔不入的阴风一般,迅速而不可阻挡地流传开来。大明宫中每一个人的眼神里,都透出深深的焦虑。令他们恐慌的当然不是皇帝的生死,而是自己的未来。

每一次改朝换代都避免不了流血。即便按照规制,顺利平滑地交接权力,仍然会有人在这个过程中被无情地牺牲掉。与权力离得越近,这种体会就越深刻。

上元节奉迎佛骨的盛况和金秋平定最后一个藩镇的胜利都被抛

在脑后,如今充盈在大明宫中的,只有惶惶不可终日的忐忑与不安。

很快,两拨人的对抗就把这种恐慌直接掀到了台面上。

其中之一是吐突承璀。自从皇帝称病罢朝,从群臣面前消失后不久,吐突承璀就开始上蹿下跳,四处串联谋求改立太子之事。吐突承璀向来与郭贵妃不对付,也从未对现任太子李恒表现出应有的尊重。在前太子李宁逝世后,吐突承璀一直支持立澧王李恽为太子。作为皇帝的心腹,吐突承璀所代表的其实正是皇帝的主张。元和十年末,当时迫于各方压力,兼有真假《兰亭序》之谜撕开了李唐皇位继承中一贯的血腥内幕,皇帝才不得已立了郭贵妃所生的嫡子李恒为太子,暂时平息了立储的纷争。谁知才五年不到,吐突承璀又摆出一副必将其掀翻在地的架势了。

还是那句话,站在吐突承璀的背后是皇帝。

与之相对的另一拨人,便是太子李恒和他背后的郭贵妃了。吐突承璀这边闹得沸沸扬扬,把皇帝意欲换储的心思搞得路人皆知。虽然太子废立会引发地动山摇,历来为朝廷之大忌,但吐突承璀拼命造成大势所趋的局面,还是令太子和郭贵妃的压力陡增。相对于元和十年的内外交困,如今的局势已经彻底倾向于皇帝:削藩成功,外患已除,且圣望正隆,朝野内外皆对他衷心顺服,就连澧王李恽本人的品格也颇为人所称道。只要能取得绝大部分朝臣的支持,换储将会水到渠成。

吐突承璀正在做的就是铺垫和试水,一旦条件成熟,以皇帝的果敢个性,必会当机立断。

太子李恒按规矩去父皇的寝宫日省,却连皇帝的面都见不着,回到少阳院中就只能长吁短叹,坐立不安。太子被拘束在大明宫的少阳院中,每天只能和一帮宦官宫女面对面,无法结交朝臣乃至江湖人士,更无法形成自己的势力。一旦变故发生,便成刀上鱼肉,任人宰割。

这种时候能够不避嫌疑,来少阳院看望太子的重臣少之又少,所以当京兆尹郭钊出现时，李恒差点儿哭出来。

"舅舅，我该怎么办啊？"太子没头没脑地问。

郭钊叹了口气，太子的地位受到威胁，自己除了安慰他几句之外，又能做什么？于是他说："而今太子所能做的，无非是对圣上尽孝罢了。除了侍膳问安之外的事情，太子殿下切勿胡思乱想。"

"这……"李恒继承了父母的好容貌，称得上是一位相貌堂堂的储君，性格却颇为软弱散漫，遇事没主意，所以特别不讨性情刚烈的父亲喜欢。

在郭钊看来，外甥就是被妹妹郭念云从小给宠坏了。其实李恒心地厚道，喜爱诗文，虽比不上当今圣上的雄才大略，终归算是个好人。如此秉性，做个太平之主也绰绰有余了。

"我知道了！"李恒突然转忧为喜，"是不是阿母怕我担心，特意让舅舅来嘱咐我？"

"你母亲？"

"是啊。阿母曾对我说，为避嫌疑让我少去长生院找她。但她又说，一切均会安排妥当，所以我什么都不必担心。"

郭钊皱起眉头：一切均会安排妥当？妹妹到底在想什么？难道她……

森森寒意在郭钊的后背上蔓延开来。

除了太子李恒，大明宫中还有一人对前途感到了莫大的忧虑。

更确切地说，国师柳泌感到自己正处在生死边缘，随时都有可能死得很难看，还要被栽上一个千古骂名。

郭贵妃太狠毒了，竟胁迫其在皇帝的丹药中下毒，还暗示说，只待皇帝升遐而去，新君将论功行赏，柳泌仍能在新朝延续荣华富贵。

柳泌才不敢相信这些许诺！

皇帝尚在春秋鼎盛的年纪，而且得到了极大的拥戴。一旦皇帝驾崩，如果有人追究他的死因，柳泌势必成为众矢之的。想当年太宗皇帝驾崩后，就有人要捉拿献丹的天竺术士，妄称正是此人害死

大唐悬疑录4：大明宫密码　305

了太宗皇帝。其实当时太宗皇帝病重,御医已经束手无措,才会去找天竺异人求药,纯属"死马当活马医"之举。将太宗皇帝之死归咎于天竺人的丹药,一方面是御医为了推卸责任,另一方面也是高宗皇帝因父亲亡故而痛心疾首的反应。幸亏天竺人跑得快没被抓住,最终也就不了了之了。

如今柳泌却连溜之大吉都做不到,因为他身处宫禁之中,逃无可逃。他也指望不上郭贵妃。如果东窗事发,把柳泌抛出去顶罪是最简单的办法,郭念云不仅能因此自保,还可以拔除一个隐患,何乐而不为。

柳泌终于开始明白,让皇帝延年益寿、长命百岁才是保命的最好办法,起码皇帝对他的丹药还笃信不疑。等皇帝一死,就再没有人能够庇护他了。

可惜局面已经不为柳泌所左右,就连一直对他逆来顺受的永安公主也变脸了,接连借故推托不来三清殿学道。今天人虽然来了,却没精打采的,一副不情不愿的死样。

柳泌端出国师的架子道:"公主殿下学道,还是得有个样子。"

沉默片刻,永安公主道:"那就算了吧,我以后也不想再来了。"起身要走。

"等等!"柳泌喝道,"你想走?"

"不行吗?"永安竟也变得蛮横起来。

柳泌气冲斗牛:"哼,公主殿下想翻脸不认人吗?难道把几个月前的事情都忘光了?"

"不,我一点儿没忘,相反记得很清楚!我记得你小人得志的猖狂嘴脸,我还记得你不自量力,一心想要攀龙附凤的猥琐模样。不过是一个下贱的江湖术士,仗着几颗丸药蛊惑皇兄,就以为自己能够登天了,做梦去吧!"

柳泌气得连反驳都忘了。

永安公主却越骂越起劲:"跟着你才学不到仙道,只能沾染到一身臭气！我今天来就是要告诉你，我再也不会踏入这三清殿一步！"

"你！"柳泌终于回过神来了，怒极反笑道，"好啊，真正是金枝玉叶的公主殿下，多么高贵，多么不可侵犯！只是贫道不知，当初那个向我造作乞怜，央求我在圣上面前说几句好话的人又是谁？"

"你说了吗？"永安逼问。

"假如我说了，怎对得起殿下这番精彩的说辞？"柳泌一直凑到永安的面前，"公主殿下还指望我去说吗？"

"啪！"一记耳光结结实实地打在他的脸上。

永安公主颤声道："皇兄都快被你害死了！"

回到玉晨观时，永安公主的情绪依旧汹涌澎湃，见到人就想骂想打，想不顾身份不顾脸面地大吵大闹一场。回到房中，永安将宫婢统统赶出去，憋了许久的泪水立时夺眶而出。

哭了好一会儿，她才渐渐平静下来，心中却升起一股异样的感觉来——屋里有人！

裴玄静端端正正地踞坐于窗下，神情坦然地注视着她。

"啊！"永安公主猛地抬手捂住自己的嘴，将一声惊呼硬生生地塞了回去。

"你……你怎么在这儿？"永安连问了两句，才想起裴玄静根本无法回答自己，遂冷笑道，"这些死奴才，连个哑巴都对付不了！"

裴玄静拿起笔，在纸上写了几个字。

永安公主坐到她的对面，见纸上写的是："自三清殿来？"

"是，我对柳泌说清楚了，从此以后再也不去了！"

裴玄静又写："他怎样？"

"他？他应该能想到自己的下场，偏又无路可走，实在令人好笑！"永安公主果真断断续续地笑起来，有点儿疯癫的样子。

裴玄静看着她，没有再提笔写字。

好不容易止住笑，永安公主又道："柳泌现在肯定后悔死了。当初只想着用丹药蛊惑皇兄，好让自己能够飞黄腾达，却不料做过了头,皇兄沉迷金丹不可自拔,身体也每况愈下。哼!柳泌现在也慌了。皇兄若有个三长两短,别说荣华富贵了,他连性命都保不住。可是事已至此,如今想抽身亦绝无可能了。所以他明知眼前只有死路一条,却只能硬着头皮走下去。呵呵,你不知道我今天看见他那副丧家犬的模样,心里面有多么痛快!"

裴玄静又动笔了。

永安公主拿过纸,读道:"殿下可为圣上担忧?"

"我担忧有用吗?皇兄是什么样的人?别人的话他会听吗?金丹有害,大明宫上上下下谁人不知。别的不说,就看看那些连数九寒冬都不能离开的冰……"她凄凉地摇了摇头,"皇兄虽贵为天子,终究也是血肉之躯啊,怎么能受得住!可是,有谁敢去向他提一个字?"

裴玄静一瞬不瞬地注视着永安公主。

"你是说我吗?"永安领会了她的意思,"皇兄才不会听我的呢。至于其他人,比如郭贵妃,本就心怀鬼胎。要我说,她还巴不得皇兄早点儿出事呢!"她今天算是豁出去了,对裴玄静完全口无遮拦。毕竟在大明宫中,裴玄静是一个值得信赖的人,这样的人几乎绝无仅有。

永安又道:"其实我心里不愿意皇兄出事……他虽对我无情,终究是我的亲哥哥。如果换了别人坐在那个位置上,我的状况只会更凄惨。但有什么办法呢?命该如此,只得认命罢了。"

裴玄静将方才写过的纸在蜡烛上引燃,看着它烧成了灰,才又提起笔,写在一张新纸上。

永安公主探头一看,却见上面写着:"圣上已知。"

"已知?"她问裴玄静,"皇兄知道什么?"

裴玄静再写:"金丹有害。"

永安公主愣了愣,说:"但是柳泌已用化骨成仙之说搪塞过去了,否则皇兄也不会坚持服丹至今啊。"

裴玄静摇了摇头,在"金丹有害"下面,又加上了两个大大的字:有毒。

"你是说……皇兄知道金丹有毒?"

裴玄静郑重地点了点头。

"那他为什么还要服丹?有害和有毒,是两回事呀!"永安公主低声叫起来,"他不会这么糊涂吧!"她看着裴玄静的表情,突然倒吸一口凉气,"你的意思是他、他自己想……"

她实在没有胆量说出那个字——死。

良久,她才挣扎着问:"为什么?"

这次裴玄静写得非常缓慢,一笔一画,仿佛手中的笔有千钧之重,但又写得非常坚决,没有半点儿犹豫。

她只写了四个字,便将笔搁下了。

永安公主把纸捧到眼前,虽然手抖得厉害,四个字几乎叠影成了八个字,但仍然看得清清楚楚。不,不用看,她也知道裴玄静写的是什么。

"先皇之死。"

永安公主一动不动地坐了许久,视线好像被粘在这四个字上面。

裴玄静也一动不动地坐在对面,等待着。她有充分的耐心。在生与死、希望与绝望的交替冲击后,再没有任何力量可以动摇她的决心。裴玄静决心——揭开先皇之死的真相。

崔淼还活着,当裴玄静确认这个事实后,弄清先皇之死变得更加至关重要。

崔淼让杜秋娘转告裴玄静,不必再追寻他的身世,他已经放弃了这一切,只要裴玄静平安归来。正是这句话,再加上绝无仅有的迷魂香粉,使裴玄静相信了杜秋娘。因为那是他们二人在蔡州之战的前夜,对雪盟誓时的私语,除了崔淼,天下再无人知。

但也是这句话,使裴玄静更坚定了厘清真相的决心。

皇帝是否犯下弑父罪行?崔淼的母亲究竟有没有给先皇下毒?

这两个谜团互相纠缠在一起，非此即彼、非黑即白，种下了一切的因。所有业缘由此而起，真相却始终扑朔迷离。所有人都被这个谜团所裹挟，有人已为之而死，更有人生不如死。

那天皇帝当着裴玄静的面服下金丹时，目光中的悲凉是她所不能理解的。他明知金丹正在毒害自己，却一颗颗地吞下去。裴玄静曾试图将这种行为解释成：不堪良心的谴责而自戕。但在她的意识深处，始终回荡着一个怀疑的声音。

皇帝的性格至刚至硬，被良心击垮太不像他了。即使有《推背图》第二象的变字威胁他为亡国之君，他也更应奋起反击，而不是像现在这样，乖乖地束手就缚，以死谢罪。

会不会他真的被冤枉了？

经过彻夜不眠的激烈思考后，裴玄静决定抛开先前所有的假设，重新寻求真相。

崔淼让杜秋娘转告她，自己已经放弃了追索身世，并且要裴玄静也放弃。他还希望裴玄静能借助迷魂香的特殊效果，找到逃出大明宫的办法。崔淼的想法虽别出心裁，却也有其高明之处。以裴玄静的聪明才智，确实有可能办得到。但是裴玄静已下定决心，除非查出先皇之死的真相，否则绝不离开大明宫。

因为在真相里埋藏了太多的恩怨情仇，乃至大唐的命运与前途。

否则，即使她能成功地逃离大明宫，她的心也会被继续深锁在这座宏伟的宫殿中，深锁在仇恨的漫漫长夜里。

永安公主开口了："我什么都不知道。"

裴玄静镇定地注视着她，等她说下去。

"我只记得，那是一个极冷极冷的冬夜。父皇移居兴庆宫已有数月，病情时好时坏，入冬以后便一日差似一日。我们兄妹几个每天去兴庆宫定省，只有皇兄因国事繁忙，很少出现。但不知为什么，那天夜里他突然驾临兴庆宫，身边除了几名贴身侍卫之外，只带着内侍省的主管太监俱文珍公公。皇兄来了之后，命所有人回避，我们几个便退到阿母的寝阁内等候。李忠言本来片刻不离父皇的左右，那次也被赶到了外面。我们在阿母处等了好一会儿，并不见皇兄出来。这时，我突然发现襄阳妹妹不见了。她那时还小，刚满六岁，父皇特别疼爱她，所以她在咸宁殿上毫无拘束，想做什么就做什么，没人管她。姊姊和阿母都说，糟了，襄阳妹妹肯定还留在父皇那里。她们怕她打扰到父皇和皇兄，想把她叫出来，又不便命宫婢闯进去。于是她们便商量，让我去把襄阳妹妹带出来。"

永安朝裴玄静含泪笑了笑："那一年我也才刚十二岁，所以阿母觉得，我进去的话会比较自然，皇兄不至于心生芥蒂。我听从阿母的吩咐，悄悄地溜进父皇卧病的东厢。在父皇的御榻前挡着一架屏风，屏风后面传来说话声，虽然压得很低，但我马上就听出是皇兄在说话。他好像很激动，话说得又急又快，怒气冲冲的。我根本就听不明白他在讲什么，心里却非常害怕。因为我知道，皇兄肯定是在对父皇讲话，用的却是如此不恭不敬的语气。更让人难过的是，父皇那时瘫在床上，口不能言，所以只能听着皇兄训斥自己……我吓得不敢再往里进了，正在进退两难时，忽见皇兄从屏风后走了出来。我慌忙躲到一根立柱的后面，皇兄正处于情绪激昂之中，没有发现我就与他近在咫尺。他满面怒容地来回踱步，又停下来，将耳朵靠到屏风上倾听。他听得那么专注，于是我也跟着侧耳倾听起来。我听见从屏风内传来一些奇怪的响动，难以辨别却令人极度恐惧……突然，皇兄疾步冲向屏风里面去了。而我却像被冻住一样，根本无法动弹。就在这时，屏风后传来俱文珍带着哭音的高喊：'太上皇驾崩了！'"说到这里，永安公主深深地喘了口气，脸上已然惨无人色，"我也不知从哪里来的勇气，直接奔了进去。我看见俱文珍匍匐在地上发抖，而皇兄就站在父皇的御榻前。他闻声回头，看见了我，一下子便愣住了。我永远记得他当时脸上的表情，还有他握在右手中的匕首……"

匕首。裴玄静在心里念出它的名字：纯勾。

"匕首上没有一丝血迹。"永安的神情如癫似狂,脸上泪水恣肆,"呵呵,因为这把匕首滴血不沾,所以永远永远都是干净的!可是皇兄的衣襟上血迹斑斑,袍袖上也沾满了血……我完全吓呆了。就在这时,襄阳妹妹从父皇的御榻后面跑了出来,嘴里连声叫着:'爹爹!爹爹!'我扑过去,一把将她的小嘴捂住。皇兄突然转过身去,把匕首塞进了俱文珍的手里。与此同时,李忠言和阿母、姊姊他们一起从外面冲进来……"永安公主紧紧地闭起双目,喃喃地说,"我所知道的,就是这些。"

许久,裴玄静才拿起笔,在纸上写下四个字:"襄阳公主。"

"没有用的。"永安摇头道,"我曾悄悄问过她几次。她总是回答说,什么都不记得了。"

不,一定有用!既然纯勾由长吉赠予,那么他给李弥起了和襄阳公主一模一样的字肯定也不会是巧合。裴玄静无法解释这种神奇的关联,却对此深信不疑。

她再次提起笔,写道:"请殿下召唤襄阳公主前来,我自有办法。"

搁下笔,裴玄静从肘上解开一个香囊。

7

"朕听说你这两天很忙碌?"皇帝随意地问跪在面前的裴玄静,"连襄阳公主都跑到玉晨观去了。据朕所知,她向来与永安并不亲密,彼此没什么往来。"他又若有所思地看着裴玄静,"襄阳公主去玉晨观,是因为你吧?"

陈弘志早已在裴玄静的面前放好了纸笔,她却连动都没动。如果能够说话,她多半会直截了当地反问,陛下为何不直接去问两位公主呢?不过这种带有挑衅意味的话,既不适合也没有必要落成文字,还是省略了吧。

自从被截舌之后，裴玄静才认识到自己过去说了多少废话。

见裴玄静没有反应，皇帝又换了个问题："你去柿林院做什么？"

裴玄静提起笔，在纸上写了几个字。

皇帝吩咐陈弘志："你念吧。"

"是。"陈弘志毕恭毕敬地念起来，"请陛下召宋若伦来问话。"

"哦？"皇帝微微一笑，"你找了个人代你讲话？为什么是她呢？"

宋家五姐妹中，就数若伦的年龄最小，长得也最不起眼。和几个各具风华的姐姐相比，宋若伦的人品平淡无奇，性格也软弱怯懦。宋若昭出了意外之后，她更是龟缩于柿林院中闭门不出。若非今天裴玄静提起，皇帝都快把她给忘了。

宋若伦应召上殿，畏缩着双肩在阶前跪下，显得十分纤弱可怜。曾经声名远扬的宋家五姐妹悉数凋零，如今就只剩下这一枝独秀了。

她怯生生地说道："陛下，妾应裴炼师之命，带来了这些。"

"是什么？"

"这些都是三姐做的皮影，陛下。"

"皮影？"皇帝诧异。

宋若昭回道："昨日裴炼师来到柿林院中，说她想为陛下演一出皮影戏。因为裴炼师过去造访柿林院时，曾经在三姐的屋中看见过皮影，所以想来找些用具。妾回答裴炼师，三姐过去确实喜欢皮影戏，自己也做过一些，带着大家一起演来取乐，还曾为陛下演出过。裴炼师听了很高兴，便从三姐留下的皮影中找出了几件合用的，还有演出时所需的幕布等，妾今天都一并带过来了。"

皇帝越听越疑惑，不禁问："裴玄静会演皮影戏？"

"妾教过了裴炼师如何操作皮影，她很快就学会了。"宋若伦一五一十地答着，显然都是裴玄静教好了的。

皇帝皱起眉头，看了看陈弘志。

陈弘志会意，连忙捧起宋若伦带来的包袱，小心翼翼地摆在御案上。除了雪白的幕布之外，包袱中共有三个人物的皮影。其中两位均戴冕旒着龙袍，应该是两位君王。第三个人物则穿着黄色的宦官服色。两位君王以须髯可以区分出来，一个较为年长，一个相对年轻。

皇帝的脸上阴霾密布。他记得宋若茵确实曾在宫中表演过皮影戏。为了讨得皇帝的欢心，她还特意选取起居注中太宗皇帝的事迹，例如魏徵谏言使太宗皇帝捂死鹞鹰的趣事，编成小戏演出。在宋若茵的皮影人物中出现皇帝和宦官，倒是不奇怪。

难道说，裴玄静要演一出由这样三个人物组成的皮影戏？

皇帝将目光投向那张清丽出尘的脸。她亦毫不回避地与他对视，在这个世上敢于这样做的，实在寥寥无几。

"皮影戏吗？有意思。"皇帝说，"朕倒是想看一看。"又问宋若伦，"你也一起演吗？"

"不。"宋若伦回答，"裴炼师只命若伦帮忙准备，其他的妾一概不知。"

皇帝点了点头："好，那你就退下吧。"

裴玄静利用了柿林院现成的条件，却周道地避免了将宋若伦牵扯进来。皇帝亦认可她的做法。归根结底，这只是他们两个人之间的秘密，不是吗？

雪白的幕布支起来了。帷帘一层一层地放下来，隔绝了窗外的月色，只有隐隐约约的烛光在幕布后方摇曳。龙涎香和冰的寒意交糅在一起，殿中清冷孤绝，恍似广寒的最深处。

所有人都应命退了出去，只有皇帝一人端坐在幕布前。裴玄静立于幕布之后。除了仙人铜漏发出恒久的"滴答"，清思殿中再无一丝声响。

裴玄静思考了很久，最后还是凌烟阁显影给了她灵感。因为接下来她要向皇帝展示的一切，那一幕幕无法用文字描述的场景，更不应该以任何形式保留下来。

她会将它从岁月的深处找出来，惊鸿一现，再放它消失在记忆的尽头。只有转瞬即逝的影子才能符合她的要求。

一场无声的皮影戏开始了。

首先出现在幕布上的，正是那名年轻的君王。他疾步上场，来到一侧半卧的老年君王跟前，跪下来。

幕布前的皇帝情不自禁地握紧了双拳。他知道的！他早就知道会看见这一幕！裴玄静！他在心中默念这个名字——杀了她吧！现在就让一切终止，趁还来得及。

然而他什么都没有做，只是一动不动地坐着，目不转睛地盯着幕布。

年轻的君王正在为老皇帝侍药。突然，药碗被老皇帝推翻。年轻的君王跳起身来，冲着老皇帝指手画脚一番，似在怒不可遏地喝骂，随即拂手而去。

紧接着宦官登场了。他跪在老皇帝的面前，又端起一碗药，正想往上送，突然看到老皇帝的手中，出现了一把匕首。

太监吓得瘫倒在地上，刹那间，老皇帝已将匕首插入自己的胸膛。

幕布前的皇帝猛地挺直身躯，嘴唇翕动却发不出一点儿声音。

戏继续演下去。

太监冲过去，想要夺下匕首。

年轻君王匆匆跑上来，像是听到动静而来。见到眼前的情景，他呆住了。

太监又扑通跪地，连连叩头。

年轻君王一步步走上前去，伸手拔出了插在老皇帝胸口的匕首。旋即回转身，将匕首塞进太监的手中。

幕布上的场景就停在这一刻。随后，裴玄静吹灭了幕后的蜡烛。

一切都消失了。

唯一的光源是香炉中摇动的火，照在皇帝惨白狰狞的脸上，直与恶鬼无差。

"你……你是怎么知道的？"他指向裴玄静的手抖得厉害。

裴玄静沉默。无须回答，他应该猜得出来。

"俱文珍为什么不说实话……我一直以为纯勾是、是他……"皇帝手扶立柱，摇晃地站起来，语无伦次地喃喃着。

他一直以为是俱文珍动手杀了先皇。正因为他在心中起过这个可怕的念头，所以才不敢向俱文珍追问真相。而俱文珍也利用了皇帝这一点最根本的怯懦。因为老奸巨猾的宦官深知，只有成为皇帝的共犯才能保全性命，而一个目击者必将被无情地消灭。何况他所目击的，是比弑父弑君更惨烈的人伦悲剧！

先皇是自尽的。

而皇帝却一直误以为，是俱文珍擅自揣度自己的意思，对先皇下的毒手。他不愿承认弑父的罪行，但更可怕的是，他也无法否认。一年又一年，他肯定在心中无数次地回想，无数次地与自己的良心对峙，却只能在黑暗中越陷越深。

现在真相大白了，他就能从此得到解脱了吗？

"你！"皇帝指着裴玄静，"你怎么敢……"他还想说什么，喉咙却被腥咸的东西堵住了。忽然，一大摊黑红的血就吐在裴玄静的面前，紧接着又是一摊。皇帝的身体摇摇欲坠，裴玄静伸手去扶，却被他用尽全力地甩开。

"滚！"皇帝声嘶力竭地吼着，"滚出去！"

裴玄静径直向外走去。陈弘志带着一帮内侍从她的身旁经过，慌慌张张地奔入殿内。

她一直走到御阶的尽头，才停下脚步。

大明宫中的夜色是多么恢宏。头顶繁星似盖，一轮皎洁的圆月将清光遍洒。脚下的长安城中，万家灯火无限延展，仿佛可以生生世世地凝望下去，永不停顿，永不消亡。

她想象着，千百年后人们会像仰望今夜的明月一样，仰望大唐的盛世荣耀。但他们不会去想，在这盛世中的每一个人都流尽了眼泪，不论君王还是走卒。

所有眼泪均无足轻重，一切盛世都稍纵即逝。

裴玄静双手捧面，滚烫的泪水从指缝间奔涌而出。还是头一次，她在大明宫中失声痛哭起来。

直至黎明时分，裴玄静再度被召入殿。

"就在刚才，朕得到了一个好消息。"

裴玄静闻声抬头，又看见了一个神采奕奕的君主。

仅仅过了几个时辰，他就战胜了最软弱的自己，凭借叹为观止的意志力重现一位帝王之尊。

不论对他有什么样的看法，此时此刻，裴玄静还是肃然起敬了。

"在盐州与吐蕃之战虽然惨烈，但大唐终究还是胜了！盐州刺史李文悦死守了整整二十七天，等到了灵武牙将史奉敬的援军，前后夹击大败吐蕃。"

裴玄静真心想说一句祝贺的话，可她的面前没有纸和笔。是陈弘志忘记摆放了吗？不可能，那只能是皇帝特意的安排。

也就意味着，今天他不再需要她说一个字了。

"你知道盐州在哪里吗？"皇帝对她说，"你来看。"

裴玄静随他来到悬挂在一旁的巨幅舆图前。

"这就是盐州。"皇帝指着图上的一个小点说，"从元和初年到现在，吐蕃一再要求会盟，朕均以种种理由拖延，如今他们实在忍耐不住了，于是率先发兵进犯。但吐蕃没有想到，大唐已今非昔比，朕再也不必对他们虚与委蛇。"他越说越兴奋，焕发的神采掩去了深重的病态，"藩镇已平，下一步就是收复河湟旧地。大唐的子民还在那里等着唐军，他们已经等待了几十年，朕不会让他们再等那么久！此次盐州首胜，是吐蕃主动挑衅的。接下去就该大唐……"皇帝突然住了口，摩挲着舆图的手也停下来。

他转过脸，注视着裴玄静问："你曾经看过大唐的疆域吗？"

她摇了摇头。

"朕每天都看。喏,这就是长安。"皇帝点了点舆图的中央,"你看,大唐是不是很辽阔?"

当然。裴玄静在内心由衷地赞叹:辽阔的大唐,无可比拟的大唐,诚当生死与共的大唐!

"可惜啊,如此美好壮丽的山河,朕却未有机会真正地亲近过。除了幼年随祖父逃难的那段时间,朕的这一生都未离开过长安。"皇帝道,"还记得吗?在春明门外贾昌的小院中,你我第一次见面时,朕就对你谈起过'举目见日,不见长安'的典故。"

裴玄静点了点头。

"其实,朕倒是有点儿羡慕隋炀帝,可以乘着龙舟沿运河下江南,亦能御驾亲征北上吐谷浑。纵使民不聊生,最后身死国灭,也算饱览了这片壮丽的山河。相反,朕却只能抱憾终身了。不仅仅是朕,还有朕的祖父、父亲和朕的孩子们都一样,我们世世代代都是大明宫的囚徒,必将这一身的骨血献给大唐。这,就是我们李家人的命。"

皇帝说着,沿运河下行的手指停住了:"扬州。哦,差点儿忘了,朕的十三郎在扬州。"他用疼爱的语气说,"他还小,又是个傻孩子,所以就让他去开开眼界,比待在长安好多了。不过,最终还是要回来的。"

皇帝转过身来,背对大唐的疆域全图,庄严地说:"裴玄静,朕不想再见到你了。"

裴玄静挺直身躯。她深知,自己的命运就将在这一刻被决定。几个时辰前,是她向皇帝揭露了真相。而现在,却仍将由皇帝来对她进行宣判。

但这一点儿都不荒谬。裴玄静甚至感激皇帝,让自己在大唐的万里河山前接受命运的最终安排。不论结果为何,她都能坦然面对。因为她对自己、对大唐,对天子保有了真诚,无愧于心。

她比任何时候都更加坚信:真相不能改变过去,却能决定未来。

"朕想过杀掉你,这样做最简单。但是,昨夜当朕收到前线战报,站在这张大唐舆图前时,朕改变了主意。这张图上的每一寸山河都属于朕,朕的大唐如此辽阔,怎么会容不下一个女子呢?大唐是朕的,亦是天下人的。当然,也是你的。所以,裴玄静,朕命你即刻离开长安,随你去到大唐的任何一个角落。只有一个条件,永远不许再回到长安来!"

话音落下,寂静重回。裴玄静有一丝晕眩,不知今夕何夕。

静待片刻,皇帝道:"朕将赐你自由。"

裴玄静毫无动静。

皇帝微微皱起眉头:"怎么?你不想走?"双眸中闪现出含义不明的光芒,牢牢地盯在她的脸上。

裴玄静抬起手,在大唐的疆域图上,用食指缓缓地描出一个字型——"还"。

皇帝脸上的表情瞬息万变,最终在唇边凝成了一个意义深远的浅笑。

"好吧。"他说,"裴玄静,朕还你自由。"

裴玄静欺身下跪,向大唐的天子深深叩首。她终于可以确定——没有阴谋,没有圈套。他配得上她的这一拜,最后一拜。

"快走!趁着朕还没有后悔,走得越远越好,不要回头!"

裴玄静从清思殿的御阶上飞奔而下。在她的背后,曙光正从东方渐渐升起,晨钟还未鸣响,她的前方仍然是漫无止境的黑夜。

"裴炼师!"陈弘志赶上来,右手中牵着一匹通身雪白的高头大马。

他跑得气喘吁吁:"这是圣上的踏雪骢!圣上命炼师骑此马出宫,沿途的宫门、坊门、城门尽开,无人可以阻拦!"

裴玄静接过缰绳,踏雪骢仰天发出一声嘶鸣。

紫宸门、崇明门、含耀门、望仙门,一扇扇宫门在她的面前敞开。裴玄静先向南出大明宫,跑上天街,再穿过长乐坊、大宁坊、安兴坊、胜业坊，在东市前折向东，直奔春明门。

旭日东升。

万道曙光从安放着贾昌老人骸骨的白塔后射过来，耀得裴玄静睁不开眼睛。

他在吗？他在哪里？

裴玄静焦急地张望着，可是眼前只有一团又一团的金色，什么都看不清。

在她背后的长安城中，晨钟一声接一声地响起来。

8

晨钟响过之后，长安城苏醒了。

百姓们三三两两地刚走上街头，便瞠目结舌地看到一匹无人乘骑的白色神骏如风驰电掣，自长街上一掠而过。

神骏所过之处，千门万鐢次第而开。一直跑到丹凤门前，踏雪骢方才停下，威风凛凛地转了个圈，仰首嘶鸣。

它走惯了天子出入的丹凤门，所以只认此门，直奔此门。

众人目睹了踏雪骢的神奇回归，却只有极少数的几个人看到它离开时的情景，其中就有杜秋娘。

裴玄静骑着踏雪骢奔出大明宫时，虽只是惊鸿一瞥，杜秋娘却清清楚楚地看到了马背上那个白衣翩跹的身影。她简直不敢相信自己的眼睛，裴玄静真的就这样离开了——多么不可思议的计划，竟然办成了！

杜秋娘喜极而泣，郑琼娥在一旁默默地陪伴。一盏红烛尚未点尽，映着两张国色天香的面孔，各怀心事，各自悲喜。

再也没有人提起裴玄静这个名字，仿佛她从未在大明宫中出现过。

太液池畔的蘋花已老,大明宫中的秋色越来越深了。

杜秋娘还在梳妆,按惯例再过半个时辰皇帝才会召唤她,所以她磨磨蹭蹭地并不着急,在郑琼娥端上来的金盆中挑了好久,最后找出一束白色的四叶小花来。

"咦,这不是蘋花吗?"

郑琼娥忙说:"这是她们采了自己玩的吧,怎么放在金盆里了?"说着便要将蘋花拣出去。

杜秋娘拦住她,问:"我在太液池旁看到大片的蘋花。听说是圣上吩咐栽的?"

"是。"

"为何?"

"圣上最爱的女儿普宁公主喜欢蘋花,可惜公主福薄,年方十七岁便薨逝了。圣上痛心不已,后来便命人在太液池边栽了大片的白蘋。我想,是聊寄怀念之情吧。"

"哦,原来是这样……"杜秋娘若有所思地点了点头,将蘋花举到鬓边,照着镜子道,"倒是不俗,你觉得好看吗?"

"万万不可。"郑琼娥劝道,"咱们大唐崇尚的是富丽华贵,这水泽边的蘋花再美也是无根低贱之物,怎可去见天子?"

"不是啊,你方才不是说蘋花乃普宁公主所爱。而且我这些天看见圣上翻阅柳子厚的诗集,里面有一句'欲采蘋花不自由',圣上时常念诵,看样子喜欢得很呢。"

"真的不行。"郑琼娥还想劝阻,宫婢入内:"圣上命娘子速去。"

杜秋娘惊道:"这么早!"她一阵心慌,是出什么事了吗?连忙对镜再理了理鬓发,顺手便将那束蘋花簪到发髻上,但见在清丽小花的衬托下,镜中之人越显得秋瞳剪水,面庞宛若出水芙蓉一般生动。杜秋娘斜了郑琼娥一眼,昂首而去。

刚一进殿,她便听到皇帝焦急的声音:"钥匙呢?你看见朕的钥匙了吗?"

"什么钥匙?"

"金匮的钥匙啊!"

"哦。"这些天她总是看见皇帝捏着一把小小的纯金钥匙,独自转到云母屏风后面,打开放置在长案上的一个金匮。每次他这样做的时候,都带着绝无仅有的肃穆神情,以及遍布通身的紧张,仿佛金匮里盛放的是什么性命攸关的东西。杜秋娘很想上前去看一眼,但实在没有这个胆量。她还发现,每次看完金匮后,皇帝都会沉默很久。在那段时间里,他既不像造访平康坊的神秘风流的李公子,也不像大明宫中主宰天下苍生的皇帝,而更像是一个对天命无比敬畏,偏又不肯轻易认命的、自相矛盾的普通人。杜秋娘不敢打搅他,只能在旁边静静地守候,等待他恢复常态。

"是这个吗?"她从御榻的角落里翻出一把金光灿灿的钥匙。

"对!"皇帝一把抢过去,"怎么会在这里?"又看了一眼杜秋娘,"哦,肯定是朕疏忽了。"

他转身便向屏风后走去。

杜秋娘只得坐下来,又要等待了。她百无聊赖地抚弄起皇帝赐的紫檀琵琶,却小心地不发出一点儿声响。这把琵琶,他至今还未命她为他弹奏过。

突然,从屏风后面传来一记很响的"咣当"声。

杜秋娘吓得跳起来,奔到屏风前又站住,小心翼翼地朝内唤道:"大家……"

皇帝出现在她的面前,脸上有一种她从未见过的且喜且悲的表情。

"它变了。"他的声音也显得格外脆弱。

"变了?什么变了?"

"它真的变了!第二象恢复原样了!"

"什么……第二象?"杜秋娘如堕五里雾中。

"神明显灵了……"皇帝突然哽咽起来。杜秋娘看着他眼中的泪光，正慌得不知该如何是好，就猝不及防被他用力揽入怀中。

"你是朕的吉星，朕的吉星！"皇帝在她的耳边喃喃，双臂将她抱得死死的。

杜秋娘快要喘不过气来了，却又心驰神移的，一种从未有过的幸福感洋溢全身。

"等等。"皇帝又将她松开了，"你先弹奏一曲，弹完朕再去看一次。"

杜秋娘只得遵命抱起琵琶，弹起了《金缕衣》。她这一辈子都没弹得如此心不在焉过，烂熟于心的一首曲子竟然弄到荒腔走板，幸好皇帝比她更加心神恍惚，完全没有听出异样。

这一曲真是长得难以形容。终于曲止，皇帝又转到屏风后去了。杜秋娘稍待片刻，还是忍不住悄悄起身，蹑手蹑脚地来到屏风旁，以帷帘为遮向内窥视。

她看见了什么？

皇帝匍匐于地，正向着案上的金匮长跪稽首。

杜秋娘入宫以来，都只见众人跪拜皇帝，何曾见过皇帝跪拜。这一惊非同小可，她连忙悄声退回榻上坐下，心儿兀自跳动不已。

又过了好一会儿，皇帝才再次出现了，神色却已十分平静。

"你过来。"

杜秋娘顺从地坐到他的身旁。

"朕封你为妃吧。"他随随便便地讲起这个话题来，就像丈夫在和妻子说家常，"朕没有皇后，只有一个正妻郭氏封为贵妃。今后，你就是朕的秋妃，怎么样？"

"那……好吧。"实在太意外了，杜秋娘有点儿发蒙。

见皇帝一笑，她才想起自己应该谢恩的，刚要起身又被他轻轻按住，"等诏书下时再谢恩吧。另外，朕还要给你改一个名字。"

"改名？为什么？"

"你既要做朕的秋妃了，怎么还能叫秋娘。况且秋字之意肃杀，朕也不喜欢。"

"那我该叫什么？"

"叫仲阳。朕刚刚给你想的，仲阳，是春回大地的意思。今后你就叫作杜仲阳。"

"杜仲阳。"她忍不住笑了，"好听是好听，就是不太习惯。"

"慢慢就习惯了。"皇帝也笑道，"你还想要什么？朕今天的心情非常好，你可以再提一个要求。"

"妾想要……"她认真地想了想，"妾想要专宠。"

"专宠？什么意思？"

"就是在整个后宫里，大家从此只能宠爱妾一人。"

皇帝目瞪口呆："这种要求你也提得出来？"

"哼！我就不该指望皇帝也会一心一意！"杜秋娘立即涨红了脸，气鼓鼓地说，"还是我太傻了，就当我什么都没说吧！"

"也许……朕可以考虑考虑？"皇帝笑起来，"也许朕有一秋妃，足矣？足矣。"

杜秋娘顿时没了脾气，倚在皇帝的肩头，又娇嗔地道："妾还有一个要求。"

"你还得寸进尺了？说吧。"

"马上就要入冬了。大家能不能命人将殿里的冰块移出去？"杜秋娘娇声说，"妾有些怕冷。"

"怕冷，多穿点儿不就行了？"

"穿多了太臃肿，不好看嘛……"

皇帝沉默片刻，抬手抚弄她的秀发："嗯，这是什么花？"

"蘋花。"

皇帝皱起眉头："为什么簪它？"

"妾以为你喜欢……"

"不，朕不喜欢。"皇帝将蘋花从她的发髻上摘下，随手掷于地上。

"大家喜欢什么花？"她有些微的慌张。

他却把她搂得更紧一些，低声说："这还要问吗？当然是牡丹。"

在龙涎香环绕中，杜秋娘情不自禁地闭起眼睛，昨夜的情景再度浮现在脑海里——

她本该早点儿行动的。裴玄静交代得很清楚：一旦自己不在大明宫中，不管是死了还是走了，杜秋娘都必须立即按计行事。

但是杜秋娘等了好几个夜晚，皇帝的睡眠太差，极小的动静也会把他惊醒，最后她迫不得已，才按照裴玄静的指示，在龙涎香中添了一点儿点儿崔淼的迷魂香粉。

皇帝沉睡后，杜秋娘用钥匙打开金匮，取出了放在最上面的《推背图》第二象。

虽然已经练习过许多次了，但将预先调好的雌黄汁抹到那几个红字上时，她的手仍然抖得厉害。谢天谢地，第二象加上第三十三象，总共才四个字需要改。雌黄汁是宋若伦亲手调制的。宋若华在柿林院中校书时使用的雌黄汁，经过宋若茵的巧妙调配，已能达到去除原先字迹毫无痕迹的效果。再在上面重新写字的话，只要笔迹掌握得当，几乎没人能看出是修改过的。这项涂改古书的绝技，只有柿林院中的宋家姐妹掌握着。宋若昭在失踪前一夜，曾专门叮嘱宋若伦，假如自己出了意外，宋若伦便要完全信赖裴玄静，并将此项绝技毫无保留地告诉她。于是裴玄静从宋若伦的手中取得雌黄汁，再转交给杜秋娘练习。她不仅要练习天衣无缝的涂改，还要练习在抹去的红字上面，重新写上以假乱真的黑字。杜秋娘悄悄地练了一遍又一遍，此刻想来还后怕，真不知自己昨夜哪来的勇气。

好在，这一切都过去了。接下去她还要帮皇帝戒除金丹，对此她充满信心。

现在她甚至很庆幸，几个月前崔淼能在浣花溪头找到自己。

杜仲阳憧憬着未来，就像刚刚得到的新名字一样：春回大地。

9

元和十四年的上元节仿佛还在眼前,元和十五年的新年又到来了。

延续数十载的削藩战事在上一年彻底终结。击溃吐蕃的进犯后,边境上亦风平浪静。迎佛骨的疯狂喧嚣早已散尽,元和十五年的新年祥和而平静,甚至都有些冷清了。

休养生息,整个大唐都在用心体会并且尽情享受着这四个字。

皇帝干脆把一年一度的元日大朝会都取消了,理由虽是圣躬不虞,却丝毫没有引起朝野内外的恐慌。因为朝臣们都知道,停服金丹月余,皇帝的身体正在逐渐好转。尽管元日朝会取消了,延英殿召对照常举行,一切有条不紊。

元和十五年元月庚子日。是夜,皇帝命秋妃离开清思殿。秋妃自入宫后即得专宠,几乎夜夜侍寝,所以被遣离时颇不情愿。但她了解皇帝的脾气,并不敢有二话。

秋妃走后,皇帝一人在殿中独坐良久,方召唤心腹内侍陈弘志呈上那把匕首。

那把匕首,指的正是皇帝久寻未果,最后却由秋妃意外带回的纯钩。

皇帝从陈弘志的手中接过纯钩,便吩咐道:"你退下吧。"

陈弘志如常消失在帷帘后面。

隔了整整十五年,终于要与它直面相对了。皇帝咬紧牙关,拔刀出鞘。

一道寒光划过眼前。是错觉吗?皇帝仿佛看见,整座殿中的红烛都在寒光下猛烈摇晃起来,而他掌中这段凛冽的秋水之上,似乎也浮现出斑斑红色——是血迹吗?

不可能。纯勾是滴血不沾的。

他还清楚地记得十五年前的今天，当自己从父亲的胸前拔出纯勾时，上面确实连一滴血都没有，干净得仿佛刚刚淬炼出来的新刃。而他自己的袍袖上、衣襟上却沾满了父皇的血，最后只能将整套衣服烧掉了事。

那一切究竟是怎么发生的？

当时，父皇退位到兴庆宫中已经有好几个月了。登基之后的皇帝面临各种内忧外患，对兴庆宫却并不担心。一个瘫痪失语的太上皇能够对皇帝形成什么威胁呢？相反，皇帝倒很愿意给全天下做出纯孝的示范。在内心深处，皇帝对父亲的软弱无能相当鄙视，对父亲在位期间，短短六个月内的所作所为也不敢恭维，但毕竟是父亲将皇位禅让给了自己。没有父亲苦苦支撑了二十六年的太子生涯，没有他以隐忍的智慧一次次化解舒王夺嫡的企图，没有他在那六个月中不惜以有失皇家体面的手段除掉对手，今天自己也绝对坐不上这个皇位。所以虽然自己忙于政务，不能常来兴庆宫中问安侍药，但皇帝从没有阻止过弟妹们前往。就在刚刚过去的新年元日，他还兴师动众地率领百官来到兴庆宫，为太上皇上尊号。

太上皇卧病，见不了百官，上尊号只是皇帝尽孝的表演而已，但皇帝演得很投入，把自己也感动到了。从很小的时候起，皇帝与父亲的关系就越来越不和睦。有时候连他自己也想不通，他们父子之间究竟出了什么问题。但在太上皇禅位后，皇帝确实真心实意地想要改善彼此的关系。在成为一个好皇帝之外，他还真心地想当一个好儿子。

但也正是在那一年的元日，吐突承璀将罗令则从明州秘密带回，押入大理寺中。裴玄静在实录中读到的永贞元年的十月，山人罗令则矫诏谋反云云，全都是编造的。实际上，罗令则和倭国遣唐僧空海一起到了明州，原计划共同登船渡海，但罗令则在最后一刻改变了主意。他没有上船，而是踏上了返回长安的路。

皇帝派出吐突承璀追杀过去，半途截住了罗令则。罗令则经受了最残酷的刑讯，抵死不认谋反之罪，只要求再见一见太上皇。皇帝怎么可能答应他的要求？

就在皇帝率领百官去兴庆宫为太上皇上尊号的同时，罗令则在大理寺中被吐突承璀活活打死了。后来为了平息渐起的流言，吐突承璀又在皇帝的授意下，炮制出了一个矫诏谋反的故事，还特意把事情发生的时间提前了两个月，以乱视听。为了增加真实感，吐突承璀甚至找来了一个所谓的共谋犯——彭州县令李谅。可怜这个李谅，只因曾经受到过王叔文的赏识，在永贞时期短暂升职，就被莫名其妙地牵扯到这起案子中，以至于家破人亡了。

从兴庆宫上尊号回来不久，皇帝就得到了吐突承璀的报告。许多年来压抑在心中的怨恨一起爆发出来，皇帝又怒不可遏地冲进兴庆宫中，在太上皇的病榻前暴跳如雷，像个疯子般地吼叫着，要父亲说清楚罗令则回京到底想干什么！

他还清楚地记得，狠狠发泄了一顿后，自己也感觉失控了，头昏脑涨地走到外面想去冷静一下，随即便听到俱文珍从屏风后发出的叫声。等他冲回父亲榻前时，纯勾已经插在父亲的胸口上。震惊过后，他首先想到的就是掩盖真相。俱文珍瘫软在地，所以他只能自己将纯勾从父亲的胸口拔出来，又在情急之下，把它塞进俱文珍的手中。

纯勾滴血不沾，但是父亲的血却沾在他的手上，一辈子都洗不掉了。

皇帝捧着纯勾，发出一声痛苦至极的呜咽。

他已经受够了惩罚。整整十五年来，他从没有一天能够释怀。因为他一直相信，是俱文珍揣度自己的意思动的手，那也就意味着，自己应当承担弑父之罪。现在，裴玄静揭开的真相虽帮他卸下弑父的罪名，却更加重了他的良心负疚。

他一遍遍地问自己，父亲为何自尽？

也许是久病厌世；也许是为了给儿子彻底让出位置，再不予人口实；也许是想用这种最极端的方式鞭策儿子，促使他全力以赴地去实现"四海一家，天下归心"的宏愿。这些可能都是理由，但皇帝无法让自己忽略的、最关键的一条理由却是：是自己伤透了父亲的心。所以父亲的死，难道不是为了惩罚自己的不孝吗？

他看见自己的泪一滴一滴地落在纯勾上，随即滑落无痕，就像从来不曾有过。

他曾经怎么也想不通，父亲为什么要养育一个道士的儿子，并且那样善待于他，视如己出，甚至令皇帝嫉恨了一辈子。现在皇帝终于明白了——是为了玉龙子。

父亲从来就不是他所认为的无能之辈，事实上父亲策划周全，从贾昌到罗令则，从金仙观到玉龙子，为了谋求皇位做了所能做的一切。当父亲发现自己已经心有余而力不足时，便毅然决定禅位，将耗尽一生争取到的皇位转交给儿子，也把中兴的责任转托到他的手上。

但是对于王叔文、王伾，以及柳宗元、刘禹锡这些追随已久的旧臣们，父亲感到亏欠了他们，所以希望皇帝给这些人留一条活路，让他这个旧主能有所交代。皇帝却连这一点儿恩惠都不肯给。最后，父亲不得不将那些人统统抛弃掉了。唯独罗令则，父亲让他带上玉龙子东渡，也只是为了保留最后一份言而有信的情义吧。

一个多么卑微的弱者的心愿，还是被皇帝无情地粉碎了。他已经占据了至尊之位，却不肯对自己的父亲施舍一点儿点儿同情。

但在当时的情形下，自己又能怎样呢？

皇帝尽情地哭泣着，在整整十五年以后，在终于实现了"四海一家，天下归心"的宏愿时，他才敢于这样放肆地哭泣，才敢于这样毫无保留地怀念自己的父亲和母亲。

他哭了很久，直到头疼欲裂，不得不将纯勾放回到御案上。

皇帝突然愣住了。

大唐悬疑录4：大明宫密码

他想起来，纯勾本是宫中收藏的宝刀之一，一直摆放在大明宫的太和殿上。太上皇移居兴庆宫时已然行动不便，不可能自己把纯勾带过去。一定是有人偷偷地将纯勾从大明宫带至兴庆宫中，如果不是俱文珍，难道是李忠言？或者是母亲？

更关键的是，太上皇瘫痪在床，即使要自尽，也必须有人把纯勾送到他的手上！

那会是谁？

皇帝猛地转过身去："你在干什么？"

陈弘志吓得浑身一抖，手一松，一颗金丹咕噜噜滚到皇帝的脚边。他立即认出是柳泌炼制的金丹，但自己已有一个多月没有服用了。

随着金丹一起落地的，还有白瓷的茶盏。

皇帝逼视着陈弘志："你想把金丹混入茶中吗？为什么？"他一步步朝陈弘志走过去。

陈弘志已然面无人色，只顾向后倒退，腿肚子撞到案角上，他站立不稳，两手向旁边胡乱抓去。

皇帝一把揪住他的前襟："说！是谁让你干的！"

陈弘志的脑袋里"嗡"的一声，完了！他绝望地闭起眼睛，向皇帝挥起右手，自己也不知道手中握的是什么。

纯勾扎入皇帝的胸膛时，他本能地去推挡陈弘志握刀的手。陈弘志吓得魂飞魄散，脑海中一片空白，只知一次又一次用尽全力地扎下去。

一下、两下、三下……鲜血飞溅，很快把陈弘志的眼睛糊住了，但他还是不停地将纯勾扎向皇帝，直到皇帝颓然倒地，他又扑过去朝横躺在地上的身躯猛扎，也不知究竟扎了多少下，终于连胳膊都抬不起来了，纯勾才从他的手里滑落，掉落在血泊中。

隔着殷红的血幕，陈弘志朝皇帝看去。皇帝的眼睛还睁着，双眸中似乎仍有微光闪烁，盯住他。

陈弘志向后退去，嘴里含糊地嘟囔着："不！别、别怪奴才……

是，都是郭贵妃……还有太子……他们逼奴才干的……"

这些话好像隔了无数个春秋，缥缈地传入皇帝的耳朵。其实，皇帝完全明白陈弘志想说什么，但他确实不再关心了。

身上并不是那么痛，这令他感到了些许安慰。他仍然睁大着双眼，但陈弘志与其他的一切都已经在视线中消失了。他看见了一条路，路的尽头有朦胧的光，他知道，那就是黄泉。

他曾经那么惧怕死亡，就因为母亲在父亲的柩前发下的誓言："不及黄泉，无相见也。"他害怕当不得不站在黄泉路上时，该如何去面对。但是现在他不怕了，因为他已经看到黄泉路的那一头，光明所在之处，有人在等待。

他们原谅他了。是啊，就像天底下所有父母都会原谅自己的孩子；就像有朝一日，他也会原谅今天对他下毒手的——他的亲人。

唯一令他感到遗憾的是，这一切来得太过迅疾，使他来不及再看一眼他的长安，他的大唐。

陈弘志在皇帝的尸体旁坐着，理智渐渐恢复过来。他从血泊中捡起纯勾，惊愕地发现匕首上连一滴血都没有。他犹豫着，要不要给自己也来一刀，就此了结，再也不用担惊受怕了。

他想了很久，还是把纯勾放下了。

"我为什么要死？"

陈弘志想，一开始是哥哥的死迫使自己走向丰陵，掉入了李忠言的圈套。但自己终究熬过来了，一路之上死的都是别人，自己却越活越好。最近这一年里，首先李忠言自杀，简直是老天帮他除掉了一个最凶险的敌人。接着，他又亲手把宋若昭送进冰冻的太液池中。他一直担心宋若昭会揭开仙人铜漏背后的秘密，这个隐患也解除了。而最让陈弘志得意的就是裴玄静离开大明宫时，自己送上踏雪骢的神来之笔。尽管只是在按照皇帝的吩咐办事，但目送裴玄静骑着踏雪骢飞奔而去时，陈弘志还是感到了神清气爽、意气轩昂。他始终对裴玄静心存忌惮，现在她一走，皇帝便可任由他摆布了。

谁知后来的事情竟急转直下，裴玄静刚走没多久，藏于金匮中的《推背图》第二象和第三十三象就变回去了！当陈弘志发现这个情况时，实在无法相信。变了字的第二象是他按照李忠言的吩咐换入金匮的，至于第三十三象究竟是怎么变的，只有天才晓得。原来的那幅《推背图》第二象，他交给了李忠言，想必被一起带入墓室永不见天日了。这两幅《推背图》居然会同时恢复原样，令陈弘志在感到不可思议的同时，更升起一种深刻的恐慌。如果不是神明显灵，那就一定是有人识破了他们的阴谋，并巧妙地给予了反制！双方都知道皇帝在大唐国运上的执念，所以都在《推背图》上大做文章。陈弘志曾经担心过裴玄静，但是她明明已经离开大明宫了啊。

两幅《推背图》恢复原样之后，皇帝的精神状态也随之逆转。他逐渐减少了金丹的用量，把柳泌晾在三清殿中，再也不召见了。存放《推背图》的金匮被皇帝亲自送回凌烟阁中，由神策军重兵把守，陈弘志再也没法做手脚了。

最着急的人是郭贵妃。

自从胁迫柳泌在金丹里下毒以后，她大概就在一天天地计算皇帝宾天的日子。也难怪她迫不及待，吐突承璀已经获得了朝中大部分人的支持，换储随时都有可能发生。一旦被皇帝抢了先，她和李恒将死无葬身之地。对于郭念云来说，这是一场只许胜不许败的生死之战。

偏偏柳泌一直在找各种借口拖延，当郭念云发现皇帝开始戒除金丹时，更感到危机罩顶。后宫一向是她的统辖范围，过去不论哪个嫔妃受宠，她都能对其施加影响，进行压制。

可是现在，她最憎恨的杜秋娘入宫了，还被册封为秋妃，独霸了皇帝的寝宫，郭念云连见皇帝一面都非常困难了。

她召来陈弘志时，就决定孤注一掷了。她没有给陈弘志任何机会，便将他谋害魏德才、宋若茵和宋若昭的罪行全部抛出来，把陈弘志彻底打蒙了。陈弘志这才知道，李忠言在临死前就把自己出卖给了郭念云。

好歹毒啊！李忠言苦心孤诣地谋划，必要将皇帝置于死地。他的布局从陈弘志、裴玄静再到郭念云，三重保障但求万无一失，否则他怎会死得那么痛快！

陈弘志还曾妄想在皇帝和郭贵妃之间左右逢源，最终发现自己只剩下华山一条路了——彻底投靠郭氏和太子，充当他们的杀手。

原先的计策只是下毒，既然柳泌不肯动手，那就由陈弘志来办。皇帝虽开始戒服金丹，但他服丹致病的消息已经传开，如果此时暴卒的话，用金丹中毒说还能堵住众人的嘴。再将柳泌一杀，尘埃落定，任谁都翻不了案了。

可是——

陈弘志看着手中的纯钩，疯疯癫癫地笑出声来。他想起尚在老家的父母，老实巴交的一辈子受人欺负，养不活自己和哥哥，只能送来净身入宫。要是让他们听说儿子竟然亲手弑君，恐怕当场就会吓掉半条命吧。

不，他不能死。

付出了这么昂贵的代价，犯下了万劫不复的罪行，再不明不白地死了，岂不太冤。

皇帝驾崩，太子登基，自己才是最大的功臣！该是他陈弘志尽享荣华富贵的时候了。他不仅不能死，还要升官发财，要让亲戚们统统鸡犬升天，光宗耀祖。

陈弘志将纯钩还入鞘中，重新捧回架上。

十五年前，它曾经杀死了一位皇帝，却保护了一个阉人；今天，它又杀死了一位皇帝，并将保护另外一个阉人了。

阉人，才是大明宫中最顽强的生物，他们就像无处不在的老鼠一样，注定要与这座宫殿共存亡。

两个时辰之后，阉人吐突承璀匆匆赶往清思殿。

苍穹之上，星月无光。从未有过的沉重黑暗覆盖着大明宫。虽然在这里生活了大半辈子,当踏上清思殿的御阶时,吐突承璀仍然感到一阵莫名的慌乱。他的脚步情不自禁地一滞,脑海中恍然掠过《辛公平上仙》中的字字句句。

想什么呢!他忙将这些不祥的思绪赶走,转而寻思皇帝深夜紧急召见自己的原因。是终于下决心要废黜太子了吗?吐突承璀已为此奔忙了两个多月,眼看万事俱备,皇帝却又犹豫起来。皇帝的身体好转,使废立之事变得不再紧迫。但这只是一个理由,吐突承璀认为,更关键的原因是——皇帝心软了。虽然在众人眼中,皇帝向来决绝无情,只有吐突承璀才了解,皇帝亦有他的情怀,只是藏得太深太深了。不是吗?皇帝竟然放走了裴玄静,这可是让吐突承璀腹诽不已的。

吐突承璀暗想,这次自己一定要帮皇帝当机立断。等办完这件大事,他就要开始全力以赴地寻找玉龙子了。按照皇帝和吐突承璀的推测,先皇将玉龙子交给罗令则东渡,但罗令则没有上船,却西返长安后被杀。吐突承璀左思右想,认为玉龙子肯定还在大唐。

吐突承璀心不在焉地踏入清思殿。忽然,他发现情况不对,殿中一片漆黑,长年不断的龙涎香也闻不着了,取而代之的是浓重的血腥气。

他猛地转过身,想要夺路而逃。

来不及了。

利刃从四面八方砍来。"大家⋯⋯"垂死的嘶吼响彻了整座清思殿,但只有一声而已。片刻之后,曾经权势熏天、不可一世的左神策军中尉吐突承璀就化成了一摊零七八碎的血肉。

大唐元和十五年正月十四日,唐宪宗李纯崩于长安大明宫,享年四十三岁。

六天之后的正月二十日,太子李恒即位。当日,新皇颁发诏书,册封自己的母亲郭念云为皇太后。

不久，郭皇太后移居南内兴庆宫。先皇后宫中凡育有子女者，随子女分居各王府和公主府，其余未生育者都随郭皇太后搬入兴庆宫，将在那里度过她们的余生。每个人的余生必然有长有短，但有一点却是相同的。从此以后，她们都不必再期待那份微薄的幸运降临之时了。

旧人去，新人来，人间更迭往复，天地恒久不变。

在这场兴师动众的搬迁中，有一辆小小的马车离开大队伍，悄悄地拐向长乐坊中的十六王宅。

杜仲阳的怀中紧抱着紫檀琵琶，漠然地凝望车厢中的某一个位置。自从先皇驾崩之后，她几乎都是这个样子，不哭不闹，也不曾在人前流过一滴眼泪。

按照郭皇太后的意思，本是要在五月先皇葬入景陵之后，打发她去守陵的。那天，当听到郭皇太后这么说时，杜仲阳也是一脸冷漠，似乎对自己的命运已经无动于衷了。

眼看就要这么定下来，一旁的新皇开口道："朕素来听闻杜仲阳的才学不错，六儿的亲母刚刚过世了，朕想让杜仲阳去做六儿的养母，教养他的诗书文学。"

"这……"郭皇太后惊讶地看了看儿子，没有再说什么。

直到这时杜仲阳才抬起头，正巧看到新皇对自己露出笑容。一瞬间，她有些恍惚。二十六岁的新皇帝还很年轻，长得更像郭皇太后一些，但值此粲然一笑之际，她仿佛又见到了"他"开心的样子，简直一模一样，只是留在她记忆中的这种时刻太少了。

是啊，太短暂了。从她返回长安，再到那一夜他命她离开清思殿，就此永诀，总共只有短短的三个月，她却连他的最后一面都没见到。

万般委屈涌上心头，杜仲阳举起琵琶，用力向车壁砸过去。

"哎呀，这可使不得！"旁边的郑琼娥赶紧伸手去挡，琵琶的一个轸子还是撞到了车壁上，紫檀木豁然裂开。

郑琼娥心疼不已："我知道你心里难过，何苦拿琵琶撒气。你看看,多可惜啊!"

"不可惜。"杜仲阳噙着眼泪道,"反正我这辈子再也不会弹它了。"

郑琼娥轻叹:"谁知道呢。"她检查着琵琶的破损处,"还好,就坏了一点儿点儿。咦,这是什么?"

一小块玉的残片在她的纤指间发出温润的光。

"是不是嵌在琵琶身上的?"杜仲阳也拿不准了,"奇怪,我原先怎么没注意到?"

郑琼娥说:"并不是琵琶上嵌的螺钿啊?倒像是从一整块玉石上断下来的。"她左右端详,"我瞧着……怎么有点儿像尾巴。"

"尾巴?"

"嗯,就是麒麟啊、凤凰啊,或者是龙的尾巴。"

杜仲阳若有所思地注视着碎玉。

郑琼娥道:"收好吧。等过一段时间,再想办法修琵琶。"

杜仲阳顺从地将头靠在郑琼娥的肩上。马车无声地行进,朝六皇子的漳王府而去。过了一会儿,郑琼娥听到轻轻的抽泣声响起来,很快,她的肩头就被滚烫的泪水湿透了。她强忍住泪,低声劝道:"别难过了,都会过去的。"

"我不是为自己……是为了他……他太可怜了……"

郑琼娥却在想:那个人死了,我的十三郎该回来了吧。

10

那只小麻雀又来了。虽然混在一大群觅食的麻雀中,小和尚还是一眼认出了它:圆圆的黑眼睛,额头上有一根黄色的毛。小和尚开心地笑起来,忙把手里的谷粒撒过去,一边轻声叫唤着:"来呀,来吃呀。"

在旁边扫地的师兄笑道:"你要把谷粒撒在跟前,它就会过来了。"

小和尚不答,只是盯着麻雀啄食,傻呵呵地乐着。

师兄爱怜地摇了摇头,真是个傻孩子呢。来到观音禅寺三年多,每日跟着持斋吃素,都十岁了还是长得这般瘦弱。学了这么久的经文,因为很少开口说话,所以也不知他学会了多少,多半是什么都没学会吧。寺里僧众都挺疼爱这个苦命的傻孩子,对他照顾有加,但他却始终一个人郁郁寡欢,只有极少数的时候才会露出儿童的天真笑容,比如现在。

小麻雀吃饱了,原地跳跃几下,便振翅起飞。先是在头顶上盘桓了一圈,又朝西北方飞去。

小和尚的目光久久地追随着它。西北的方向,他知道自己是从那里来的。他知道家就在那里,那里还有他的爹娘。

早春的阳光从新绿的树荫间洒下来,照在他的眼睛上。太阳离得好近啊,可是长安为什么那么远?

"十三郎!"

小和尚缓缓地转过头去,在禅寺里从来没人这样叫他,所以他不知道叫的是不是自己。两个少年郎君一边喊着,一边向他跑过来。一个俊秀挺拔,一个浑圆憨厚,都穿着翻领缺胯衫和羊皮靴,是江南民间少见的打扮。

"十三郎,你还认识我们吗?我是段成式呀!"

"我是郭浣!"

他俩的激动和李怡的木讷形成鲜明的对比。陪同前来的方丈见怪不怪,慢条斯理地道:"圣上有旨,这二位郎君是来接你回长安的。收拾一下吧,明日一早就随他们启程。阿弥陀佛。"

简朴的禅房中点着一盏小油灯,李怡已经缩在榻上的角落里睡熟了。段成式和郭浣坐在他的身边,面面相觑,均毫无睡意。

郭浣问:"要不还是睡一会儿吧?否则明天赶路没精神。"

段成式说:"你先睡吧,我心里有事,睡不着。"

"哦,那你到底想好了没有?"郭浣挠了挠头,"要不要告诉十三郎,他的父皇已经不在了……"

"算了,先不说了吧。"段成式看着蜷缩成一团的李怡,"说了他也未必明白,还是等回到长安再说吧。"

"嗯。"

须臾,禅房里响起了郭浣的鼾声,段成式微微合起双目。

新皇即位后,便决定要把十三弟从扬州接回长安来。有很多人选可以执行这个任务,但是京兆尹郭钊特意到段府拜会了段文昌,共同商定向皇帝举荐段成式和郭浣,由他们二人来办这件事。

皇帝欣然允诺。元和十五年二月一日,段成式和郭浣从长安出发,沿大运河一路南下,历时二十天来到了扬州。

从表面上看,郭钊和段文昌是想借此机会让两个少年历练一下,同时也能一览大唐的大好河山,但段成式却觉得,事情并不那么简单。先皇暴卒,对外宣布的死因是服丹中毒,国师柳泌很快就被杖毙了。但与此同时,先皇的心腹吐突承璀莫名其妙地卒于大明宫中,而另一位深受先皇宠爱的太监陈弘志却被擢升为襄州监军。更蹊跷的是,几天后澧王李恽竟也在王府中无疾而终了。

段成式不敢妄自揣测,却悄悄地做了一件胆大包天的事情:他重写了一遍《辛公平上仙》,署名李复言,然后将文稿藏到乐游原上的青龙寺中。这次来扬州,他还随身携带了一份,连郭浣都没有告诉,偷偷放入了观音禅寺的藏经阁。

段成式相信,在《辛公平上仙》的故事中隐藏着皇帝之死的真相,这真相即使今天不能揭露,也应该留存下去。

总有一天会真相大白的。

如果能再见到炼师姐姐就好了。睡意渐浓,段成式迷迷糊糊地想,先皇在驾崩前从大明宫中放走了裴玄静,所以还有流言说,正是她在先皇服用的金丹中掺入了致命的毒药,应该将她捉拿回来问罪。但新皇似乎并不认同这种说法，所以未曾采取任何行动。段成式当然更不相信这种无稽之谈，虽然他确实觉得：裴玄静知道所有的真相。

身体越来越轻，载沉载浮，像被海浪托涌着……段成式惊喜地发现，自己再一次游到了大海中央，前方行驶着三艘大船，突然海浪翻滚，一条巨大的蛟龙跃出水面。它摇动长尾，掀起滔天巨浪，从口中喷出一团又一团的火焰！火星从天而降，落在大船上，也落到了段成式的前后左右。周围愈来愈热，火光熊熊。

段成式猛地从榻上翻身坐起，烟雾已经充满了整间禅房，到处都在发出"噼里啪啦"的声音，窗格的缝隙外一片火红。

"着火了！"段成式拼命推搡郭浣，"快醒醒！着火了！"又从角落一把揽过李怡。

郭浣也醒了，跳下榻冲到房门前，手刚触到门就大喊："烫！"他回过头，惊恐地瞪着段成式。

出不去了。

火越烧越旺，什么都看不见了，他们被烟雾呛得喘不过气来，只好趴到地上。段成式将李怡护在自己的身子底下，听到房梁木柱在灼烧中发出巨响，什么东西砸下来，他感到背上一阵剧痛，瞬间便失去了知觉。

段成式又回到了大海上。血腥的杀戮还在继续，胜负却已逆转。蛟龙在鲛人的歌声中丧失了神勇，正在遭受最惨烈的报复。它已经奄奄一息了，双目却仍然不舍地盯着鲛人。她停止了歌唱，回过头来看着垂死的蛟龙，绝美的脸上缓缓淌下两行血泪。

段成式喃喃："炼师姐姐……"

裴玄静正轻柔地抚摸着他的面颊，她的手指尖冰冰凉凉的，段成式立刻感到不那么焦躁酷热了。

"没事了。"崔淼摸着段成式的脉，笑道，"你以后可不能光写鬼故事，有空也要操练操练，体格比这位郭公子弱了不少。"

"你醒啦。"郭浣从旁边闪出来,胖圆脸上面还是黑一道白一道的。

段成式轮流看着他们几个:"火呢?"

郭浣说:"是裴炼师和崔郎中救了我们。我们刚出来,房子就烧塌了,好悬啊!"

"十三郎呢?"

"在这儿呢。"郭浣指给他看旁边的李怡,安安静静地睡着,脸上身上也比他们都干净。

段成式这才缓过劲来,看看崔淼,又看看裴玄静,眼圈有些泛红:"炼师姐姐、崔郎中,你们、你们都好吗?"

"你不是都看见了吗?"崔淼微笑着反问。

段成式点点头,又想了想,轻声问:"观音禅寺怎么会突然失火呢?"

崔淼道:"禅寺无恙,只是你们住的房子塌了。还有你们带的那几个侍卫,在另一间屋中不及施救,全都被烧死了。"

"怎么会这样!"

没有人回答段成式。而他也才明白,为何郭钡和段文昌会力荐自己和郭浣来扬州接十三郎回京。两位父亲一定认为,碍于段成式和郭浣二人的身份,即使有人想对十三郎下手,也会有所顾忌的。只是他们没想到,被嫉恨充塞的心可以无视一切。

二位父亲若是知道了今天的事,想必定会万分自责。

忽听郭浣在问:"裴炼师,你真有神机妙算吗?怎就知道我们今天会遇险?"

裴玄静与崔淼相视一笑,仍然是崔淼回答:"哪有什么神机妙算。我们在观音禅寺旁等了好几天了。我们只道,京城那边迟早会有人来,却不料是你们二位。"

段成式的心好酸。裴玄静始终没有说过一个字,他当然知道原因所在。可是有些事情即便在心里作了准备,真正面对时,仍能感到那份锥心之痛。他想对她说些什么,却又不知该说什么才好。

她一定是感觉到了段成式的心声,迎着他的目光淡淡一笑。笑容是那么缥缈,宛如隔在万丈红尘之外。

"京城,我不要回京城!"忽然,李怡大叫着惊醒过来。

郭浣安抚他:"别怕十三郎,咱们回到长安就好了!"

"不!我不去!"李怡却像中了邪似的哭叫起来,"我不要回去!爹爹会杀了我的!他要杀我!杀我!"

段成式听不下了,断喝一声:"不许瞎说!你的父皇已经驾崩了,他怎么还会杀你!"

李怡一下呆若木鸡。

段成式将掉到外面的血珠塞回李怡的衣领里,轻声道:"你要记住,先皇很爱十三郎的。想害你的是别人。但是你不用怕,只要有我们在,便能护你安全。"又转首问崔淼,"崔郎,接下去怎么办?"

崔淼道:"问的真是时候,我们到了。"

随着他的话语,段成式觉得身子轻轻一震。崔淼掀起门帘:"靠岸了。你们就在此换走陆路回长安。看,车马都已备好了。"

段成式朝帘外一看,只见清冷的月光下水色潋滟,原来他们是在一条船上。此刻小船已泊在岸边,隔着森森水草望上去,果然有一辆黑篷马车停在岸上。马车旁还伫立着一匹白马,马上的郎君正抻长脖子朝这儿看呢。

崔淼道:"韩湘和隐娘夫妇会一路护送你们。"

"那你们呢?"

"我们?"崔淼笑道,"我们还要继续泛舟大运河。"

段成式的心中一动,忙问:"崔郎与炼师姐姐是要为我们引开追兵吗?"

崔淼笑而不答,却伸出臂膀,无比温柔地揽住裴玄静的纤腰,让她与自己靠得更紧一些。

段成式却在着急:"这样很危险的!"

"快走吧！"崔淼说，"你们再不走，就真的有危险了。"

郭浣率先跳上岸去。段成式在后面帮李怡爬上岸边的斜坡。爬了一半，李怡突然停下来。

"怎么了，十三郎？"

李怡的目光越过段成式，落到裴玄静的身上。

"裴炼师，你知道我父皇是怎么死的吗？"他口齿清晰地说，"你知道的对吗？请你告诉我！"

段成式说："十三郎，裴炼师不知道的，你别闹了。"

郭浣也伸出手来拽李怡。他挣扎着，回头对裴玄静叫道："裴炼师，请你等着我！等我长大了来找你，你一定要告诉我真相！"

郭浣把李怡拉走了。

段成式的心中忽然涌起万般不舍。生离死别，他明知已经到了这一刻，却又忍不住问："炼师姐姐，我们还能再见面吗？"

她只是沉默地望着他。

马车沿着大运河的河岸疾驰。很快，那叶小舟就被远远地抛下了，只有月光还在他们身后紧紧相随。

段成式仍然执着地眺望着运河的河面。

有那么一个瞬间，他仿佛真的看见从运河上升起了一道白光，白光环绕着翩跹的身影，融入月色之中。

这个印象在他的心中久久不灭。

尾声

唐宪宗驾崩之后，由于继位的唐穆宗李恒耽于享乐，缺乏政治才能，归顺的藩镇又陆续反叛，唐宪宗一生削藩的心血很快便付之东流了。

二十六年后，历经穆宗、敬宗、文宗和武宗四任皇帝，更名"李忱"的三十七岁的"白痴"李怡登上皇位，是为唐宣宗。唐宣宗在位共十三年，为大唐带来了最后一个治世，史称"大中之治"。

唐宣宗驾崩五十年后，大唐帝国灭亡。

从公元618年到公元907年，大唐立国共计二百八十九年，与《推背图》第二象的预言基本相符。史学界一直认为，正是唐宪宗创立的"元和中兴"使大唐的国祚多延续了整整一百年。

（全文完）

《大唐悬疑录：最后的狄仁杰》
讲述帝国宰相、千古神探狄仁杰
最后一年的最后一案

裴玄静的故事虽已远去，有关大唐的悬疑故事却仍在继续。

时间回到一百年前的武周时期。这一年，是帝国宰相的最后一年，奠定了武周重归李唐，乃至盛世大唐的繁荣基础。这一案，是千古神探的最后一案。涉及武则天、唐睿宗李旦、唐玄宗李隆基三位帝王的帝位更迭；之大、之奇、之险、之悬，动人心魄：沙漠迷宫、童谣杀人、雪地密室等二十七桩诡谲谜案，需狄仁杰用积淀一生的智慧去破解。

这一案后，狄仁杰星坠长空、与世长辞。政权尚未回归李唐，他的政治抱负还未实现；奸佞当道，门生仍处在危险之中；父子失和，他对家庭仍有牵挂。于国、于家、于人、于己，依然有太多遗憾，令他在生命的尽头难以释怀……当死亡一步一步逼近，武周一寸一寸向李唐回归，风烛残年的狄仁杰将如何面对？

扫描紫焰二维码，并回复"狄仁杰1"
试读《大唐悬疑录：最后的狄仁杰》！